美しき廃墟

美しき廃墟

ジェス・ウォルター

児玉晃二＝訳

BEAUTIFUL RUINS
JESS WALTER

岩波書店

アン、ブルックリン、エイヴァ、アレックに

BEAUTIFUL RUINS
by Jess Walter

First published 2012 by HarperCollins Publishers, New York.

This Japanese edition published 2015
by Iwanami Shoten, Publishers, Tokyo
by arrangement with HarperCollins Publishers, New York
through Japan UNI Agency, Inc., Tokyo.

美しき廃墟

目次

古代ローマの人々は、彼らの最高傑作となる建造物を築き上げ、そこに野獣を放って戦わせた。

――ヴォルテール『書簡集』

クレオパトラ　私は愛に仕えたりしない。
マーク・アントニー　君ならそうだろう。

――一九六三年公開の大失敗作、映画『クレオパトラ』より

(ディック・)キャヴェットが四回にわたって、リチャード・バートンに素晴らしいインタビューを行ったのは、一九八〇年のことだった。……バートンは当時五十四歳で、すでに美しき《ビューティフル・》廃墟《ルーイン》と化していたが、目が眩むほど魅力的だった。

――ルイス・メナード「トーク・ストーリー」
『ニューヨーカー』、十一月二十二日号、二〇一〇年

第一章　死にかけた女優

一九六二年四月
イタリア、ポルト・ヴェルゴーニャ

その死にかけた女優は村に直接通じる唯一の方法でやってきた――船に乗って。船は入り江を進み、岩でできた堤防をよろよろと通り過ぎて、桟橋の端にドシンと衝突した。女は船尾で一瞬姿勢を崩したが、やがてほっそりとした腕を伸ばしてマホガニー製の手すりをつかみ、もう一方の手で鍔《つば》広の帽子を頭に押しつけた。彼女の周り一面、太陽の光の破片が揺らめく波の上に散らばっていた。

二〇メートル離れて、パスクアーレ・トゥルシは女の到着を夢見心地で眺めていた。いや、むしろ、後になって考えたのは、夢とは正反対のもの、長い眠りの後で突然何もかもがはっきりとする、そんな感覚だった。パスクアーレは体を起こし、今やっている作業の手を止めた。この春の間ずっと取り組んでいたのは、一家が経営するがら空きのペンショーネの近くにビーチを作ること。パスクアーレは冷たいリグーリア海に胸まで浸かって、猫ほどの大きさの岩を繰り返し投げ、波よけを補強し、建設用の砂の小山が波で押し流されないようにしているところだった。パスクアーレの「ビーチ」はわずか漁船二隻ほどの広さで、地面に撒いた砂の下だって貝殻状の岩場にすぎなかった。それでも村全体を眺めてみれば、海辺の平らな土地と呼ぶのに最もふさわしい場所と言えた。噂によれば、村は皮肉を込めて――あるいは、恐らく願いを込めて――港《ポルト》と名付けられたというが、実際には、定期的に往来する船ですら、一握りの地元の鰯漁師のものだった。名前の残りの部分〝ヴェルゴーニャ〟は恥という意味で、七世紀にこの村が作られた当時の名残りだった。航海士や漁師はここで女を……道徳的にも、経済的にも、ある種の柔軟性を持った女を見つけていたのだ。

その美しいアメリカ人を初めて目にした、まさにこの日、パスクアーレは白昼夢にも胸まで浸かって想像を巡らせていた。薄汚れた小さなポルト・ヴェルゴーニャは新興のリゾートタウン、自分は一九六〇年代の洗練されたビジネスマン、輝かしい現代の夜明けに立つ無限の可能性を秘めた男だと。至るところに好況《イル・ブーム》の兆しがうかがえた――富も教育も急速に高まりイタリアを変えつつあった。ここだって変わってもいいじゃないか？　パスクアーレは活気溢れるフィレンツェで四年間暮らし、最近になって実家に戻ってきたばかりだった。少年時代を過ごした時代遅れのちっぽけな村に戻ったときに、彼は活力に満ち溢れた外の世界のニュースを持ち込んだつもりだった。ピカピカの自動車《マッキネ》に、テレビや電話、ダブルのマティーニと細身のパンツを穿いた女性たち。これまで映画の中にしか存在しなかった光景の広がる煌びやかな時代。

ポルト・ヴェルゴーニャは、十二軒ほどの白く色褪せた古い家と荒れ果てた礼拝堂、そして、村で唯一の商業施設――パスクアーレの一家が所有する小さなホテルとカフェ――がぎゅっと身を寄せあったような村で、その姿は切り立った崖の岩間で眠る羊に似ていた。村の裏手には、岸壁が二〇〇メートルほど聳え立ち、畝《うね》の走る黒い山の連なりへと続いている。村の足許には、海老状に湾曲した岩だらけの入り江が広がり、漁師たちの舟がそこから毎日出入りをしていた。後ろを崖、前を海で分断されているせいで、この村が車や馬車で訪れやすい場所だったことは一度もなかった。だから、村の道路といえば、まあそんなものだが、家々の間を走る狭い通路が数本ある程度――レンガで縁取られた道は歩道よりも貧弱で、急な下り坂の小径や上り階段もとても狭かった。村の小さな広場、サン・ピエトロ広場に立っている場合を除けば、村のどこにいようと、手を伸ばして両側の家の壁に触れることができた。

　このように、ポルト・ヴェルゴーニャは辺鄙だが、北に位置するチンクエテッレの古風な趣を湛えた岸壁の村々とさほど変わりはなかった。違いと言えば、もっと小さく、もっと人里から離れていて、それほど風光明媚ではないことだけ。とはいえ、現実には、北のホテルやレストランの経営者は、切り立った崖の割れ目に押し込まれた、この小さな村にこんな愛称をつけていた――娼婦の割れ目《クロ・ディ・バルドラッカ》。だが、近所の人々に軽蔑されながらも、パスクアーレは父親と同じように信じていた。ポルト・ヴェルゴーニャがいつかレヴァンテの他の地域、つまりチンクエテッレを含むジェノヴァ以南の沿岸部や、あるいはポネンテのもっと大きな観光都市のように――ポルトフィーノや洗練されたイタリアのリヴィエラのように――発展すると。ごくたまに、外国人観光客が船や徒歩でポルト・ヴェルゴーニャにやってきても、大抵が道に迷ったフランス人かスイス人だった。それでも、パスクアーレは希望を抱いていた。一九六〇年代という時代がアメリカ人を大勢連れてきてくれる。あの最高《ブラヴィッシモ》の合衆国大統領ジョン・ケネディと妻のジャクリーンに率いられているのだから。だが、彼が夢見るような一流の観光リゾート《デスティナツィオーネ・トゥリスティカ・プリマリア》になるチャンスがこの村にあるとしたら、避暑客を惹きつける必要があるだろう。そのためには――何よりもまず――ビーチが必要だった。

　だからこそ、マホガニー製の赤い船がゆらゆらと入り江を進んできたとき、パスクアーレは海の中に半ばまで浸かって、顎の下に大きな岩を抱えていたのだった。古くからの友人オレンツィオが船を操縦していた。船の持ち主は、裕福なワイン醸造業者にして、ホテルの経営者でもあるグアルフレッド。この男はジェノヴァ南部で観光業を営んでいたが、彼の所有する派手な一〇メートル級の高速艇は、ポルト・ヴェルゴーニャには滅多にやってこなかった。だから、その船が波間に佇むのを目にしても、パスクアーレはどうしたらいいのかわからず、ただ大声で呼びかけた。「オレンツィオ！」友人はこの呼びかけに戸惑った顔を見せた。というのも、二人は十二歳の頃から友達だったが、どちらも大声を出すようなタイプではなかったからだ。彼もパスクアーレも、どちらかと言えば……唇の端を上げたり、眉を下げたり、身振りや表情で合図をする方だった。オレンツィオが気難しげにうなずき返してくる。乗客を乗せているとき、特にアメリカ人となると、オレンツィオは真剣だった。「あいつらは真面目だからね、アメリカ人はさ」とパスクアーレに話してくれたことがあった。「ドイツ人よりもずっと疑り深いんだよ。愛想をよくしすぎると、今度は盗みを働いていると決めつけてくるんだ」。今日のオレンツィオは特に気難しい顔をして、船の後方に佇む女性に一瞥をくれた。女性の丈の長い黄褐色のコートは、細いウェストでしっかりと止められ、だらりと垂れた帽子が顔の大半を覆い隠している。

それから、女がオレンツィオに向かって小声で話しかけ、その言葉が水面を渡ってパスクアーレの耳にも入った。ちんぷんかんぷんだ、とはじめは思ったが、やがて英語――実際は、アメリカ英語――だと気づく。「ちょっといいかしら、あの男の人は何をしているの?」

友人が英語力の限界に不安を感じていて、酷い言葉遣いで可能な限り簡潔に質問に答える癖があることを彼は知っていた。オレンツィオはパスクアーレを一瞥し、彼が波よけを建てるために大きな岩を抱えているのを確認した。そして、砂浜《スピアッジア》に当たる英単語を試そうと、ほんの少しのいらだちを込めてこう言った。「ビッチ」。女が聞き間違えでもしたかのように首を傾げる。パスクアーレは助け舟を出そうと、このビッチは「観光客用《ペリ・トゥリスティ》」だと呟いた。だが、この美しいアメリカ人の耳には届いていないようだった。

それは父親の遺産であり、観光業に関するパスクアーレの夢でもあった。カルロ・トゥルシは人生の最後の十年間を捧げて、チンクエテッレのもっと大きな五つの村に対して、ポルト・ヴェルゴーニャを六番目の村として受け入れてくれるように働きかけていた。(「どれほど素敵になるだろう」と父親は言ったものだった。「六つの土地《セイテッレ》。チンクエテッレだと観光客には発音しにくいからな」。)しかし、ちっぽけなポルト・ヴェルゴーニャは、近隣の五つの村を惹きつける魅力も、政治力も欠いていた。だから、五つの村が電話線で、ついにはトンネルを掘って作られた一本の線路で繋がれ、季節ごとの観光客と彼らの落とす金で膨れ上がっていく一方で、この六番目の村は余分な指のように萎びていった。カルロのもうひとつの無益な野望は、この生命線とも呼ぶべき線路をトンネルで一キロ余分に延ばして、ポルト・ヴェルゴーニャをもっと大きな崖沿いの町と繋げることだった。だが、これは実現しなかった。だから、最寄りの道路がチンクエテッレの崖の上、そこに広がるブドウの段々畑の裏側に開通して以来、ポルト・ヴェルゴーニャは切り離されたまま、畝の刻まれた黒い岩場の間で独りぼっちだった。目の前には海、背後には崖を下る険しい遊歩道があるだけ。

その目映いばかりのアメリカ人の女性がやって来た、まさにこの日、パスクアーレの父親が死んでから八か月が経過していた。カルロの死は速やかに、静かに訪れた。脳の血管が破裂したのは、お気に入りの新聞の一紙に目を通しているときだった。パスクアーレは父親の最期の十分間を繰り返し思い浮かべる。エスプレッソをすすり、煙草をふかし、ミラノの新聞のある記事を笑い飛ばし(母親がそのページを残しておいてくれたが、面白いことなどどこにも見当たらなかった)、そして、まるで昼寝でもするように、前方に倒れこむ。パスクアーレはフィレンツェ大学で父親の訃報を聞いた。葬儀のあと、年老いた母親にフィレンツェに移ろうと頼んでみたが、この提案がまさに母親を憤慨させることになった。「そんな薄情な女になれると思う？　父さんが亡くなったというだけでここを離れるなんて」。疑問の余地はなかった――少なくともパスクアーレの心の中では――彼が実家に戻って、か弱い母親の面倒を見なければならないのだ。

こうして、パスクアーレはホテルのかつての自分の部屋に戻ってきたのだった。恐らく、幼い頃に父親の理想に見切りをつけてしまった罪悪感がそうさせたのだろう。だが、パスクアーレは突然それを――一家の小さなホテルを――父親から新たに受け継いだ見方で捉えられるようになった。この村は新しいタイプのイタリアのリゾート地になれるかもしれない――アメリカ人の保養地、岩だらけの海岸に置かれたパラソル、カシャカシャと音を立てるカメラのシャッター、ケネディ家のような人々が至るところに！　がら空きのペンショーネを世界有数のリゾートホテルに変える。そこにある程度の私利私欲が絡んだとしても、それはそれで仕方がない。だが、この古いホテルはパスクアーレに遺された唯一の財産であって、家族代々の強みがものを言う文化において、彼のたったひとつの強みだった。

ホテルは一階に食堂《トラットリア》——テーブル席が三つのカフェ——と台所、さらに二つの小さな貸部屋があり、その上にはかつての売春部屋が六つあった。ホテルと一緒に、唯一の定住者である「二人の魔女《レ・ドゥーエ・ストレーゲ》」を世話する責任も生じた。漁師がそう呼ぶ二人の魔女とは、心が折れたパスクアーレの母親アントニアと、硬い針金のような髪をしたその妹ヴァレリアのことで、この恐ろしい鬼女が、怠け者の漁師や珍しく足を踏み入れた訪問客を怒鳴りつける合間に、調理の大半をこなしていた。

パスクアーレは寛容さだけが取り柄だった。だから、大げさで感傷的な母親《マンマ》と頭のおかしな叔母《ズィア》を、ちょうど不作法な漁師と同じように我慢して受け入れた——漁師たちは毎朝、漁船《ペスケレッチオ》を滑り材の上に乗せて海岸に運び、海へと漕ぎ出す。木製の小さな舟は汚れたサラダボウルのように波間で揺れ、煙を吹き上げる船外機の騒がしい音とともに進む。日ごとにアンチョビやイワシ、それにスズキを南の市場やレストランで売る分だけ捕まえ、それが済むと村に戻ってグラッパを飲み、自分で巻いた苦い煙草を吸う。父親はいつもえらく神経質に、自分と息子——尊敬されるべきフィレンツェの商人階級の末裔とカルロは力説していた——をこうした粗野な漁師と区別していた。「奴らを見ろ」。郵便配達船で毎週たくさん届く新聞の一紙に顔を埋めながら、父親はパスクアーレに話したものだった。「もっと文明の進んだ時代なら、奴らは我が家の召使いだっただろうな」

戦争で二人の息子を亡くしたこともあって、カルロは一番下の息子が漁船やラ・スペツィアの缶詰工場や段々畑のブドウ園、それにアペニン山脈の大理石採石場といった場所で働くのを決して許さなかった。若い男はそういった場所で大切な技術を身に着けたり、自分は軟弱者だとか、この厳しい世の中には自分の居場所がないといった感覚を克服したりすることがよくあった。その代わりに、カルロとアントニアは——パスクアーレが生まれたときには既に四十歳——パスクアーレを二人だけの秘密のように育てた。そして、息子がほんの少し熱を入れて頼んだだけで、この年を取った両親は、フィレンツェの大学への進学を許してくれたのだった。

父親の死後、パスクアーレが村に戻って来ても、漁師たちには接し方がわからなかった。最初は彼の奇妙な行動は悲しみのせいだと考えた――いつも何かを読み、独り言をつぶやき、何かを測り、建設用の砂袋を岩場にドサッとあけて、うぬぼれ屋が髪の最後の一房を櫛で撫でつけるように砂をならす。彼らは網を張りながら、この痩せた二十一歳の青年が岩を並べ直し、嵐でビーチが運び去られるのを防ごうとする姿を見守った。今は亡き自分たちの父親の空しい夢を思い出し、彼らも目を潤ませた。だが、すぐに、カルロ・トゥルシを気さくにからかっていた頃が懐かしくなり始めた。

結局、数週間、パスクアーレのビーチ作りを見守った後に、漁師たちはもう耐えられなくなった。ある日、〈年長〉のトンマーゾが青年にマッチ箱を投げつけて、大声で言った。「こんなところにお前の小さなビーチ用の椅子があるぞ、パスクアーレ！」数週にわたって不自然なほど優しくふるまってきただけに、この軽いからかいは全員を安堵させ、村の上空に立ち込めた不穏な嵐の雲を霧散させるものとなった。いつも通りの生活に戻るのだ。「パスクアーレ、お前のビーチの一部が昨日レーリチにあったぞ。残りの砂をあそこに持っていってやろうか？それとも海流が運んでくれるのを待つか？」

だが、ビーチは少なくとも漁師たちが理解できるものだった。モンテロッソ・アル・マーレや北のリヴィエラの町にはビーチがあり、その町の漁師たちは獲った魚の大半をそこで売っていたからだ。しかし、大きな岩が立ち並ぶ崖の上にテニスコートを作るつもりだ、とパスクアーレが言い出したときには、漁師たちも、こいつは父親よりも遥かに頭のネジが緩んでいる、と断言せざるをえなかった。「あの坊やは正気を失っている」とこぼして、パスクアーレが巨岩の上を走り回り、紐を張って、未来のテニスコートの境界線を引いていく様子を、小さな広場で煙草を巻きながら見守った。「狂人《パッツィ》の一族だからな。あいつもすぐに猫に話しかけるようになるさ」。切り立った崖壁以外に使えそうなものは何もないので、ゴルフコースが問題外なのはパスクアーレにもわかっていた。それでも、ホテルの近くには三つの巨岩が集まってできた天然の岩棚があり、その上をならして、残りの部分を片持梁で持ち上げれば、仮枠が組める。そこに充分な量のコンクリートを流し込み、岩同士を繋げて平らな長方形にしたなら——岩の断崖から姿を現す絶景のような——テニスコートを作ることができると思った。テニスコートは海から訪れる客に、彼らが最高級のリゾート地に巡り合ったことを伝えてくれるはずだ。パスクアーレは目を閉じて、その光景を思い描く。清潔な白いズボンを穿いた男たちがボールをロブで打ち合っているのは、崖から突き出た驚くほど素晴らしいコート。そこは海上二〇メートルの見事な岩棚。ドレスを着て、夏帽子をかぶった女たちが、近くのパラソルの日陰で飲み物を啜っている。だから、パスクアーレはつるはしを振るい、のみとハンマーを使って、テニスコートに充分なスペースを確保したいと思いながら、少しずつ削り続けた。削り出した砂をかき集める。岩を海に投げ捨てる。漁師たちのからかいにも耐える。死にかけた母親の許に顔を出す。そうして、パスクアーレは——いつもそうだったが——人生が姿を現し、彼を見つけてくれるのを待っていた。

父親の死から八か月、これがパスクアーレ・トゥルシの人生のあらましだった。必ずしも幸せとは言えないが、不幸でもない。むしろ、彼が気づいたのは、他の大勢の人々と同じように、自分も何もない広大な台地に、退屈と満足の狭間に暮らしているということだった。

そして、もし、あの美しいアメリカ人女性がこの晴れた涼しい午後にやって来なかったなら、おそらく彼はずっとそこで暮らし続けたに違いない。そのとき、パスクアーレは二〇メートルほど離れたところで胸まで水に浸かって、マホガニー製の船が埠頭の木製の繋柱に沿って停まるのを眺めていた。女は船尾に立ち、穏やかな風が船の周りの水面を波立たせていた。

信じられないほど細身だが、充分に曲線的で、美しいアメリカ人の女性だった。海の中のパスクアーレから見ると——彼女の背後には太陽が瞬き、風が小麦色の金髪を揺らしている——その存在はまるで別の生き物のようで、これまで接したどの女性よりも背が高く、この世のものとは思えない美しさだった。オレンツィオが手を差し出すと、少したためらってから、その手を取った。オレンツィオの手を借りて、船から狭い埠頭へ渡る。

「ありがとう」。帽子の下から少しこもった声がして、それから、「ありがとう《グラッツェ》」というイタリア語が息の漏れる音と共にぎこちなく続いた。女は村への最初の一歩を踏み出し、少しふらついたが、すぐにバランスを取り戻した。このときだった。彼女が村を見ようと帽子を脱いだ。パスクアーレはその顔立ちをまともに見て、少し驚いた。この美しいアメリカ人の女性は……何というか……思ったほどではない。

　ああ、彼女は印象的だった。確かに。ただ、パスクアーレが期待していたようにではなかった。第一に、彼女の背丈はパスクアーレと同じくらいで、一八〇センチ近くあった。それに、彼が立つ地点から見ても、顔の細さに対して目鼻立ちがはっきりしすぎてはいないだろうか？　突き出た顎の線がとても目立ち、唇はとてもふっくらとして、目はとても丸く、驚いているように見開かれている。それに痩せすぎてはいないか？　おかげで体の突然の膨らみやくぼみが見る者を驚かせる。長い髪はポニーテールにまとめられ、わずかに陽に焼けた張りのある肌が顔全体を覆っている。そして、顔のつくりには、どういうわけか、鋭すぎる印象と柔らかすぎる印象が混在していた——鼻は上品すぎて、あの顎とも、あの高い頬骨とも、あの大きな黒い瞳とも釣り合わない。そうだ、とパスクアーレは思った。印象的な女性ではあるけれど、絶世の美女ではない。

　だが、そのとき、女性が真っ直ぐにパスクアーレの方を向いた。すると、彼女の極端な顔に並んだ本質的には異なるパーツが集まって、ひとつの完璧な顔が生まれた。パスクアーレはかつて学んだことを思い出した。フィレンツェの建物の中には、角度によっては見る人を失望させるのに、レリーフに彫ったり、写真に撮ると、決まって素晴らしく描き出されるものがある。つまり、様々な素晴らしい眺めは組み合わせることで生まれるものなのだ。ならば、とパスクアーレは思った。人にだって同じことが起こりうるのではないか。そのとき、女性が微笑を浮かべた。そして、この瞬間、そんなことが起こりうるのかわからないが、パスクアーレは恋に落ち、それからずっと、生涯にわたって、この恋を胸に抱えていくことになった――素性さえ知らないこの女性にというよりも、この瞬間に恋をして。

パスクアーレは持っていた岩を落とした。

女性が少し視線をそらす――右に、それから左に、それからもう一度右に――村の残りを探しているように見える。彼女の瞳に映る光景を思い浮かべて、パスクアーレは顔を赤らめた。十二軒ほどの冴えない石造りの家々は、数軒が打ち捨てられたまま、岩間にフジツボのようにへばりついている。野良猫が小さな広場をぶらぶらと歩いているものの、それを除けば何もかもが静かだった。漁師も日中は漁船で海に出ている。偶然迷い込んできたハイキング客や、地図の読み違いやことばの聞き違いで村に連れてこられた船客に、こうした失望が広がるのをパスクアーレは感じたことがあった。自分がポルトヴェーネレやポルトフィーノといった魅力的な観光都市に連れて行かれるものと信じていたのに、結局、ポルト・ヴェルゴーニャという汚い《ブルット》漁村に辿り着く羽目になった人々。

「すみません」と、美しいアメリカ人は英語で言って、オレンツィオの方を向いた。「荷物は自分で運ぶのかしら？　それとも、これも含まれるの……つまりね……支払いの済んでいるものと、済んでいないものが何なのか、それがわからないのよ」

あの「ビーチ」の一件で英語は手に負えないと見切りをつけ、オレンツィオはただ肩をすくめてみせた。背が低く、大耳で、目つきもどんよりとしていたので、彼は観光客に対して脳の障害を思わせるようなふるまいをよくした。そうすれば、澱んだ目のうすのろが動力付きの船を操れることに感激して、客はチップを弾んでくれるからだ。オレンツィオはさらにこんな見通しも立てていた。自分が緩慢にふるまえばふるまうほど、英語を覚えなければ覚えないほど、実入りはどんどん増えるだろうと。だから、ぽかんと女を見つめ返し、まばたきをした。

「自分で荷物を運ばないといけないのよね、そうでしょう？」と女性は再び訊いた。辛抱強く、だが少し困惑している。

「荷物《バガーリ》だよ、オレンツィオ」と友人に声を掛ける。

そのとき、パスクアーレは気がついた。この女性はウチのホテルにチェックインしようとしているんだ！　パスクアーレは水の中を桟橋に向かって歩き出し、唇を舐めて、不慣れな英語を話す準備をした。
「どうぞ」と女性に話しかけたが、口の中の舌が軟骨の塊のように感じられた。「ご光栄です。オレンツィオ、あなたにバッグ運ぶです。〈ホテル　適度な眺め〉に上がってください」。この挨拶にアメリカ人は戸惑いを見せたが、パスクアーレは気がつかなかった。華やかな表現で締めくくりたいと、女性を呼ぶのにふさわしい言葉(「マダム?」)を探したが、もっと素敵な表現が欲しかった。英語を完全に習得しているわけではなかったが、ある程度学んだおかげで、英語が不規則に簡素で、単語の活用変化が無意味に乱暴なことに対して、それ相応に不安を抱くほどにはなっていた。雑種の犬のように予想がつかない。この言語を初めて教えてくれたのは、ホテルに滞在したただ一人のアメリカ人の作家で、毎年春にイタリアにやってきてライフワーク——第二次大戦中の体験に関する壮大な小説——にこつこつと取り組んでいた。その颯爽とした長身の作家がこの女性に言いそうなことを、パスクアーレは思い浮かべようとした。だが、ふさわしい表現が思いつかず、イタリア語ではお決まりの「美しい《ベッラ》」に相当する語は英語にあるのだろうかと考えた。試してみる。「さあ。いらしてください。美しい《ビューティフル》アメリカ」

女性は少しの間、パスクアーレをじっと見つめ——これまでの人生で最も長い瞬間——それから微笑むと、控えめに視線を落とした。「ありがとう。あれはあなたのホテルなの?」

パスクアーレはバチャバチャと音を立てながら水の中を進み、桟橋に辿り着いた。体を引き上げる際に、ズボンの足から水を振るい落として登場する。どこから見ても颯爽としたホテルの経営者だ。「そうです。ホテルは私のです」。パスクアーレは、小さな広場の左側に掛かった小さな手書きの看板を指さした。「さあ」

「それじゃあ……部屋の予約が入っているのかしら?」

「ええ、そうです。多くが部屋です。全部があなたの部屋です。そう」

女は看板を見て、それからもう一度パスクアーレを見た。暖かい風が後ろから突然吹きつけ、ポニーテールからはみ出した髪を巻き上げて、顔の周りでなびかせる。彼女はパスクアーレの細身の体から滴り落ちた水たまりに笑みを浮かべ、顔を上げると、海のように青い彼の瞳を覗き込んで言った。「素敵な瞳ね」。それから、帽子を頭に戻すと、小さな広場と目の前に広がるひどく小さな村らしきものの中心に向かって歩き出した。

　ポルト・ヴェルゴーニャには高校《ウン・リチェーオ》が無かったので、パスクアーレは舟でラ・スペツィアの中等学校に通った。ここでオレンツィオと出会い、初めての本当の友人ができた。二人は自然に一緒くたにされた。年老いたホテル経営者の内気な息子と、ちびで大耳の波止場の少年。冬の間、渡航が難しくなると、時には、オレンツィオの家族と過ごすことさえあった。パスクアーレがフィレンツェに出る前年の冬には、オレンツィオとあるゲームを思いつき、スイスビールのグラスを傾けながらそれに興じた。ラ・スペツィアの船渠でお互いに向かい合って座り、侮辱の言葉を互いに浴びせかけて、どちらかが言葉に詰まるか、既に出た言葉を繰り返してしまうまで続けるのだ。勝負がついた時点で、敗者は目の前にあるビールを飲み干さなければならない。今、アメリカ人の荷物を持ち上げながら、オレンツィオはパスクアーレの方に体を傾けて、その遊びをビールなしでやり始める。「その女は何て言ったんだ、玉嗅ぎ？」

「僕の瞳が好きだってさ」とパスクアーレは答えたが、自分の番であることを忘れていた。

「おいおい、尻撫で屋」とオレンツィオは言った。「そんなこと言ってねえだろ」

「いや、言ったさ。僕の瞳に恋してるって」

「嘘つきめ、パスコ、この小僧のマカロニ好き」

「本当さ」

「お前が小僧のマカロニ好きだってことか？」

「そうじゃない。僕の瞳について言ったことさ」

「山羊の竿しゃぶりめ。あの女は映画スターだぞ」

「僕もそう思う」とパスクアーレは答えた。

「いや、バカだな。本当に映画に出ているんだよ。アメリカの会社とローマで映画の仕事をしているんだ」

「何て映画だよ？」

「『クレオパトラ』。新聞を読んでないのか、糞煙家」

　パスクアーレがそのアメリカの女優の方を振り返ると、村に続く階段を上っているのが見えた。「でも、クレオパトラをやるには肌が白すぎないか」

「娼婦にして夫泥棒のエリザベス・テイラーがクレオパトラなのさ」とオレンツィオは言った。「あいつは映画の別の出演者なんだよ。お前、本当に新聞を読んでないのか、ウンコいじり」

「何の役なんだ？」

「俺が知るかよ。役なんてたくさんあるに違いないさ」

「彼女の名前は？」とパスクアーレは訊いた。

オレンツィオは自分がもらったタイプ打ちの指示書を手渡した。その紙には女性の名前が載っていて、女をポルト・ヴェルゴーニャのホテルに連れて行くべし、請求書はこの旅を手配した男、マイケル・ディーンにローマのグランド・ホテル気付で送られたし、と書いてある。紙切れによれば、マイケル・ディーンは「二〇世紀フォックス映画」の「特別製作アシスタント」。そして、女性の名前は――

「ディー……モーレイ」とパスクアーレは声に出して読んだ。聞き覚えはなかったが、アメリカの映画スターはあまりに大勢いるので――ロック・ハドソン、マリリン・モンロー、ジョン・ウェイン――全員を覚えたと思っても、すぐに新しい俳優が有名になった。まるでアメリカには工場があって、こうした銀幕に映る巨大な顔を生産し続けているかのようだった。パスクアーレが女のいる場所を振り返ると、彼女はすでに崖の割れ目の階段を上がり切って、目の前の村へと入ろうとしていた。「ディー・モーレイ」ともう一度呟いた。

オレンツィオは肩越しに指示書を見た。「ディー・モーレイ」と呟く。その名前にはどこか興味をそそられるものがあり、二人とも声に出さずにいられなかった。「ディー・モーレイ」とオレンツィオがまた呟いた。

「あの女は病気なんだ」とオレンツィオはパスクアーレに言った。

「何の？」

「俺にわかるかよ。その男が病気だって言っていただけさ」

「悪いのか？」

「それも知らない」。それから、緊張から解放されたように、オレンツィオの方も昔のゲームに対する興味を失いつつあるかのように、新たな侮辱の言葉を付け加えた。「尻舐め男《ウン・マンジャクーロ》」

パスクアーレはディー・モーレイがホテルに向かって歩き、石造りの小径に沿って小さな階段を上るのを見ていた。「そんなに具合が悪いんじゃないかもな」と言った。「きれいな人だ」

「でも、ソフィア・ローレンみたいじゃないぞ」とオレンツィオ。「あのマリリン・モンローとも違う」。それもかつての冬の娯楽のひとつだった。映画に出かけ、出てきた女性の格付けをするのだ。

「いや、もっと知的な美人だと思うな……アヌーク・エーメみたいな」

「えらく痩せているな」とオレンツィオは言った。

「それに、クラウディア・カルディナーレでもない」

「そうだな」とパスクアーレは認めざるを得なかった。クラウディア・カルディナーレは完璧だ。

「だけど、ありきたりじゃないと思うんだ。あの顔は」

オレンツィオにしてみれば、あまりに細かすぎる話だった。「俺が三本足の犬を村に連れてきたって、パスコ、お前は恋に落ちるさ」

パスクアーレが不安を感じたのは、このときだった。「オレンツィオ、彼女はここに来るつもりだったのかな?」

オレンツィオはパスクアーレの手の中にある紙をピシャリと叩いた。「このアメリカ人さ、ディーン。誰がこの女をラ・スペツィアまで車で送ってきたと思う? 俺はこいつに説明したぞ。ここには誰も来ないって。ポルトフィーノとか、ポルトヴェーネレじゃないのかって訊いたんだ。奴はポルト・ヴェルゴーニャはどんなところだって訊くから、俺はホテルが一軒ある以外に何もないって答えた。そこは静かなのかって訊くんだ。で、俺はあれ以上静かになるには死ぬしかないって答えると、奴は言った。『それなら、まさにうってつけの場所だ』ってな」

パスクアーレは友人に微笑みかけた。「ありがとう、オレンツィオ」

「山羊の竿しゃぶりめ」とオレンツィオは静かに言った。

「それはもう出たじゃないか」とパスクアーレは返す。

オレンツィオがビールを飲み干すまねをした。

そして、二人とも崖の壁面に目をやると、四〇メートルほど上の丘に、パスクアーレの父が亡くなって以来、初めてのアメリカ人の客が立って、ホテルの正面玄関を眺めているのが見えた。〝未来〟がやってきた、とパスクアーレは思った。

ディー・モーレイが足を止め、二人の方を振り返った。ポニーテールを振りほどくと、陽光で白く輝く髪が顔の周りで揺れ、躍る。ディーは村の広場から海をじっと見つめ、それから、看板を見て、首を傾げた。看板の文字を読み解こうとしているようだ。

〈ホテル　適度な眺め〉

それから、その〝未来〟は鍔広の帽子を小脇に抱えると、ドアを開け、頭を下げて中に入って行った。

彼女がホテルの中に姿を消したあと、パスクアーレはこんな途方もないことを考えた。自分が何らかの方法で彼女を呼び寄せたのかもしれない。この土地で何年も暮らしたあとで、悲しみと孤独の中で何か月もアメリカ人を待ち続けたあとに、古い映画や本の中から、自分がかつて抱き、失くした夢の欠片や残骸から、自分の思い描いた壮大な物語から、この女を作り出したのかもしれない。孤独に耐えるために。オレンツィオの方を振り返ると、見知らぬ人の荷物を運んでいる。突然、世界のすべてがあまりに疑わしいものに思えてくる。人生だってあまりに短く、夢のように儚いものだと。これほど超然とした自分の存在そのものが問われるような感覚を、恐ろしいほどの解放感をこれまで味わったことはなかった——まるで村の上空を、自分自身の体の真上を飛び回っているようだ。かつてない感覚に興奮を覚えたが、それを説明しようとしてもできなかった。

「ディー・モーレイ」。パスクアーレ・トゥルシは突然、声に出してそう呼び、思考の呪縛を断ち切った。オレンツィオがじろじろとこちらを見ている。それから、パスクアーレは自分に背を向け、その名前をもう一度口にした。今度は自分に向けて、囁きよりも静かに呟くと、自分がこの言葉を希望に満ちた息遣いで口にしたことに戸惑いを覚えた。人生とはまさに想像力の産物なのだと彼は思った。

第二章　最後の売り込み《ラスト・ピッチ》

最近
カリフォルニア州、ハリウッド

夜明け前――グアテマラ人の庭師が色褪せた汚いピックアップトラックで到着する前に、カリブ人が料理や清掃、洗濯にくる前に、モンテッソーリ式の幼稚園やピラティス教室、「コーヒー・ビーン」のカフェが開く前に、ベンツやＢＭＷが椰子の並木道をゆっくりと進み、ブルートゥースのヘッドセットをした強欲なビジネスマンが終わりのない仕事――アメリカン・マインドの高級化――を再開する前に、スプリンクラーが動き出す。地面から首を伸ばし、ロサンゼルス大都市圏の北西の角に水をパラパラと吹きかける。空港から丘陵地へ、ダウンタウンからビーチへ、エンターテインメント業界の眠れるがらくたの山へと。

サンタ・モニカでは、クレア・シルヴァーがコンドミニアムで夜明け前の静寂に包まれている。そこにスプリンクラーが呼びかける――〝ねえ、ちょっと〟――赤い巻き毛が自殺を図ったかのように枕の上に広がっている。スプリンクラーがまた囁く――〝ねえ、ちょっと〟――すると、クレアのまつ毛が震える。息を吸い、自分の状況を確認し、ボーイフレンドの大理石彫刻のような肩を、彼が手足を無造作に広げて眠り、キングサイズのベッドの七〇パーセントを占めているのをちらりと見る。ダリルは夜遅くに帰ってきて、ベッドの向こう側にある寝室の窓を開けっぱなしにすることがよくある。おかげで、クレアはこんな風に目を覚ます――〝ねえ、ちょっと〟――水が外の岩だらけの庭に撒かれる音のせいで。コンドミニアムの管理人に、どうして毎朝午前五時(この点については必然性がほとんどない)に敷石に水をやる必要があるのかと訊ねたことがあった。だが、もちろん本当に問題なのはスプリンクラーじゃない。

クレアの中でデータに対する禁断症状が目を覚ます。散らかったベッドサイドのテーブルから手探りでブラックベリーを探し、デジタルの一服を吸う。十四通のEメール、六回のツイート、五人からの友達申請、三通のテキストメッセージにスケジュール通知――手のひらの中の人生。いつもながらの情報もある。金曜日、気温は十八度から二十三度まで上がる見込み。今日の電話の予定は五件。売り込み会議が六件。そのとき、こうした情報のがらくたの中に、人生を変えるEメール、発信元は affinity@arc.net を見つける。それを開く。

親愛なるクレア

この度の長い採用プロセスにおいて、ご辛抱いただきましたことを重ねて感謝申し上げます。ブライアンも私も、あなたのご経歴と面接でのやり取りにとても感心いたしました。そこで、お会いしてもう少しお話ができればと考えております。本日の朝、コーヒーでもご一緒できませんか?

敬具

ジェームズ・ピアース
アメリカ映画文化博物館

クレアは座り直す。うそでしょう? この人たちは私に仕事をくれようとしている。本気なのかしら? 「もう少しお話」って? もう二度も面接をしているじゃない。いったい何を話す必要があるのだろう? これがあれなのだろうか? 今日こそ、夢の仕事を辞める日になるのだろうか?

クレアは、伝説的な映画プロデューサー、マイケル・ディーンの企画開発アシスタントのチーフを務めている。この肩書はインチキだ――彼女の仕事は補佐をすることだけで、企画開発などしないし、誰の上司でもないのだから。マイケルの気まぐれに付き合う。電話やメールに応え、サンドウィッチやコーヒーを買いに行く。そして、主として、彼の代わりに読む。大量の脚本や梗概《シノプシス》、ワンシート企画書、準備稿――どっと押し寄せる行き場のない資料を。

　映画研究専攻の博士課程を辞め、七〇年代と八〇年代に「ハリウッドのディーン」として知られた男のもとで働き始めたとき、クレアはもっとずっと大きな希望に燃えていた。映画を作りたかった――知的で感動的な映画《フィルム》を。だが、三年前にここに来たときには、マイケル・ディーンはキャリア史上最悪のスランプにあって、インディーズのゾンビ映画の大失敗作『夜の破壊者ども』を除けば、名前のクレジットされた近作がない状態だった。働いて三年になるが、ディーン・プロダクションズは他に映画を作っていない。それどころか、実際に製作を手掛けたのはテレビ番組がひとつだけ。リアリティショーと恋人探しウェブサイトが連動した大人気番組『フックブック』(Hookbook.net)だ。

　そして、このメディアを股にかけた醜態がとてつもない成功をもたらしたせいで、ディーン・プロダクションズにとって、映画は消えゆく想い出となっていた。代わりに、クレアの日常はテレビ番組の売り込みを聞くことに費やされるようになり、そのあまりの趣味の悪さに、自分一人で終末《アポカリプス》が訪れる時期を早めているのではないかと怖くなるほどだった。『モデル・ビヘイヴィア』(「七人のモデルを選んで、男子学生会館《フラタニティ・ハウス》に送り込もう！」)に、『色情狂の夜《ニンフォ・ナイト》』(「セックス中毒と診断された奴らのデートを撮影するんだ！」)に、『酔いどれ小人館《ドランク・ミジェット・ハウス》』(「ほら、その家は……酔っぱらった小人でいっぱいなのさ！」)。

　マイケルはいつもクレアに期待値を調整するように強く迫った。インテリぶった主張は脇におけ、文化をありのままに受け入れろ、〝素晴らしいもの〟の概念を広げるんだ。マイケルはよくこう言う。

「芸術が作りたいならルーヴルにでも就職するんだな」

　だから、そうした。ひと月前、クレアはあるウェブサイトで見つけた職に応募した。新設の私立映画博物館の学芸員に。そして今、面接から約三週間が経過し、博物館の理事会のこぎれいなビジネスマンが、彼女にその仕事を与えてくれるところまできている。

まったく悩まない話ではないが、せいぜい頭の片隅を悩ませる程度の決断に過ぎない。アメリカ映画文化博物館(MASC)のオファーの方が明らかに給料がよく、勤務時間もよく、UCLAで取得した動画アーカイブズ学の修士号がもっと活かせる。それに加えて、この仕事なら、頭を使っているという実感がまた持てるようになるかもしれない。

マイケルはクレアのこうした知的な欲求不満を軽くあしらい、彼女は今まさに下積みをしているところで、どんなプロデューサーでも数年は荒地で過ごすものだと強く言い聞かせる——マイケルの無駄を省いた独特の言い回しで表現するなら、彼女は「糞からコーンをより分け」なければならないし、商業的な成功を一回、いや十回は収めて一人前にならなければならない。そうすれば、自分がどうしてもやりたい企画ができる。そして、だからこそ、彼女は今、自分が人生の大きな岐路に立っているのだと思う。このひどい仕事にしがみつき、いつか立派な映画を作りたいという儚い夢を最後まで追い続けるか、映画が本当に重要だった時代の遺産をカタログ化する穏やかな仕事を選ぶか?

こういった決断(大学、ボーイフレンド、大学院)に直面すると、クレアはいつも賛成と反対の理由をリストにして比べたり、いい、しるしのようなものを探したり、賭けをしたりをしてきた——そして、今も自分自身と、あるいは運命と取り引きをする。〝今日、出来が良くて、実現の見込みも充分な映画の企画が、そのドアを潜ってやってくるのが先か——それとも私が辞めるのが先か〟

この取り引きは、もちろん、不正に操作されている。マイケルはあらゆる金脈がテレビの中に眠っていると今では確信している。そのおかげで、この二年間というもの、映画の売り込みや脚本、準備稿をひとつとして気に入ったことがなかった。彼女が気に入ったものは何だって、高すぎる、暗すぎる、古すぎる、あまり商業的じゃないとはねつけた。それでもまだ一縷の望みが残されているかのように、今日は「暴投の金曜日《ワイルド・ピッチ・フライデー》」だった。月の最後の金曜日のことで、マイケルの昔なじみや元同僚が型どおりの売り込みをするために設けられていた。街中の燃え尽き男や使い古された過去の人、一度も成功したためしのない男たちが揃ってやってくるのだ。そして、まさに、この「暴投の金曜日」に、マイケルも共同プロデューサーのダニー・ロスも休みを取る。今日は――ねえ、ちょっと――クレアが独りで、この手のひどい売り込みをすべて引き受けることになっている。

　クレアがダリルをちらりと見ると、彼はベッドに埋もれて彼女の隣で眠りこんでいる。博物館の仕事の話を打ち明けていないことに良心の呵責を覚える。これは、ひとつはダリルが毎晩のように夜遅くまで外出しているせいだが、もうひとつは、いずれにせよ、二人がこれまであまり話し合ってこなかったせいで、さらに加えれば、彼女がダリルと別れようと考えているせいでもある。

「それで?」と静かに呟く。ダリルが深い寝息を立てる――唸り声と泣き声の中間の音。「そうね」と彼女は言う。「これこそ、私が思い描いていたことよ」

　立ち上がって、伸びをして、バスルームに向かう。だが、その途中にダリルのジーンズの側で立ち止まる。ジーンズは休憩中のダンサーのように、彼が脱ぎ捨てた場所にそのままの形で腰を下ろしている――〝ねえ、やめて〟とスプリンクラーが警告を発する――だが、実のところ、彼女にどんな選択肢が残されているというのだろうか――若い女性が人生の岐路にあって、しるしとなりうるものを求めて目を配っているのに? クレアは腰をかがめ、ジーンズを持ち上げてポケットを探る。一ドル札六枚、硬貨数枚、ブックマッチ、それに……ああ、ほら、これだ。

　魅力的な名前のついたどこかの施設のパンチカード。「美尻百景《アスタキュラー》、サウスランドで最高級のライブ・ヌード・エンターテインメント」。ダリルの気晴らし。カードを裏返す。アダルト・エンターテインメント産業の格付けについては、それほど勘が働く方ではない。だが、パンチカードを使っているとなると、「美尻百景」はトップレス・バー界の「フォー・シーズンズ」とは言えないと思う。あ、見て。ダリルったら、あと穴二つで、無料で膝の上で踊ってもらえる。最高じゃない! いびきをかいて寝るダリルの隣に、クレアの枕の上の、頭でついたくぼみにカードを置く。

それから、クレアはバスルームに向かい、正式にダリルを運命との取り引きに付け加える。人質のようなものだ（〃今日、私のところに素晴らしい映画の企画を持ってきて。でないと、ストリップクラブ通いのボーイフレンドが酷い目に遭うわよ！〃）。スケジュールにある名前を思い浮かべ、誰かの名前が魔法のように浮かび上がってこないかなと思う。彼らを地図上の定点として思い描く。午前九時三十分の男はカルヴァー・シティで卵白オムレツを食べながら、売り込みにざっと目を通し、午前十時十五分の男はマンハッタン・ビーチで太極拳をし、午前十一時の男はシルヴァー・レイクのシャワー室で自慰をしている。私の決断は今では彼らにかかっているのだ。だって、自分にできることはすべてやってきたのだから。そう思い込むと気持ちが軽くなる。クレアは半ば解放された気分になって足を踏み出す。堂々と、裸で、運命の気まぐれな腕の中へ――あるいは、少なくとも熱いシャワーの中に。

そして、この時、ひとつの物足りない思いが、その他の点ではすっかり決まった心から漏れ出す。願いか、恐らくは祈り。今日、戯言の中にひとつだけでも……まともな……売り込み――偉大な映画《フィルム》の企画――が聞ければ、人生をかけて追い求めてきたただひとつの仕事を辞める理由がなくなる。

外では、スプリンクラーが岩だらけの庭に笑い声をまき散らしている。


こちらも裸だ。場所は一三〇〇キロ離れたオレゴン州ビーヴァートン。クレアのこの日最後の面接希望者、予約時間は午後四時の男が、着ていく服を決められずにいる。およそ三十歳のシェイン・ウィーラーは背が高く、痩せていて、その少し野性的で面長の顔は、さざ波の立った茶色の頭髪とテーブルの脚並みに長細い二本のもみあげに縁どられている。二十分もの間、シェインは落葉の山のように投げ捨てられた服の中から、上下の組み合わせをうまく引き出そうとしている。しわだらけのポロシャツ、奇抜な古着のTシャツ、レプリカのウェスタンシャツ、ブーツカットのジーンズ、スキニー・ジーンズ、穴あきジーンズ、スラックス、カーキ色のスラックス、コーデュロイのパンツ。どの組み合わせも、才能に溢れるあまり他が疎かな無頓着男を、それほど効果的に演出できない。初めてのハリウッドでの売り込み会議には、この無頓着男こそふさわしいと思っているのに。

シェインはぼんやりと左前腕の刺青を掻く。ギャングスター風の精巧な飾り文字で彫られたACTという単語は、父親の好きな聖書の一節に由来し、最近までシェインの人生のモットーだった。「汝が信仰を持つが如くふるまえ。さすれば、それは与えられん」

このモットーをひとつの見解として育んだのは、長年にわたる連続TVドラマの視聴であり、教師やカウンセラーの激励であり、科学コンテストの入賞リボンや参加賞のメダルであり、サッカーやバスケットのトロフィー——そして、とりわけ、思いやりがあって義理堅い両親だった。二人は信念を持った——なんとまあ、生得権も持った——五人の完璧な子どもを育て上げた。その信念とは、自分自身を信じている限り、子どもたちは何にだってなれるというものだった。

だから、シェインは、高校では長距離ランナーのようにふるまって、優秀選手に二度選ばれ、優等生のようにふるまって、Aをたくさん取り、あるチアリーダーのことが気に入ったようにふるまうと、彼女の方からダンスに誘ってくれ、カリフォルニア大学バークレー校への進学が確実な学生のようにふるまって、実際に入学し、シグマ・ヌへの入会が確実な学生のようにふるまって、クラブから入会を約束され、自分がイタリア語を話すようにふるまって、一年間海外留学をし、作家になるようにふるまって、アリゾナ大学のMFA(芸術系修士号)の創作科への入学が認められ、恋に落ちたかのようにふるまって、実際に結婚した。

だが、最近になって、この信念に亀裂が生じていた——信仰がまだ足りないことの証明——というのも、離婚の準備段階で、もうすぐ元妻になる女が爆弾(「あんたのバカにはもうあきあきなのよ、シェイン」)を落としたからだった。曰く、シェインと父親が繰り返し引用してきた聖書の一節「汝が信仰を持つが如くふるまえ……」は、実際には聖書に出てこない。出てくるのは、彼女が知るかぎり、映画『評決』でポール・ニューマンの演じる人物が行う最終弁論の中だと。

この暴露のせいでシェインがトラブルを抱えたわけではない。ただ、どういうわけか、この情報はトラブルの原因を説明してくれる。ある人の人生が神の手ではなく、デイヴィッド・マメット(1)の手で著されると、次のような事態が生じるのだと。つまり、教師の口を見つけられず、結婚生活も破綻し、ちょうどその頃に学生ローンが満期を迎え、六年間も取り組んできたプロジェクト、MFAの修士論文――『連作』という名の連作短編集――も、苦労して捕まえた出版エージェントから出版を断られることになる(エージェント「この作品は駄目だね」。シェイン「あなたの見解では、ですよね」。エージェント「誰が読んでも、だよ」)。バツイチ、職無し、文無し、文学的な野心も台無しになって、シェインは、作家になるという自分の決断が、どこにも辿り着かない六年間の迂回路だったように感じた。彼は人生で初めての失意の中にいて、ACTが鼓舞してくれなければベッドからも抜け出せないほどだった。彼をベッドから引っ張り出すのは母親の役目になった。母親は抗鬱剤を飲み続けるように彼を説得し、願わくば、自分と夫が育てた、自信に満ち溢れた陽気な若者を取り戻したいと思っていた。

「ねえ、どのみち、うちは敬虔な家族じゃなかったでしょう。教会に出かけるのだって、クリスマスとイースターだけだった。だから、お父さんはあの一節を三十年前の映画から持ってきたんじゃない? 二千年前に書かれた本からじゃなくてね。だからと言って、それが間違っているってことにはならないわ、そうじゃない? それどころか、ひょっとしたら、おかげでこっちの方が正しくなっているかもしれないじゃない」

母親の自分に対する深い信頼と、最近、服用を始めた少量の選択的セロトニン再取り込み阻害薬に触発されて、シェインは神が降りてきた《エピファニー》としか言い表せないような気づきを得た。

〝いずれにせよ、シェインの世代にとって、映画こそが信仰の対象だったのではないか〟――真の宗教だったのではないか? 映画館は我々の寺院だったのではないか? そのひとつに我々は別々に入場した。だが、二時間後には一緒に出てきて、同じ体験、同じ感情の導き、同じ教訓を共有したのではないか？　百万の学校が一千万のカリキュラムを教え、百万の教会が一万の宗派を従えて、そこには十億の説教があった――しかし、映画はこの国のあらゆるモールで同じものが公開された。そして、誰もがそれを見た！　あの夏、きっと忘れることのない夏、あらゆる映画館で発信されていたのは、同じテーマ性や物語性をもった一連のイメージ――同じ『アバター』、同じ『ハリー・ポッター』、同じ『ワイルド・スピード』。ちらちらと瞬く映像が我々の心に刻まれ、記憶に取って代わり、原型的な物語は共有された歴史になり、我々に人生で学ぶべきことを教え、我々の価値観を定めた。これが宗教でないとしたら何なんだ？

それに映画は本よりも儲かる。

だから、シェインは自分の才能をハリウッドに向けることに決めた。手始めに、創作科の前教授ジーン・ペルゴと連絡を取った。ペルゴは教師や世間から無視されたエッセイストでいることに嫌気がさし、『夜の破壊者ども』というスリラー小説(改造自動車に乗ったゾンビが終末後世界のロサンゼルスを徘徊し、生き残った人間を探し出しては奴隷にする)を書き、その映画化の権利を売って、学問的な研究生活や小さな出版社から十年かけて稼いだ額以上の金を手に入れて、一学期の終わりに教職を辞めた。当時、シェインはMFAの二年生だったが、ジーンの変節は課程のスキャンダルと捉えられていた――教職員も学生も等しく憤慨していたのは、ジーンが文学の大聖堂にたっぷりと泥を塗った、そのやり方に対してだった。

シェインがペルゴ教授の消息をたどると、彼はLAに住み、今では三部作に拡大された作品の二作目の脚本――『夜の破壊者ども2――報復の街(3D)』――を執筆中だとわかった。ジーンによれば、ここ二年間で「学生や一緒に働いていた同僚のほぼ全員」から連絡がきたとのことだった。文学を捨てたと一番憤慨していた奴らが、最初に電話をかけてきたと話してくれた。ジーンがシェインに教え

(1)アメリカの劇作家、映画監督。『評決』の脚本を担当。

てくれたのは、アンドリュー・ダンというフィルム・エージェントの名前と、シド・フィールドとロバート・マッキーが書いた脚本執筆に関する本のタイトル、そして、最高だったのが、プロデューサーであるマイケル・ディーンの刺激的な自伝『ディーン流――どうやって私は現代ハリウッドをアメリカに売り込んだのか。そして、どうやれば君も人生に成功を呼び込めるのか？』の売り込みに関する章だった。ディーンの本の一節――「〈その部屋〉で信じられるものはひとつだけ、自分自身だ。君自身が君の物語なのだ」――のおかげで、以前のACTの自信を取り戻すと、売り込みに磨きをかけ、LAにアパートを探し、昔の出版エージェントに電話まで掛けた。（シェイン「お知らせしておかなきゃいけないと思いまして。僕は正式に本の世界と縁を切ったんです」。エージェント「ノーベル賞委員会に連絡しておくよ」。）

そして、今日、すべてが報われる。シェインにとって初のハリウッドのプロデューサーへの売り込みによって。しかも、凡百のプロデューサーではなく、あのマイケル・ディーン本人が――少なくともディーンのアシスタント、クレア某がその相手だ。今日、そのクレア某の手を借りて、シェイン・ウィーラーは、じめじめした書庫から眩いばかりに照らされた映画のダンスホールへ、最初の一歩を踏み出す――

着ていくべき服が決まれば、すぐにでも。

計ったかのように、シェインの母親が階上から声を掛ける。「お父さんは空港に連れて行く準備ができているわよ」。返事を返さないでいると、もう一度。「遅れたくないでしょう、ハニー」。それから、「フレンチ・トーストを作ったわよ」。さらに「まだ着ていく服を迷っているの？」

「すぐ行くよ！」とシェインは叫び、フラストレーションを爆発させて――大半が自分自身に対するものだ――服の山を蹴り上げる。派手に舞い上がった服の中に、完璧な組み合わせが空中に浮かんでいるように見える。ウィスカー・ウォッシュのブーツカットのデニムとダブルヨーク・ウェスタン・スナップ・シャツ。シェインは素早く着替え、鏡を見て、袖をまくると、刺青のTの右側だけが顔を覗かせている。「さあ」とシェイン・ウィーラーは服を着た自分に呟く。「映画を売り込みに行こうか」

クレアいきつけの「コーヒー・ビーン」は七時三十分には既に混みあっている。すべてのテーブルに眼鏡をかけた不機嫌そうな白人のシナリオライターがこれ見よがしに座り、眼鏡の視線はすべてＭａｃＰｒｏのノートパソコンに注がれ、Ｍａｃの画面すべてにデジタル化された最終稿が開かれている――すべてのテーブルがそうだ。例外は奥の小さなテーブル。そこには、グレーのスーツを着たこぎれいなビジネスマンが二人、恐らく彼女のために席を空けて向かい側に並んで座っている。

クレアが大またで歩くと、スカートがカフェに集ったシナリオライターの目を惹きつける。ヒールは嫌いだ。蹄鉄をはめた馬のように感じる。席に辿り着き、微笑みかけると二人が立ち上がる。「ハイ、ジェームズ。ハイ、ブライアン」

二人は腰を下ろし、連絡を返すまでこんなに長くかかったことを謝罪するが、残りはまさにクレアが予想した通りのことだ――申し分のない履歴書、素晴らしい推薦状、見事な面接。彼らは博物館の全員出席の企画委員会と会合をもち、そして、思案の果てに(面接に通った他の人に仕事のオファーをしたのね、とクレアは推測する)、彼女に仕事のオファーを出すことに決めたところだった。オファーと一緒に、ジェームズはブライアンに向かってうなずき、ブライアンはマニラ紙製の封筒を小さな丸テーブルに載せ、滑らせる。クレアは封筒を手に取り、少しだけ開く、かろうじて「秘密保持契約」という言葉が見えるぐらい。クレアが次に進む前に、ジェームズが手を伸ばして警告する。「一つだけ知っておいていただきたいことがあります。その後で我々のオファーをご覧ください」と言って、そして初めて彼らのうちの一人が視線を外す。ブライアンだ。部屋を見回し、聞き耳を立てている者はいないかと確認をしている。

しまった。クレアは最悪のケースのシナリオをぱらぱらとめくる。給料がコカイン払いとか、最初に臨時学芸員を殺さなければならないとか、実はポルノ映画博物館とか――

代わりに、ジェームズが口を開く。「クレア、サイエントロジーについてどの程度ご存知ですか？」

十分後――週末にこの寛大なオファーを検討した

いと頼みこんで――クレアは車を運転して仕事に向かっている。考えごとをしながら。だからって何も変わらないじゃない？　オーケー、なら、夢の映画博物館はカルトの隠れ蓑ってことになるわね――待って、そんなのフェアじゃない。クレアはサイエントロジーの信者を知っている。カルト的といっても、せいぜい母方の頑固なルーテル派の連中や父方の世俗的なユダヤ人連中と同じ程度だった。だが、このように受け止められるものではないのだろうか？彼女が切り盛りする博物館は、トム・クルーズがガレージセールでも処分し切れなかったがらくたで溢れているとでも。

初期資金の提供を除けば、博物館と教会の繋がりはなくなるだろうとジェームズは言っていた。コレクションは数名の教会員からの寄付ではじまるが、博物館の大部分を作り上げるのは彼女の仕事だと。「これが教会のやり方でして、長年にわたってメンバーを豊かにしてくれた産業へのお返しなんです」とブライアンは言った。また、彼らはクレアのアイデアをとても気に入っていた――CGを使ったインタラクティヴな子ども向けの展示、無声映画の地下保管室、週替わりのシリーズ上映会、毎年開催のテーマ別フィルムフェスティバル。クレアはため息をつく。彼らが何者だって構わないけど、よりによって、どうしてサイエントロジーの信者なの？

クレアは考えをめぐらせながら運転する。ゾンビのように――まったくもって基本的な動物の反射的行動。スタジオへの通勤は通いなれた迷路のようなものだ。それは近道と車線変更、路肩、通勤者優先車線、住宅街、裏通り、自転車道、駐車場からできていて、コンドミニアムを出てからスタジオに辿り着くまで、毎日きっかり十八分かかるようになっている。

守衛に会釈をして、スタジオのゲートを抜け、車を止める。バッグをつかんでオフィスへと歩くが、足音さえ思案を重ねているようだ（〝辞める。留まる。辞める。留まる〟）。マイケル・ディーン・プロダクションズは、ユニバーサルの敷地内にある古いライター用のバンガローに居を構えているが、バンガロー自体は防音スタジオやオフィス群、撮影セットの間に押し込まれている。マイケルはもうこのスタジオの社員ではないが、一九八〇年代から一九九〇年代に多額の利益をもたらしたので、会社は彼を手許に残すことに同意していた。いわばトラクター工場の壁に飾られた草刈り鎌だ。スタジオ内のオフィスは、数年前に現金が必要になった際に、マイケルが交わしたファーストルック契約の一部で、その代わりに、スタジオにはマイケルが製作する作品すべてを最初に見る権利が与えられた(あまり多くない、と後でわかった)。

オフィスに入り、クレアは明かりを点け、自分の席に体を滑り込ませ、コンピュータのスイッチを入れる。すぐに木曜の夜の興行収益や先行上映作、週末の続映作品へと進み、見落としていたかもしれない希望のしるしを探す。最後の瞬間に流行に変化があるかもしれない――しかし、数字が示すのは、この数年間と変わらないもの。子ども向け作品ばかり、前もって権利が売られたコミック原作映画の続編で、3DのCGを駆使したクズばかり、過去の実績と予告編とポスターと海外マーケットと試写と観客の反応に基づいて、アルゴリズム的に推定した興行収益の範囲内にあるものばかり。今や映画は劇場内のデリバリーサービスと変わらず、新しいおもちゃやテレビゲームの新製品発売を知らせる広告に過ぎない。大人は三週間待ってからオンデマンドでまともな映画をみるか、スマートテレビを見るだろう――だから、劇場公開作として通用するのは、精巣を膨らませた少年と、その過食症のデート相手が見るようなスリル満点のファンタジー系テレビゲームだけ。

映画《フィルム》――クレアの初恋相手――は死んだのだ。

クレアは自分が恋に落ちた日を正確に示すことができる。一九九二年五月十四日の午前一時。十歳の誕生日の二日前だ。リビングから笑い声のようなものが聞こえ、自分の部屋を抜け出すと、父親が涙を流し、黒い液体の入った背の高いグラスを傾けながら、テレビで古い映画を見ていた――おいで、カボチャちゃん――クレアは父親の隣に座り、二人で静かに『ティファニーで朝食を』の残り三分の二を見た。クレアは小さな画面に映し出された世界に驚いた。これまで知りもしなかったのに、そんな世界を想い描いたことがあるような気がした。これが映画の力だった。既視感《デジャ・ヴ》を引き起こす夢を見せること。三週間後、父親は家族を捨て、巨乳のレスリー、以前勤めていた法律事務所の共同経営者の二十四歳になる娘と結婚したが、クレアは心の中ではいつも、ホリー・ゴライトリーこそが父親を奪ったのだと思っていた。

「私たちは誰のものでもないし、誰も私たちのものではないわ」

小さなデザイン学校で映画を学び、それからUCLAの修士号を得て、そのまま博士課程に進学しようとしていたときに、二つのことが立て続けに起こった。ひとつは、父親が軽い卒中になったこと。父親だって死を免れない、ひいては自分もそうなのだという考えが頭をよぎった。それから、三十年後の自分の姿を心に描いたこと。婚期を逃した図書館司書が、ヌーヴェル・ヴァーグの監督の名前をつけた猫に囲まれてアパートで暮らしている。(「ゴダールったら、リヴェットの嚙みおもちゃは放っておきなさい」――)

『ティファニーで朝食を』の頃の情熱を思い出して、クレアは博士課程を辞め、世間から隔絶した学問の世界を飛び出し、ただ映画を研究するよりも作ることに挑戦しようと決めた。

手始めに、大手タレント事務所に応募すると、面接をしたエージェントは三ページの履歴書にほとんど見向きもせずに、やがてこう言った。「クレア、カバレッジって何だかわかるかな?」エージェントはまるで六歳の子どもに話しかけるようにクレアに説明した。ハリウッドは「とても忙しいところ」なんだ。ここではみんなエージェントやマネージャー、会計士、弁護士のお世話を受けるんだよ。広報係はイメージを管理して、アシスタントはお使いに走って、用地の管理人は芝を刈って、メイドは家を掃除して、ホームステイ中の若者は子どもの面倒をみて、犬の散歩係は犬を散歩に連れ出す。それに、ここにいる人たちは忙しくてね。毎日、脚本や書籍や準備稿を山のように受け取るんだ。だから、それを何とかするために、誰かの助けを借りるというのは当たり前のことじゃないかな?「クレア」とエージェントは言った。「君に秘密を教えよう。ここでは、誰も読んじゃいないのさ」

最近の映画をたくさん見ていたので、そんなのは秘密でも何でもないとクレアは思った。

だが、この答えは胸にしまって、カバレッジを読む仕事に就いた。書籍や脚本、準備稿の要約を書き、ヒット作との比較を行い、登場人物や会話、それに商業的な可能性を評価し、エージェントとクライアントが単に資料を読んだだけでなく、大学院レベルのセミナーを受けたのかもしれないと思えるようにする。

タイトル　『二時間目——死』
ジャンル　ヤング・アダルト・ホラー
ログライン　『ブレックファスト・クラブ』が『エルム街の悪夢』と『二時間目——死』で出会う。ある学生グループが狂気に冒された代替教師と戦わざるを得なくなる物語。その教師は実は吸血鬼で……

　それから、仕事に就いてからわずか三か月、クレアは一般層のベストセラーとなっている作品を読んでいた。かなり大仰で感傷的なゴシック小説の大著だったが、クレアは馬鹿げた機械仕掛けの神《デウス・エクス・マキナ》的な結末(暴風が電柱をなぎ倒し、電線が悪者の顔に激しく打ちつけられる)に辿り着くと、ただ……そこに手を加えた。とても簡単なことで、衣料品店で、セーターの山が乱れているのに気がついて、揃えてあげるのと何ら変わらなかった。梗概《シノプシス》をまとめる際に、クレアはヒロインを本人の救助作戦に参加させた。それ以上のことは何も思い浮かばなかった。

　だが、二日後、電話が掛かってきた。「マイケル・ディーンだが」と受話器の向こう側の声は言った。「私のことを知っているかな?」

　もちろん、クレアは知っていた。彼がまだ生きていると聞いて驚きはしたが。その男はかつて「ハリウッドのディーン」と呼ばれ、二〇世紀後半の超大作映画数作——ギャングもの、怪物もの、運命的な出会いのロマンスものばかり——に関わっていた。かつてのスタジオの重役にして、大文字のPで呼ばれた時代のプロデューサーだ。当時のプロデューサーといえば、すぐに激怒し、キャリアを左右する力があり、女優をコマし、コカインを嗜む大物だった。

「それでは、君が」と彼は続けた。「あのカバレッジを担当した娘か。私が十万ドル払った表紙付のゴミ束をちょいと直してくれたのは」。そして、このようにクレアは仕事を得た。あろうことかスタジオの一画で、あろうことかマイケル・ディーンその人と。企画開発アシスタントのチーフとして、マイケルが「ゲームに復帰する」のを手伝うために、仕事を与えられたのだった。

当初、クレアは新しい仕事がとても気に入っていた。大学院ではこつこつと骨の折れる研究をしていたので、余計に刺激的だった――会議、ざわめき。毎日、脚本が届き、準備稿も書籍も届く。それに売り込みだ！　クレアは売り込みが大好きだった――「そこで、この男が登場して、目を覚ますと妻が吸血鬼になっていることに気づく」――ライターもプロデューサーもオフィスに颯爽と入ってきて（みんな水のボトルを手に！）、ヴィジョンを共有する――「クレジットの間に宇宙人の船が映り、カットが切り替わると、この男がコンピュータを前に座っている」――こうした売り込みはどこにも行きつかない代物なのだと気がついた後でさえ、クレアは変わることなく売り込みを楽しんだ。売り込みは特殊な表現形式で、実存的な現在時制のパフォーマンス・アートのようなものだった。物語がどれほど古くても関係なかった。ナポレオンについての映画が現在時制で売り込まれた。原始人や聖書の映画でさえ同じだった。「そこで、この男が登場、キリストだ。ある日こいつが蘇る……ゾンビのように――」

この時点でクレアは二十八歳になったばかりで、スタジオの一画で働いていた。正確に言うと、自分がかつて夢見ていたことではなく、この業界の人なら誰もがやる仕事をやっていた。会議に出席し、脚本を読み、売り込みを聞く――すべて気に入ったふりをしながら、役に立たない理由を密かに見つける。そして、そのとき、考えられる限り最悪の事態が起きた。成功だ――

その売り込みがまだ耳に残っている。「『フックブック』と言うんだ。出会い系の動画版フェイスブックみたいなもので、このサイトに動画を投稿する奴らは皆、この番組のオーディションを受けることになる。そこから見た目が一番イケてて、エロい連中を選び出して、デートの様子を撮影したり、一部始終を追跡したりする。出会い、別れ、結婚式。何よりも素晴らしい点は、本人が出演するところ。一セントたりともギャラを払う必要がないんだ！」

マイケルはこの番組をケーブルテレビのマイナー局で始め、そして、こんな風にして十年ぶりのヒット作を得た。クレアには正視に耐えかねるようなテレビとウェブが連動した垂れ流し番組で。マイケル・ディーンが帰ってきたのだ！　そして、クレアは理解した。人々はなぜ懸命になって何も生み出さないようにしているのか――それは、一旦何かを生み出してしまえば、それがその人のものとなり、その人はそれしかできなくなってしまうからだ。今ではクレアの日常は売り込みを聞くことに費やされている。『喰い尽くせ《イート・イット》』(太りすぎの奴らが先を争って大量の食事をたいらげる)や、『金持ち熟女、貧乏熟女』(エロい中年女性がエロくて若い男性とデートをする)なんかを。

　それがあまりに辛いので、クレアには毎週の「暴投の金曜日」の売り込みが本当に楽しみになり始めている。この一日だけは、まだ思いがけない映画の売り込みが聞けるかもしれないからだ。不幸なのは、こうした金曜の売り込みの大半がマイケルの過去からやってくることだ。断酒会で出会った人々、マイケルに貸しまたは借りがある人々、クラブで出会った人々、昔のゴルフ仲間、昔のコカインディーラー、六〇年代から七〇年代にかけて寝た女、八〇年代に寝た男、先妻と三人の嫡出子に加えて、もう三人の年長の非嫡出子の友人、主治医の子ども、庭師の子ども、プール清掃人の息子、自分の息子のプール清掃人。

　例えば、クレアの九時三十分の相手を見てみよう。シミ面のテレビのライターは、レーガン時代にマイケルのスカッシュ仲間だったが、今は自分の孫が出演するリアリティショーを作りたいと思っている(孫の写真を会議用テーブルに誇らしげに広げている)。「かわいいわね」とクレアは言う。「あら」「なんて愛らしいのかしら」「そうね。確かに、今は何でもかんでも自閉症と診断しているかもしれないわね」

　だが、こんな会議にも不満はなかった。もっとも、「マイケル・ディーンの誠実さに関する講義」を進んで聞かなければの話だが。それはこんな感じだ。この冷たい街にあっても、マイケル・ディーンという男は、友人のことを決して忘れたりしない。友をぎゅっと抱きしめて、目を見つめて言う。「なあ、君の作品はずっと私のお気に入りなんだ、〇〇〇(ここに名前が入る)。次の金曜にウチに来て、部下のクレアに会ってみてくれ」。それからマイケルは名刺を取り出すと、署名をして、その人物の手に押し付ける。こんな風にして彼らはやってくる。マイケル・ディーンの署名入りの名刺を手に現れる連中が、プレミア上映のチケットや俳優の連絡先、あるいはサイン入りのポスターを欲しがることがないわけではない。だが、大抵の場合、ここにいるみんなと同じものが目当てなのだ——売り込み。

ここでは売り込みこそ人生だ。自分の子どもを良い学校に売り込み、買う余裕もない住宅の購入を売り込み、不倫相手の腕の中ではありえない弁解を売り込む。病院は出産センターを売り込み、介護は愛を売り込み、高校は成功を売り込む……車のディーラーは贅沢を売り込み、カウンセラーは自尊心を、マッサージ師は幸せな最期を、墓地は永遠の安らぎを……。それには終わりがない。売り込みという行為は——永遠に続き、人に活力を与えると同時に、酷く気を滅入らせ、しかも死と同じぐらい容赦がない。それに、朝のスプリンクラーと同じぐらい巷に溢れている。

マイケル・ディーンの署名入り名刺は、この一画ではある種の通貨となっている——クレアの見るところ、古ければ古い方が良い。マイケルがスタジオの重役だった頃の名刺を、十時十五分の相手がさっと取り出したとき、クレアは映画の売り込みを期待した。だが、その男が始めたのはリアリティショーの売り込み。その内容はあまりにすさまじく、いっそ見事と思えるほどだった。『パラノイアの宮殿』。精神病の患者を薬から解放して、隠しカメラを付けた家に入れる。そして、奴らの精神状態を滅茶苦茶にしてやるんだ。照明をつけて、音楽を鳴らし、冷蔵庫を開けて、トイレの水を流す……」

その手の薬なら、十一時三十分の男は実際に服用を中断しているようだった。マイケル・ディーンの隣人の息子が大股で歩いて入ってくる。ケープを着て、顎紐のような髭を生やしている。決して目を合わせずに、頭の中で作り上げたファンタジー世界のミニドラマシリーズについて売り込みをする(「もし文字にしたら、誰かが盗んでしまうからね」)、その名も『ヴェラグリム・クワトロジー』——ヴェラグリムは八次元の異世界、クワトロジーは「トリロジーみたいなもの。ちがうのは三部作じゃなくて四部作というところさ」。男がこのファンタジー世界の世界観についてくどくどと話しているあいだに（ヴェラグリムには姿の見えない王様がいて、ケンタウロスが絶え間なく反抗を続けている。それに、男性のペニスは一年に一週間だけ勃起する）、クレアは膝のうえで振動する携帯電話に少しだけ視線を落とす。彼女がまだしるしとなるものを求めているのなら、これは良いしるしかもしれない。キャリアに恵まれず、ストリップクラブ通いを止められないバカな恋人がちょうど目を覚ましたようで――十二時二十分前――こんな一語の、句読点さえついていない質問を送ってきた。「ミルク」。ダリルが下着姿で冷蔵庫の前にいる様子を思い浮かべる。ミルクがないことに気づき、この馬鹿げたメッセージを打っている。他のどこにミルクの買いおきがあると思っているのだろう？　「洗濯機」と返信する。ヴェラグリム男が分裂病的なファンタジーを長々と話しているあいだに、クレアはこう思わずにはいられない。ここまでくると運命に馬鹿にされているんじゃないの？　史上最悪の「暴投の金曜日」を与えて、彼女との取り引きを一蹴――たぶん、あらゆる点で最悪の一日で、この酷さは中学二年のとき以来だ。そのときは、男女混合で行う体育のキックベースの試合中に急な生理に襲われた。ぼんやり頭のマーシャル・エイキンが、クレアのトレーニングパンツに広がった赤い花を指さし、教師に向かって悲鳴を上げた。「クレアが血を流している」と。今、血を流しているのはクレアの脳だ。流れ出た血が会議のテーブル一面に広がるなか、この気味の悪い男は『ヴェラグリム・クアトロジー』の第二部に話を進めている（「フランドールがシャドウセーバーを抜き放つ！」）、そのうちにダリルから新たなメッセージが届き、膝の上のブラックベリーに映し出される。

「シリアル」

ジェット機のタイヤが甲高《かんだか》い音を上げ、滑走路をつかむと、シェイン・ウィーラーははっと目を覚まし、時計を見る。まだ大丈夫。そうだ、飛行機が一時間遅れたんだった。でも、会議までには三時間あるし、今はもうたった二〇キロのところまで来ている。二〇キロなんて車で何分かかるっていうんだ？　ゲートで伸びをして、飛行機から降りると、夢見心地で歩を進め、長いタイル張りの空港のトンネルをくだり、手荷物受取所と回転ドアを抜けて、陽のあたる縁石を踏んで、バスに飛び乗り、レンタカーセンターへ、笑顔でいっぱいのディズニーランド行きの観光客(同じ二十四ドルのオンラインのレンタカー・クーポンを見てきたに違いない)と列に並ぶ。やがて順番が回ってくると、運転免許証とクレジットカードを係員に向かって滑らせる。係員の女性が彼の名前をさも意味ありげに発するので(「シェイン・ウィーラーさんね?」)、ほんの一瞬だけ幻惑され、シェインはこんな想像を巡らす。自分は時間的にも、それに名声においても大きく前に進んできた。だから、彼女はどこかで彼の名前を聞いたことがあるのだ、と——しかし、もちろん、彼女は予約リストに彼の名前を見つけて嬉しいだけだ。

「ここにはお仕事で? それとも休暇? ウィーラーさん」

「贖罪《しょくざい》さ」とシェインは答える。

「保険はどうします?」

クーポンでは保険はかけられず、アップグレードもはねつけられ、値の張るGPSと燃料補給のオプションも断られたが、レンタル契約と車のキー、それに十歳児がラリって描いたような地図を手に入れて、シェインは先を急ぐ。レンタルした赤い韓国車に腰を落ち着けると、シェインは遠く離れた運転席をスライドさせ、ハンドルと同じ郵便番号の地域に送り届け、一息ついて、車を発進させる。そして、生まれて初めての売り込みのさわりを試しにやってみる。「そこにこの男が登場する……」

一時間後、シェインは、どういうわけか、約束からずっと離れた場所にいる。車は渋滞にはまっていて、もしかしたら、進んでいる方向だって見当違いかもしれない(今となっては、GPSは素晴らしい話だったように思える)。シェインは役に立たないレンタカーの地図を脇に置いて、ジーン・ペルゴの携帯電話に掛ける。留守番電話だ。次に、この会議をセッティングしてくれたエージェントへと掛けるが、アシスタントが出て、「すみません。アンドリューは不在です」とか、そんな感じのことを言う。いやいやながら、母親の携帯を試し、それから父親の、最後に家の電話番号を試す。「クソッ、どこに出かけてんだ?」次に頭に浮かんだ番号は前妻のものだった。サンドラは今、一番電話をしたくない相手だ――だが、まさにそれぐらい必死だった。

シェインの名前は今でもサンドラの携帯に表示されるようだ。というのも、彼女の第一声はこうだった。「電話をかけてきたのは、借りているお金の残りが用意できたからよね。そうだと言ってちょうだい」

これこそ彼が避けたいことだった――誰が誰の信頼を裏切り、誰が誰の車を盗んだといった一連の揉め事が、この一年間、あらゆる会話に顔を覗かせていた。彼はため息をつく。「本当のところ、ちょうど今、君に返す金を稼ぎに行く途中なんだよ、サンドラ」

「また血漿《けっしょう》を売ろうとしてるんじゃないでしょうね？」

「いや、LAにいるんだ。映画の売り込みにね」

サンドラは笑い、それからシェインが真剣なことに気がつく。「ちょっと待って。今、映画の脚本を書いているの？」

「いや、映画の企画を売り込みにきているんだ。まず売り込んで、それから書くのさ」

「映画がお粗末なのもうなずけるわね」。それでこそ、いつものサンドラだ。詩人気取りのウェイトレス。二人はトゥーソンで出会った。サンドラは「カップ・オブ・ヘブン」で働いていて、そのコーヒーショップでシェインは毎朝原稿を書いていた。シェインは夢中になった。順を追って、サンドラの脚に、笑い声に、そして作家に憧れを抱き、彼の作品を進んで支持しようという、その態度に。

サンドラの方は――最後に告白したのだが――主にシェインのたわ言に夢中になった。

「なあ」とシェインは言う。「少しだけ文化批評を止めて、マップクエストでユニヴァーサル・シティを検索してくれないか？」

「本当にハリウッドで会議なの？」

「そうさ」とシェインは答える。「ある大物プロデューサーとスタジオの事務所でね」

「どんな服を着ているのよ？」

シェインはため息をついて、ジーン・ペルゴが話していたことをサンドラに伝えた。売り込み会議に着ていく服なんて重要じゃない（「おだてを跳ね返すスーツがあれば話は別だが」）。

「あなたが着ている服なんてお見通しよ」とサンドラは言い、続けてシェインの服装を靴下まで言い当てていく。

シェインは電話したことを後悔し始めていた。

「つべこべ言わずに行き先だけ教えてくれないか」

「あなたの映画、なんて名前なの?」

彼はため息をつく。忘れるな。俺たちはもう夫婦じゃない。だから、サンドラの辛辣で冷静で皮肉の効いた態度は、もはや自分には何の影響も及ぼさない。

「『ドナー!』」

サンドラは一瞬だけ静かになる。だが、彼女はシェインの好みを知っている。偏愛する本だって。

「あなた、人食い映画の脚本を書いているの?」

「言っただろ、映画の企画を売り込みにきているんだ。それに人食いの話じゃない」

明らかに、ドナー隊は映画にするには難しい題材だった。だが、売り込みは「切り口」がすべてだ、とマイケル・ディーンが、回顧録兼自己啓発本の名著『ディーン流』で書いていた。コピーを繰り返して薄くなった十四章のページにはこうある。


アイデアとは括約筋のようなものだ。どんなケツ野郎だって、ひとつは持っている。大切なのは君の切り口だ。君の切り口が大切なんだ。私なら、今すぐにだってフォックスまで歩いていって、猿の睾丸のオーブン焼きを出すレストランの映画を売りつけることができるだろう。正しい切り口さえ把握できていればな。

そして、シェインには完璧な「切り口」がある。『ドナー!』に関わってくるのは、おきまりのドナー隊の物語ではない——この隊の全員が環境の劣悪な野営地で立ち往生し、寒さや飢えで死に、ついにはお互いを食べる。隊にいた家具職人の物語。名をウィリアム・エディといい、若い女性が大半を占める一団を率いて、悲惨で勇敢な旅を続け、山脈を抜け、安全な場所まで辿り着く。そして——注目の第三幕!——元気を取り戻すと、戻って妻と子どもを救おうとするのだ! このアイデアを電話でエージェントのアンドリュー・ダンに売り込んだとき、その力に駆り立てられるような気がした。「これは勝利の物語なんだ」とシェインはエージェントに話した。「壮大な物語が描くのは立ち直る力！　勇気！　決断！　愛！」。この日の午後のうちに、エージェントはクレア・シルヴァーとの会議をセッティングしてくれた。企画開発アシスタント……よく聞け……あのマイケル・ディーンのだ！

「ふうん」と、一部始終を聞き終えたサンドラが言う。「それで、あなたはそれが本当に売れると思っているのね？」

「ああ、そうさ」とシェインは答える。そう思っている。映画から生まれたシェインの「何かの如くふるまえ」という自己信仰には、この教義を支える重要な附則がある。彼の世代が共有する〝不朽の一話完結型の導き〟に対する深い信頼だ。この思想――何十年にもわたってエンターテインメント業界で研ぎ澄まされてきたものだが――によれば、三十、六十、百二十分間といざこざが続いたあとに、物事はたいてい解決に向かうとされている。

「オーケー」とサンドラは言って――たとえ勘違いでも、自己信頼にあふれたシェインには否定しがたい魅力があって、その魅力に対してまだ完全には無関心でいられない――マップクエストの指示を読んでやる。シェインが感謝を述べると、サンドラが答える。「今日の幸運を祈っているわ、シェイン」

「ありがとう」とシェインが返す。そして、いつもと同じように、前妻の落ち着いた、一点の曇りもない本物の善意によって、自分がこの惑星で一番寂しい人間のような気がしてくる。

終わった。なんてバカな取り引きをしたのだろう。映画になるような素晴らしい企画がいつか見つかる？　マイケルは何度言い続けてきたことか。「我々がいるのは映画ビジネスじゃない。宣伝ビジネスだ」。でも、そうね、今日はまだ終わっちゃいないわ。とは言っても、二時四十五分の相手は額の治りかけのかさぶたをいじりながら、テレビドラマの警察ものを売り込んでいる（「そこに、この警官が登場」――プチッ――「ゾンビの警官だ」）。クレアは自分の中で大切なものが失われていくのを感じる。希望的観測が死んでいく。午後四時の相手は現れる気配がない（シ、ョ、ー、ン・ウ、ェ、ラ、ーという男だ）。腕時計を見て――四時十分――と霞んだ眠い眼で知る。

じゃあ、これまで。すべて終わった。マイケルに幻滅したと伝えるつもりはない。伝えたところで何になる？　クレアは二週間かけて静かに荷物を片付け、このオフィスをそっと出て、サイエントロジー信者のお土産を保管する仕事に就くつもりだった。

それと、ダリルはどうしよう？　彼も今日捨ててしまおうか？　そんなことできる？　ここのところ、何度かダリルと別れようとしてきたが、うまくいかなかった。スープを切るようなもので——手ごたえがまるでなかった。こう切り出す。「ダリル、話があるの」。すると、彼はいつものあの感じの笑みを浮かべるだけで、結局、セックスをすることになる。このおかげでダリルが少し興奮を覚えてさえいるのではないかと思う。こう切り出す。「私たち、上手くいっているのか、わからないのよ」。すると、ダリルはシャツを脱ぎ始める。ストリップクラブのことで文句を言うと、ただ面白そうな表情を見せる。(クレア「二度と行かないって約束してくれる？」ダリル「約束する。別れたくないからね」。)ダリルは争わず、嘘もつかず、気にもしない。食べて、息をして、セックスをする。どうやったらこの男から自由になれるというのだろう。既にこんなに自由な男なのに？

クレアがダリルと出会ったのは、今となっては彼女が関わった唯一の映画になりつつある作品——『夜の破壊者ども』——だった。クレアはいつも刺青に弱かった。ダリルは、ゾンビその十四という通行人役(ふらつき人役？　よろめき人役？)で、あの素晴らしくたくましい刺青入りの腕の持ち主だった。クレアのそれまでのデート相手は、大抵は頭が切れて繊細なタイプ(自分の頭のキレと繊細さが余計なものに思えてくるほど)で、如才ない実業家タイプ(その野心はまるで第二のペニス並み)も少しいた。失業中の俳優タイプはまだ試したことがなかった。これって、大学院の映画学科の温室を後にしたとき、まずはじめに頭に浮かんだことじゃない？　直観的なタイプを試してみたい。俗っぽいタイプも。そして、最初は、直観的な俗っぽさは宣伝どおりに素晴らしかった(クレアはこう思ったのを覚えている。これまでにこんな風に触られたことってあったかしら？)。三十六時間後、セックスを終え、今まで寝た中で一番格好の良い男とベッドに横になっているとき(時々、彼をただ眺めているのが好きだった)、ダリルはこともなげに、ガールフレンドに追い出されたばかりで住むところがない、と認めた。およそ三年たったが、ダリルの名前がクレジットされた作品では、『夜の破壊者ども』が未だに最高のもので、ゾンビその十四も、未だにベッドの上の華やかなでくの坊のままだ。

だめ。ダリルとは別れられない。今日は無理。サイエントロジー信者に、自慢ばかりのお爺ちゃん、頭のおかしな連中、ゾンビ警官、それに、かさぶたいじり男と会ったあとでは無理。ダリルにもう一度チャンスをあげるつもりだった。家に帰り、ビールを渡して、その広い刺青の彫られた肩にもたれかかる。一緒になって「ＴＶ《ティーヴィー》」を見れば(ダリルのお気に入りは、ディスカバリーチャンネルでトラックが氷上を駆け抜けていくのを見ること)、少なくとも、実生活とのわずかなつながりが持てるだろう。いや、これは夢や空想ではなく、完璧なまでにアメリカ的なこととして行われていることだ。この国の至るところで『夜の破壊者ども』のゾンビどもが地平線を疾走し、残りの原油埋蔵量など気にもかけずに全速力で車を飛ばして家に帰り、腰を下ろし、目をどんよりさせて、『アイス・ロード・トラッカーズ』や『フックブック』を五十五インチのフラットテレビで見る(「ダブルニッケル」(2)とダリルはこれをそう呼ぶ。あるいは「サミー・ヘイガー」(3)と)。

クレアはコートをつかみ、ドアに向かって歩き出しかけるが、立ち止まって、肩越しにちらりとオフィスを振り返る。ここで素晴らしいことを成し遂げられるかもしれないと思っていたのに——愚かなホリー・ゴライトリーの夢。それから、もう一度時計を見る。四時十七分。さらに刻々と進んでいる。外に出て、ドアを閉めて鍵をかけると、息をついて、歩き出す。

シェインが借りた韓国車の時計も四時十七分を示

(２)　ルート55のこと。
(３)　ロックンローラー。元ヴァン・ヘイレンのヴォーカル。“I Can't Drive 55”という曲で有名。

している——もう十五分以上の遅刻で、死にたい気分だった。「クソッ、クソッ、クソッ！」ハンドルを叩く。ようやく方向転換できたあとにも、何度か渋滞に捕まり、出口を間違えた。スタジオのゲートに車を乗りつけ、警備員が肩をすくめ、運命は別ゲートで君を待っていると告げるころには、遅れは二十四分に達し、念を入れて選んだ服は、それが何であろうと汗まみれになっている。正しいゲートに辿り着いたとき、遅刻は二十八分に。三十分に達したとき、二つ目のゲートの警備官からようやく返されたＩＤカードを受け取ると、体を震わせながらダッシュボードに駐車許可証を叩きつけ、駐車場に車を止めた。

シェインは今、マイケル・ディーンのバンガローからわずか六〇メートルのところにいる。だが、車を降りる際に方向を誤り、巨大な防音スタジオ群に迷い込んでしまう——この世で最も清潔な倉庫地帯だ。結局、ぐるっと一周し、バンガローが立ち並ぶ方へ、ウェストバッグをつけたスタジオツアーの参加者を乗せたトラムの方へと向かう。観光客はカメラや携帯電話を構え、マイクで増幅されたガイドの声が、時代遅れの魔法について、真偽の疑わしい物語を語るのを聞いている。カメラをもつ客たちは息を潜めて聞き入り、自分自身の過去と何らかの接点が現れるのを待っている(「この番組大好きだったの！」)。そして、シェインがよろよろとトラムに近づいてくると、スター警戒中の観光客は、彼のぼさぼさの髪、細長いもみあげ、痩せた必死な形相を、記憶のファイルにある数千の有名人の顔と照合し、探し出そうとする——これって、シーンとかいう人？　ボールドウィン兄弟の一人？　リハビリ中のセレブ？——そして、シェインの妙に魅力的な顔だちを、どの有名人とも一致させられない間も、観光客はともかく写真を撮る。念のために。

ツアーガイドがヘッドセットに向かって話している。トラムの乗客に英語らしき言葉で、ある有名なテレビ番組のある有名な別れの場面は、よく知られているように、「ちょうどそこ」で撮影されたと伝えている。シェインが近づいて行くと、運転手が指を立て、ガイドの話が終わるまで待てと合図をしたので、ガイドの男は話し終えることができる。自己嫌悪でオーバーヒート寸前のシェインは、汗にまみれ、今にも泣き出しそうになっている。両親に電話をかけたい衝動と闘いながら――ACTの決意はもはや記憶の彼方――シェインは自分がツアーガイドの名札をじっと見つめていることに気がつく。エンジェル。

「すまないが」とシェインは話しかける。

エンジェルはヘッドセットのマイクを手で覆い、強い訛りで訊く。「このクソが、何の用だ？」エンジェルはシェインとほぼ同年代だったので、二十代後半の仲間意識に訴えてみる。「なあ、すっかり遅れちまってるんだ。マイケル・ディーンのオフィスを教えてくれないか？」

この質問の何かが引き金となって、別の観光客がシェインの写真を撮る。だが、エンジェルはただ親指を振って、トラムを先に進ませると、それまで遮る形になっていた看板を見せながら、一軒のバンガローを指さす。マイケル・ディーン・プロダクションズ。

シェインは腕時計を見る。もう三十六分も遅れている。〝クソッ、クソッ、クソッ！〟走って角を曲がり、あった、これだ――だが、バンガローのドアを塞ぐように、杖を持った老人が立っている。一瞬、この人がマイケル・ディーン本人かもしれないと思う。ディーン氏は会議に来ない。来るのは企画開発アシスタントのクレア某だけだろう、とエージェントが言っていたにもかかわらず。いずれにせよ、この人はマイケル・ディーンではない。ただの老人で、年齢は恐らく七十ぐらい。濃いグレーのスーツを着て、チャコールグレーのフェドラ帽をかぶり、杖を腕にかけて、手には名刺を握っている。シェインが歩道を歩く足音を聞いて、老人は振り返り、帽子を取る。もじゃもじゃした青灰色の髪と珍しい青珊瑚色の瞳が露わになる。

シェインは咳払いをする。「中にお入りになるんですか？　というのも僕は……かなり遅刻してしまって……」

老人が名刺を差し出す。かなりの年代物で、しわくちゃで、染みがついていて、印字も消えかけている。別のスタジオ、二〇世紀フォックスのものだった。だが、名前は合っている。マイケル・ディーンだ。

「ここに間違いないですね」とシェインは言う。

自分が持っているマイケル・ディーンの名刺を見せる――かなり新しいものだ。「ね？　今はこのスタジオにいるんですよ」

「そう。私はここに行く」と老人は答える。強い訛り、イタリア人だ――シェインがそれに気付いたのはフィレンツェで一年間学んでいたからだった。老人は二〇世紀フォックスの名刺を指さす。「彼らが言う。ここに行け」。バンガローを指さす。「でも……閉まっている」

シェインには信じられなかった。老人の脇を抜けると、ドアが開かないか試してみる。その通りだった。閉まっている。なら、終わりだ。

「パスクアーレ・トゥルシ」と老人は名乗り、手を差し出す。

シェインはその手を握り返す。「敗残者」と名乗り返す。


クレアはダリルにメールを送り、夕食は何が食べたいかと訊ねたところだった。「ｋｆｃ」という答えに続いて、もう一通。「無修正版フックブック」――ダリルにはすでに話していた。会社がもうすぐ、あの番組のもっと卑猥な無修正版を放送する予定で、それには通常のテレビでは放送できない裸や酔ったうえでの愚行といったものが満載だと。いいわ、とクレアは思う。自分の会社が製作した世も末なテレビ番組のために戻ろう。それからＫＦＣのドライブスルーを回って、ダリルと体を丸めて眠り、月曜に人生と向き合おう。車の向きを変え、セキュリティを手ぶりだけで通過し、マイケルのオフィスがあるバンガローの先の駐車場にまた車を止める。未編集のＤＶＤを取りにオフィスへと戻り始めるが、小径を回ったとき、クレア・シルヴァーの視線の先、バンガローのドアに誰かが立っている。「暴投の金曜日」の向こう見ずが一人……ではなく、二人。立ち止まって、回れ右をして帰ろうかと考える。

クレアは時々「暴投の金曜日」の参加者について色々と推測するのだが、今度もそれをやってみる。ぼさぼさ頭のもみあげ男が着ているのは、わざと穴を開けたブルージーンズにウェスタン風のシャツかな？　マイケルに昔コカインを売っていた男の息子ね。それと、白髪で青い眼をしたチャコールグレーのスーツの老人は？　こっちはずっと難しい。マイケルが一九六五年に出会った男で、トニー・カーティスの家の乱交パーティーで、オカマを掘られているときに知り合ったとか？

必死の形相をした若者の方が、彼女が近づいてくるのに気づく。「クレア・シルヴァーさんですか？」

いいえ、と思ったが、「そうよ」と答える。

「シェイン・ウィーラーです。本当にすみません。渋滞があって、道に迷って、それで……。まだ会議を開いてもらうことは可能でしょうか？」

クレアが途方に暮れたように老人を見ると、その老人は帽子を脱ぎ、名刺を差し出す。「パスクアーレ・トゥルシ」と名乗る。「私は探す……ていますディーンさんを」

素晴らしい。向こう見ずが二人。ＬＡ界隈では道もわからないガキと時空を超えてきたイタリア人。二人ともクレアをじっと見て、マイケル・ディーンの名刺を差し出す。名刺を受け取る。若者の名刺は予想どおり新しい。裏を返す。マイケルの署名の下には、エージェントのアンドリュー・ダンのメモが書いてある。彼女は最近、アンドリューをはめた。彼と寝たという意味ではなく――それなら許されるだろう――彼のクライアントが考案した台本なしのファッション番組『その靴が履けたら』のデモテープをしばらく配布しないでくれ、その間にマイケルが検討するからと頼んだのだ。検討する代わりに、マイケルは競合番組『靴フェチ』の選択売買権《オプション》を買い付けて、見事にアンドリューのクライアントの企画をつぶしてしまった。エージェントのメモにはこうあった。「楽しんで！」報復の売り込み《ペイバック・ピッチ》。ああ、これはひどいに違いない。

もう一方の名刺は謎だった。これほど古いマイケル・ディーンの名刺は見たことがない。印刷は薄れ、皺だらけ、マイケルの最初のスタジオ、二〇世紀フォックスのものだ。その肩書がクレアの目を引いた――広報？　マイケルは広報から仕事を始めたの？　この名刺はどれだけ古いのよ？

素直に言えば、こんな一日を過ごしたあとに、ダリルが「ｋｆｃ」や「無修正版フックブック」以外のメッセージを送ってきていたなら、この二人の男に、試合は終わったのよ、と告げただけだったかもしれない――今日はチャリティだったのに、チャンスに乗り遅れたわね。だが、運命や自分が交わした取り引きについて、クレアはもう一度考えてみる。そんなの誰にもわかりはしない。ひょっとすると、このうちの一人が……よし。ドアの鍵を開け、名前をもう一度訊ねる。汚いもみあげ＝シェイン。ギョロ目＝パスクアーレ。

「二人とも会議室に戻ったらどうかしら？」と声を掛ける。

オフィスに入り、マイケルが手掛けた名作（『衝撃』『恋泥棒』）のポスターを前に座る。儀礼的なあいさつをしている時間はなく、水が提供されない史上初の売り込み会議になる。「トゥルシさん、お先にはじめられますか？」

老人は周りを見回し、困惑している。「ディーンさんは……ここにいないですか？」その訛りはきつく、一語一語噛みしめているかのように聞こえる。

「すみませんが、今日はここに来ないと思います。古いお知り合いですか？」

「私は彼に会います……」。老人は天井をじっと見つめる。「ええと、ネル・セッサンタドゥーエ」

「一九六二年」と若者が続けた。クレアが興味ありげな視線を送ると、シェインは肩をすくめた。

「一年間イタリアに留学していたので」

クレアはマイケルとこの老人のことを想像してみる。その時代に戻って、ローマ中をコンバーチブルで走り回り、イタリアの女優をたぶらかし、グラッパを飲んでいる姿を。今、パスクアーレ・トゥルシは混乱しているようだ。「彼は言います……『君は……ずっと何でももらえる』と」

「ええ」とクレアは答える。「お約束します。マイケルにあなたの売り込みを全部伝えます。はじめからお話しになってはいかがですか？」

パスクアーレは眉をひそめる。言われたことがわからないようだ。「私の英語は……長い間……なので」

「はじめからですよ」とシェインがパスクアーレに声を掛ける。「リニーツィオ」

「男が登場して……」とクレアが促す。

「女です」とパスクアーレ・トゥルシが訂正を入れる。「彼女は私の村にやてくる。ポルト・ヴェルゴーニャ……年は……」。助けを求めてシェインの方を見る。

「一九六二年？」とシェインは繰り返す。

「そうです。彼女は……美しい。そして、私は作るています……ええと……ビーチ、わかりますか？　それにテニス？」老人は額をこする。物語はすでに彼の許を離れ始めている。「彼女の仕事は……チネマ？」

「女優？」シェインが訊く。

「そうです」。パスクアーレはうなずき、宙をじっと見つめる。

クレアは腕時計に目をやり、老人の売り込みを加速させようと精一杯のことをする。「それで……女優がその村にやってきて、ビーチを作っている男に夢中になるのね？」

パスクアーレはクレアを見つめ返す。「いいえ。私にとっては……たぶん、そう。エ――、ラッティモ、わかりますか？」パスクアーレは助けを求めてシェインを見る。「ラッティモ・ケ・ドゥラ・ペル・センプレ」

「永遠に続く一瞬」とシェインは静かに言う。

「そうです」。パスクアーレは答え、うなずく。

「永遠に」

クレアはその二つの言葉があまりにも身近に聞こえて胸を締めつけられる。〝一瞬〟と〝永遠〟。ＫＦＣと『フックブック』ではありえない。突然、怒りがこみ上げてくる――自分のバカげた野心とロマンティシズムに対して、自分の男の趣味に対して、頭のおかしなサイエントロジー信者に対して、あんなバカな映画を見て、そして家を出て行った父親に対して、オフィスに引き返した自分自身に対して――もっとマシなものを期待し続けている自分自身に対して。それにマイケルだ。クソッタレのマイケルとクソッタレの奴の仕事とクソッタレの名刺とクソッタレの古い友人、それにマイケルが掘れるものなら何でも掘っていた頃に掘り返してやったクソッタレ連中へのクソッタレな義理。

パスクアーレ・トゥルシがため息を漏らす。「彼女は病気でした」

クレアはいらだちで顔を赤らめる。「何の病気？　狼瘡？　乾癬？　癌？」

癌という言葉に、パスクアーレは突然顔を上げ、イタリア語で何かを呟く。「ええ。でも、そんなに単純なことじゃないんです《マ・ノネ・コジ・センプリチェ》――」

そのとき、あのガキ、シェインが割って入る。

「えーと、シルヴァーさん？　この人は売り込みをしている訳じゃなさそうですよ」。そして、当の本人に話しかける。イタリア語でゆっくりと。「本当に起きたことなんですか《クエスト・エ・レアルメンテ・アカドゥート》？　映画の中の話で《ノニン・ウン・》はなくて《フィルム》？」

パスクアーレはうなずく。「ええ《シィ》。それを確かめ《ソノ・クィ・ペル・》に来たんです《トロヴァルラ》」

「やっぱり、実際に起きたことなんですよ」とシェインはクレアに伝え、パスクアーレに向き直る。「彼はその女性にずっと会えなかったんですか《ノン・ラ・ピウ・ヴィスタ・ダ・アローラ》？」パスクアーレは首を振り、シェインは再びクレアの方を向く。「この人はその女優におよそ五十年会っていない。彼女を見つけに来たんです」

「名前は《コメ・シ・キアマ》？」とシェイン・ウィーラーは訊く。

そのイタリア人はクレアからシェインに視線を移し、もう一度クレアを見る。「ディー・モーレイ」と答える。

クレアは胸の奥を強く引っ張られたような感覚を覚える。ずっと奥のほうで何かが動く。凝り固まった皮肉な考え方にひびが入り、ずっと抱えてきた張り詰めた不安が解き放たれるのを感じる。女優の名前は彼女には何の意味もない。だが、この老人はその名前を声に出して伝えたことで、すっかり変わってしまったように見える。まるで、何年もその名前を口にしていなかったようだ。その名前のもつ何かがクレアにも影響を及ぼす――ロマンティシズムが押し寄せる。あの言葉だ、〝一瞬〟と〝永遠〟――まるでクレアにも感じ取れるようだった。あのたった一つの名前には、五十年にわたる切望が込められていることを、五十年にわたる痛みがあり、それは彼女の中にも眠っていることを、そして、恐らく、その痛みは誰の中にも眠っていて、こんな風にこじ開けられるのを待っているのだと。この瞬間のあまりの重みに、クレアは地面を見つめざるをえない。そうしなければ、涙で目頭が熱くなるのを抑えられない。ちょうどその瞬間、シェインをちらりと見ると、彼もそう感じているようだとわかる。その名前はほんの一瞬だけ空中に留まり……三人の間に……そして、落葉のように、床にひらひらと落ちていく。イタリア人は名前が着地するのを見守り、クレアはこの年老いたイタリア人があの名前をもう一度口にしてくれるだろうと予測し、望み、祈る。こんどはもっと静かに――それが重要だと示すために脚本でよく採られる手法――だが、彼はそうしない。ただ床を見つめている。名前が落ちた場所を。クレア・シルヴァーの胸にある想いがよぎる。私、映画をたくさん見すぎちゃったのね。

第三章　ホテル　適度な眺め

一九六二年四月
イタリア、ポルト・ヴェルゴーニャ

一日中、階段を下りてくるのを待っていたが、彼女は最初の午後と夕方を三階の自室でひとりで過ごした。仕方なくパスクアーレは仕事に精を出した。といっても、仕事らしい仕事ではまったくなく、精神障害者の気まぐれなふるまいのようなものだった。だが、他にやることを思いつかなかったので、入り江の波よけに岩を投げ、テニスコートの岩を少しずつ削り、時折、少し顔を上げて、彼女の部屋の白い漆喰を塗った鎧戸が閉まっているのを確かめた。午後遅くになり、野良猫が岩場で日向《ひなた》ぼっこをする頃、冷たい春の風が海面を波立たせ始めたので、パスクアーレは広場へと戻り、独りで煙草を吸った。そろそろ漁師たちが酒を飲みに戻ってくる時間帯だった。〈ホテル　適度な眺め〉の階上からは物音ひとつ聞こえず、美しいアメリカ人の女性が滞在している気配さえ、まるでうかがえなかった。パスクアーレは、すべて自分の想像だったのではないかとまた不安になった――オレンツィオの船がゆらゆらと入り江に入ってくる。スラリと背の高いアメリカ人が狭い階段を上り、ホテルで一番上等な、三階の部屋に歩いていく。窓の鎧戸を押し開け、潮の香りを吸い込み、「すてき」と呟く。パスクアーレは声を掛ける。もし「ご入り用のもの」があれば、何なりとお知らせください。彼女は「ありがとう」と言ってドアを閉める。残された彼は独りで暗く狭い階段を下りる。

叔母のヴァレリアが夕食にお得意のチュッパン、カサゴとトマト、白ワインにオリーブオイルのスープを作っているのを見つけて、パスクアーレは震えあがった。「腐った魚の頭の煮込みをアメリカの映画スターのところに運ばせるつもりなの？」

「気に入らなきゃ、出ていけばいいさ」とヴァレリアは答えた。仕方がなかった。夕闇が下りて、漁師が下の入り江に舟を引き上げるのに合わせて、パスクアーレは岩の壁に作り付けられた狭い階段をトントンと上った。三階のドアを軽くノックする。

「はい？」とアメリカ人がドア越しに答えた。ベッドのスプリングが軋む音が聞こえる。

パスクアーレは咳払いをした。「お邪魔する申しわけないです。前菜とソープを召し上がります、ですか？」

「ソープ？」

パスクアーレは叔母がチュッパンを作るのを止められなかったのが腹立たしかった。「そうです。ソープです。魚とヴィノの。魚のソープですか？」

「ああ、ス、ー、プ、ね。ごめんなさい。いらないわ。まだ何も食べられそうにないのよ」と彼女は答えた。ドア越しにくぐもった声が響く。「あまり具合が良くないの」

「はい」とパスクアーレは返す。「わかりました」

階段を下りるとき、心の中で「スープ」という単語を何度も繰り返した。二階の自分の部屋でアメリカ人のために用意された夕食を代わりに食べた。チュッパンはとてもおいしかった。今でも週一回の配達船で父親の読んでいた新聞が届いた。パスクアーレは新聞を念入りに読みはしなかったが、父親ほど念入りに読みはしなかったが、パラパラとめくり、アメリカ人が『クレオパトラ』を製作しているというニュースを探した。だが、何も見つけられなかった。

しばらくして、食堂《トラットリア》からドスドスと歩き回る音が聞こえたので、部屋を出た。だが、ディー・モーレイではないことはわかっていた。彼女はドスドスと歩くタイプには見えない。代わりに、二つのテーブルには地元の漁師が群がり、輝くばかりに美しいと噂のアメリカ人を一目見たいと盛り上がっていた。帽子をテーブルの上に置き、汚い髪は何かを塗ってぴったりと頭に撫でつけてある。ヴァレリアがスープを配っていたが、漁師たちは、実のところ、パスクアーレに話しかけようと待っていたのだった。彼らが海に出ている間に、アメリカ人が村にやって来たからだ。

「背丈が二・五メートルもあるんだって？」と〈無節操な戦争の英雄〉ルーゴが言った。本人の疑わしい言い分によれば、第二次大戦でヨーロッパ戦線に加わった主要国すべてから、少なくとも一人の兵士の命を奪ったことで知られていた。「巨人並みだって？」

「ふざけないでよ」とパスクアーレは答え、ワインを注いで回った。

「胸の形はどうだ？」とルーゴは真面目な顔をして訊いた。「丸くてでかいのか、高く突き上がった感じか？」

「アメリカ女のことなら俺にも話をさせてくれ」と〈年長〉のトンマーゾが言った。彼の従兄弟がアメリカ人と結婚していたせいで、他のことに加えて、アメリカ人の女性に対しても一家言を持つようになっていた。「アメリカの女は一週間に一度しか食事を作らないんだ。だがな、結婚前はフェラチオをしてくれる。だからどんな人生であっても、良いことも悪いこともあるってことになるな」

「ブタみたいに飼い葉桶からでも食べな！」とヴァレリアが台所からぴしゃりと言った。

「俺と結婚してくれ、ヴァレリア！」〈年長〉のトンマーゾが言い返す。「セックスするには年を取りすぎているし、耳もすぐに聞こえなくなるからさ。俺たち、お似合いじゃないか」

パスクアーレが一番好きな漁師、思慮深い〈共産主義者〉のトンマーゾはパイプを吹かしていた。パイプを止めて話題に加わろうとしている。彼は自分をひとかどの映画通と見なしていたが、イタリア・ネオリアリズムの信奉者であるがゆえに、アメリカ映画に対しては軽蔑的だった。アメリカ映画が醜悪なイタリア式コメディ運動に火を点けたせいで、この滑稽な茶番劇が一九五〇年代後半の真面目で実存主義的な映画《チネマ》に取って代わってしまったことを批判していた。「まあ聞けよ、ルーゴ」と彼は言った。「その女がアメリカの女優だとしたら、西部劇でコルセットをつけて、叫び声をあげるのだけが取り柄ってことだ」

「いいね。じゃあ、叫び声を上げるときに、息をいっぱい吸って大きく膨らんだ胸を拝見するとしようか」

「ひょっとすると、明日、パスクアーレのビーチで裸で寝そべっているかもしれないぞ」と〈年長〉のトンマーゾが言った。「そしたら、自分の目でそのでかい胸が拝めるな」

三百年の間、村で漁師になるのは、ここで育った数少ない若い男だけだった。父親が自分の小舟と、最後には家まで、お気に入りの息子に譲る。たいていは年長の息子だ。息子は海岸沿いを北か南に行って他の漁師の娘と結婚し、時々、ポルト・ヴェルゴーニャに連れ帰った。子どもたちが出て行っても、村《ヴィラッジオ》はいつもある程度の均衡を保っていて、二十軒ほどの家に空き家はなかった。だが、戦後になると、漁業も他と同じようにひとつの産業となり、家族経営の漁師は、毎週ジェノヴァから遠征してくる大きな引き網船に太刀打ちできなくなった。レストランは、これからも昔なじみの漁師数人から魚を買ってくれるだろう。というのも、観光客は老人たちが獲物を運び込むのを見たがるからだ。だが、これはアミューズメントパークで働くようなもの。本物の漁業ではなく、そこには未来もない。ポルト・ヴェルゴーニャの若い男は、どの世代であっても、仕事を探して村を出なければならず、ラ・スペツィアやジェノヴァやもっと遠くまで、製造工場や缶詰工場、貿易関係の仕事を求めて出ていった。父親のお気に入りの息子でさえ、もはや漁船を欲しがらなくなった。すでに六軒が空き家になり、貸家になり、取り壊されていた。きっとさらに多くの家がこれに続くだろう。二月に、〈共産主義者〉のトンマーゾの末娘、不幸なことに斜視だったイレーナが若い教師と結婚し、ラ・スペツィアに引っ越していくと、トンマーゾはその後、数日間、不機嫌なままだった。そんな肌寒い春のある朝、パスクアーレはこの年老いた漁師が足を引きずりながら小舟へと歩いていき、ぶつぶつと話しかけているのを見かけた。そのとき、彼はようやく気がついた。この村全体で四十歳未満の人間は自分だけなのだと。

パスクアーレは漁師たちを食堂《トラットリア》に残し、母親の様子を見に行った。母親は人生で何度目かの暗黒時代のただ中にあって、二週間もベッドから出ようとしていなかった。ドアを開けると、母親が天井を見つめているのがわかる。縮れた硬い白髪は頭の下の枕にぴったり貼りつき、腕は胸の上で組まれ、口許は死人の顔のように穏やか、母親のいつもの予行演習だ。「起きないと駄目だよ、母さん《マンマ》。部屋から出て、一緒にご飯を食べよう」

「今日は無理よ、パスコ」と母親はかすれ声で答えた。「今日、死にたいの」。深く息を吸い、目を閉じる。「ヴァレリアが教えてくれたわ。ホテルにアメリカ人が来たんだって」

「そうだよ。母さん」。床ずれをチェックしたが、叔母がすでにパウダーを叩いてくれていた。

「女の人？」

「そうだよ。母さん」

「じゃあ、父さんの言っていたアメリカ人たちがとうとうやって来たのね」。母親は暗い窓に目をやった。「父さんはきっと来るって言っていたけど、ほら、そのとおりになった。お前はその女の人と結婚してアメリカに行って、ちゃんとしたテニスコートを作るのよ」

「ちがうよ、母さん。わかっているよね。僕は――」

「出ていくのよ。さもないと、この場所がお前を殺してしまうわ。父さんを殺したようにね」

「母さんを置いていけないよ」

「私のことは心配ないわ。じきに死んで父さんと一緒になるの。気の毒なお前の兄さんたちともね」

「母さんは死んだりしないよ」とパスクアーレは言い返した。

「中身はもう死んでいるのよ」と母親は答えた。「海に流して溺れさせてちょうだい。お前のあの年老いた病気の猫にやったみたいにね」

パスクアーレは体を起こした。「母さん、猫は逃げたって言っていたよね。僕が大学にいる間に」

母はパスクアーレを横目でちらりと見た。「ことわざを言ったのよ」

「いいや、ことわざじゃないよ。そんなことわざは聞いたことがない。僕がフィレンツェにいる間に、父さんと二人で猫を溺れさせたの？」

「私は具合が悪いのよ、パスコ！　どうして私を困らせるの？」

パスクアーレは自分の部屋に戻った。その夜、三階から足音が聞こえ、あのアメリカ人がトイレに行ったようだったが、翌朝になっても、彼女はまだ部屋から姿を現さなかった。だから、パスクアーレはビーチの仕事に精を出した。昼食のためにホテルに戻ると、叔母のヴァレリアが、ディー・モーレイが降りてきて、エスプレッソとタルトを一切れ、それにオレンジを食べていったと教えてくれた。

「何か話していたかな?」とパスクアーレは訊いた。

「どうしてわかると思うんだい? あんなひどい言葉。骨が喉に引っ掛かって息が詰まったみたいだよ」

パスクアーレはこっそりと階段を上り、ドアで聞き耳を立てたが、ディー・モーレイは静かだった。

ホテルの外に戻り、ビーチへと下りたが、海流がさらに多くの砂を持ち去ってしまったのかどうかはわからなかった。ホテルを通り過ぎ、テニスコートの区画を杭で標した大きな岩の上に登った。太陽は海岸のはるか上空で、薄くかすれた雲に隠れている。そのおかげで空の明るさが一様になり、パスクアーレはまるでガラスの下にいるような気分になった。未来のテニスコートの目印として打った杭を見下ろし、恥ずかしくなる。もし充分な高さの仮枠を作ることができたとして、そこにコンクリートを流してコートの高さを揃えられたとしても——巨岩の縁で高さ二メートル——さらに片持梁で支えてコートの一部を崖から張り出させたとしても、まだ崖の側面をダイナマイトで吹き飛ばし、北東の角を平らにならさなければならない。パスクアーレは思った。小さめのコートで済ますことはできないだろうか。ことと次第では、小ぶりのラケットを使うような?

煙草に火を点け、そんな考えを巡らせていたとき、オレンツィオのマホガニー製の船が岬を回り、ヴェルナッツァ辺りで岸に近づいていくのが見えた。船が海岸沿いの逆波を避けるように曲がりながら進むのを見守っていると、そのままリオマッジョーレを通り過ぎたので、パスクアーレは息を飲んだ。船が近づくにつれて、オレンツィオの他に二人の人影が乗っているのが見えてきた。さらにたくさんのアメリカ人がうちのホテルに? それは高望みが過ぎるというものだった。船は恐らく目の前を通り過ぎ、素敵なポルトヴェーネレへと向かうか、岬を回ってラ・スペツィアへと入っていくところなのだろう。だが、それから船は速度を緩め、カーブを描いて村の狭い入り江へと進んできた。

パスクアーレはテニスコートから下へと降りはじめ、大きな岩から岩へと跳びながら進んだ。ようやく狭い小径に辿り着き、その道に沿って海岸へと下る。だが、途中で足を緩めた。というのも、オレンツィオと船に乗っていたのは観光客ではなく、二人の男だったからだ。ろくでなしのホテル経営者グアルフレッドと、パスクアーレには見覚えのない大男。オレンツィオが船を桟橋に留めると、グアルフレッドと大男が降りてきた。

グアルフレッドは頬の垂れ下がった禿男で、大きな整った口髭を蓄えている。もう一方の男、例の巨人は、花崗岩から切り出したようだった。オレンツィオは船の上でうつむいたまま、まるでパスクアーレと目を合わせられないという感じだった。

パスクアーレが近づくと、グアルフレッドは両手を広げた。「そうか、本当だったんだな。カルロ・トゥルシの息子が戻ってきて、娼婦の割れ目の手入れをしているっていうのは」

パスクアーレは険しい顔で、儀礼的に会釈をする。「ごきげんよう。シニョール・グアルフレッド」。ろくでなしグアルフレッドがポルト・ヴェルゴーニャに足を踏み入れるところなど、これまで見たことがなかった。だが、この男の素性は沿岸地域で広く知られていた。彼の母親は長い間ミラノの裕福な銀行家と愛人関係にあって、その男が口封じのために、彼女の前科者の息子にポルトヴェーネレとキアヴァリ、それにモンテロッソ・アル・マーレに所有するホテルの経営権を与えたという噂だった。

グアルフレッドが笑みを浮かべる。「お前の古い娼館にアメリカの女優が来ているんだってな？」

「ええ」とパスクアーレは答えた。「たまにアメリカからお客様がいらっしゃるんです」

グアルフレッドが眉をひそめると、口髭が顔と太い首まわりを圧迫しているように見えた。グアルフレッドはオレンツィオの方を振り向いたが、船のエンジンをチェックしているふりをしている。「俺はオレンツィオに言ったんだよ。何かの間違いに違いないってな。その女はきっとポルトヴェーネレの俺のホテルに行く予定だったんだって。だけど、あいつは言い張るんだよ。彼女が本当にここに行きたがったってさ……」。周りを見回す。「村にさ」

「ええ」とパスクアーレは言った。「静かな場所がお好みのようです」

グアルフレッドが距離を詰める。「今回は休暇中のスイスの田舎者なんかとはわけが違うんだぞ、パスクアーレ。アメリカ人って奴は、お前のところじゃ提供できないようなレベルのサービスを期待しているんだ。特に、アメリカの映画関係者はな。いいか、よく聞け。俺はこの仕事を長くやっている。もし、お前のせいでレヴァンテに悪い評判が立ったら悔しいんだよ」

「ちゃんとおもてなしをしていますよ」とパスクアーレは答えた。

「じゃあ、俺がその女と話をしても構わないよな。間違いじゃないと確認したいんだよ」

「無理です」とパスクアーレは言った。あまりに素早い反応だった。「今、お休みのところですから」

グアルフレッドは船にいるオレンツィオの方を見てから、濁った目をもう一度パスクアーレに向けた。

「あるいは、ひょっとして、お前らがその女に近づけないように邪魔をしているのかもな。何と言っても、女は騙されてここに連れてこられたんだからな。二人の古いお友だちがグルになって、イタリア語が不自由なのに付け込んで、ポルト・ヴェルゴーニャに行くように説得したってわけだ。本当はポルトヴェーネレに行くつもりだったのにな」

オレンツィオは口を開き、異議を唱えようとしたが、パスクアーレが機先を制した。「もちろん、構いませんよ。では、どうぞまたあとでいらしてください。そのときに彼女がお休みでなければ、何なりとお訊きになってください。でも、今はお邪魔はさせません。お加減が悪いんです」

グアルフレッドは口髭の両端に笑みを貼りつかせ、隣にいる大男を指さした。「シニョール・ペッレとは知り合いかな？　観光協会の方だ」

「いいえ」。パスクアーレは大男と目を合わせようとしたが、その目はちっちゃな点のように肉付きのよい顔に埋もれている。銀色のジャケットは巨体のせいでパンパンだ。

「わずかな年会費と手ごろな手数料と引き換えに、

観光協会は正規営業のホテルすべてに便宜を図っているんだよ――交通手段や広報活動、政治的代表派遣……」

「安全《シクレッツァ》」とシニョール・ペッレがウシガエルのような声で言った。

「ああ、そうだ。ありがとう。シニョール・ペッレ。安全」とグアルフレッドは付け加えた。低木のような口髭の半分がニヤッと持ち上がる。「保護」

パスクアーレは「いったい何から保護するのか」と訊ねるほど分別のない男ではなかった。シニョール・ペッレが提供しているのは、シニョール・ペッレ本人からの保護に違いない。

「父はこんな手数料のことなんて何も話していませんでしたよ」とパスクアーレは言った。オレンツィオが素早く警告の目配せをしてくれたのが見えた。これはパスクアーレが理解に努めてきたことでもあった。イタリアで商売をする上で避けては通れない問題で、数え切れない強請《ゆすり》と賄賂のうち、どれを支払う必要があって、どれを無視しても構わないのか、見極める必要があるのだ。

グアルフレッドは微笑んだ。「ああ、お前の父親は払っていたぞ。年会費に外国人客一泊当たりの料金を少しだけ……あまり集金していなかったんだよ。というのも、白状しちまえば、こんな娼婦の割れ目に外国の客がいるなんて思っていなくてな」と肩をすくめた。「一〇パーセントだ。何でもないだろう？　どのホテルもこの分を客に上乗せしているぞ」

パスクアーレは咳払いをした。「それで、もし払わなければ？」

今度はグアルフレッドは笑わなかった。オレンツィオは上目づかいでパスクアーレを見ていた。新たな警告として、しかめ面を浮かべている。パスクアーレは震えを止めようと腕を組んだ。「この手数料に関する書類がもらえるんでしたら、払いますよ」

グアルフレッドは長い間黙っていた。しばらして、笑い出すと、周りを見回して、ペッレにこう伝える。「シニョール・トゥルシは書類をご所望だ」

ペッレがゆっくりと足を踏み出す。

「わかりました」とパスクアーレは言った。こんなに早く降参した自分に対して怒りが沸いてくる。「書類は要りません」。凶暴なペッレがせめてもう一歩近づくまで持ちこたえられたらよかったのに。肩越しに振り返り、例のアメリカ人女性の部屋の鎧戸が閉まっていて、自分の腰抜けぶりが目撃されていないことを確認する。「すぐに戻ります」

パスクアーレは歩き出し、岩畳を上って、ホテルへと向かった。顔が熱い。これほど屈辱を感じたことはなかった。叔母のヴァレリアは台所にいた。一部始終を見ていたのだ。

「叔母さん」とパスクアーレは訊いた。「父さんはグアルフレッドにあんな手数料を払っていたの?」

ヴァレリアはパスクアーレの父親をずっと嫌っていたので、嘲るように言った。「もちろんさ」

パスクアーレは部屋で金を数えて持ち出すと、波止場へと道を戻り始めた。歩きながら、怒りを抑えようとする。波止場に戻ると、ペッレとグアルフレッドは海の方を向き、オレンツィオは船のうえで腕を組んでいた。

金を渡すとき、パスクアーレの手は震えていた。グアルフレッドは可愛らしい子どもにやるように、パスクアーレの顔を軽くはたいた。「あとで戻ってきて女と話をするからな。そのときに、宿泊代を計算して、手数料を返せるかもしれないな」

顔を再び紅潮させながら、パスクアーレは言葉を飲み込んだ。グアルフレッドとペッレはマホガニー製の船に乗り込み、オレンツィオはパスクアーレの方を振り向くことなく、船を押して岸から離れた。船は少しの間、逆波に揺られていたが、咳き込んでいたエンジンがいつもの音を立て始めると、一行は低い音を轟かせながら海岸に沿って北へと戻っていった。

パスクアーレはホテルのポーチでくさっていた。満月の今夜、漁師は舟で沖に出ていた。いつもより明るい月の光を利用して、春に孵化した魚が突風のように波に逆らって進むのを捕まえるためだ。自分で作った木製の手すりに身を乗り出すように寄り掛かり、煙草を吸いながら、グアルフレッドと大男のペッレとの不快なやり取りを思い返す。勇ましくやり返したと妄想していると(〝手数料は取っておきな。お前の二枚舌は大きなお友だちの汚れたケツを舐めるのにでも使うんだな、グアルフレッド〟)、ドアの留め金が開いて、閉まる音が聞こえた。肩越しに振り返ると、そこに彼女が――あの美しいアメリカ人がいた。ぴったりとした黒いパンツと白いセーターを着ている。髪を下ろし、茶色とブロンドの房が、肩の下あたりまで真っ直ぐ垂れている。腕に何かを抱えていた。タイプされた原稿だ。

「お邪魔してもいいかしら？」と彼女が英語で訊いた。

「はい。よろこんで」とパスクアーレは答えた。

「良くなりましたか、それともまだ？」

「だいぶ良くなったわ。ありがとう。眠りたかっただけなの。私もいいかしら？」彼女が手を差し出したが、パスクアーレにはその意味がすぐにはわからなかった。ようやく思い至って、ズボンを探り、煙草の箱を探し出した。箱を開けると、彼女がそのうちの一本を手に取る。自分の手が速やかに命令に従い、マッチを擦り、彼女に差し出したので、パスクアーレは嬉しかった。

「英語で話してくれてありがとう」と彼女は言った。「私のイタリア語ってひどいのよ」。手すりに寄り掛かり、煙草を深く吸い込むと、ため息のように煙を吐き出した。「フー。これが吸いたかったのよ」と言う。手の中の煙草をしげしげと眺めた。「強いわね」

「スペインの煙草です」とパスクアーレは答えたが、それから、もう話すことが無くなってしまった。「お訊きしなければならないんです。あなたがここに来るのを選びますか、そう、このポルト・ヴェルゴーニャへ？」とついに切り出した。「ポルトヴ、ェ、ー、ネ、レやポルトフ、ィ、ー、ノではなくて？」

「ええ。ここでいいのよ」と彼女は言った。「ここで人と会う予定なの。彼のアイデアなの。明日来るわ、うまくいけばね。わかるわよ、この村は静かだし、それに……控え《ディスクリート》めかしらね？」

パスクアーレはうなずきながら、「ええ、そうです」と答え、このダス・クリートという言葉を父親の辞書で必ず調べようと心に留めた。ロマンティックな意味だったらいいな。

「ああ。部屋でこれを見つけたのよ。書き物机の中にあったの」と、パスクアーレに丁寧に揃えた紙の束を手渡した。彼女が部屋から持って降りてきたものだ。『天国の微笑』。これは小説の第一章で、このホテルを訪れた唯一のアメリカ人、作家のアルヴィス・ベンダーが書いたものだった。彼は毎年、小さなタイプライターと未使用のカーボン紙の束を引きずって現れ、二週間にわたって酒を飲んでは、時々書くという生活を送った。ベンダーが第一章の写しを置いていったことは、パスクアーレと父親を大いに悩ませた。

「ある本の原稿です」とパスクアーレは答えた。「あるアメリカ人の作です……わかりますか？……作家です。このホテルに来ます。毎年」

「その人は気を悪くすると思う？　私、読む物を何も持って来ていないのよ。それに、ここにあるのはみんなイタリア語の本のようだし」

「オーケーです。たぶん、大丈夫です」

彼女は原稿の束を手に取り、パラパラとめくると、手すりの上に置いた。それから数分、二人は静かに佇みながら、船灯に目を凝らした。海面に映る光が船灯に合わせて揺れ、二組の電飾のように見える。

「きれいね」と彼女が呟いた。

「ふむ」とパスクアーレは唸った。だが、そのとき、グアルフレッドが言っていたことを思い出した。この女性はここに滞在する予定ではなかった。「どうか」とパスクアーレは切り出した。古い英会話本を思い出そうとする。「宿泊についてお訊ねしますね？」彼女が何も言わないので、続けた。「ご満足を持ってますか？　そうですか？」

「私が……ごめんなさい……何ですって？」

パスクアーレは唇をなめて、先ほどの言葉を繰り返そうとした。「私が言おうとしたいのは――」

彼女が助け舟を出した。「ああ、満足しているかってことね」と彼女は言った。「宿泊設備。そうね。申し分ないわ、トゥルシさん」

「どうか……私のことはパスクアーレと呼んでください」

彼女は微笑んだ。「オーケー。パスクアーレ。それじゃあ、私のことはディーよ」

「ディー」とパスクアーレは呟いて、うなずきながら微笑んだ。彼女の名前を呼び返しただけで禁忌に触れたような眩暈《めまい》を覚える。その言葉がまた口から自然に漏れ出てきた。「ディー」。それから、パスクアーレは他に話すことを考えなければと思った。さもないと、一晩中ここに立って、「ディー」と何度も言い続けることになりかねない。「あなたの部屋はトイレから近いです、そうですよね、ディー？」

「すごく便利だわ」とディーは言った。「ありがとう、パスクアーレ」

「どのくらいいますか？」

「さあ……わからないわ。友だちには片付けなきゃいけない用事があるのよ。うまくいけば、明日には着くでしょうね。それから決めるわ。他のお客さんのためにお部屋が必要なの？」

アルヴィス・ベンダーもまもなくやって来るはずだったが、パスクアーレはすぐに答えた。「いいえ。他の誰かなんていません。全部あなたのものです」

静かだった。涼しかった。チャプチャプと波音が聞こえた。

「あの人たちは、本当のところ、あそこで何をしているの？」と彼女が訊ねた。煙草で海面に躍る光を指す。防波堤の先では、漁師が小舟の舷側に船灯をぶら下げていた。

「漁をしているところです」とパスクアーレは言った。

「夜に漁をするの？」

「ときどき、夜にします。でも、日中の方がもっとでです」。パスクアーレはあの丸々と見開かれた瞳を見つめてしまうという過ちを犯した。今までにこんな顔を見たことがなかった。角度によって印象がまったく変わる。横から見れば面長な馬面だが、正面から見ると柔和で繊細な顔つきだった。これこそ彼女が映画女優である証なのだろうかと思った。複数の顔を持ち合わせる才能が。相手をじっと見つめていることに気がつき、彼は咳払いをして、顔を背けた。

「灯りをつけて？」と彼女が言った。

パスクアーレは海の方に目を向けた。言われてみれば、目の前の光景は本当にとても印象的な眺めだった。暗い海に映った光の上で船灯が揺れている。

「何のためか……というと……」とパスクアーレは言葉を探した。「魚を走らせる……魚たちは……うーん……」。パスクアーレは頭の中で壁にぶつかり、片手で魚が水面を目指して浮かび上がってくる様子を真似てみせた。「上に浮かびます」

「舟の灯りが魚を海面に誘うのね？」

「はい」とパスクアーレは答えながら、胸を撫で下ろした。「海面です。そうです」

「そう、きれいね」と彼女はまた呟いた。背後から二言三言、短く声が聞こえて、続いて「シーッ」という声がデッキの隣の窓から漏れてきた。パスクアーレの母親と叔母が暗闇の中で身を寄せ合って、聞いてもわからない会話に耳を傾けていたのだ。

野良猫が一匹、片目のつぶれた黒猫がディー・モーレイの側で不機嫌そうに体を伸ばしていた。手を伸ばすとフーッと威嚇の声を発したので、ディー・モーレイは手を引っ込めた。もう片方の手に持った煙草をじっと見つめ、遠くにあるものをバカにするように笑う。

パスクアーレは自分があげた煙草を笑っているのだと思った。

「高価なものです」と擁護するように言う。「スペイン製です」

彼女は髪を後ろになびかせた。「ああ、違うのよ。私が考えていたのは、どうして人は何年もだらだらと、自分の人生が始まるのを待っているのかってこと。そうじゃない？　映画みたいによ。私の言っていることがわかる？」

「はい」とパスクアーレは答えたが、「どうして人は」から先は、何を話しているのかわからなかった。だが、流れるような金髪をなびかせながら、自信たっぷりの口ぶりで話す姿に、すっかり心を奪われていた。もし爪を剝がされ、食べさせられそうになっても、黙って従っていたかもしれない。

彼女は微笑んだ。「私もそう思うわ。私だってそう感じていたし。何年もね。自分が映画の登場人物で、本番が始まるのを今か今かと待っているような気持ちだった。でも、思うんだけれど、中には永遠に待ち続ける人もいる。そして、人生の終わりになって初めて気がつくのよ。自分たちの人生は、始まるのを待っているあいだに、すでに動き出していたんだって。私の言いたいことがわかるかしら、パスクアーレ？」

彼には彼女の言わんとすることがよくわかった！　それこそ彼自身が感じていたことだった——映画館で座って映画が始まるのを待っているような感覚。

「ええ！」とパスクアーレは答える。

「本当？」と彼女は訊き返して、笑った。「それで、私たちの人生はいつ始まるのかしら？　つまりね、ドキドキするパートよ、アクションパート？　何もかもがすごくあっという間なの」。彼女の視線が顔の上を走り回るので、彼は顔を赤らめた。「ひょっとしたら、始まっても信じられないかもしれないし……ひょっとしたら、自分が外側にいて、中を覗いていることに気づくかもしれない。そうね、見知らぬ人が素敵なレストランで食事しているのを見守っているようなものかしら？」

ここでまた、彼女の言葉にパスクアーレは途方に暮れた。「そうです。そうです」と、とにかく答える。

彼女は何気なく微笑んだ。「私の言いたいことが伝わってとても嬉しいわ。想像してみてよ。例えば、小さな町の女優が映画の仕事を探して町を出て、最初にもらえたのが『クレオパトラ』の役だったらって。そんなあり得ないことが信じられる？」

「ええ」とパスクアーレは少し自信をもって答えた。『クレオパトラ』という単語が拾えたからだ。

「本当に？」と彼女は笑った。「まあ、私はまったく信じられなかったわ」

パスクアーレは顔をゆがめた。答え方を間違ったのだ。「いいえ」と訂正する。

「私、ワシントン州のこのぐらい小さな町の出身なの」。彼女はまた煙草を回す動作をした。「こんなに小さくはないわね、それは間違いないわ。でも、かなり小さい町だから、私、そこではちょっとした有名人だった。今となっては恥ずかしいわね。チアリーダーで、郡の品評会のプリンセス」。彼女は自嘲気味に笑った。高校を出てからシアトルに引っ越して演技を始めたの。人生から逃れることはできないわ。ちょうど水から陸《おか》に上がるみたいなものよ。私がやらなければならなかったのは、息を止めて、何とか水面へと浮き上がることだけ。目指すものは名声とか、幸せとか……わからないけれど……」と彼女は眼を伏せた。「そんなものだった」

だが、正しく聞き取れたのかもわからない単語に、パスクアーレはこだわっていた。「プリンセス？」アメリカには王室はなかったはずだけど、もしあるとしたら……これはこのホテルにとってどんな意味があるのだろう。ここにプリンセスをお泊めしたということ？

「みんないつも私に言っていたわ。『ハリウッドに行け……映画に出るべきだよ』って。市民劇場で演技をしていたんだけれど、みんなでカンパをして私を旅立たせてくれたの。そんなの断れる？」彼女はもう一口煙草を吸った。「ひょっとしたら、みんな私を追い出したかったのかもね」。体を寄せて、秘密を打ち明ける。「私、ある俳優と……付き合っていたのよ。彼は結婚をしていてね。バカだったわ」

ぼんやりと宙をみつめ、それから笑った。「これは誰にも話したことがないことだけど、みんなが思っているよりも二歳年上なの。『クレオパトラ』のキャスティングを担当している男だったかな？　その人に二十歳だって伝えたのよ。でも、本当は二十二歳」。アルヴィス・ベンダーが書いた短い小説の印字されたカーボン原稿を親指でぱらぱらと、まるで自分自身の人生の物語がその中に含まれているかのようにめくる。「いずれにせよ、新しい名前を使い始めたころでね。だから思ったの。どうして年齢も新しくしちゃいけないの？　本当の年を教えたら、あいつらは目の前でひどい計算を始めるわ。この先、何年ぐらい業界に残れるか、それを知るためにね。そんなの耐えられなかった」。肩をすくめると、また原稿を下ろした。「間違っていたと思う？」

この質問に正しく答えられる確率は五分五分だった。「そうですね？」

彼女は答えに失望しているように見えた。「ええ、あなたのいうとおりね。この手のことは必ず自分に返ってくるものだから。自分の一番嫌なところなのよ。虚栄心。ひょっとして、このせいで……」。彼女は途中で話すのを止めた。その代わりに最後の一口を吸い込むと、吸殻を木製のパティオに落とし、デッキシューズで地面にこすり付ける。「あなたって、とても話しやすい人ね、パスクアーレ」と彼女は言った。

「はい。あなたとお話しできてうれしいです」とパスクアーレは言った。

「私もよ。私もうれしいわ」。手すりからそっと離れ、両腕を肩のあたりに回して体を抱くと、遠くの船灯を見つめた。腕を体に巻き付けているせいで、余計に背が高く、痩せてみえる。考え事をしているようだった。しばらくして、静かに呟いた。「私が病気だって聞いた？」

「ええ、友人のオレンツィオが。彼が教えてくれました」

「どこが悪いか言っていた？」

「いいえ」

彼女は自分のお腹を触った。「癌って単語はわかる？」

「ええ」。残念なことに、パスクアーレはその単語をちゃんと知っていた。イタリア語で「カンクロ」。火のついた煙草を見つめる。「良くなりますよ、ちがいますか？　医者。あの人たちならできますよ……」

「そうは思えないの」と彼女は答えた。「かなり悪いみたい。医者はできるって言っているけれど、あの人たちがやっているのは、私のショックを和らげているだけな気がするの。あなたには説明しておきたかったのよ、私がどんな感じなのか……つまりフランクってこと。この単語を知っている？　フランクよ」

「シナトラ？」とパスクアーレは訊いた。彼女が待っているのはこの男なのかと思う。

彼女は笑った。「ちがうわ。ええ、そうだけど、でもこんな意味もあるのよ……率直さとか、誠実さとか」

誠実なシナトラ。

「かなり悪いってわかったとき……心に決めたのよ。これからは思ったことだけを口にするんだって。礼儀正しくしなくちゃ、なんて心配するのも、他人が私をどんなふうに見ているか、なんて考えるのも止めようって。女優には一大事よ。他人の目を気にせずに生きようなんてね。ほとんど不可能だわ。でも私にとって大切なのは、これ以上、言いたくもないことを言って時間を無駄にしないことなのよ。あなたがそれを許してくれるといいんだけれど」

「はい」とパスクアーレは小さな声で答え、彼女の反応から、また正解だったとわかってほっとした。

「よかった。じゃあ、取り引きをしましょう。私とあなたで。私たちはやりたいことだけをやり、言いたいことだけを言う。他人がそれをどう思おうとクソ喰らえよ。煙草を吸いたければ吸うし、毒づきたければ毒づきもする。どうかしら？」

「とても気に入りました」とパスクアーレは言った。

「よかった」。それから、彼女は身をかがめて、パスクアーレの頬にキスをした。彼女の唇が無精ひげの生えた頬に軽く触れたとき、自分がはっと息を飲むのを感じ、ちょうどグアルフレッドに脅されたときのように震えていることに気がついた。

「おやすみなさい。パスクアーレ」と彼女は言った。アルヴィス・ベンダーの小説からはぐれた原稿をつかむと、ドアへと歩き出したが、すぐに立ち止まって看板を見て、考え込んだ。〈ホテル　適度な眺め〉。「このホテルの名前はどうやって思いついたの?」

まだキスのせいで固まっていたので、名前を説明する方法が思いつかず、パスクアーレはただ彼女の手の中にある原稿を指さした。「彼です」

彼女はうなずき、もう一度小さな村を、その周りの岩場や崖を見回した。「訊いてもいいかしら、パスクアーレ……どんな感じなのかしら、ここに住むのって?」

今度の質問には、迷うことなくふさわしい英単語を見つけることができた。「寂しいです」とパスクアーレは答えた。

パスクアーレの父、カルロは、フィレンツェで長くレストラン経営をしてきた一族の出身で、自分の息子が事業を継いでくれると当然のように考えていた。だが、彼の長男、血気盛んな漆黒の髪のロベルトは、飛行士になることを夢見て、第二次大戦前夜に駆け込みでレジア・アエロナウティカ(4)に入隊してしまった。ロベルトは実際に空へと飛び立った——三回出撃した後で、彼のおんぼろのサエッタ戦闘機は、北アフリカ上空で失速し、撃たれた鳥のように墜落した。復讐を誓って、トゥルシ家のもう一人の息子グイードが歩兵隊に志願すると、カルロの怒りは絶望的な域にまで達した。「お前が本気で復讐を遂げたいなら、イギリス人のことなんか忘れて整備士を殺しに行くんだな。そいつのおかげで、お前の兄貴は、あの錆びた糞バケツで出撃することになったんだから」。だが、グイードの決心は固く、結局、第八軍の精鋭遠征部隊の残りと共に、トラックで出発していった。ムッソリーニによって、イタリアがナチスのロシア侵攻に加勢する意思があると示すために送られたのだった。(「ウサギちゃんたちが黒熊さんをやっつけに行くのさ」とカルロは言った。)

ロベルトの死に沈む妻を慰めながら、四十一歳のカルロは何とか最後の良質の種を一粒かき集め、三十九歳のアントニアへと渡した。当初、アントニアは自分の状態が信じられず、一時的なものに過ぎないと決めてかかっていた(最初の二人の後は流産が続き、思い悩んでいたのだった)。やがて、お腹が膨らんでくると、アントニアは戦時中の妊娠は神がくれた確かな予兆で、グイードは無事に生き延びるに違いないと思った。青い瞳の奇跡の子《バンビーノ・ミラコロ》に、パスクアーレとイタリア語で過ぎ越しの祭りを意味する名前をつけ、この神との約束を守った――そうすれば、世界を押し流す暴力的な災いは、生き残った家族の頭上を通り過ぎてくれる。

だが、グイードも死んだ。四二年の冬、スターリングラード郊外の凍てつく戦場で、喉を打ち抜かれたのだ。両親は今や悲しみに打ちひしがれ、世間から隠れて暮らしたい、この奇跡の男の子をこんな狂った世界から守りたいとだけ思うようになった。カルロは家業における自分の取り分を従弟に売り払い、見つけた中では一番遠くの場所、ポルト・ヴェルゴーニャに小さなペンショーネ・ディ・サンピエトロを買った。そして、そこで世界から身を隠すことにしたのだった。

ありがたいことに、トゥルシ家はフィレンツェの資産を売った金の大半を貯金に回すことができた。というのも、ホテル業は本当にささやかな商売だったからだ。道に迷ったイタリア人やその他のヨーロッパの国の人々が時々やってきた。だが、小さなテーブルが三つだけの食堂《トラットリア》には、ポルト・ヴェルゴーニャで数を減らしつつある漁師たちがたむろするだけで、本当の意味での宿泊客となると何か月もの間が空いた。そして、一九五二年の春に、水上タクシーが入り江にやって来た。船から降りてきたのは、背が高くハンサムでこぎれいなアメリカ人の青年で、口髭は細く整えられ、茶色の髪はきれいに撫でつけてあった。この男は明らかに酒に酔っていて、細い葉巻を吸いながら、スーツケースとポータブルタイプライターを手に桟橋に降り立った。村を見回し、

（４）一九二〇年代から第二次大戦終結までのイタリア空軍。

頭を掻くと、驚くほど流暢なイタリア語で言った。「誰かが町を盗んでしまったみたいだな《クアルクーノ・センブラ・アヴェル・ルバート・ラ・トゥア・チッタ》」。トゥルシ家に「アルヴィス・ベンダー、作家としては三流だ《スクリットーレ・ファッリート・》が、酔っ払いとしては一流《マ・ウブリアコーネ・ディ・スチェッソ》」と自己紹介をすると、続けてポーチで六時間にも及ぶ顔見せの会を開いた。ワインを飲み、政治や歴史の話をし、最後には、まだ書き始めていない本についても語った。

パスクアーレは十一歳で、たまにフィレンツェの親戚に会いに行く以外に、彼の知っている世界といえば、すべて本から得た知識だった。本物の作家に会えるなんて信じられなかった。この小さな村で両親の庇護の下でずっと暮らしてきたので、この背の高い、よく笑うアメリカ人にすっかり心を奪われ、どこにでも足を運び、なんでも知っている人物のように崇拝していた。パスクアーレは作家の足許に座り、質問した。「アメリカはどんなところなの？一番かっこいい自動車はなあに？　飛行機の中はどんな感じ？」　そして、ある日、「どんな本なの？」

アルヴィス・ベンダーはワイングラスを少年に渡した。「もう一杯くれ。そうしたら話してやるから」

パスクアーレがワインを手に戻ると、アルヴィスは背をもたせ掛けて、薄い口髭を撫でた。「俺が本に書くのは、人類の歴史や進化を通して、我々は結局、死こそが生のかなめで、その深遠な目的なのだと気づかされたに過ぎないということさ」

パスクアーレは、アルヴィスが父親相手にその手の熱弁を奮うのを聞いたことがあった。「そうじゃなくて」と彼は言った。「本の内容は？　何が起きるの」

「確かに。市場が求めるのは物語だからな」。アルヴィスはワインをもう一口飲んだ。「オーケー、それじゃあ。そうだな、俺の本は、戦争中にイタリアで戦って親友を失い、人生に対する愛までも失うアメリカ人の男の話なんだ。そいつはアメリカに戻って、英語を教え、自分が味わった幻滅を本に書きたいと思っている。でも、ただ酒を飲み、くよくよと考え、女の尻を追いかけるだけ。書けないんだ。おそらく友人が死んだのに、自分が生きていることに罪悪感を覚えているんだな。つまり、罪悪感は、時として、ある種の嫉妬になるということさ――友人は息子を残して逝った。後で友人の息子の許を訪ねるときには、素晴らしい思い出にしてあげたいと心から願っている。今のようなふしだらな廃人としてではなくてね。そいつは教員としての職を失い、家業を継いで、車を売っている。酒を飲み、くよくよと考え、女の尻を追いかけている。そいつは決心する。恐らく本が書けて、悲しみを和らげることのできる唯一の方法はイタリアに戻ることだと。悲しみの秘密が詰まった土地だ。だが、そこにいないと筆で捉えることができない場所でもある――はっきりと思い出せない夢みたいなものさ。だから、毎年二週間、イタリアを訪れて執筆に取り掛かる。だが、ここが肝心なところなんだ、パスクアーレ――この部分は誰にも言わないでくれよ。だって、秘密のどんでん返しなんだからな――イタリアに来ても、そいつは実際には本が書けない。酒を飲む。ぶらぶらと歩きまわる。女の尻を追いかけまわす。そして、小さな村の頭の良い少年に向かって、書くつもりのない小説の話をするのさ」

静かだった。パスクアーレはつまらなそうな本だなと思った。「どんな感じで終わるの?」

長い間、アルヴィス・ベンダーはワイングラスを見つめていた。「わからないんだ、パスクアーレ」とようやく言った。「どんな感じで終わるべきだと思う?」

幼いパスクアーレはこの質問に頭を捻った。「ええと、戦争中にアメリカに帰る代わりに、ドイツに行って、ヒトラーを殺そうとするのもいいよね」

「ああ」とアルヴィス・ベンダーは答えた。「そうだな。それこそまさに進むべき道だな、パスクアーレ。そいつはあるパーティーで酔っ払い、みんなから運転はしない方がいいと警告される。だが、大喧嘩をしてパーティーを飛び出すと、車に飛び乗り、誤ってヒトラーを轢いてしまう」

パスクアーレは偶然の事故なんかじゃ駄目だと思った。ヒトラーの死なんだから。それじゃあ、サスペンスが台無しになってしまう。役に立つように提案してみる。「そうじゃなきゃ、機関銃で撃ち殺すのもいいよね」

「ずっといいな」とアルヴィスは答えた。「我々の主人公はとんでもない大喧嘩をしてパーティーを飛び出す。みんなに酔いすぎているから機関銃を扱うのは無理だと警告される。だが、そいつは意固地になって、誤ってヒトラーを撃ってしまう」

ベンダーは自分をからかっているのだろうと思い、パスクアーレは話題を変えた。「本の題名はどうするの、アルヴィス？」

「『天国の微笑』」と彼は言った。「シェリーから取ったんだ」と答えて、精一杯の翻訳を試みる。「さざめく波は半ば眠り／雲はどこかへ遊びに行った／森に、そして海に／天国の微笑が広がっていた」

パスクアーレはしばらく座って、この詩について考えた。さざめく波《レ・オンデ・アンダーヴァノ・スッランド》、これはわかる。だが、このタイトル『天国の微笑《イル・ソリーゾ・デル・パラディーゾ》』は間違っているような気がした。天国が微笑みの広がるような場所とは思えなかった。現世の罪びとが地獄に行き、自分のような堕落した罪びとが煉獄に行くなら、天国は聖人や聖職者、修道女、そして、洗礼は受けたが、間違いを犯す前に亡くなった赤ん坊だけでいっぱいに違いなかった。

「本の中では、どうして天国が微笑むの？」

「わからないな」。ベンダーはワインをがぶがぶと飲んで、パスクアーレにまた空のグラスを手渡した。「たぶん、誰かが最後にあのヒトラーのクソ野郎を殺すからだろうよ」

パスクアーレはワインをもらいに立ち上がった。だが、ベンダーはやはりふざけてなどいないのではないかと心配になった。「ヒトラーの死は偶然で片付けるべきじゃないと思うけど」とパスクアーレは言った。

アルヴィスは少年に向かって疲れたような笑みを浮かべた。「すべては偶然なのさ、パスクアーレ」

その数年間、パスクアーレには、アルヴィスが二、三時間を超えて書き続けているのを見た記憶がない。時々、この男はタイプライターを荷物から出したのだろうか、と思うことさえあった。だが、アルヴィスは、来る年も来る年も戻ってきて、とうとう一九五八年に、パスクアーレが大学へと旅立ったその年に、カルロに小説の第一章をプレゼントした。七年。一章。

アルヴィスがなぜポルト・ヴェルゴーニャに来たのか、パスクアーレにはまったくわからなかった。仕事があまりはかどっていないように見えたからだ。「世界中に色んな場所があるのに、どうしてここを選んだの？」

「この海岸は作家にとって汲めども尽きない源泉

なんだよ」とアルヴィスは言った。「ペトラルカはこの近くでソネットを発明した。バイロン、ジェイムズ、ロレンス――みんなここを訪れて執筆した。ボッカチオはここでリアリズムを発明した。シェリーはこの近くで溺れたが、そこは妻が怪奇小説を発明した場所から数キロだった」

パスクアーレにはわからなかった。アルヴィス・ベンダーはそんな物書きの「発明」なんて持ち出して、何を言わんとしているのだろう。発明家とはマルコーニ、あの無線を発明した偉大なボローニャ人のような男だと思っていた。一旦、最初の物語が語られてしまったら、他に発明されるものなどあるのだろうか？

「素晴らしい質問だ」。大学教員の職を失ってから、アルヴィスは事あるごとに講義の機会を探していた。だから、この温室育ちでまだ十代のパスクアーレは、進んで講義に耳を傾けてくれるかもしれないと気がついた。「真実は高い山の連なりだと想像してごらん。その頂が雲の上に達するぐらいの山だよ。作家はそういう真実を探求するんだ。つねに頂へと通じる新しい道を探しながらね」

「じゃあ、物語は道なの？」とパスクアーレは訊いた。

「いや」とアルヴィスは答えた。「物語は牡牛さ。成年に達して活力に溢れた作家は、群れから古い物語を追い出す必要があると思っている。一頭の牡牛がしばらく群れを仕切っているが、やがて活力を失って、若い牡牛が後を引き継ぐ」

「物語は牛なの？」

「いいや」。アルヴィス・ベンダーは一口酒を飲んだ。「物語は国、帝国なんだ。古代ローマ帝国と同じぐらい長続きもすれば、第三帝国と同じくらいすぐに終わることもある。物語の国は隆盛し、衰退する。政府が変わり、流行が巻き起こり、隣国を征服し続ける。ローマ帝国のように叙事詩は何世紀にもわたって広がっていく。世界が続く限り遠くへ。小説は大英帝国と共に隆盛したが、待てよ……あのアメリカで隆盛になりつつあるものは何だ？　映画か？」

パスクアーレはにやっと笑った。「それで、僕が物語は帝国なのかと訊いたら、きっとこう答えるんでしょ――」

「物語は人だ。俺はひとつの物語だし、お前もひとつの物語だ……お前の父親だってひとつの物語なのさ。我々の物語はあらゆる方向へと進む。だが、時々、幸運に恵まれると、我々の物語はひとつに合流して、束の間、一人じゃなくなる」

「でも、まだ質問に答えていないよ」とパスクアーレは言った。「どうしてここに来たの？」

ベンダーは手の中のワインを見つめ、考え込んでいた。「作家が偉大なことを成し遂げるには四つのことが必要なんだよ、パスクアーレ。欲望、失望、それに海」

「それじゃあ、三つだけだよ」

アルヴィスはワインを飲み干した。「失望は二度必要なんだ」

ワインを飲みすぎて顔を火照らせながら、アルヴィスはパスクアーレを小さな弟のように扱い、カルロ・トゥルシもまた、このアメリカ人に同じような愛情のこもった眼差しを向けた。二人の男は遅くまで酒を酌み交わし、二つの言語を使って会話をしたが、お互いの話はあまり聞いていなかった。一九五〇年代が進み、戦争の痛みが薄まるにつれて、カルロは再びビジネスマンのような考えを持ち始め、ポルト・ヴェルゴーニャに観光客を呼び込むアイデアをアルヴィスに話した――アルヴィスは観光業がこの土地を台無しにしてしまうぞと力説した。

「かつてはイタリア中の街が中世の城壁に囲まれていた」とアルヴィスは講釈を垂れた。「今日《こんにち》まで、トスカーナでは、ほとんどすべての丘の頂が灰色の城壁で囲まれていた。危険が迫ると小作農は城壁の裏に隠れ、強盗や軍隊から身を守った。ヨーロッパの大部分で小作農という階級は三、四十年前に姿を消したが、イタリアでは違った。二つの戦争が終わり、ようやく住宅が溢れて城壁の外の平地や川の流域へと広がってきている。だが、城壁が崩れたら、イタリアの文化もそうなるぞ、カルロ。イタリアがほかの場所と同じようになって、『イタリア体験』を探す人で溢れかえることになるんだ」

「そうです」とカルロは言った。「私はそれで儲けようとしているんですよ」

アルヴィスは頭上と背後にそびえるギザギザの断崖を指さした。「だけど、ここでは、この海岸では、君らの壁を神様がお作りになった――あるいは火山かもしれんが。これを打ち壊すことはできない。壁の外側に何かを建てることだってできない。つまり、この村は岩場に貼りつくフジツボ以上の存在にはなれない。だが、いつか、イタリア中で最後に残されたイタリアらしい場所になるかもしれないな」

「そのとおり」とカルロは酔っぱらって言った。「それから、観光客が大勢ここにやってくる、そうだよな、ロベルト?」

沈黙が流れた。もし、カルロの長男が、あの震える箱に乗って北アフリカで墜落していなかったら、アルヴィス・ベンダーとちょうど同じ年頃だった。カルロはため息をつき、か細く、弱々しい声で言った。「すみません。もちろん、アルヴィスと言うつもりだったんですよ」

「わかっているさ」とアルヴィスは言って、老人の肩を軽く叩いた。

パスクアーレは、父親とアルヴィスの話し声を聞きながらベッドに向かい、何時間も経って目を覚ますと、二人がまだポーチにいるのを見かけたことが何度もあった。作家は捉えどころのない話題について長々と語っていた(「だから下水道は人類が成し遂げた最も偉大な功績なんだよ、カルロ、糞の始末はあらゆる発明や戦いや性交の頂点なのさ」)。だが、カルロは何とか話題を観光に戻し、たった一人のアメリカ人の客に、どうすれば、このペンショーネ・ディ・サン・ピエトロを、アメリカ人にとってもっと魅力的なものにできるかと訊ねたものだった。

アルヴィス・ベンダーはこうした会話を楽しんでいたが、最後にはきまって、カルロに何も変えないでくれと頼むことになった。「この海岸一帯がすぐに駄目になってしまうよ。ここには本当に魔法のように素晴らしいものがある、カルロ。真の孤独さ。それに自然の美しさだよ」

「だから、私はそういうことを大々的に知らせようと思うんです。もしかしたら、英語の名前がいいですかね?『ラルベルゴ・ヌメロ・ウーノ、トランクィッロ、コン・ウナ・ベッラ・ヴィスタ・デル・ヴィラッジオ・エ・デッレ・スコリエーレ』は何と言うんですか?」

「崖の村で最も美しい風景が望める閑静なナンバーワンのホテル」とアルヴィスが答えた。「いいね。でも、少し長いかもしれない。それに感傷的かな」

カルロは「感傷的《センティメンターレ》」とはどういう意味かと訊ねた。

「言葉と感情は通貨に過ぎない。誇張が過ぎれば価値を失う。ちょうどお金のようにね。意味を失くしてしまうのさ。サンドウィッチを説明するのに『美しい』という言葉を使ってみるといい。そうしたら、その言葉は意味を失う。戦争が終わってから、誇張された言葉が入り込む余地はなくなってしまった。今では言葉と感情は控えめに――明確に正確に。夢のように慎ましくさ」

カルロ・トゥルシはこのアドバイスを胸に刻んだ。一九六〇年に、パスクアーレが家から離れて大学にいる間も、アルヴィス・ベンダーは例年通りの滞在で村を訪れた――ホテルへの階段を大股で上がると、カルロが自信満々で佇んでいるのが見えた。困惑顔の漁師と共に、新しい手書きの英語の看板〈ホテル適度な眺め〉を前に並んで立っている。

「どんな意味なんだ?」と漁師の一人が訊いた。

「空っぽの娼館か?」

「ちょうどいい眺め《ヴィスタ・アデグワータ》」とカルロは漁師のために翻訳してやる。

「どこのバカがそんなことを言うんだよ。ホテルからの眺めがただちょうどいいだけだなんてさ」と漁師は返した。

「ブラヴォー、カルロ」とアルヴィスは言った。

「ぴったりだよ」

美しいアメリカ人の女性は吐いていた。暗い自室にいても、パスクアーレには上の階で吐いている音が聞こえた。パチンと明かりを点けて、鏡台から時計を取る。午前四時。素早く服を着て、暗く狭い階段を上った。最上段の踊り場まであと四段のところで、パスクアーレは彼女が浴室の戸口にもたれかかっているのを見つけた。息を整えようとしている。彼女が着ている白い薄手のネグリジェは、裾が膝上十数センチのところで切りそろえられていた――その脚があり得ないほど長く滑らかだったので、パスクアーレはそれ以上先に進めなくなった。それに、ネグリジェと変わらないくらい肌が白い。

「ごめんなさい、パスクアーレ」と彼女は言った。

「起こしちゃったわね」

「いいえ、大丈夫です」とパスクアーレは答えた。

彼女は洗面器の方に向き直り、また吐き始めたが、胃の中には何も残っておらず、苦しさのあまりに体を折った。

パスクアーレは残りの段を上ったが、そこで立ち止まった。グアルフレッドが言っていたことを思い出す。ポルト・ヴェルゴーニャと〈ホテル　適度な眺め〉には、アメリカ人の観光客にふさわしい設備がないと。「医者を呼びに行かすます」とパスクアーレは言った。

「いいえ」と彼女は言った。「大丈夫」。だが、ちょうどそのとき、彼女は自分のわき腹をつかむと床にうずくまった。「ううん」

パスクアーレは彼女がベッドに戻るのを手伝うと、急いで下の階に降り、外に出た。一番近くに住む医者は、海岸を三キロ下ったところ、ポルトヴェーネレに住んでいた。親切な老紳士の医者《ドットーレ》で、名をメルロンギという。この男やもめは英語を上手に話し、年に一度、崖沿いの村々を訪れて漁師の健康診断を行っていた。パスクアーレには、どの漁師に医者を迎えに行ってもらえばいいのか、ちゃんとわかっていた。〈共産主義者〉のトンマーゾだ。その妻は戸口に出て来ると、すぐ中に通してくれた。トンマーゾはサスペンダーを引っ張り上げながら、誇らしげに恭しく仕事を引き受けた。帽子を脱ぎ、パスクアーレの期待に違わないと約束する。

パスクアーレがホテルに戻ると、叔母のヴァレリアがディー・モーレイの部屋にいた。彼女の側に座り、大きなボウルに屈み込んだ彼女の髪を押さえてやっている。隣り合っていると二人はとても間抜けに見えた——ディー・モーレイの肌は透けるように白く滑らかで、金色の髪はちらちらと光を発している。一方、ヴァレリアの彫りの深い顔には、わずかに髭が生え、髪は巻いた針金のようだった。「この娘は水を飲まないといけないよ。そうすれば、吐くものができるからさ」とヴァレリアは言った。水の入ったグラスがベッド脇のテーブルに置かれていた。その隣にはアルヴィス・ベンダーの本の原稿がある。

パスクアーレが叔母の言ったことを通訳し始めたが、ディー・モーレイは水《アクア》という単語がわかったようで、手を伸ばしてグラスを取ると、水を啜った。

「ご面倒をかけてすみません」と彼女は謝った。

「何て言ったんだい？」とヴァレリアが訊いた。

「ご面倒かけてすみませんだって」

「この娘に言っとくれ。あんたのちっちゃな寝巻は娼婦のボロ着みたいだって」とヴァレリアは毒づいた。「あんたが謝るべきなのはそっちの方さ。娼婦みたいにウチの甥を誘惑しているんだからね」

「そんなこと伝えるつもりはないからね!」

「この雌豚娼婦に出ていけって言ってやりな、パスコ」

「もうやめてよ、叔母《ズィア》さん!」

「神様がこの娘を病気にしたのさ。だって神様はちっちゃな寝巻を着た安娼婦なんてお許しにならないからね」

「静かに。気のふれた老女じゃあるまいし」

ディー・モーレイはこのやり取りをじっと見つめていた。「何て話しているの?」と彼女は訊ねた。

「ううん」。パスクアーレは喉を鳴らした。「具合が悪そうで気の毒だと言っています」

ヴァレリアが下唇を突き出して、待っている。

「私の言ったことをこの娼婦に伝えたかい?」

「ああ」とパスクアーレは叔母に言った。「伝えたよ」

部屋は静かだった。ディー・モーレイは目を閉じて、新たな吐き気の波に体を震わせた。吐こうとして背中が跳ね上がる。

吐き気が通り過ぎると、ディー・モーレイはぐったりと息をついた。「あなたのお母様は優しいわね」

「この人は母じゃありません」とパスクアーレは英語で答えた。「叔母です。叔母《ズィア》のヴァレリアです」

ヴァレリアは英語で話す二人の顔をじっと見つめていた。自分の名前が聞こえたので不審に思っているようだ。「お願いだから、この娼婦と結婚なんかしないでおくれよ、パスクアーレ」

「叔母さん——」

「お前の母さんはお前がこの娘と結婚すると思っているんだ」

「もうやめてよ、叔母《ズィア》さん!」

ヴァレリアが美しいアメリカ人女性の目に掛かった髪を優しくかきわけてやる。「どこが悪いんだい?」

パスクアーレは静かに答えた。「癌《カンクロ》なんだ」

ディー・モーレイは顔を上げなかった。

ヴァレリアはこれについて何か考えているようだ

った。頬の内側を噛んでいる。「ああ」としばらくして声を上げた。「この娘は大丈夫だよ。この娼婦に言ってやりな、大丈夫だって」

「そんなことを伝えるつもりはないよ」

「いいから言うんだよ」。ヴァレリアは真面目な顔をしてパスクアーレを見た。「伝えるんだよ。ポルト・ヴェルゴーニャから出ていかない限り、大丈夫だって」

パスクアーレは叔母の方を向いた。「何の話をしているの?」

ヴァレリアはディーに水の入ったグラスをもう一度手渡した。「ここじゃ誰も死なない。赤ん坊や老人は死ぬよ。だけど、神様がこの村から子どもが作れる年頃の大人を連れていってしまったことなんてないんだよ。それがこの土地の古くからの呪いなのさ——娼婦どもは赤ん坊を大勢亡くしたけれども、その罪を背負って年寄りになるまで生きたもんだった。ポルト・ヴェルゴーニャで子ども時代に別れを告げたら、少なくとも四十歳までは生きる運命なのさ。いいから、この娘に伝えな」。そして、美しいアメリカ人女性の腕を軽く叩き、彼女に向かってうなずいてみせた。

ディー・モーレイはこの会話を見守っていた。少しも理解できなかったが、この老女が何か重要なことを伝えようとしているのはわかった。「何なの?」と彼女は訊いた。

「何でもありません」とパスクアーレは答えた。

「魔女の言い伝えです」

「何ですって?」とディー・モーレイは言った。

「話してちょうだい。お願い」

パスクアーレはため息をついた。額をこする。「叔母によれば……若者はポルト・ヴェルゴーニャで死ぬことはないそうです……ここでは若くして死ぬ人はいない」。肩をすくめて、この老女の気のふれた迷信を笑い飛ばそうとした。「昔の話です……魔術《ストレゴネリア》……魔女の言い伝えです」

ディー・モーレイは向きを変えて、ヴァレリアの口髭を蓄えたシミだらけの大きな顔をまじまじと見た。老女はうなずき、ディーの手を軽く叩く。「この村を出たら、あんたは娼婦にふさしい死を迎えることになるよ。眼が見えなくなって、喉の渇きに苦しみながら、干からびて使い物にならなくなったアソコを掻き毟ることになるのさ」とヴァレリアはイタリア語で言った。

「どうもありがとう」とディー・モーレイは英語で礼を言う。

パスクアーレは気分が悪くなった。

ヴァレリアは身を屈め、客に向かって鋭い口調で言った。「それと、あんたの脚を甥に見せつけるの《エ・スメッティラ・ディ・モストラーレ・レ・ガンベ・ア・》はお止め《ミオ・ニポーテ》、この売女《プッターナ》」

「あなたもね」とディー・モーレイは言って、ヴァレリアの手をぎゅっとつかんだ。「ありがとう」

〈共産主義者〉のトンマーゾがホテルに帰りついたのは、それから一時間ほど経ってからだった。トンマーゾの舟が揺れながら港に入ってくる。太陽が昇り始め、ほかの漁師はすでに海に出ていた。トンマーゾが手を貸し、年老いたメルロンギ医師は桟橋に降り立った。食堂《トラットリア》では、ヴァレリアが英雄をねぎらう食事を用意してトンマーゾを迎えた。トンマーゾの方は任務の重要性を意識してか、また帽子を脱ぎ、おとなしくしていた。だが、ひどく空腹を感じていたので、誇らしげに食事の招待を受けた。老医師はウールの上着を着ていたが、ネクタイはしていなかった。両耳から白髪の房が伸びている。パスクアーレの後について階段を上り、三階のディー・モーレイの部屋に辿り着いたときには息を切らしていた。

「こんな面倒事に巻き込んでしまってすみません」と彼女は謝った。「今は本当にだいぶ気分がよくなったんです」

医師の英語はパスクアーレよりもずっとこなれていた。「若くきれいな女性を診察するのに面倒なことなんてありませんよ」。喉の奥を見て、聴診器で心臓の音を聞く。「パスクアーレに聞いたのですが、胃癌だとか。診断を受けたのはいつですか？」

「二週間前です」

「ローマで？」

「そうです」

「内視鏡を使いました？」

「何ですか？」

「新しい医療機器です。管を喉から押し入れて癌の写真を撮ります。やりましたか？」

「医者がライトを点けて覗き込んでいたことは覚えています」

医師は彼女の腹部に触った。

「スイスに治療に行くことになっているんです。恐らくそこでやるのでしょうね、その鏡の何やらを。二日前に出発してくれと言われました。でも、私は代わりにここに来たんです」

「どうして?」

彼女はパスクアーレをちらりと見た。「ここで友だちに会うのです。その彼がここは静かだからと選んでくれました。この後で、恐らくスイスに行くことになるでしょう」

「恐らく?」医師は胸の音を聞いているところだった。つついたり、押したりする。「恐らくとはどういうことですか?　スイスには治療法がある。それなら、そこに行くべきですよ」

「私は母を癌で亡くしました……」。彼女は話すのを止め、咳払いをした。「十二歳のときでした。乳癌です。症状よりも治療の方が見ていられませんでした。忘れられないでしょうね。あれは……」。唾を飲み込むと、話を続けた。「母の乳房を取ってしまったのです……それでも、結局、母は死んでしまった。父はいつも言っていました。母を家に連れ帰って、家のポーチに座らせて、夕日を楽しませてやりたい……それだけが望みだと」

医師は聴診器を下ろした。眉をひそめる。「ええ。最期が余計に辛くなることがあります。それが癌の治療です。簡単ではありません。でも、日進月歩です。アメリカでは……もっと進んでいます。放射線。抗がん剤。今はお母様の時代よりもずっと良くなっていますよ。そうでしょう?」

「それで、胃癌が回復する見込みは?　少しでも良くなっていますか?」

医師は穏やかに微笑んだ。「ローマでの主治医は誰でしたか?」

「クレイン先生です。アメリカ人の。映画業界で働いている医師で、最高の名医だと思います」

「そうですね」とメルロンギ医師はうなずいた。「そうに違いありません」。聴診器を腹部にあてて、音を聞く。「その医者のところで、吐き気や痛みを訴えましたか?」

「はい」

「ここは痛みますか?」医師が彼女の胸に手を当てると、パスクアーレは嫉妬で身じろいだ。

彼女がうなずく。「はい。胸焼けがします」

「他に……」

「食欲不振。疲労。体の痛み。嘔吐」

「なるほど」と医師は言った。

彼女はパスクアーレの方をちらりと見た。「まだ他にもあります」

「わかりました」と医師は言った。そして、パスクアーレの方を向くと、イタリア語で言った。「パスクアーレ？」「少し廊下で待っていてくれないか、パスクアーレ？」

パスクアーレはうなずくと、部屋を後にした。部屋の外の廊下で、階段の最上段に立って、二人のひそひそ声を聞いていた。二、三分後に医師が出てきた。困った顔をしている。

「悪いんですか？　死にかけているんですか、先生？」なんてことだとパスクアーレは思った。自分にとって初めてのアメリカ人の客をホテルで死なせてしまうなんて、しかも映画女優を。それに、彼女が本当にプリンセスのような方だとしたら？　それから、パスクアーレはそんな身勝手な考え方をした自分を恥じた。「あの人をもっと大きな町へと連れて行くべきでしょうか、適切な処置のできるような？」

「すぐに危険な状態というわけではないだろう」。メルロンギ医師は考えごとをしているようだった。「どんな男なんだろうか。彼女をここに連れてきた男は。なあ、パスクアーレ？」

パスクアーレは階段を駆け下りると、ディー・モーレイが持参した一枚の書類を手に戻る。

メルロンギ医師はその紙を読んだ。そこには、ローマのグランド・ホテル、「二〇世紀フォックス特別製作アシスタント　マイケル・ディーン」宛と、請求先が書いてあった。書類を裏返してみたが、裏面には何も書かれていなかった。それから、医師は顔を上げた。「胃癌を患った若い女性がどんな様子で医者の診察を受けに来るのか、君は知っているかね、パスクアーレ？」

「いいえ」

「大抵は食道の痛み、吐き気、食欲不振、嘔吐。恐らく腹部のふくらみもあるだろう。病状が進むか、癌が広がるにつれて、ほかの組織に影響が及ぶこともある。腸。尿管。腎臓。月経だって」

パスクアーレは首を振った。かわいそうに。

「こういったことは胃癌の症状となりうる、そうなんだ。だがな、ここが問題なんだよ。そんな症状に出くわしたときに――内視鏡も生検もなしで――その女性が胃癌だと結論を下せるなんて、どんな医師なのだろう？　もっとありふれた診断があるのに」

「たとえば？」

「たとえば……妊娠」

「妊娠？」とパスクアーレは訊いた。

医師はシーッと言って彼を黙らせた。

「先生のお考えでは彼女は……」

「わからない。時期が早すぎて心音を聞くことはできないだろう。それに彼女の症状はひどいからね。だが、私が若い女性の診察をして、その娘が吐き気や腹部のふくらみ、胸焼け、生理不順を訴えたら……そうだな、胃癌は若い女性では極めて稀なんだよ。妊娠は……」医師は微笑んだ。「さほど珍しくない」

パスクアーレは自分たちが囁き声で話していることに気がついた。ディー・モーレイが聞いたとしてもイタリア語は分からないだろうに。「待ってください。彼女は癌ではないかもしれないと言っているんですか？」

「彼女がどんな病気にかかっているかはわからないよ。確かに癌の家系というのは存在する。それに、ひょっとするとアメリカの医者は、我々がまだ知らない検査をしたのかもしれない。私はこう言っているだけさ。私なら、こうした症状を基に、その患者が癌にかかっているなんて決めつけたりしないだろうってね」

「それを彼女に伝えましたか？」

「いや」。医師は悩んでいるようだった。「何も言わなかった。彼女はもうすべてを乗り越えたあとだし、偽りの希望を与えたくはないからね。この男が彼女に会いに来れば、恐らく訊くことができるだろう。この……」医師はまた書類を見た。「マイケル・ディーンに」

アメリカの映画関係者に向かって、そんなことを絶対に訊きたくなかった。

「もうひとつ」。医師はパスクアーレの腕に手をおいた。「おかしいと思わないか、パスクアーレ？　この映画がローマで作られているとしたら、どうして彼女をここに連れてきたんだろうか？」

「海の見える静かな場所が必要だったんですよ」とパスクアーレは言った。「ヴェーネレがお望みではと訊いたんですが、書類にはヴェルゴーニャとありました」

「そうなんだよ、もちろん。ここがいい所じゃないなんて言うつもりはないんだよ、パスクアーレ」とメルロンギ医師は言った。パスクアーレの声に弁解じみたものを聞きつけたのだ。「だが、スペルロンガあたりは同じくらい静かな町だし、海沿いでもある。それにローマにもずっと近い。なのに、なぜここなんだろう？」

パスクアーレは肩をすくめた。「叔母はポルト・ヴェルゴーニャでは若者が死なないと言っています」

医師はお愛想で笑ってくれた。「この男が訪ねてくれれば色々とわかるだろう。もし来週もここにいるなら、〈共産主義者〉のトンマーゾにたのんで、彼女を私の病院に連れてきなさい」

パスクアーレはうなずいた。それから、医師とともにドアを開けてディー・モーレイの部屋に入った。

彼女は眠っていた。ブロンドの髪が頭を載せた枕の上でバターのように渦巻いている。彼女は大きなパスタボウルを抱えていて、アルヴィス・ベンダーの本の複写原稿が枕の上に、彼女の隣に置かれていた。

第四章　天国の微笑

一九四五年四月
イタリア、ラ・スペツィア近郊

アルヴィス・ベンダー作

そのとき、春が訪れ、その訪れとともに、私の戦争も終わった。作戦室の将軍たちがグリースペンシルを振るって、兵士を大勢集めすぎたせいで、我々のやることがなくなってしまった。おかげで我々はイタリア中を隅から隅まで行軍して回ることになった。その年の春はずっと行軍を続けた。アペンニーノ山脈の麓に広がる海沿いの白亜の平地を抜け、道が開け次第、所々に穴の空いた緑の丘陵地帯を上ってジェノヴァへ。古いチーズのようにボロボロになった村に入ると、たいてい地下室から痩せ衰えた汚いイタリア人が吐き出された。戦争の終わりとは、こんなにも不快で形式的な手続きなのか。我々はたこつぼ壕や掩蔽壕《トーチカ》が無人であることに不満をもらし、お互いに戦闘を望んでいるふりをしあった。だが、内心では喜んでいた。というのも、ドイツ兵は我々の行軍よりも早い速度で撤退を続けており、あの前線、リネア・ゴティカも勢いがなくなりつつあると聞いていたからだ。

私は生きていることをただ喜ぶべきだった。だが、従軍期間で最もみじめな状況にあって、恐れや孤独を感じ、身の回りの蛮行に過敏になっていた。私にとって本当の問題は足許にあった。足が駄目になったのだ。私の濡れて傷んで血まみれになった足。感染して痛む足だけがあちら側に脱走を図り、戦争の大義に対する裏切りを働いていた。足が反乱を起こすまで、従軍中に考えていたのは、たいてい次の三つのことだった。セックス、食事、それに死。行軍中は常にこれが頭の中にあった。だが、春までには、私の幻想は乾いた靴下を夢見る気持ちにすっかり道を譲っていた。私は乾いた靴下を熱望した。渇望し、恋い焦がれ、こんな幻覚さえを見た。戦争が終わったら、太くて素敵な靴下を見つけて、自分の痛んだ足をそこに滑り込ませるのだ。死ぬときには、老いても足の乾いた老人として死ぬのだと。

毎朝、グリースペンシルの将軍たちが、北に向かって凄まじい大砲の音を響かせると、我々は湿っぽい雨具を着て、切りつけるような執拗な霧雨の中、行軍を開始する。我々は二日遅れで進軍している。先行しているのは九十二歩兵師団、通称、バッファロー・ソルジャー師団の黒人戦闘部隊と、強制収容所から来た日系二世の二個大隊。この勤勉な男たちは作戦室の連中に連れてこられ、ゴシック・ラインの西端で苛烈な戦闘に参加させられていた。我々は怠け者の掃討役で、黒人や日本人兵士が道を切り拓いた数時間か数日後に到着し、将軍の幼稚な偏見から生じた恩恵を享受した。我々は偵察／情報部隊で、訓練を受けた専門家集団だった。機械工、工兵、埋葬部隊、そしてイタリア語の通訳。私や親友のリチャーズはそれだった。我々に下された行軍命令は、先発部隊に続いて進攻し、蹂躙され、破壊された村の端へと進むというもの。そこで死体の埋葬を手伝い、飴や煙草を配り、代わりに脅え切った生き残りの老女や子どもなど、あらゆる人から情報を得るのだ。こうした生霊から逃亡を続けるドイツ軍の情報を集めることを期待されていた。地雷の配置、部隊の場所、装備の保管場所。最近になって初めて、グリースペンシルの連中から要請があり、ファシストどもから逃がれて、我々とともに戦っている男たちの名前を記録せよということだった。山岳地帯の共産主義者のパルチザン部隊のことだ。

「ということは、お次は共産主義者どもということかな」とリチャーズはぼやいた。イタリア人の母親が子どもの頃にイタリア語を教えてくれたおかげで、数年後、彼はこうして激しい戦闘を避けることができたのだった。「どうして奴らは、俺たちがこの戦争を終わらせる前に、次の戦争を計画し始めるんだろうな？」

リチャーズと私は小隊の他の連中よりも年上で、彼は二十三歳の伍長、私は二十二歳の上等兵、二人とも大学に通ったことがあった。外見においても、物腰においても、私とリチャーズを見分けられるものはいなかった。私はウィスコンシン州から来た亜麻色の髪をした痩せっぽちで、父親の自動車販売店の共同所有者、リチャーズはアイオワ州シーダー・フォールズから来た亜麻色の髪をした痩せっぽちで、兄弟の保険会社の共同所有者だった。だが、私は、家に戻っても、昔の女友達が数人と英語を教える仕事の口、それに太った甥が二人あるだけだったが、リチャーズには愛する妻と息子がいて、再会を心待ちにしていた。

一九四四年のイタリアでは、どんな情報の断片だろうと、私とリチャーズには重要だった。我々はドイツ軍が徴発したパンの数、パルチザンが奪っていった毛布の種類まで報告した。私が二段落を費やして書いたのは、重度の便秘に苦しむ哀れなドイツ兵に関する報告で、年老いた魔女がオリーブオイルと挽いた骨粉で下剤を作り、おかげで快方に向かったということだった。こうした仕事は実に退屈だったが、我々は任務に精を出した。というのも、これ以外の選択肢となると、死体に石灰処理をして埋める仕事だけだったからだ。

従軍期間が終わる頃、もっと大規模な戦略が進行中であるのは明らかだった（我々は悪夢のような収容所の噂や、グリースペンシルの連中が世界を二分しつつあるという噂を耳にした）。だが、リチャーズと私にとって、戦争とはずぶ濡れの腹立たしい行軍に他ならなかった。ぬかるんだ道を上り、丘の斜面を下り、爆撃で焼き払われた村々の外れに着き、薄汚れた虚ろな目の農民が食糧を求めてくると、断続的に質問を繰り返す。雲が広がり出したのは十一月、今は三月、まるで長雨がずっと続いているようだった。我々はこの三月、行軍のための行軍をした。いかなる戦略的理由に基づくものではなく、ずぶ濡れの軍隊が行軍しないと、浮浪者の一行のような臭いが立ち始めるというのが、その理由だ。イタリア半島の南側の三分の二は、その頃までに解放されていた。ただし、「解放された」という言葉が、軍隊によって「滅茶苦茶にされた」ことを意味するのであればだが。彼らはモニュメントや教会のような非常に美しい建物だけを選んで砲撃した。まるで建築物こそ本当の敵であるかのようだった。まもなく、北部も同じ様に解放されて瓦礫の山になるだろう。我々はブーツ型の半島を、女性がストッキングを巻き上げるように北に向けて進軍していた。

　こうしてお決まりの出動を繰り返す中で、あるとき、私は自分自身を銃で撃とうと妄想を膨らませ始めた。そして、どこに弾を撃ち込むべきかと検討をしている最中に、その若い娘に出会った。

　我々がロバの近道のような草むらの轍を歩いて上ると、小さな山の上や峡谷の底に集落が姿を現すことが何度もあった。つぶらな瞳の老女が、腹を減らし、腰を曲げて道沿いをとぼとぼと歩いてくる。子どもたちは壊れた家の窓から、まるでモダニストの肖像画のようにこちらを覗いている。割れたサッシから、灰色の布を振って、チョコレートを求めて手を伸ばしてくる。「お菓子をください《ドルチ・ペル・ファヴォーレ》。お菓子だよ。アメリーカ人でしょ？」

　瓦礫の大波はこうした集落も押し流していた。寄せてはすべてを壊し、引いてもまた壊した。夜、我々はこうした轍だらけの村の外れで、傾いた納屋や打ち捨てられた農家、古代帝国の遺跡の中で野営をした。毎晩、寝袋に潜り込む前に、私はブーツの紐を解き、靴下を脱ぐと、罵声を浴びせ、お祈りをしてから、自棄になってフェンスの支柱や窓の敷居、テントの支柱にそれをぶら下げた。毎朝、私はかなり前向きな気持ちで目覚め、乾いた靴下を乾いた足に履く。すると化学反応が生じ、私の足は湿った幼虫のような生き物となって私の血と骨を喰らうのだ。我々の補給担当下士官は、繊細で同情的な若者で、リチャーズの信じるところによれば、私に気があって（「お前に何がわかるんだ？」私はリチャーズに言った。「もしあいつに俺の足が治せるのなら、俺はあいつのラッパだって吹いてやるさ」）、新しい靴下と水虫用の粉を定期的に支給してくれたのだが、あの裏切り者の生き物はいつも帰り道を見つけて戻ってきた。毎朝、私は粉をブーツの内側に振りかけ、新しい乾いた靴下を履くと、爽快な気分で一歩を踏み出す。そして、肉食の蛭が私のつま先を餌にし始めるのに気がつくのだ。すぐにでも動かなければ、じきに奴らが私を殺すだろう。

その若い娘に出会った日、私はとうとう嫌気がさし、勇気を奮い起こして行動に移ろうとしていた。ＡＤ、つまり暴発事故で、私の反抗的な足の片方を弾が貫通。私はマディソンの家へと帰され、両親と暮らすことになるだろう。足のない肢体不自由者として、ラジオでカブスの試合を聞き、甥に足を失った顛末をかなり都合よく変えて話すだろう（「俺は地雷を踏んだが、小隊の僚友を救ったんだ」）。

あの日、我々は新たに解放された村に向かって行軍し、生存者から話を聞き（「キャンディーだよ、アメリーカ人！　お菓子をおくれ！《ドルチ・ペル・ファヴォーレ》」）、農民たちに共産主義者の孫たちから手を引くように頼み、撤退するドイツ人たちが走り去るときに、偶然口にしたかもしれないことを訊ねる予定だった。例えば、ヒトラーの隠れ家なんかを。我々がこの小さな丘の上の町に向かって行軍していたとき、ドイツ兵の腐った死体の前を通り過ぎた。道からほんの少し離れたところで、節くれだった木の枝でできた、簡素な未完成の木引き台のような台の上に放置されていた。

あの春に我々が見かけたドイツ兵は、これでほぼ全部だった。死体は前もって冷酷な兵士か、もっと冷酷なパルチザンによって運び去られていた。その仕事ぶりに、我々は妄信的ともいえる尊敬の念を抱かずにはいられなかった。我々も単なる観光客ではなかったので、多少は戦闘に参加した。そうとも、のろまな甥よ、お前の叔父は、三十ミリ口径弾を敵陣へと撃ち込む状況において、一発撃ち終えるたびに小さな泥の塊を跳ね上げたのだ。私が泥の塊を撃った回数を数え上げるのは難しいが、こう言えば充分だろう。その物質にとって、つまり、泥にとって、私は命を握る存在であり、最悪の敵だった。ああ、それから我々は銃撃も受けた。その春のはじめに、我々は二人の兵士を失ったが、そのときは、セラヴェッツァに向かう途中で、ドイツ軍の八十八ミリ高射砲が雨あられと降ってきた。さらに三人の兵士を失ったのは、ストレットイア郊外。九秒間の身の毛もよだつ銃撃戦の末だった。だが、こういったことは例外だった。アドレナリンで麻痺した恐怖心が脅えて暴発する瞬間。確かに我々は戦場の勇気を目撃し、他の兵士がそれを証言するのを聞いた。だが、私が経験した戦闘においては、戦闘後によく遭遇するものが、あの不気味なパズルのようなものが、戦争の不条理を突き付ける残酷な証拠として残されていた。(このドイツ兵が喉を掻き切られたとき、木引き台を作っているところだったのか? あるいは、それは死刑の一部で、木引き台に横たわって喉を掻き切られる形で処刑されたのか? あるいは、それは象徴的または文化的なもので、死んだ騎士を馬の背に乗せたようなことなのか? あるいは、単なる偶然の産物で、木引き台がたまたまこのドイツ兵が落ちたところにあったのか?) この手の肉のパズルに出くわすと、我々は疑問点を話し合った。パルチザンの見張り番の頭を持ち去ったのは誰なのか? 穀物を入れる大箱の中に子どもが逆さまに埋められていたのはなぜか? 悪臭と昆虫の活動から判断して、木引き台に置かれたドイツ兵の肉のパズルは、まともに埋葬された場合よりも二日は余計に経過していた。我々が見て見ぬふりを決め込めば、我々の部隊長を務めるビーン中尉殿、あのすきっ歯の間抜けから、このひどい臭いを放つ死体の処理を命じられずに済むと期待していた。

我々は何事もなく死体と埋葬任務をやり過ごしたが、そのとき、私は突然行軍を止めて、自分がこのぐちゃぐちゃの死体を処理すると前方に知らせた。もちろん、私にはそうする理由があった。誰かがすでに死んだドイツ兵のブーツを奪い取っていた。記章や武器、その他にも立派な戦利品として感謝祭の日にロックポートに住む甥に見せられるようなものは、まず間違いなく、きれいさっぱり持ち去られていた(「これが残忍なドイツ兵から奪ったヒトラーの戦闘用スプーンだ。叔父さんはぼろぼろの素足でそいつを殺したんだ」)。だが、何らかの理由で、この死んだ男はまだ靴下を履いていた。そして、私は不快感ですっかり頭がおかしくなっていたので、この死んだ男の靴下が自分にとっての救いに見えた。しっかりと編み込まれた清潔な二つの鞘が、四つ星ホテルのベッドのシーツのように、男の足を覆っている。親身な補給係下士官の好意で、連合国の替え靴下を何ダースも受け取った後だったから、枢軸国の靴下で運試しをしたくなったのかもしれない。

「病気だな」。死体の靴下を取りに戻るつもりだと告げると、リチャーズはそう言った。

「病気なんだよ！」と私は認めた。だが、死んだ男の足を目指して歩き始める前に、あの間抜けな銀バッジのビーン中尉殿が大股で歩いてきて、別の小隊が地雷を装着した死体に遭遇している、だから、埋葬任務を控えろと最新の命令が入ったと告げた。私はヨーロッパで一番暖かく、乾いていて、清潔な靴下と見えた代物をあきらめ、完全な蛹となった湿った棘だらけの獣に乗って、もう三キロほど行軍しなければならなかった。それだけだった。私は疲れ切っていた。私はリチャーズに言った。「今夜あれをやるつもりだ。ＳＩＷ（自傷）。今夜、足を吹き飛ばす」

リチャーズは数日にわたって、私がしきりに愚痴をこぼすのを聞いていたが、私は口だけの男で、宙に浮かぶこともできなければ、自分の足も撃てはしないと思っていた。「バカはよせ」とリチャーズは諭すように言った。「戦争はもうすぐ終わる」

だからこそ完璧なんだよ、と私は彼に言った。今となっては誰が疑うと思う？　もっと前なら、足を撃たれたくらいだと、本国に送り返されるほどではなかったかもしれない。でも、今なら事態は収束に向かっているから、勝算は悪くない。「俺はやるよ」

リチャーズは私の好きにさせてくれた。「いいさ。やれよ。営倉で失血死したらいいさ」

「この痛みに比べたら死んだ方がマシさ」

「それなら足のことは忘れて、頭を撃てよ」

我々はこの村の少し手前で行軍を中断していた。そこで散開して、葡萄畑で覆われた丘の斜面に建つ古い納屋の残骸に姿を隠した。リチャーズと私は、丘の小さな岩棚に監視所を設置して、隠れ家にした。私はそこに座り、足のどの部分を撃つべきか、リチャーズと話し合った。昼食をとる場所を話し合うような気安さだった。だが、そのとき、擦れるような音が納屋の下を通る道から聞こえてきた。リチャーズと私は無口で顔を見合わせた。私は自分のカービン銃をつかんで岩棚に上がり、下を通る道沿いに視線を走らせると、近づいてくる人影に行き当たった……

女の子か？　いや、大人の女だ。若い。十九歳？　二十二歳？　二十三歳？　ほの暗い明かりの中で口にできたのは、可愛らしい女性ということと、この狭い泥道を独りで跳ねるように進んでくるということだけだった。茶色の髪は頭の後ろで簡単にまとめられ、ピンで留められている。輪郭は顎こそ細いが、紅潮した頰のあたりにかけて膨らみ、目許まで続いている。目の周りには黒い睫毛がびっしりと生えていて、まるで油を燃やした煙が二本、たな引いているようだった。小柄だが、イタリア半島の傷ついた脛のあたりに住む人々はみな小柄だった。飢えているようには見えなかった。服の上にショールを羽織っていて、服の色を思い出せないのは悩ましいが、恐らく色褪せた青で、黄色いひまわりの柄がついていたと思う。正直なところ、そうだったとは断言はできない。私がそんな風に覚えているだけだ(ただ、私が覚えているヨーロッパの女はみな、娼婦も、老女も、浮浪者も、同じひまわり柄の色褪せた青い服を着ていたのではないかと疑いたくなることがある)。

「停止せよ」とリチャーズが声を掛けたので、私は笑った。我々の下を通る道に何らかの啓示を受けて、リチャーズは「停止せよ」という台詞を思いついたのだろうか? もし私の足許にあるのが、痛んだ足ではなく、ウィットだったら、リチャーズを促して、エイボンの詩人(5)のもっと存在そのものを問う台詞「そこにいるのは誰だ?」(6)を言わせただろう。そして、彼女の前で二人で『ハムレット』を丸々演じてみせただろうに。

「撃たないで。素敵なアメリカ人さん」と道から若い娘が素朴な英語で答えた。「停止せよ」の声がどこから聞こえたのかわからず、若い娘は両側の木々に、それから目の前の小さな岩棚に呼びかけた。「母に会いに行くところなんです」。若い娘は両手を上げ、我々は彼女の頭上の丘の斜面で立ち上がった。ライフルの照準は合わせたままだ。彼女は手をおろし、自分の名前はマリアといい、この丘のちょうど向こう側の村からやって来たと言った。かすかに訛ってはいたが、マリアの英語は我々の小隊の大部分よりもずっときれいだった。彼女は微笑んでいた。ああいった笑顔は出会って初めて、自分がどれほどこの手の笑顔を懐かしく思っていたかがわかるというものだ。私の頭に浮かんだのは、これ以前に、田舎道で若い娘が微笑んでいる場面に遭遇してから、どれほどの時間が経過したかということだけだった。

「道は封鎖されている。引き返しなさい」とリチャーズが言って、ライフルで彼女の来た道を指した。

「ええ、いいわ」と彼女は答えると、それから西に行く道は通れるかと訊ねた。リチャーズは通れると返した。「ありがとう」と礼を言って、彼女は道を戻り始めた。「アメリカに神の祝福を」

「待て」と私は叫んだ。「俺が送っていくよ」。私はウールの中帽を脱ぎ、唾で髪を撫でつけた。

「バカなことはよせ」とリチャーズが止めた。

私は目に涙を滲ませながら振り向いた。「くたばれ、リチャーズ。俺はこの娘を家まで送っていくぞ！」もちろん、リチャーズが正しかった。私は愚か者になろうとしていた。持ち場を離れることは脱走と見なされる。だが、このときは、残りの従軍期間を営倉で過ごすことになっても、若い娘と二メートルでも一緒に歩けるなら、それで構わないと思っていた。

「頼むから、俺を行かせてくれ」と私は言った。「何だってくれてやるからさ」

「お前のルガーは？」とリチャーズはためらいもなく言った。

私にはリチャーズがこの銃を欲しがるとわかっていた。私の渇いた靴下と同じぐらい熱心に、彼はルガーを欲しがった。それを息子への土産にしたかったのだ。どうして彼を責められるだろうか？　ピエトラサンタ郊外の小さなイタリアの市場でルガーを買ったとき、私だってまだいない息子のことを考えていた。家に戻っても息子がいないので、私はウィスキーをがぶ飲みした後で、移り気な女友達やろくでもない甥に、それを見せびらかす姿を思い描いていた。そのときには、戦争の話をしたくない素振りを見せて、それから寝室用箪笥から錆びたルガーを取り出して、この怠け者のクソども相手に、狂ったドイツ兵からこの銃を奪い取った顛末を話してやるのだ。そいつは味方を六人も殺し、私の足を撃ったのだと。ドイツ兵から得た戦利品の闇市場経済は、

（5）シェイクスピアのこと。
（6）『ハムレット』の第一幕第一場に登場する戯曲の冒頭の台詞。

その手の嘘のうえに成り立っていた。撤退を続け、飢えたドイツ人が壊れた武器や身分証明の記章と交換に、飢えたイタリア人からパンを得る。すると今度は飢えたイタリア人が、それを戦利品としてリチャーズや私のようなアメリカ兵に売るのだ。我々は自分たちの英雄的行為を証明するものに飢えていた。

悲しむべきことに、リチャーズがルガーを息子に渡すことはかなわなかった。というのも、我々が帰国の船に乗り込む六日前、私はカブスの試合をラジオで聴くため、彼は妻と息子の声を聴くための帰国だったが、リチャーズは不名誉なことに、野戦病院でもらった血液の感染症で死んだ。虫垂破裂の手術の後だった。リチャーズが発熱と腸の痛みで入院した後、私は面会すらできず、ただ間抜けな中尉殿が私に彼が死んだと伝えただけだった(「ああ、ベンダー。うん。なあ。リチャーズが死んだぞ」)。ともに戦火を潜った最後の、そして最良の友人だったのに。これがリチャーズにとっての戦争の終わりを宣言するものなら、私はこんなエピローグを付け加えたいと思う。一年後、気がつけば私はアイオワ州シーダー・フォールズを車で走っていた。レンガ造りのポーチに星条旗の飾られたバンガローの前に車を止め、帽子を脱ぎ、ドアベルを鳴らす。リチャーズの妻は小柄で、ずんぐりとしていた。私は思いつく限りで最高の嘘をつく。リチャーズが最期に発した言葉はあなたの名前でしたと。そして、自分のルガーを入れた箱を幼い息子に手渡し、君の父さんはこれをドイツ兵から奪ったんだと話してやる。息子の黄褐色の逆毛を見下ろしていると、自分も息子が欲しくてたまらなくなった。自分には持ち得ない相続人、もう浪費しようと決めた人生を取り戻してくれる存在。そのとき、リチャーズのすごく可愛い息子が、父親は「戦場で勇敢に戦ったの」と訊いてきたので、私は心からの誠意をもってこう答える。「君の父さんは私が出会った中でいちばん勇敢な男だったよ」

実際にそうだった。私があの娘に出会ったあの日、勇敢なリチャーズは言った。「行けよ、ルガーも持っていけ。お前の抜けた穴は埋めておいてやるから。ただ、あとで全部話して聞かせろよ」

この従軍中の恐怖と不快感の告白において、私はこれまで自分を勇気のない人物として描いてきたが、ここで自分がギャラハッド卿のような志を持っていたことを証明したい。私はこの娘に指一本触れるつもりはなかった。そして、リチャーズにはそれをわからせる必要があった。つまり、私が死や不名誉に晒される危険を冒すのは、自分の股間を慰めるためではなく、単に夜道を可愛らしい娘と歩きたいためであり、甘美な日常を再び感じたいがためなのだと。

「リチャーズ」と私は言った。「この娘に手を出すつもりはないよ」。私が本気で言っているとリチャーズは理解したと思う。というのも、彼は困ったような顔をしていたからだ。「それなら、なんだよ。俺に行かせろよ」

　私はリチャーズの肩を叩き、ライフルを手に取ると、道を下って娘に追いついた。娘は歩くのが早かった。私が追いつくと、道の端にじりじりと寄っていった。近づいてみると思ったよりも年上で、二十五歳ぐらいかもしれない。娘は警戒しながら私を迎えてくれた。二か国語を話すという魔法を使って、彼女を落ち着かせようとした。「すみません《スクージ・》、お嬢《ベッ》さん《ラ》。ちょっとお散歩でもしませんか《ファーレ・ウナ・パッセジャータ・ペル・ファヴォーレ》？」

　娘は微笑んだ。「ええ。一緒に歩いてもいいですよ」と彼女は英語で言った。足を緩めると、私の手を取った。「でも、そのトイレの紙みたいなイタリア語を止めてくださったらね」

　ああ。こうして、それは愛に変わった。

　マリアの母親は、この村で三人の息子と三人の娘を育てた。父親は戦争が始まって間もなく亡くなり、兄弟は十六歳と十五歳、最後の一人は十二歳で徴兵された。イタリア軍の塹壕を掘るために引っぱり出され、その後でドイツの要塞に送られた。彼女は少なくとも兄弟の一人は、北のどこかで、リニア・ゴティカの残骸で生きていて欲しいと願っていたが、大きな期待を抱いてはいなかった。マリアは戦時中における故郷の小さな村の変遷を手短に話してくれた。村の若者が、ムッソリーニの手で洗面タオルのように絞り取られ、次にパルチザンにまた絞り取られ、撤退するドイツ兵にまた絞り取られ、とうとう八歳から五十五歳までの男性は誰もいなくなり、村は爆撃と砲撃を受け、食糧も必需品もきれいさっぱり盗み取られた。マリアは修道院の付属学校で英語を学び、侵攻がはじまると、アメリカ軍の野戦病院で看護師助手としての仕事を見つけた。一度勤務に出ると数週間は留守にしたが、いつも村に戻ってきて、母親と妹たちの具合を見ていた。

「じゃあ、これが全部済んだら」と私は訊いた。「いい人を見つけて結婚でもするの？」

「年下の子が一人いたけれど、生きているかは怪しいわね。そうね、これが済んだら、母の世話をするつもり。夫に先立たれて、息子を三人も連れて行かれたのよ。母が逝ったら、ひょっとしたらあなたみたいなアメリカ人を見つけて、ニューヨークに連れて行ってもらうかもしれないわね。エンパイア・ステート・ビルに住んで、毎晩素敵なレストランでアイスクリームを食べて、太るの」

「僕だって、君をウィスコンシンに連れて行けるよ。そこでだって太れるさ」

「ああ、ウィスコンシン」と彼女は言った。「チーズに酪農場ね」。ウィスコンシンが道沿いに生えた低木のすぐ先に広がっているかのように、顔の前で手をひらひらと振った。「牛、農場、マディソン、川の上に浮かぶ月、バッジャーズ大学。冬は寒いけれど、夏は赤いほっぺにお下げ髪の可愛い農場娘がいるのよね」

マリアは名前を挙げればどんな州でも同じことができた。おかげで彼女の病院にいたアメリカ人青年の多くは、生まれ故郷を偲んで時を過ごした。それが死の直前ということもよくあった。「アイダホ？深い湖と大きな山脈、果てしなく広がる森と赤いほっぺにお下げ髪の可愛い農場娘」

「僕には農場娘がいないんだ」と私は言った。

「戦争が終わればきっと見つかるわよ」と彼女は返した。

私は戦争が終わったら本を書きたいと言った。彼女は首を傾げた。「どんな本なの？」

「小説。こういったこと全部を書くんだ。たぶん、おかしな話になるだろうね」

マリアは顔を曇らせた。本を書くのはとても意味のあることなのよ、と彼女は言った。ジョークではないわ。

「ああ、そうだよ」と私は答えた。「ジョークを書こうとしているわけじゃない。その手のおかしさを求めてはいないからね」

マリアは他にどんな種類のおかしさがあるのか、と訊ねてきた。私には答えるすべがなかった。我々は彼女の村が見える所まで来ていた。灰色の影の塊が、帽子を被せたように、目の前の暗い丘の上に鎮座していた。

「おかしいけれども、同時に、悲しくなるような、そんな感じなんだ」と私は言った。

マリアは私を興味深そうに眺めていた。ちょうどそのとき、鳥か蝙蝠が前の藪から飛び出て来て、我々二人を脅かした。私は腕をマリアの肩に回した。そして、どうしてそんなことが起きたのか、私は今でも説明できないが、突然、私たちは道を外れ、レモンの木の藪の中で、私はあおむけになり、彼女が私の上に寝転んでいた。頭の上には、まだ熟していないレモンの実が吊された石のように生っていた。私が彼女の唇に、頬に、そして首筋へと口づけをすると、彼女は私のズボンを素早く脱がせ、両手であれをつかんだ。柔らかな一方の手で巧みにしごき、もう一方の手で優しく撫でる。まるで彼女は、この作戦行動について、最高機密の軍事マニュアルを読んだことがあるみたいだった。それに彼女はこの件では抜きん出ていた。ずっと努力を重ねてきた私よりもはるかに巧く、おかげで、私はすぐにすすり泣くような声を上げ始めた。彼女が私を押さえつける。レモンと土と彼女の匂いがした。世界が降りてくると、彼女は体の位置を変え、私が可愛らしい服を汚さないように、略農家の妻が牛のミルクの絞り先を定めるように、熟していないレモンへと完璧に狙いを付けた。このすべてが一分に満たない間に起こり、彼女は結んだ髪をほどく必要さえなかった。

彼女は言った。「ほらこれでいいわ」

今に至るまで、この三語ほど愛おしく、悲しく、恐ろしい言葉を聞いた記憶がない。ほらこれでいいわ。

私は泣き出した。「どうしたの？」と彼女が訊いた。

「足が痛むんだ」。私が口にできたのはそれだけだった。だが、もちろん、足のせいで泣いていたわけではなかった。マリアへの感謝と後悔、郷愁、従軍期間の最後まで生き延びた安堵感に打ちのめされていたのだが、そのせいで泣いているのでもなかった。泣いていたのは、マリアがとても巧みにかつ繊細に、手だけで快楽に導いたことのある野蛮人は、自分が初めてではないと明らかにわかったからだ。

私が泣いていたのは、あのスピードと技術、あの卓越したテクニックの裏には、悲惨な歴史があるとしか考えられなかったからだ。これは兵士たちとの遭遇戦を繰り返した末に身につけた戦略なのだ。そのとき、そいつらは彼女を地面に押し倒し、彼女は手を使うだけでは、彼らの気をそらすことができなかったのだろう。

ほらこれでいいわ。

「ああ、マリア……」と私はうめいた。「すまない」。そして、彼女の目の前で泣いた野蛮人も、私が初めてではないのは明らかだった。というのも、彼女は為すべきことがちゃんとわかっていたからだ。青い服の上着のボタンを外すと、私の顔を胸の谷間に押しつけ、囁いた。「シーッ、ウィスコンシン、シーーッ」。彼女の肌はとても柔らかく、バターのような甘い香りがした。涙ですっかり濡れてしまったので、さらに激しく泣くと、彼女は言った。「シーッ、ウィスコンシン」。私はこの胸の谷間に顔をうずめて、まるで彼女の肌こそ私の帰るべき場所で、ウィスコンシンはここにあるように感じた。そして、今に至るまで、これほど素晴らしい場所を訪れたことはない。美しい丘に挟まれた、あの肋骨の浮いた狭い谷ほどの場所を。しばらくして、私は泣くのを止め、わずかながらの威厳をなんとか取り戻した。五分ほど経って、私は有り金と煙草を全て彼女に渡し、永遠の愛を誓い、きっと戻ってくると固く約束をして、屈辱にまみれながらも足を引きずって歩哨所へと戻った。がっかり顔の、もうすぐ死ぬ親友リチャーズには、娘を家に送った以外には何もなかったとはっきりと告げた。

ああ、この世は冷たく、はかないものだ。だが、それがすべてなのだ。あの夜、私は自分の寝袋で眠りについた。もはや自分自身ではなく、駄目になった男だった。抜け殻になっていた。

数年が経過しても、自分がまだ抜け殻で、まだあの瞬間に、まだ自分の戦争が終わった日に囚われていることがわかった。あの日、私は気づいたのだ。生き残った者はみな気づかざるをえないものだが、生きていることと、生きることは同じではないのだ。

ほらこれでいいわ。

一年後、ルガーをリチャーズの息子に届けた後で、私はシーダー・フォールズの小さなバーに立ち寄り、あの日から重ねた六百万杯の酒のうちの一杯を飲んだ。ウェイトレスからこの町を訪れた目的を訊かれ、私はこう答えた。「息子に会いにきたんだ」。それからウェイトレスは息子のことを訊いてきた。よくできた架空の息子。最大の問題は彼が存在しないことだ。とてもいい子なんだよ、戦場のお土産を届けに来たんだ、と話した。彼女は興味を抱いたようだった。お土産って何なの、と彼女は訊いてきた。息子に渡すべく戦場から持ち帰った大切なものとは？　靴下、と私は答えた。

しかし、結局、私が戦場から持ち帰ったものはこれだ。たった一つの悲しい物語。自分よりも立派な男が命を落とすなか、私は生き延びた。Ｒ村の郊外を走る細い泥道のほとり、棘の生えたレモンの枝の下で、ある娘から二十秒の見事な手の慰めを受けて。彼女は私に乱暴されまいと必死だった。

第五章

マイケル・ディーン・プロダクション

最近
カリフォルニア州ハリウッド・ヒルズ

〝ハリウッドのディーン〟は、シルクのパジャマを着て、居間代わりのベランダで長椅子に体を横たえている。朝鮮人参入りのフレスカを啜り、外に視線を伸ばし、植木の向こう側のビヴァリー・ヒルズのきらびやかな明かりを眺める。腿の上に開かれている脚本は『夜の破壊者ども』の続編(「屋外シーンロサンゼルス――夜。黒のトランザムが燃えさかるゲティ美術館を猛スピードで通り過ぎる」)。アシスタントのクレアは、その脚本を「がらくた基準でもあまり良くない」と断言していた。批評に関して、クレアはリンボーダンスの棒をかなり高めに設置していたが、今回は――映画の収益力の低下と『夜の破壊者ども』第一作の惨敗を考えると――マイケルも同意せざるを得ない。

これが二十年にわたってマイケルが見続けてきた景色だった。だが、今日の夕方は、どういうわけか、それが目新しく感じられる――太陽が緑とガラスに覆われた丘に沈んでいく。マイケルはトップに返り咲いた充実感でため息を漏らす。素晴らしい。一年でこれほど変わるのか。少し前に、マイケルはこの景色に、そして、あらゆるものに美を見出すのを止めていた。終わりを迎えつつあること――死ではなく(ディーン家の男は九十歳になる前に死んだりはしない)、何かもっと悪いもの、老化だ——に恐怖を感じ始めていた。ひどいスランプに陥り、十年近くヒット作らしきものに恵まれなかった。近年で名前のクレジットされた唯一の作品が『夜の破壊者ども』の第一作。これは実際には、クレジットされた方がかえって恥ずかしい代物だった。また回想録の出版に絡んで大惨事にも見舞われていた。出版社の弁護士が、マイケルの出したい本は「名誉毀損にあたり」「独りよがりで」「事実の裏付けが取れない」と判断を下したため、編集者がゴーストライターを雇って、それを自叙伝と自己啓発本が奇妙に入り混じったものに変えてしまったのだ。

　見たところ、マイケルのキャリアは終わりを迎えており、かつての名士の仲間入りを果たしつつあった。リヴィエラ・カントリークラブのダイニングに入り浸り、スープを飲み、ドリス・デイとダリル・ザナックについて、ペチャクチャとしゃべるような男。だが、今は、老いてもディーンの魔法がまだ健在であると証明された。これこそ、彼がこの街を、このビジネスを愛するゆえんだった。たったひとつの企画案、たったひとつの素晴らしい売り込み《ピッチ》、それさえあれば元いた場所に戻れる。マイケルは自分を連れ戻してくれた売り込みを、あの『フックブック』を、まだ完全には理解していなかった(やったことと言えば、コンピュータやらブログやらツイートやらの見かけ倒しのビジネスを、すっかり把握したふりをしたことだけ)。だが、彼は共同製作者のダニー——そして、とりわけ、堅物でつまらないアシスタントのクレア——の反応から、これは大きなビジネスになるとわかったのだ。だからこそ、マイケルは最善を尽くした。それを売り込みまくった。

　そして、今ではマイケル・ディーンの名前は、この街のあらゆる香盤表《コールシート》に、売り込み用脚本《スペック・スクリプト》やデモテープのマスターリストに載っている。実際、今のマイケルの最大の懸念は、スタジオと緊急避難的に交わした合意事項にあった。拘束力が強く、製作したものは何でも最初にスタジオに見せ(分け前の多くを与え)なければならない。ありがたいことに、顧問弁護士は抜け道が存在すると考えており、マイケルもすでに他所でオフィスを探し始めていた。独立して自分自身のオフィスを開く。そう考えるだけで、また三十歳に若返ったように感じた——股間のあたりにゾワゾワと興奮が沸き起こる。

いや、待てよ……これは一時間前にあの薬を飲んだせいか？　ああそうだ。そらきた、予定どおりに効いてきたんだ。脚本の下で老朽化した神経終末と内皮細胞が海綿体に一酸化窒素を放出し、それが環状GMPの合成を促し、使い古された滑らかな筋肉細胞を強張らせ、古びた海綿状組織を血で満たしていく。

太腿の上に置いた脚本が、硫黄島の旗のように持ち上がる。

「やあ」。マイケルは脚本を庭用テーブルの上に、フレスカの隣に置くと、立ち上がり、キャシーを探して屋敷の方へと歩き出す。

シルクのパジャマのズボンを膨らませたまま、ノンステップ・プールや実物大のチェスボード、鯉の池、キャシーのバランスボールやヨガマット、錬鉄製の野外用トスカーナ式ブランチテーブルの前を、足を引きずりながら通り過ぎる。開いた台所のドアの向こうに妻その四を見つける。ヨガ用のパンツとぴっちりとしたTシャツ姿だ。ここ最近の投資効果が目覚ましい膨らみとなって表れている。最高級の粘性シリコンジェルのパックを埋め込んだのだ。被膜拘縮と手術痕を最小限に留めるために、乳房後方の空洞、つまり乳房組織と大胸筋の間に、古くなってわずかに弛んだシリコンパックと交換する形で。

ほう。

キャシーから足を引きずって歩くなといつも注意される――「百歳のおじいさんに見えるわ」。それを思い出して足を上げて歩く。キャシーがちょうど背中を向けている間に、開いたスライド式のドアを通り抜け、キッチンに足を踏み入れると、「すみません、お嬢さん」と言って、パジャマに立ったテントが妻に見える位置へと移動する。「炭焼きピザスティックをご注文で？」

だが、妻はあの忌々しいイヤホンをしていて、マイケルの姿を見てもいなければ、声を聞いてもいない――あるいは、ひょっとすると、聞こえていないふりをしているだけかもしれない。ここ二年ほど、何もかもが最悪な状況にあったとき、マイケルはキャシーの態度にわずかな恩着せがましさを、勤務中の看護師が見せる辛抱強さのようなものを感じ取っていた。キャシーはちょうどぴったり「自分の半分の年齢」に達したところだった——七十二歳に対して三十六歳——マイケルは三十すぎの女と遅い春を迎えている。同じ年頃の男性が二十代の女にいれこむのはみっともないが、女性が三十代であれば誰もひいたりしない。この点では、百歳だって、三十代の女とデートできて、見苦しくないかもしれない。

ただ残念なことに、キャシーはマイケルより一〇センチほど背が高く、これが本当の意味で埋められない溝となっている。マイケルの心には時々、愛し合っているときの不愉快な光景が浮かぶ。スケベな妖精のように、妻の起伏に富んだ体の上を忙しく動き回る自分の姿が。

マイケルはカウンターを回り、立ち位置を調整して、パジャマのズボンの中の逸脱ぶりを妻に見せつける。キャシーは顔を上げ、うつむき、また顔を上げる。イヤホンを外す。「あら、あなた。どうしたの?」

わかりきったことを言う前に、マイケルの携帯電話が振動を始め、二人の間に置かれたカウンターの上で踊る。キャシーは振動する携帯をマイケルの方へと滑らせる。化学物質の助けを借りていなければ、このキャシーの無関心な態度はマイケルの状態を危険に晒していたかもしれない。

彼は携帯に表示された番号をチェックする。クレア? 「暴投の金曜日《ワイルド・ピッチ・フライデー》」の四時四十五分に——いったい何の用だろう? あのアシスタントは頭が切れる——それに、彼女は幸運という類まれな才能に恵まれているのかもしれない。マイケルはそんな迷信にも似た思いを抱いている。だが、彼女は自らの手で人生を耐えがたいものにしている。あらゆることに苦悩し、しきりに自分の力を、自分の期待や成長や価値観を測ろうとする。うんざりするほどだ。クレアは別の仕事を探しているのではないか、と疑ってもいた——こういったことには鼻が利くのだ。そして、恐らくこれが、指を上げてキャシーを制し、電話に出た理由だった。

「どうしたんだ、クレア?」

クレアはとりとめなく話し、早口でまくしたて、くすくすと笑い声を漏らす。勘弁してくれ、とマイケルは思っていた。この娘の揺るぎない中流趣味と、厭世的な偽りの皮肉癖ときたら。マイケルはいつも彼女の皮肉癖を注意する。そんなものは八十ドルのスーツ並みに薄っぺらなものだと。クレアは読み手としては優秀だが、製作に必要な冷静さと明快さという資質を欠いている。「こんなの私の好みじゃない」。企画について、クレアはよくこう言う。自分の好みと企画の間に何らかの関係性があるみたいに。マイケルの共同製作者であるダニーは、クレアを「カナリアさん」と呼ぶ——炭鉱と同じだ——そして、冗談半分に、クレアを逆のバロメーターとして使おうと提案している。「カナリアさんが気に入ったら、俺たちはパスだ」。例えば、クレアは『フックブック』を凄い企画だと認めつつも、マイケルにはプロデュースを見送るように頼みこんできた。(クレア「あれほどの映画をプロデュースしてきたのに、これが本当に、あなたが生み出した作品として世間に知られたい類のものなんですか?」マイケル「金だよ。私が生み出していると世間に知られたいものはね」。)

電話口で、クレアはぶつぶつと弁解がましく話す最悪の状態で、だらだらと抑揚のない低い声で、「暴投の金曜日」や、イタリア人の老人と、たまたまイタリア語を話せる作家について、話を続ける。マイケルは話を遮ろうとする。「クレア——」。だが、この娘は息を継ぐ暇さえ取らない。「クレア——」と再び言うが、アシスタントは口を挟むのを許さない。

「そのイタリア人は昔の女優を探しに来ているんです。名前は」——クレアが名前を口にした瞬間、マイケルは息を飲んだ——「ディー・モーレイ?」

マイケル・ディーンの足がぐらつく。携帯は右手からカウンターへと落ち、左手の指がつかまるものを求めて空を切る。ただひとり、キャシーが素早く反応し、マイケルが床に倒れるのを防ぐ。ことによると、カウンターに頭をぶつけ、股間の突起で串刺しになったかもしれない事態を防ぐ。

「マイケル! 大丈夫?」とキャシーは訊ねる。「また発作?」

〝ディー・モーレイ〟

これこそ幽霊のようなものだな、とマイケルは思う。実体の伴った白い人影が夢に繰り返し現れるのではなく、古い名前が携帯電話ごしに呟かれただけの違いしかない。

マイケルは手を振って妻から離れ、カウンターから電話を拾う。「発作じゃないよ、キャシー。離してくれ」。呼吸に集中する。自分の人生を一気に振り返ることのできる男は滅多にいない。だが、マイケル・ディーンは違う。ハリウッド・ヒルズの自宅のオープンキッチンで、化学物質で高揚した突起でシルクのパジャマの前を膨らませながら、小さな携帯電話をしっかりと握りしめ、五十年の時を超えて話す。「そこを動くな。すぐに行く」

人がマイケル・ディーンから受ける第一印象は、蠟人間のそれか、恐らくは、早まって防腐処理された人間のそれに等しい。これだけ長い時間かけたものだと、加工の過程を追跡するのはもはや不可能かもしれないが、美顔マッサージ、スパ・トリートメント、泥風呂、美容整形手術、フェイスリフトとステープル手術、コラーゲン注入、外来の微調整手術、日焼け、ボトックス注射、嚢胞と肥大の除去、それに幹細胞注射を経て、七十二歳の老人は九歳のフィリピン人の少女の顔を持つに至っている。

こう言えば充分だろう。マイケルとはじめて会った人は、大抵、大口を開けてまじまじと見つめ、きらきら輝く生気のあまり感じられない顔から眼が離せなくなる。時折、首を傾げ、もっと良い角度から見ようとする者がいると、マイケルは誤解する。彼らが怖いもの見たさから目が離せないのに、自分ぐらいの年齢の男が、これほどまでに素晴らしくなれることに、この人は心を奪われ、尊敬の念を抱き、驚いているのだと。そして、この根本的な誤解こそが、マイケルを一層激しく、老化との更なる戦いへと駆り立てる。毎年、さらに若々しい外見を手に入れるだけではない。そんなことは、ここでは日常茶飯事だ。むしろ、彼は何とかして自分自身を変身させようと、全く別の存在へと進化しようと試みているみたいだ。そして、この変身ぶりはいかなる手段を用いても説明することができない。彼の今の風貌から、五十年前にイタリアにいた青年マイケル・ディーンの姿を思い描こうとするのは、ウォール街に立って、オランダ人が到着する前のマンハッタン島の地形を理解しようとするようなものだ。

この奇妙な男が自分の方に足を引きずりながら歩いてきても、シェイン・ウィーラーには、このラッカー仕上げの妖精がかの有名なマイケル・ディーンなのだと、はっきりと認識することができない。

「この人が――」

「ええ」とクレアが簡潔に注意を促す。「じっと見ないようにして」

だが、これは暴風雨の中で濡れるなと命令されるようなものだ。とりわけマイケルが足を引きずって歩くとき、その矛盾があまりに激しくなる。まるで少年の顔が死にかけた老人の体に接ぎ木されているようだ。マイケルの服装も風変わりで、シルクのパジャマのズボンを穿き、ウールのロングコートが胴の大部分を覆っている。もし、この男がハリウッドで最も著名なプロデューサーの一人だと知らなかったとしたら、シェインは脱走中の精神病患者だと思ったに違いない。

「電話をありがとう、クレア」と二人の許に着くなり、マイケルが言う。バンガローのドアを指さす。

「例のイタリア人はあそこに？」

「ええ」とクレアは答える。「すぐ戻ると話しておきました」。クレアはマイケルの声がこれほど震えているのを聞いたことがない。この二人の間に何があったのだろうと想像を巡らせる。マイケルをこんな風に動揺させるなんて、車の中から電話をかけてきて、クレアと「通訳」に外で会いたい、そうすれば、パスクアーレに会うまで少し時間を稼げるから、と言わせるなんて。

「これだけの歳月が経っているから」とマイケルは言う。いつもの彼は歯切れよく、早口で話し、台詞をまくしたてる四十代のギャングのようだが、今は声がこわばり、不安げに聞こえる――顔は驚くほど淡々と、落ち着いているのに。

クレアが足を踏み出して、マイケルの腕をつかむ。

「大丈夫ですか、マイケル？」

「大丈夫だ」。そのとき初めてシェインを見る。

「君が通訳だね」

「ああ。ええ、一年間フィレンツェで勉強をしていまして、だからイタリア語を少し話せます。でも、本当は作家です。ここには映画の企画を売り込む《ピッチ》ために来ました――シェイン・ウィーラーと言います」。男が英語で話しているという認識すら、マイケル・ディーンの顔からはうかがえない。「とにかく、お会いできて光栄です、ディーンさん。あなたの本は大好きです」

自叙伝が話題に上ったことに、マイケル・ディーンは体をこわばらせる。編集者とゴーストライターがその本をハリウッドでの売り込み方の入門書に変えてしまっていた。マイケルはクレアの方に素早く向き直る。「そのイタリア人は何と言っていたのかね……正確には?」

「電話でお伝えしたようなことです」とクレアは言う。「そのくらいです」

マイケル・ディーンは再びシェインを見る。まるで通訳の際にクレアが聞き逃したことがあったかのように。

「ああ、ええと」とシェインは言い、クレアの方に視線を送る。「あの人はあなたとは一九六二年に出会ったとだけ言っていました。それから話してくれたのが、彼の村にやって来たその女優のことで、ディー――」

マイケルが手を上げ、シェインが最後まで名前を口にする前に遮る。そして、クレアの方を振り返り、何かを引き出そうとする。まるでこの伝言リレーを通じて、何かの答えが見つかるかもしれないと考えているかのようだ。

「最初は」とクレアは話し始める。「この女優がイタリアにいる話を売り込んでいるのだと思ったんです。彼女は病気だと言っていました。それで、何の病気なのかと訊きました」

「癌」とマイケル・ディーンは言った。

「ええ、彼もそう言いました」

マイケル・ディーンはうなずいた。「金を欲しがっていたか?」

「お金のことは何も言っていませんでした。この女優を見つけたいと言っていましたね」

マイケルは、自前の髪が抜けたあとに埋め込まれ、織り上げられた砂色の髪を手でかき上げる。バンガローに向かって顎をしゃくる。「それで、その男は今、あそこにいるのか?」

「ええ、あなたを連れて戻ると伝えてありますので。マイケル、これは何ですか?」

「何だと? これこそすべてだ」。マイケルはクレアの全身をしげしげと、つま先まで見回す。「私の本当の才能を知っているね、クレア?」

クレアはこういった質問に満足のいく答えを思いついたためしがない。だが、ありがたいことにマイケルは答えを待ってはいない。

「人の望むものがわかるんだよ。欲望を写し出すX線のようなものを持っているのさ。テレビで何を見たいと誰かに訊いてみるといい。ニュースと答えるだろう。あるいはオペラか、外国映画か。だがな、そいつの家に受信機を一台置いてやったら、何を見ると思う？　ポルノとカークラッシュさ。こんなことが起こるのは、この国に嘘つきの変態が溢れているからか？　いや。そいつらだってニュースやオペラが見たいと思いたいんだ。でも、そいつらが望むものはそれじゃない」

「私の仕事は、人を見て」――再び目を細めてクレアの服を見つめる――「その娘の欲望を、彼女が真に望んでいるものを正しく理解することなんだよ。ある監督が仕事を受けようとせず、金の問題じゃないと言い張れば、私はそいつに金をもっとくれてやる。ある俳優がアメリカ国内で仕事をして家族の近くにいたいと言えば、私はそいつに海外で仕事をやらせて、家族から離れていられるようにする。この能力が約五十年にわたって私を支えてきたのだよ――」


話は止まらない。鼻で深く息を吸うと、シェインに向かって微笑みかける。まるでちょうど今、そこにいるのを思い出したかのようだ。「魂を売り渡した男たちの物語さ……もう少し年を取ってはじめて本当にわかるようになる」

クレアは呆然とした。マイケルはこんな風に過去を振り返ったりしないし、自分のことを「古い」とか「年老いた」なんて言ったりしない。マイケルに非凡な点がひとつあるとすれば、一時間前であればクレアはこう言っただろう。過去に栄光の歴史をもつ人物なのに、マイケルは決して後ろを振り向かない。自分が発掘した売出し中の若手女優や、自分が製作した映画の話をすることもなく、自分自身に疑問を持つことは決してなく、文化の移り変わりを嘆くことも決してない。映画の死も、クレアや他のみんながめそめそと愚痴を言い続けているようなことも決して嘆いたりしない。マイケルは文化が愛するものを愛する。その純然たるスピードを愛する。その残酷なまでの混乱を愛する。変節やゆがみを愛する。常に低きに流れる力を愛する。彼にとってみれば、文化が間違いを犯すはずがない。シニカルな考え方に陥るな、とマイケルはいつもクレアに言い続けてきた。すべてを信じるんだ。マイケルという鮫は休むことなく泳ぎ続け、文化に、未来に立ち向かう。しかし、今は、まるでじかに過去を覗き込むように宙を見つめ、五十年前の出来事に打ちひしがれている。もう一度深く息をつくと、バンガローに向かって顎をしゃくる。

「オーケー」とマイケルは言う。「準備はできた。行こうか」

パスクアーレ・トゥルシは目を細めて、マイケル・ディーンをじっと見つめる。ひょっとしてこれがあの男なのだろうか？　全員がマイケルのオフィスで席についている。マイケルが机の後ろにゆっくりと体を滑り込ませ、パスクアーレとシェインはソファに、クレアはイスを引きずってきて座る。マイケルは厚手のコートを着たまま、表情は落ちついていたが、イスの上で少し身じろぎをして、居心地が悪そうだ。

「またお会いできてうれしいよ、わが友よ」とマイケルはパスクアーレに話しかけるが、奇妙なほど不誠実に響く。「久しぶりだね」

パスクアーレは軽くうなずく。それから、シェインの方を向き、静かに訊く。「具合でも悪い《スタ・マーレ》のかい？」

「いや」とシェインは答え、パスクアーレにマイケル・ディーンは病気ではなく、数知れない処置と外科手術を受けたのだと伝える方法を思い出そうとする。「たくさんの《モルト》……えー……手術《アンプラトーリ》」

「彼に何と言ったんだ？」とマイケルが訊く。

「彼は、えー……あなたが健康そうだと言いました。それで、私はあなたがお体を大切にしているんだと伝えました」

マイケルは感謝の言葉を述べてから、シェインに頼む。「金が欲しいのかと訊いてもらえるかな？」

パスクアーレは金という言葉に体をこわばらせる。少し苛立っているようだ。「いいえ。私が来るのは……探すため……ディー・モーレイです」

マイケル・ディーンはうなずき、少し傷ついたような顔をする。「彼女がどこにいるのか、私は知らないんだよ」とマイケルは言う。「すまないね」。それから、助けを求めるように、クレアを見る。

「彼女のことをグーグルで検索してみました」と

クレアは言う。「綴りを変えて試してみたり、ＩＭＤｂで『クレオパトラ』の出演者リストも調べました。でも、何も見つかりませんでした」

「そうだろう」とマイケルは言って、唇を噛む。「見つからないだろうね。本名じゃないからな」。もう一度、皺ひとつない顔を撫でると、パスクアーレをじっと見つめ、それから、シェインの方へと向き直る。「お願いがあるんだが、私のために通訳をしてくれないか。彼に伝えてくれ。あの当時の私のふるまいについて、すまないことをしたと思っていると」

「彼はすまないと思っている《ルイ・エ・ディスピアチュート》」とシェインは伝える。

パスクアーレは微かにうなずく。謝罪を受け入れていないとしても、認識はしているようだ。この二人の間に何があったとしても、かなり根が深いのだろうとシェインは思う。そのとき、振動音が聞こえ、クレアが携帯電話を耳許に持っていく。電話に出ると、機械に向かって穏やかに話しかける。「チキンは自分で買いに行ってもらわないといけないわね」

三人全員がクレアの方をじっと見つめる。クレアは電話をカチリと切り、「すみません」と言って、何かを説明しようと口を開いたが、考え直す。

マイケルはもう一度、パスクアーレとシェインの方へ向き直る。「彼に伝えてくれ。彼女を見つけるつもりだとね。せめてそれぐらいのことはやらせてくれ」

「彼があなたを手伝って《エリ・ヴィ・アユテーラ・ア》……えー……見つけるつもりです《トロヴァルラ》」

パスクアーレはまたうなずくだけ。

「彼に伝えてくれ。すぐに取り掛かるつもりだし、手助けができて、とても光栄だと思っている。贖罪《しょくざい》の機会だし、もう何年も前に始めた一連のことに決着をつけるためでもある。それと、どうか彼に伝えて欲しい。誰も傷つけるつもりはなかったんだとね」

シェインは額をこすり、マイケルからクレアの方へと視線を移す。「どう伝えたらいいのか、わからないな……つまり……えー……彼は良いことをしたがっている《ルイ・ヴオレ・ファーレ・イル・ベーネ》」

「それだけ？」とクレアは言う。「五十語は話したわよ。なのに、あなたは、そうね、四語ぐらいかしら」

シェインはその批判に傷つく。「お話ししましたよね。私は通訳ではありません。こういったことを全部伝える方法なんてわかりませんよ。ただ彼にはこう伝えました。『今、彼は良いことをしたがっている』」

「そうだな。その通りだ」とマイケルは言い、賞賛のまなざしでシェインを見る。ほんの一瞬、シェインは、この通訳の仕事を元手に脚本執筆の契約を得られないかと想像する。「それこそがまさに私の望んでいることだ」とマイケルは言う。「良いことをしたいんだ。そうだ」。それから、マイケルはクレアの方を向く。「今からこれが我々の最優先事項だぞ、クレア」

こうした事態の進展を、シェインはうっとりと、信じられない気持ちで眺めている。今朝、両親の家の地下室に座っていたのに、今ではマイケル・ディーンのオフィスにいて(あのマイケル・ディーンのオフィスだ)、伝説的なプロデューサーが企画開発アシスタントに大声で指示を伝えている。預言者マメットの言葉によれば、「何かの如くふるまえ」……そのまま行け。自信を持て、さすれば、世界は汝の自信に応え、汝の信仰は報われん。

マイケル・ディーンは机の引き出しから古い回転式名刺整理機《ローロデックス》を引っ張り出し、回しながら、クレアに話しかける。「エメット・バイヤーを捕まえて、早速仕事に取り掛からせるつもりだ。君はトゥルシ君と通訳君をホテルに連れて行ってくれないか?」

「すみません」とシェインは声を上げ、この行動には本人でさえ驚いた。「お話ししましたよね。私は通訳ではありません。作家なんです」

全員がシェインの方を向き直る。一瞬、シェインは自分の決断を疑い、潜り抜けてきたばかりの暗黒時代を思い出す。こうなる前、シェイン・ウィーラーは自分が常に偉業を成し遂げるべく邁進していると知っていた。誰もがそう言っていた——両親だけではなく、赤の他人も——そして、大学でも、ヨーロッパでも、大学院でも(サンドラが喜んで指摘したように、すべて両親の金で行った)、殻を打ち破れなかったのに、自分の成功を疑ったことなどなかった。

しかし、束の間の結婚生活が崩壊に向かう間に、サンドラ(と明らかに妻の側についた意地悪な結婚カウンセラー)は、かなり違うパターンを描き出した。親からノーと言われたことがない少年。家の雑用をやれとか仕事に就けとか要求されたことがなく、面倒に巻き込まれたときにはいつでも親が駆けつけ(証拠事案Ａ　春休みにメキシコで警察のご厄介に)、親が経済的な援助をすべき期間を過ぎても、ずっと援助を受け続けているようなガキ。まさにシェインだ。三十近くになって、仕事らしい仕事についたことがない。まさにシェインではないか？　大学を出て七年、修士課程を出て二年、結婚もした――だが、母親は息子にまだ毎月の洋服代を送っていた。(「母さんは俺の服を買いたいんだよ」とシェインは言い張った。「それを止めさせるなんてかわいそうじゃないか？」)

あの運も尽きた結婚生活の最後の月に――自分の男らしさが生きたまま検死解剖されていくように感じていた頃――サンドラはシェインの気分をマシにさせようと、何もかもが彼のせいというわけではないと熱弁を奮った。シェインは両親に――特に母親に――甘やかされた駄目青年世代の一員で、自尊心を一方的に与えられ、溺愛の泡に包まれたまま、偽りの達成感という悲しき保育器で育てられたのだと。

「あんたみたいな男は戦う必要がなかったのよ。だから、あんたの中に葛藤がないの」とサンドラは言った。「あんたみたいな男は、そもそも軟弱で優柔不断に育てられたのよ」とも言った。「あんたみたいな男は乳飲み仔牛と同じなのよ」

果たして、乳飲み仔牛シェインが次に取った行動は、ただサンドラの正しさを証明しただけだった。ある日、とりわけ激しく意見を戦わせたあとで、サンドラが仕事に行くと、シェインは家を出た。共同で買った車に乗り、コスタリカに行って、友人から聞いたコーヒー農園での仕事に就こうとした。だが、メキシコで車が駄目になると――文無しの、車なし――シェインはポートランドに引き返し、両親の許に戻った。

それ以来、シェインは自分のふるまいを後悔するようになり、サンドラにも謝った。不定期にだが小切手を送って(祖父母からの誕生日プレゼントが大半だった)、車に関する彼女の持ち分を弁償し、すぐに全額返すからと約束さえした。

　サンドラの乳飲み仔牛の熱弁に関して（シェインが思い出すと）一番辛いのは、それが真実だという点ではなかった。それは否定しがたいことだ。そうだ。彼女は正しいし、彼にもそれは理解できた。ひどいのは、これまで、自分がそれを理解していなかったことだった。サンドラが信じられないという顔で「あんたって、自分のクソを本気で信じているのね」と言い放ったとき、彼は信じていた。彼は本気で自分のクソを信じていた。だが、今は、彼女がそれを全部ぶちまけた後では……本気では信じられなくなっていた。

　離婚して最初の数か月間、シェインは屈辱にまみれ、自分が空っぽで孤独になった気がした。自分は大器晩成型だという以前の信念が失われ、舵を失い、漂流して、失意の底に沈んでいた。

　こんなわけで——今ではシェインも気がついていた——自分はこの第二のチャンスを最大限に活用しなければならないのだ。外に出て、ＡＣＴが単なるモットーや刺青、あるいはガキの妄想ではなく、真実であると証明しなければならないのだ。自分は乳飲み仔牛ではない。牡牛だ。前途有望な男にして、勝者なのだ。

　撮影スタジオ内のバンガローにあるマイケル・ディーン・プロダクションズのオフィスで、シェインは深く息をつくと、クレア・シルヴァーからマイケル・ディーンへと視線を移し、また戻す。そして、昔のマメット製の自信をありったけ奮い起こして、言い放つ。「ここに来たのは映画の売り込みをするためです。それを聞いてもらうまでは、もう一言だって通訳をするつもりはありません」

第六章　洞窟の絵

一九六二年四月
イタリア、ポルト・ヴェルゴーニャ

その狭い小径は、浸食作用によって崖の表面に刻まれたもので、ウェディングケーキの側面に巻かれた旗飾りのように、何本ものつづら折りとなって、村の後背に聳える険しい岩棚をジグザグに横切っていた。山羊が通るような古い山道を慎重に上りながら、パスクアーレは絶えず振り返って、ディー・モーレイがついてきていることを確かめた。この冬に激しく降った雨のせいで、頂上付近では小径が洗い流されていた。パスクアーレは後ろに手を伸ばし、ディーの温かい手を取って、岩がむき出しになった場所を進んだ。最後のつづら折りには、なぜかオレンジの果樹が崖の斜面に植えられていた——節くれだった木が六本、道の両側に三本ずつ、崖の下に落ちないように、岩にワイヤーで留められている。

「ほんのもう少しだけです」とパスクアーレは声を掛けた。

「私なら大丈夫」とディーは答え、二人は小径の最後のひと登りを道なりに進んだ。今では崖の突端は二人のすぐ頭上にあり、一方、ポルト・ヴェルゴーニャは六〇メートル真下にあって、岩場から顔を覗かせていた。

「気分が悪いですか？　止まりますか？　それとも進みますか？」パスクアーレは肩越しに訊いた。

英語での会話にまたなじみ始めていた。

「いいえ、このまま進みましょう。外を歩くのは気持ちがいいわ」

ようやく崖の頂上に辿り着き、村を見下ろす岩棚の上に立った。すぐ足許には断崖——風がほどよく吹き、海は波打ち、泡が下の岩場で渦巻いている。

ディーが縁の近くに立つ。あまりに華奢で、パスクアーレは彼女を捕まえて、風に飛ばされないようにしなければという衝動に駆られる。「まさに絶景ね、パスクアーレ」とディーが言った。空はわずかな雲を残してぼんやりと晴れわたり、洗いざらしたような空の青さと暗い海がコントラストをなしている。

崖の尾根には小径が蜘蛛の巣のように走っていた。パスクアーレはその一本を指さし、北西に、海岸まで辿った。「この方角が、チンクエテッレ」。それから、東を、自分たちの背後を指さし、丘を越えて湾のほうへと辿る。「この方角が、スペツィア」。最後に、南を向いて、これから進む道のりをディーに示した。その道は丘を縫うようにさらに一キロほど進んだ後で、急に沈み込み、海岸に沿って走る人気《ひとけ》のない岩の谷間へと続いていた。「ポルトヴェーネレはこの方角。楽なのが最初で、きついのが後です。ヴェーネレからの小径は山羊専用です」

ディーはパスクアーレの後について、この楽な部分を進んだ。勾配の急な斜面をつづら折りに沿って何度も上り、下る。海に面した場所では岩壁が波頭で削られていたが、この頂上では地形が少し穏やかにみえた。それでも二人は、まばらに生えた木や蔓に何度か手を伸ばし、急斜面を下り、険しい岩の背を上らなければならなかった。岩の小山に差し掛かったとき、ディーは礎石の残骸を見つけて足を止めた。風雨に角を削られたローマ時代の遺跡が、今ではすり減った歯のように横たわっていた。

「これは何かしら?」とディーは訊き、滑らかな石にかかった繁みを押しのけた。

パスクアーレは肩をすくめた。千年もの間、様々な軍隊がこの地点を海の見張り場として利用してきた。この頂上付近には、遺跡があまりにたくさん残されているので、パスクアーレはもうほとんど気にも留めなくなっていた。こうした古の砦の残骸を見ると、時々、漠然とした悲しみが胸にこみあげてくる。一大帝国でさえたったこれだけのものしか残せないとしたら、自分のような人間にどんな痕跡が残せるというのか？　ビーチ？　それとも崖沿いのテニスコート？

「来てください」とパスクアーレは言った。「もうほんの少しです」

さらに五〇メートル進み、パスクアーレは、山の斜面を走る小径が崖沿いにポルトヴェーネレに下り始める地点を指さした。まだ一キロ以上先だ。それから、ディーの手を取ると、道を離れ、丸い巨石をいくつか乗り越えて、草むらを押し分けて進む――抜け出た先には、どちらを向いても海岸線が広がる目もくらむような絶景が広がっていた。ディーが息を飲む。「来てください」と彼はまた言って、下の岩棚に降りた。少しためらってから、ディーもあとに続く。彼女に見せたかったのはこの場所だった――周囲の岩や丸い巨石と同じ色の小さなコンクリートのドーム。建物の単調な作りと三つの狭い長方形をした機関銃座の窓だけが、人工物であることを示している。第二次大戦中から残る掩蔽壕《トーチカ》だ。

パスクアーレがディーを手伝って屋根に上らせると、髪の中で風がダンスを踊った。「戦時中からあるの？」と彼女は訊いた。

「はい」とパスクアーレは答えた。「どこでもまだ戦争のままです。船を見張るためでした」

「このあたりでも戦闘があったの？」

「いいえ」とパスクアーレは背後の崖の方に手を振った。「あまりにも……」。眉を寄せる。また「寂しい」と言いたかったが、ふさわしくないような気がした。「孤立している《イソラート》？」とイタリア語で訊ねた。

「孤立している？」

「ええ《シィ》。そうです」。パスクアーレは微笑んだ。「ここでの戦争といったら、子どもがふざけてボートを撃つだけです」。掩蔽壕《トーチカ》のコンクリートは建物の裏手にある巨石の間にまで流し込まれているため、上からは死角になり、下からは巨石がもう一つあるように見えるだけだった。壕は崖の縁から突き出ていて、ガラスのない窓が三つ横に並んでいた――中には機関銃を置く銃巣があり、そこからは、ポルト・ヴェルゴーニャの先の尖った入り江が二八〇度見渡せる。北西の方角には、入り江の先に、岩の海岸線と少しなだらかな崖が見え、それはチンクエテッレ最後の村リオマッジョーレに続いていた。南の方角には、遠ざかる山並みの先にポルトヴェーネレの村があり、その向こうにはパルマリア島が見える。どちらの方角でも、海は岩の突端で泡立ち、険しい崖を上った先には、ぼさぼさの松の新緑や果樹の木立があり、畝《うね》の並ぶチンクエテッレのブドウ畑へと続いている。パスクアーレの父親はかつて話してくれたものだった。昔の人たちはこの海岸を平らな世界の果てと思っていたんだと。

「素晴らしいわ」とディーは言いながら、掩蔽壕《トーチカ》の廃墟の上に立っていた。

パスクアーレは彼女が気に入ってくれて嬉しかった。「考えるには良いところでしょう、ね?」

ディーは微笑み返した。「こんな場所まできてどんな考えごとをするの、パスクアーレ?」

なんておかしな質問だろう。誰がどこで何を考えているかだなんて。子どもの頃はここまで上って外の世界のことを考えていた。だが今は、大抵、初恋の相手を思い出した。アメデア。フィレンツェに置いてきた女。一緒に過ごした最後の日を思い出し、他に伝えるべきことがあったかもしれないと考えた。だが、こんな場所まで上ってくると、たまには、次元の異なることに想いを巡らすこともあった。この世界における時間と自分の居場所について――壮大だが、密やかな想いで、イタリア語で話すのだって難しいのに、まして英語ではとても無理だった。それでも、話してみたいと思った。「私が考えるのは……世界の全部の人々のことです……それから、私はひとりだけということです。わかりますか?」とパスクアーレは話し始めた。「それから時々、ここで月を見ます……そうです。月はみんなのものです……全部の人がひとつの月を見ます。わかりますか? ここでも、フィレンツェでも、アメリカでも。全部の人にとって、いつだって、同じ月です。わかりますか?」パスクアーレは愛しのアメデアのことを思い浮かべる。フィレンツェの実家の小さな窓から月を見つめている姿を。「時々、この同じ月は、素晴らしいものです。でも、時々……もっと悲しいものになります。わかりますか?」

ディーは少しの間パスクアーレを見つめていたが、やがて伝わったようだった。「ええ」とようやく答えた。「私もそう思うわ」。そして腕を伸ばし、パスクアーレの手を握る。

　パスクアーレは英語と奮闘したせいでくたくただったが、抽象的で個人的な話を伝えられたことが嬉しかった。二日前は「お部屋はどうです？」や「石鹸はもっと？」程度だったのだから。

　ディーは海岸沿いに目を走らせていた。パスクアーレにはオレンツィオの船を探しているのだとわかった。自分で彼女に請け合ったのだ。ここに上れば、船が見えるかもしれないと。ディーは腰を下ろし、膝を抱えて、北東をじっと見つめていた。その辺りは、岩だらけのポルト・ヴェルゴーニャに比べて土壌が良く、なだらかな崖にはブドウ畑が並行に並び、畝が模様を刻んでいた。

　パスクアーレは後ろを向き、下に見える村の方を指さした。「あの岩を見ますか？　私はそこにテニスコート作てます」

　ディーが困ったような顔をする。「どこに？」

「そこに」。二人で南へ半キロほど道を上って来ていたので、パスクアーレはちょうど村の先に丸い巨石の岩場を見つけることができた。「極上《プリモ》のテニスになるでしょう」

「ちょっと待って。テニスコートを作っているのは……崖の上なの？」

「うちのホテルを一流の観光地《デスティナッツィオーネ・プリマリア》にするためです、そうでしょう？　とても贅沢です」

「ひょっとしたら、私、あなたがどこにテニスコートを作っているのか、わかっていないのかもしれないわね」

　パスクアーレが近寄り、腕を伸ばすと、ディーは彼の肩に頬を押し付けた。腕に沿って真っ直ぐに、人差し指の先へと視線を走らせて、自分の見ている場所が正しいことを確かめようとする。パスクアーレの肩に電流が走った。ちょうどディーの頬が触れているあたりだ。パスクアーレはまた息が苦しくなるのを感じた。アメデアから施された恋愛指南のおかげで、それまで女の子に対して抱いていた不安は取り除かれたと思っていた。だが、今ここで、彼は子どものように震えていた。

　ディーが訝しむ。「あそこにテニスコートを作っているの？」

「そうです。岩場を……平らにならしています」。英単語を思い出した。「『片持梁』です、そうでしょう？　とても有名になるでしょう。レヴァンテで最高のテニス。海の上でナンバー・ワン《ヌメロ・ウーノ》のコートです」

「でも、テニスボールはどうなのかしら……端から落ちたりしない？」

パスクアーレは視線をディーから丸い巨石に、そしてディーに戻し、彼女はテニスを知っているのだろうかと思った。「いいえ。プレイヤーがボールを打ちますから」。パスクアーレは両手を広げた。「こちらとあちらで」

「ええ、でも打ち損じたときは――」

パスクアーレはディーをじっと見つめる。

「あなた、テニスをやったことあるの、パスクアーレ？」

痛いところを突かれた。スポーツ。パスクアーレは家族の中では背が高く、一八〇センチを超えていたが、ポルト・ヴェルゴーニャで育ったのでスポーツをやったことがなかった。長い間、この不名誉が一番の心配事だった。「写真をたくさん見ました」とパスクアーレは言った。「それに、本から寸法を測ったんですよ」

「海側のプレイヤーが打ち損じたら……ボールは海に飛んで行ってしまわない？」

パスクアーレは顎を撫で、考え込む。

ディーが微笑んだ。「ひょっとしたら、高いフェンスだって作れるかもしれないわね」

パスクアーレは海の方をじっと見つめ、海一面にテニスボールが揺れている光景を思い浮かべた。「ええ」と返事をした。「フェンス……はい。もちろん」。なんてバカなんだ。

「きっと素晴らしいコートになるわよ」とディーは言って、海に背を向けた。

パスクアーレはディーの痩せた横顔を見た。風が髪に吹きつけている。「今日やってくる男の人、その人のことを愛していますか？」パスクアーレはそんな質問を口にした自分に驚いた。だから、ディーがこちらを向くと、視線を落とした。「かまいませんか……こんなことを訊きましても」

「ええ、もちろん」。ディーは深く息を吸い、吐き出す。「残念なことに、そうだと思うわ。イエスよ。でも、そんなことしちゃいけないのよ。恋に落ちていい相手ではないから」

「それで……彼は愛していますか？」

「ええ、そうね」とディーは答えた。「彼も彼を愛しているわ」

気がつくまで一瞬だけ間が空いたが、パスクアーレにはディーのジョークがわかった。「ああ！」と声を上げる。「とても面白いです」

また風が急に吹きつけて彼女の髪を揺らす。ディーは髪を手で押さえつけた。「パスクアーレ、私、部屋で見つけた物語を読んだの。あのアメリカ人の作家のよ」

「あの本は……面白い、ですか？」パスクアーレの母親は、彼や父親ほどアルヴィス・ベンダーを気に入ってはいなかった。母親は言ったものだった。あの男がそんなにたいした作家なら、どうして八年間でたった一章しか書いていないんだい？

「悲しいお話なの」とディーは言って、胸に手をあてる。パスクアーレはディー・モーレイの胸の上に広がる、その愛らしい指から目が離せなかった。

「すみません」と咳払いをして謝る。「私のホテルで、そんな悲しい物語を見つけるなんて」

「ああ、そうじゃないの。とてもいいお話なのよ」とディーは言った。「絶望感のようなものが漂っていて、おかげで自分が絶望的な状況にいるのに、一人じゃないって感じられるの。私の言っていることがわかるかしら？」

パスクアーレは曖昧にうなずいた。

「私が撮っていた映画『クレオパトラ』、あれも愛がどれほど破壊的な力を持つのか、というお話なの。でも、ひょっとしたら、どんな物語だって同じことを言っているのかもしれないわね」。ディーが胸にあてた手を離す。「パスクアーレ、あなたは誰かを愛したことはある？」

パスクアーレには自分が動揺するのがわかった。

「はい」

「相手のお名前は？」

「アメデア」とパスクアーレは答えた。最後にアメデアの名前を声に出して呼んでから、いったいどのくらいの時間が経ったのだろうか。その名前が持つ力に驚いた。こんなにありふれた名前なのに。

「まだ愛しているの？」

他の言語では説明が難しいことがある。その中でもこれは極めつけだった。「はい」とパスクアーレはようやく答えた。

「どうしてその人と一緒じゃないの？」

パスクアーレは息をつき、鳩尾のあたりの鋭い痛みに驚いた。何とか口にできたのはこれだけだった。

「単純ではないのです、違いますか？」

「そうね」とディーは言って、空に目を向ける。白い雲の塊がほどけて、水平線の上で真珠のような連なりに変わり始めていた。「単純じゃないわ」

「来てください。もうひとつあります」。パスクアーレは向こう端へと移動した。そこで掩蔽壕《トーチカ》は崖の表面にある凸凹した丸い大岩とつながっていた。枝を引きはがし、岩を脇によけると、コンクリートの屋根に狭い長方形の穴が現れた。体をねじ込み、下に降り始める。掩蔽壕《トーチカ》の中に半ばまで入りこんだとき、屋根の向こうにディーがまだその場に留まっているのが見えた。「安全です」とパスクアーレは声を掛けた。「大丈夫です。来てください」

壕の中に降りる。しばらくしてディー・モーレイが狭い穴を通り抜けて、隣に降りてきた。

中は暗く、空気が少し澱んでいて、部屋の端では、二人とも少し身を屈めて、コンクリートの天井に頭がぶつからないように注意しなければならなかった。明かりは機関銃座の三つの窓から差し込む光だけ。早朝の光が床に歪んだ長方形を描き出していた。

「見てください」とパスクアーレは言って、ポケットからマッチ箱を取り出し、台所用のマッチを一本擦ると、部屋の奥にあるコンクリートの壁に向かって掲げた。

ディーが揺らめくマッチの光の方へと歩いて行く。奥の壁は絵で埋めつくされていた。コンクリートに完璧に描かれた五枚のフレスコ画。隣り合って並び、まるで飾り気のない画廊の壁のようだ。パスクアーレがマッチをもう一本擦ってディーに手渡すと、彼女は壁にさらに近づいていった。作者は絵のまわりに木製の額縁らしきものまで描いていた。コンクリートの上に描かれた絵は、すでに絵具の色が薄れ、ひび割れも生じ始めていたが、この画家が本物の才能の持ち主であることは明らかだった。最初の一枚は海の風景画――まさにこの壕の真下の荒々しい海岸線と岩場で泡立つ波が描かれ、右手の角には、ポルト・ヴェルゴーニャの村の屋根がわずかに見える。次の二枚は、正装をした肖像画で、かなりタイプの異なる二人のドイツ兵が描かれていた。そして、最後に、同じ女性を描いた二枚の似たような絵があった。経年劣化と風化によって絵は色褪せ、以前の精彩は失われている。それに、壕の中に染み込んだ水が原因で、海の風景画はかなり傷み、兵士の肖像画の一方には大きなひび割れが生じ、女性の肖像画の一枚目にも角に裂け目ができてしまっている。しかし、その他の点では、この芸術作品は驚くほどきれいに保存されていた。

「もう少しすると、太陽、それがこの窓から入るます」。パスクアーレは掩蔽壕《トーチカ》の壁に空いた機関銃の射撃窓を指さした。「絵が……生き生きとなります。この女性、彼女はとてもきれい《モルト・ベッラ》です。そうでしょう?」

ディーは口を開け、じっと見つめていた。「ええ、そうね」。火が消えるとパスクアーレは次のマッチを点けた。ディーの肩に手を置き、中央の二枚、二人の兵士の肖像画を指さした。「漁師たち言います。二人のドイツ兵、戦争中にここに住んでいる。海を守るためにです、わかりますか?　そのひとり、この男がこの壁を描きます」

ディーは近寄って兵士の肖像画を見た——一方はあどけない顔をした顎の小さな青年で、首を誇らしげに傾け、視線は横向き、軍服の上着のボタンを顎までとめている。もう一方は少し年上の青年、シャツをはだけ、壁からこちらを真っ直ぐに見つめている——コンクリートに塗られた絵具は色褪せてきていたが、明らかに物言いたげな表情をしている。

「この人が絵を描いたのね」。彼女は静かに言った。

パスクアーレが腰を屈めて近づく。「どうしてわかりますか?」

「まさに芸術家って感じがするじゃない。私たちの方をじっと見つめているわ。自分の顔を描くときに、鏡を見つめていたに違いないわ」

ディーは体の向きを変えると二、三歩進み、射撃用の窓から外に、眼下に広がる海に目を向けた。それからまた絵に向き直る。「素晴らしいわ、パスクアーレ。ありがとう」。ディーは口許を覆い、まるで泣き出しそうな顔をして、パスクアーレの方を見た。「考えてみて。こんなところに芸術家がいて、こんな傑作を描いていたなんて……誰の目にも触れることがない傑作よ。なんだか悲しいわ」

ディーは壁画の近くに戻った。パスクアーレが新しいマッチを灯し、手渡すと、ディーはもう一度壁に沿って歩く……岩場に打ち寄せる波、二人の兵士、最後に二枚の女性の絵――四分の三ほど斜めを向いて座り、腰から上を描いた二枚の古典的な肖像画。ディーはこの最後の二枚の前でしばらく立ち止まる。この女性の肖像画は二枚ともまったく同じもの。パスクアーレはいつもそう思っていた。だが、ディーは言った。「見て。こっちはちょっとおかしいわ。手直しをしたのね。きっと写真をもとにして描いたのよ」。パスクアーレがディーの隣に歩を進めた。ディーが指し示す。「こっちの絵では、鼻がちょっと傾いているし、目は少し下がっている」。そうだ。パスクアーレにもわかった。彼女が正しい。

「この人は彼女のことをとても愛していたのね」とディーは言った。

彼女が振り向いた。揺らめくマッチの明かりの中で、目に涙を浮かべているのかもしれないとパスクアーレは思った。

「この人は家に無事に帰って、彼女と再会できたと思う?」

二人は唇が触れるほどに近づいていた。「ええ」とパスクアーレは小さく答えた。「再会します」

狭い掩蔽壕《トーチカ》で身を屈め、ディーはマッチを吹き消すと、前に進んで、パスクアーレに抱きついた。暗闇の中で、彼女は呟いた。「そうよね。そうだったらいいのに」

朝の四時になっても、パスクアーレはまだ考えを巡らせていた。暗い掩蔽壕《トーチカ》であの瞬間、彼女にキスをすべきだっただろうか？　これまでの人生でキスをした女性は一人だけ、アメデアだけだ。しかも、正確に言えば、最初は彼女の方からキスをしてきたのだった。テニスコートの件で屈辱感に苛まれていなければ、キスをしようと思ったかもしれなかった。ボールが崖を越えて飛んでいくかもしれないと、どうして考えつかなかったのだろうか？　もしかしたら、パスクアーレが参考にした写真には、ボールがプレイヤーを越えていく様子が写っていなかったからかもしれない。それにしても滑稽だった。テニスを純粋たる芸術のようなものと勘違いしていたのだ。つまり、テニスコートではなく、テニスコートの絵を欲していたのだ。フェンスがなければ、まず間違いなく、プレイヤーもコートを端まで走り切った途端に崖を越えて海に落ちてしまう。ディー・モーレイは正しい。高いフェンスを建てるのは難しいことではなかった。だが、パスクアーレにはわかっていた。高いフェンスを作ってしまうと、自分がいつも思い描いている眺めが台無しになる。平らなコートは海の上に浮かび、崖の壁面の丸い巨石から持ち上げられている。片持梁で完璧に支えられた岩棚の上には、白いウェアを着たテニスプレイヤーが集い、女性たちはパラソルの下で飲み物を啜っている。もし、フェンスに囲まれていたなら、近づいてくる船からは、それが見えなくなってしまう。金網ならまだマシかもしれないが、プレイヤーにとっては海の眺めを邪魔するものになる。何より刑務所のようで醜い。いったい誰が醜い《ブルット》テニスコートを好むというのか？

この夜、ディー・モーレイの待ち人は現れず、パスクアーレは何となく責任を感じた。そんな男は溺れてしまえばいいのに。そんなささやかな願いが祈りへと格上げされ、現実になったかのようだった。ディー・モーレイは夕方に部屋に戻ったが、明け方になるとまたひどく具合が悪くなり、ベッドから這い出て嘔吐を繰り返した。胃の中に何もなくなると、目から涙がこぼれ、背中は弓なりにたわみ、鼻を啜りながら、床にうずくまった。嘔吐する姿を見られたくないと言ったので、パスクアーレは廊下に座り、手を伸ばして、戸口から向こう側にいる彼女の手を握った。叔母が階下で動き回っている音が聞こえた。

ディーが深く息をついた。「何かお話を聞かせて、パスクアーレ。あの画家が彼女の許に戻ったとき、どんなことが起きたのかしら」

「二人は結婚して、子どもを五十人作ります」

「五十人も？」

「もしかしたら、六人かもしれません。有名な画家になて、女性の絵を描くとき、いつも彼女を描きます」

ディー・モーレイはまた嘔吐して、話ができるようになると、こう言った。「あの人はこっちに向かっていないのよ、そうじゃない？」奇妙な親密さがあった。手をつないでいるのに、顔は別々の部屋にある。話はできる。手を握ることもできる。だが、お互いの顔は見えない。

「すぐに来ますよ」とパスクアーレはディーに言った。ディーは囁いた。「どうしてわかるの、パスクアーレ?」

「私にはわかります」

「だから、どうして?」

パスクアーレは目を閉じて、英語に集中すると、扉の向こう側に囁き返した。「だって、もしあなたが私を待っているなら……私はローマから這ってでも会いに来ます」

ディーはパスクアーレの手をぎゅっと握り、また嘔吐した。

男はその日も姿を現さなかった。自分のためにディー・モーレイを留めておきたいのは山々だったが、パスクアーレは腹を立て始めていた。いったいどんな男なんだ? 病気の女性を人里離れた漁村に送り込んで、そこに放置しておくなんて。ラ・スペツィアに行って、グランド・ホテルに電話をかけようかと考えたが、このろくでなしを自分の目で冷たく睨みつけてやりたくなった。

「今日、ローマに行きます」と彼女に告げる。

「いいのよ、パスクアーレ。大丈夫だから。気分が良くなったらスイスに行けばいいだけなのよ。ひょっとしたら、そこに私宛の伝言を残しているかもしれないじゃない」

「いずれにせよ、ローマに行かなければならないんです」と彼は嘘をついた。「このマイケル・ディーンを見つけて、あなたがここで待っていると伝えます」

彼女はしばらく宙を見つめて、それから微笑んだ。

「ありがとう、パスクアーレ」

パスクアーレはヴァレリアに、このアメリカ人のこと、世話の仕方を事細かに伝えた。彼女を眠らせておくこと、食べたくないものは何も食べさせないこと、薄い夜着についてお説教をしないこと。具合が悪くなったら、メルロンギ医師を呼びに行かせること。それから、母親の許に顔を出すと、母親は起きて彼を待っていた。

「明日には戻るよ、母さん《マンマ》」とパスクアーレは言った。

「どんなに素晴らしいことでしょうね」と母親は言った。「お前があんなに背が高くて、健康そうで、胸もある女の人と子どもを持ってくれたら」

パスクアーレは〈共産主義者〉のトンマーゾに、ラ・スペツィアまで舟で乗せていってくれるように頼んだ。そうすれば電車に乗ってフィレンツェへ行き、そこからローマに向かって、マイケル・ディーンを怒鳴りつけることができる。最低な男だ。病気の女性をこんな風に見捨てようとしているなんて。

「俺もお前と一緒にローマに行くべきだな」と、軽い波を立てて南に舟を走らせながら、トンマーゾが言った。小さな船外機が水の中ではシュッシュッと、水から顔を出すとヒューヒューと音を立てる。トンマーゾは後方で海岸線をにらみながら舟を操り、パスクアーレは前方に座っていた。「あのアメリカの映画屋どもめ。あいつらは豚だ」

パスクアーレが同調する。「女を追い出して、それで忘れてしまう……」

「あいつらは本物の芸術を馬鹿にしている」とトンマーゾは言った。「あいつらは人生の悲哀をすべて取り去って、太った男どもがクリームパイに飛び込むバカ騒ぎを作っていやがる。イタリア人には好き勝手に映画を作らせておけばいいものを。その代わりに、奴らの間抜けぶりが蔓延し始めていやがる。娼婦の性病が船乗りに広まるみたいにな。イタリア《コメディア・アリ》式喜劇《タリアーナ》だと！　ふん」

「僕はアメリカの西部劇が好きだよ」とパスクアーレは言った。「カウボーイが好きなんだ」

「ふん」とトンマーゾはまた言った。

パスクアーレはずっと別のことを考えていた。

「ねえ、トンマーゾ。ヴァレリアから聞いたんだ。ポルト・ヴェルゴーニャでは赤ん坊と老人を除いて誰も死なないって。だから、あのアメリカ人もここにいる限りは死なないって」

「パスクアーレ――」

「ああ、わかっているよ、トンマーゾ。そんなの魔女の古い言い伝えに過ぎないってことはね。でも、ここで早死にした人を一人も思い出せないんだ」

トンマーゾは帽子を直しながら、考え込んだ。

「お前の親父は何歳だった？」

「六十三歳」とパスクアーレは答えた。

「俺にしてみればまだ若いがな」とトンマーゾは答えた。

舟はラ・スペツィアに向かって、湾内の大きな缶詰製造船の間を縫うように進んだ。

「今までテニスをしたことはあるかな、トンマーゾ？」とパスクアーレは訊いた。トンマーゾは戦時中にしばらくの間、ミラノ近郊の捕虜収容所にいて、様々なことに接した経験があると知っていた。

「もちろん見たことがあるぞ」

「プレイヤーはボールをよく打ち損じるものなの？」

「上手なプレイヤーはあまりミスをしないが、ポイントが入るのは誰かが打ち損じたときか、ネットにボールを打ち込んだり、ラインの外に打ち出したときさ。ミスを避ける方法などないな」


列車の中で、パスクアーレはまだテニスのことを考えていた。ポイントが入るのは誰かがミスをしたとき。残酷でもあり、ある意味では人生の真理のようにも思えた。英語を話そうとすることで、近頃、心の中に変化が生まれていた。それが興味深かった。パスクアーレは大学で詩を学んでいたときのことを思い出す。ことばが意味を持ち、失い、イメージと重なり合い、普段使うことばの背後に潜む思考がこだまして好奇心をくすぐる。例えば、ディー・モーレイに対して恋人は同じように感じているのかと訊いたとき、彼女はすぐに、そうね、彼も彼自身を愛しているわ、と答えた。なんて素晴らしいジョークなのだろう。それを英語で理解できたという満足感がおかしくなくらい大切に感じられた。このささやかなやり取りを、頭の中で繰り返し聞き続けていたかった。それから、掩蔽壕《トーチカ》の絵に関する会話……ディーの想像力には鳥肌が立った——孤独な若い兵士と写真の女。

彼の乗る車輛には、若い女性が二人、隣り合って座っていた。同じ映画雑誌を読みながら、お互いの雑誌をのぞき合い、読んでいる記事についておしゃべりを交わしている。数分おきにどちらかがパスクアーレの方をちらりと見て、微笑んだ。それ以外の時間は二人で一緒に雑誌を読んでいて、一方が雑誌の映画スターの写真を指さすと、もう一方がコメントをした。「ブリジッド・バルドー？　今はきれいだけれど、そのうちに太り出すんじゃない」。二人は大声で話していたが、それは恐らく電車の騒音の中でも聞こえるようにだろう。

パスクアーレは煙草から視線を上げて、自分でも驚いたことに、二人に話しかけていた。「その中に、ディー・モーレイという名前の女優について、何か書いてありませんか?」

二人はここ一時間ほどずっとパスクアーレの注意を引こうとしていた。だから、すぐに顔を見合わせると、背の高い方が答えた。「その人はイギリス人?」

「アメリカ人です。イタリアにきて、『クレオパトラ』という映画に出ています。大スターだとは思いませんが、その雑誌に彼女のことが何か載っていないかと思いまして」

「その人、『クレオパトラ』に出ているの?」と背の低い方が訊き、それから雑誌をパラパラとめくると、痺れるほど美しい黒髪の女性の写真を見つけ——たしかにディー・モーレイよりも魅力的だ——それをパスクアーレに見えるように差し出した。

「エリザベス・テイラーと?」エリザベス・テイラーの写真の下には記事の見出しがあって、この「衝撃的なアメリカのスキャンダル!」の詳細を予告していた。

「この人ったらエディ・フィッシャーとデビー・レイノルズの結婚を駄目にしたのよ」。背の高い方が秘密を打ち明けるように話した。

「とても辛いわよね。デビー・レイノルズ」ともう一方が言った。「赤ちゃんが二人いるのに」

「そうよ。それにエリザベス・テイラーは今はもうエディ・フィッシャーとも別れているの。イギリス人の俳優リチャード・バートンと関係を持っているところなのよ」

「気の毒なエディ・フィッシャー」

「気の毒なリチャード・バートン、私はそう思うわ。この女は化け物よ」

「エディ・フィッシャーはローマに飛んで、この女とよりを戻そうとしているんだって」

「奥さんには赤ちゃんが二人もいるのに! なんて恥知らずな」

この二人が映画関係者についてあまりに詳しいので、パスクアーレは驚いた。まるで自分の家族の話をしているようで、一度も会ったことがないアメリカやイギリスの映画俳優の話とは思えなかった。二人は身を乗り出したり、引っ込めたりしながら、今はエリザベス・テイラーとリチャード・バートンの話をわいわいと続けている。パスクアーレは二人を無視し続ければ良かったと後悔した。自分はこの二人がディー・モーレイを知っていると本気で考えていたのだろうか？　彼女は『クレオパトラ』が初めての映画だと言っていた。であれば、この二人がどうやってディーの話を耳にするのだろう。

「あのリチャード・バートンは猟犬よ。私なら見向きもしないわ」

「いいえ、あなたならそんなことはないわよ」

女性がパスクアーレに向かって微笑んだ。「ええ。そうね」

二人が甲高《かんだか》い声で笑う。

「エリザベス・テイラーはもう四回も結婚しているのよ！」と背の高い方が話しかけてきた。パスクアーレはこの会話から抜け出せるなら、列車からでも飛び降りたかった。会話がテニスの試合のように行ったり来たり、どちらのプレイヤーもミスをしない。

「リチャード・バートンも結婚しているわ」ともう一方が言った。

「あの女はヘビよ」

「きれいなヘビよね」

「あのふるまいのせいで品がないのよね。男はそんなことは気にしないから」

「男が目に留めるのは、あの女の目だけよ」

「あの胸よ。本当に品がない！」

「あんな目をして品がないなんて……」

「みっともないわ！　みんな子どもみたいなことをして、あのアメリカの連中ときたら」

パスクアーレは咳の発作に見舞われたふりをした。「失礼」と謝った。立ち上がり、おしゃべりの続く車輛を離れると、咳をし、立ち止まって窓の外を見た。ルッカの駅に近づきつつあり、レンガと大理石造りの大聖堂がわずかにと見えた。列車がフィレンツェに着いて、乗り換えまでに時間の余裕があれば散歩に出ようと思った。

フィレンツェで、パスクアーレは煙草に火を点け、マッシモ・ダツェリオ広場の鉄製のフェンスに寄り掛かっていた。通りを先に進んだ向かい側にアメデアの家があった。ちょうど夕食を終えた頃だろう。

この時分、アメデアの父親は家族全員で散歩に出かけるのが好きだった――ブルーノとその妻、そして六人の美しい娘たち(パスクアーレがフィレンツェを離れていた十か月の間に、ブルーノが誰かを嫁にやっていない限り)が一団となって通りを進み、広場を一周してから家に戻っていくのだ。ブルーノは娘を並んで歩かせることに大きな誇りを抱いていた。まるで競走馬のオークションだ、とパスクアーレはいつも思っていた。年老いた男の大きな禿げ頭はふんぞり返り、顔にはあの堅苦しい表情が深く刻まれている。

太陽が顔を覗かせたのは、夕暮れ時、曇り空の一日が終わりに近づいてからで、おかげで街全体には、外に出てぶらぶらとしたくなるような雰囲気が立ち込めていた。パスクアーレは煙草を吸い、カップルや家族を眺めていた。数分後、思ったとおりモンテルーポ家の娘たちが角を回ってやって来た――アメデアと一番年下の妹が二人。この年少の二人と最年長のアメデアの間にあと三人の娘がいたが、結婚して家を出たに違いない。パスクアーレはアメデアの姿を見て息を飲んだ。とても美しかった。続いてブルーノが角を回ってくる。隣を歩くモンテルーポ夫人が乳母車を押していた。乳母車を見て、吸いこんだ空気が深いため息として吐き出される。では、あれだ。

今、彼が寄り掛かっているのは以前と同じ柱だった。アメデアと付き合い始めたとき、彼はここに寄り掛かって待っている必要があった。そこに立って彼女に合図を送るのだ。当時に戻ったように胸が躍る。そのときだった。アメデアが顔を上げ、彼の方を見た。突然足を止め、壁に手を伸ばす。彼女はこの二人の柱を今でも毎日目にしているのだろうか、とパスクアーレは思った。妹たちは彼の存在に気付かず、姉をおいて先に進み、しばらくしてアメデアもまた歩き始めた。パスクアーレは帽子を脱いだ――当時の二番目の合図だ。通りの向こうでアメデアが首を〝ノー〟と振るのが見えた。パスクアーレはまた帽子を被った。

三人の姉妹が前を歩いていた。アメデアに小さなドナータとフランチェスカ。その後ろにブルーノと妻、乳母車の中の赤ん坊がぞろぞろと続く。若いカップルが足を止めて赤ん坊を覗き込んだ。話し声が広場をわたって彼の許まで聞こえてくる。

「ずいぶん大きくなったわね、マリア」と女性が言った。

「そのはずよ。お父さんと同じくらい食べるから」ブルーノが誇らしげに微笑む。「我が家の小さな奇跡の腹ペコ坊主さ」と答えた。

女性が乳母車に手を伸ばして、赤ん坊の頬をつまんだ。「お姉ちゃんたちの分まで食べちゃだめよ、小さなブルーノ」

妹二人は後ろを振り返って、カップルが赤ん坊を褒める様子を眺めていたが、アメデアは視線を前に向けたまま、通りの向こう側からこちらを見つめていた。まるで視界に入っていなければ、パスクアーレが消えてしまうと思っているかのようだった。パスクアーレはその眼差しから目を逸らさずにはいられなかった。

小さなブルーノを愛でていた女性が、一番年少の十二歳の妹の方を向いた。「小さな弟ができてうれしい、ドナータ?」

妹はうれしいと答える。

会話はもっと打ち解けた話題へと変わっていった。その後、通りを越えてパスクアーレの耳に届いた会話は少しだけだった——長雨がどうだとか、暖かい気候がすぐそこに迫っているようだとか。

やがてカップルは歩き出し、モンテルーポ家の人々も広場の一周を終えて、一人また一人と、狭い家の背の高い木製のドアに飲み込まれていき、最後にブルーノが仰々しくドアを閉めた。パスクアーレはその場にたたずみ、煙草を吸っていた。腕時計を確認すると、ローマ行きの最終列車には充分に余裕があった。

十分ほど経って、アメデアが通りを大股で渡ってきた。寒さをこらえるように両腕を組んでいる。パスクアーレはアメデアの可愛らしい茶色の瞳、その上の黒い眉から何かを読み取れたことなど一度もなかった。瞳はいつも揺れ、自然に潤んでいて、怒っているときでさえ——よくあることだったが——その瞳はいつも許そうとしているように見えた。

「ブルーノ?」アメデアがまだ数歩離れた場所にいるうちに、パスクアーレは声を掛けた。「ブルーノなんて名前をつけさせてよかったの?」

彼女がすぐ近くまで歩み寄った。「ここで何をしているの、パスクアーレ?」

「君に会いたかった。それにあの子にも。ここに連れてこられないかな?」

「バカを言わないで」。アメデアは手を伸ばし、パスクアーレの手から煙草を奪うと、一口吸って唇の端から煙を吐き出した。彼女がこんなに小柄だということを忘れかけていた――針金のように細く、しなやかだった。八歳年上の彼女には、どこか神秘的な、動物めいた肉体的な気安さがあった。アメデアの側にいるとまだ眩暈《めまい》を覚える。彼女はあたり前のようにパスクアーレの手を取り、アパートの部屋まで連れていき(ルームメイトは日中、出かけていた)、ベッドに押し倒し、ズボンを脱がせ、自分のスカートをまくり上げると、上に乗ったものだった。彼女の腰に手を添え、視線をその瞳にじっと注ぐ。パスクアーレは思った。これこそが世界のすべてだ、それが今ここにある、と。

「せめてあの子に会えないかな?」とパスクアーレがもう一度訊く。

「ひょっとしたら午前中なら。父さんは職場だから」

「明日の午前中までここにいることはできないんだ。今夜、列車に乗ってローマに行くことになっていてね」

アメデアはうなずいたが、何も言わなかった。

「それで君は……あの子が弟だというふりをしていたよね? 君の母さんがもうひとり赤ちゃんを産んだなんて、誰からも変だと思われなかったのかな……下の子が生まれてから十二年だよ?」

アメデアはいらいらとした様子で答えた。「あの人たちが考えていることなんて、私にはわからないわ。父さんは私をアンコーナに住んでいる母方の叔母のところにやって、周りの人には、叔母さんの具合が悪いから看病に行っていると話したのよ。母親は妊婦の服装をして、周りの人にはアンコーナに産みに行くと伝えたわ。一か月後、二人で小さな弟を連れて戻ってきたというわけ」。まったく何でもないとでも言うように肩をすくめる。「奇跡ね」

パスクアーレは言葉に詰まった。「どういう感じなの?」

「赤ん坊を産むってこと?」アメデアは視線を外した。「雛鶏をひねり出すような感じだったわ」。視線を戻して微笑んだ。「今はそんなに悪くないわ。かわいい子だしね。みんなが眠ったあとで、ときどき抱き上げて、囁くの。『私があなたのお母さん《マンマ》よ、坊や』」。少し肩をすくめる。「そのとき以外は、ほとんど忘れていて、自分の弟だと信じるようにしているの」

パスクアーレはまた気分が悪くなった。まるで概念や抽象的な観念の話をしているようだった。子どものこと、自分たちの子どものことではなく。「正気とは思えない。一九六二年にもなって、そんな芝居をしなきゃならないの？　間違っているよ」

こう言いながらも、それが間抜けな言い分だと彼にもわかっていた。自分は子育てにまったく関与していないのだ。アメデアは黙ったまま、ただパスクアーレを見つめていたが、しばらくして舌から煙草のカスを取り除いた。「結婚しようと言ったじゃないか」ともう少しで口にしそうになる。だが、考え直した。もちろん、アメデアは笑い飛ばすだけだろう。パスクアーレがここに……〝プロポーズ〟のために来たのだとしても。

アメデアはかつて婚約をしていた。彼女が十七歳のとき。相手は裕福だが、カエルのように目の出た青年で、父親が営む不動産会社の共同経営者の息子だった。倍も年が離れた男との結婚にしり込みすると、父親は激怒した。お前は一家の面汚しだ。この文句なしに素晴らしい求婚者と結婚するつもりがないなら、一生嫁に出さないぞ。選択肢は二つあった。修道院に入るか、家に留まって年老いていく両親と、結婚した姉妹の子ども全員の面倒をみるか。いいわ、とアメデアは答えて、一家の子守役になると決めた。夫なんていらなかった。しばらして、娘の反抗的で無愛想な態度にいらついて、父親は彼女が大学で秘書として働くことを認めた。そこで六年間働き、たまに学生の恋人を作って寂しさを紛らわした。そして、二十七歳のとき、散歩に出かけて、十九歳のパスクアーレがアルノ川の土手で勉強しているところに偶然出くわしたのだ。彼女は側に立って、彼が顔を上げると、微笑みながら声を掛けた。「こんにちは、素敵な目をしているわね」

初めて会ったときから、パスクアーレはアメデアにひどく惹かれた。痩せているのに休みなく働くエネルギーと破壊力抜群の鋭い機知。初めて出会ったこの日、煙草を持っていないかと訊かれたのだが、彼は吸わなかった。「毎週水曜にここを通るわ」と彼女は言った。「あなたがそうして欲しかったらだけど」

一週間後、彼女が同じ場所を通ると、パスクアーレは跳ねるように立ち上がり、煙草を差し出した。煙草の箱をポケットから出すときにその手は震えていた。煙草に火を点けてもらうと、彼女は地面に広がった本を指さした――詩集と英語の辞書。彼は「愛と死《アモーレ・エ・モルテ》」という詩を翻訳する課題が出たのだと説明した。「偉大なレオパルディね」と彼女は言って、腰をかがめてノートを拾い上げた。彼がここまで訳したものを読む。「兄弟――時は同じ、愛と死／産み出されたものたち」

「やるじゃない」と彼女は言った。「この詩の音楽的なところをちょっと直してあげたのね」。ノートを返して、「煙草をありがとう」と礼を言うと、歩き去った。

翌週、アメデアが川のほとりを通ると、パスクアーレが煙草とノートを手に待っていた。無言でノートを受け取り、声に出して英訳を読み上げる。「ひとつ息吹の兄弟同士／ともに芽吹いた、愛と死」。ノートを返すと、微笑んで、アパートはこの近くかと訊いた。十分もしないうちに、彼女はパスクアーレのズボンを引き下ろしていた――女性と初めてキスをしたのだから、寝た経験も言わずもがなだった。その後、十八か月の間、二人はアパートで週二回、午後に逢瀬を重ねた。一晩をともに過ごすことはなかった。それに、彼女は一緒に人前に出るつもりはないとも話していた。私は恋人じゃない、と彼女は言い張った。個人教師よ。あなたの勉強を手伝って、恋人にふさわしい男になるように鍛える。女性への話しかけ方、近づき方、言ってはいけないことをアドバイスするだけだ。（他の女なんていらない、欲しいのは君だけだと強く言っても、彼女は笑い飛ばした。）最初の頃、彼がぎこちなく世間話を始めたときも、彼女はそれを笑い飛ばした。「どういうつもりなの？　こんなにきれいな瞳に物を言わせないなんて」。こう教える。目を合わせて、深呼吸をして、話すことをよく考えなさい。あんまり急いで答えちゃだめ。もちろん、彼のお気に入りのレッスンは、彼女が床のマットレスの上で教えてくれるものだった――どのように手を使い、どのようにすれば、早く終わらずに済むのか。レッスンの成果が現れ始めたあとで、ある日、彼の上から降りると、彼女はこう言った。「私、たいした先生よね。あなたと結婚する女性は幸せだわ」

　パスクアーレにとって、こうした午後の時間は眩暈を覚えるほど甘美なものだった。こんな風に人生の残りの時間を過ごしていくのだろう。授業に行く。週に二度、愛しのアメデアが教えに来てくれることを覚える。一度だけ、とりわけ親密に交わったあとで、パスクアーレは「愛している《ティ・アモ》よ」と口にする過ちを犯した。アメデアは怒って彼を押しのけ、立ち上がると、服を着始めた。

「それだけは言っては駄目よ、パスクアーレ。その言葉にはとんでもない力があるんだから。人が結婚するのは結局、そのせいなの」。ブラウスを身に着ける。「セックスのあとでそれを言ってはだめ。わかった？　もし言いそうになったら、朝一番でその女に会いに行くの。歯を磨いていなければ、化粧もしていないところに……トイレに入っているところを見るの……女友達と話しているのを聞くの……毛深い母親とか、金切り声を上げる姉や妹に会いに行くの……それでもまだそんなバカげたことをいう必要があると思ったら、そのときは神様の出番ね」

　あなたは私のことを本当に愛しているわけじゃない、と彼女は言い続けていた。初体験を済ませた後の反応に過ぎないのよ、私はあなたには年上すぎるし、お互いにとって何もかも間違っている。属する階級も違う。あなたには自分と同じぐらいの年の女の子が必要よ――彼女があまりに自信満々に自説を説くので――パスクアーレには疑う理由がなかった。

　そして、運命のあの日、アメデアはアパートにやってくると、前置きもなく告げた。「妊娠したわ」。ひどい沈黙が後に続いた。パスクアーレは一瞬だけ聞き違いを疑い（〝妊娠したと言わなかったか？〟）、次いで一瞬だけ不審に思った（〝でも、ほとんどいつも避妊をしていたじゃないか〟）が、次の瞬間には、彼女がどうすべきか教えてくれるのを待っていた――彼女はいつもそうしてくれた――だから、ようやく口を開いたとき（「僕たちは結婚すべきだと思う」）、かなりの時間が経っていたので、アメデアは見事なまでに不適に彼の顔を笑い飛ばした。

　この坊やときたら《ケ・ラガッツィーノ》！　何もわかっていないのね？　こんな風にあんたの人生を台無しにしたいとでも？　それに、あんたが本当に望んでいたとしても――間違いなくそうじゃないけれど――私が田舎の村から出てきた無一文の青年と結婚するなんて、本当に考えてみたことある？　私の父親がそんな一族の恥を許すと本当に思っているの？　それと、もし父親が許したとしても――絶対に許さないでしょうけれど――私がそんなふらふらした未熟な坊やを夫にすると思うの？　暇つぶしに誘惑した坊やよ？　この世で一番要らないのが、この手のひどい夫じゃない。延々と彼女の話は続き、やがてパスクアーレは「ああ、君の言う通りだ」と呟くことしかできなくなって、そう信じるようになった。これが二人のいつもの誘惑のメカニズムだった――アメデアは性愛面で経験が豊富で、パスクアーレは子どもっぽく従順。彼女の言う通りだと思った。子どもを養うことはできない。自分が子どもなのだから。

　今、一年近く経って、彼女の家族が住む大邸宅の向かいの広場にいる。アメデアは疲れたように微笑み、もう一度、煙草に手を伸ばした。「お父さんのことお悔やみ申し上げるわ。お母さんはどう？」

「よくないよ。死にたがっているんだ」

アメデアはうなずいた。「夫に先立たれるのは何よりも辛いわよね、私もいつもそう思っていた。いつか、あなたのペンショーネに行きたいと思っているのだけれど。そっちはどう？」

「いいよ。今、ビーチを作っているんだ。テニスコートも作るつもりだったけど、これはうまくいかないかもしれない」。咳払いをして続けた。「今……アメリカ人の客が滞在しているんだ。女優だよ」

「映画の？」

「そうさ。『クレオパトラ』という映画を撮っているんだ」

「リズ・テイラーじゃないの？」

「ちがうよ、他の人」

アメデアの口調が以前のように、他の女性についてアドバイスをくれたときのようになった。「それで美人なの？」

パスクアーレは今はじめて気がついたかのようにふるまった。「それほどじゃないよ」

アメデアはメロンでも抱えるように両手を持ち上

た。

げた。「でも、胸が大きい、そうじゃない？　大きな風船？　かぼちゃ？」手が体から徐々に離れていく。「飛行船？」

「アメデア」とそれだけ言った。

アメデアはパスクアーレに笑いかけた。「あなたは成功するっていつも思っていたわ、パスクアーレ」。この様子だとバカにしているのだろうか？　彼女は煙草を返そうとしたが、彼は手を振って押しとどめ、自分用に新しい煙草を取り出した。二人は立ったまま、それぞれの煙草を燻らせ、言葉を交わすこともなかった。やがてアメデアの煙草がすべて灰になり、もう中に戻らなくちゃと言った。パスクアーレも、どのみち自分も列車に乗らなきゃいけないからと答えた。

「女優さんによろしく」とアメデアは別れを告げ、本気で言っているような微笑みを浮かべる。それから、あの軽々とした身のこなしで通りをさっと渡り、一度だけ振り返ってパスクアーレを見ると、歩き去った。パスクアーレは喉の疼《うず》きを覚えた――彼女の背中に何かを叫びたかった――だが、口は閉じられたまま、それがどんな言葉なのか見当もつかなかっ

第七章　人肉を食べる

一八四六年　カリフォルニア州トラッキー

まずこの男が登場する……馬車職人で名前はウィリアム・エディ、良き家庭人であり、ハンサムで誠実な男だが、教育は受けていない。一八四六年のこと。ウィリアムは結婚し、二人の小さな子どもがいる。だが、ひどく貧しかったので、カリフォルニアで一山当てるチャンスが訪れたとき、エディはそれに飛びつく。それこそが当時の、人々を駆り立てる野心の源だ。西へ行け。だから、エディはミズーリを発って、カリフォルニアに向かう幌馬車隊の一員となる。オープニングクレジットと重なる形で、このウィリアム・エディと可愛い幼妻が旅の準備を進めている。わずかな家財道具を芝葺き屋根の丸太小屋から積み込んでいる。

カメラが幌馬車隊の長い列に沿って動いていく。家財道具すべてを詰め込み、家畜の群れを引き連れ、町から一キロも列を連ね、子どもや犬も並んで走っている。幌馬車隊の先頭に「カリフォルニアか、破滅か」の文字が見える。カメラがこの馬車の反対側に回りこみ、「ドナー隊」の文字が映る。

幌馬車隊の名前はいつも名家に因んでつけられるものだが、ウィリアム・エディこそ、この隊において、まともな開拓者と呼ぶに値するただ一人の男だ。良き狩人であり、追跡者であり、謙虚な人柄は他人につけ込まれるほど。最初の野営で、裕福な家の者が集まり、この旅について話し合っていると、ウィリアムが焚火へと近寄り、自分の懸念を口にする。出発が遅かったし、今進んでいる道のりも自分は知らないと。だが、金持ち連中に黙れと言われ、彼はそのまま隊の後方のみすぼらしい馬車へと戻っていく。

第一幕はとにかくアクション、転落——トラブル。開拓者たちはすぐに悪天候に襲われ、馬車の車輪が壊れる。隊の中には悪党もいる。たくましいドイツからの移民で名前はケスバーグ。こいつは年老いた夫婦を騙して馬車に乗せるが、町を離れると、二人の身ぐるみをはいで、馬車から追い出し、無理やり歩かせる。ウィリアム・エディだけがこの夫婦を馬車に乗せてやる。

幌馬車隊がユタに着く。中間地点だ。隊列は前後に伸び、予定より数週間遅れている。夜、隊の家畜がインディアンに奪われる。ウィリアム・エディは腕のいい狩人なので、道すがら獲物を狩る。だが、不運と悪天候が続き、隊を苦しめる。そして、一行は、不確かな道のりを進んできた代償を払わなければならない。広大な塩の平原ですべてが崩壊する。カメラがパンし、映し出されるのは、ひび割れた固い地面、何キロも間延びした隊列、家畜は倒れて死にはじめ、開拓者も家族ごとにまとまり、塩の砂漠をよろよろと歩かざるを得ない。馬も闇雲に歩いている——社会集団が崩壊する兆候だ。誰もが少し野蛮になっていく中で、ウィリアム・エディだけは違う。彼だけが人間の尊厳を保ち、隊の他の連中が進むのを手伝う。

ようやく、何とかネヴァダに辿り着く——しかし、もう十月、他の開拓団は数週間前にその地を通り抜けていた。雪はたいてい十一月半ばに降り始める。だから、シエラ・ネヴァダ山脈を越えるにはまだ二、三週間の余裕があった。そうすれば、カリフォルニアに入れる。だが、急がねばならない。夜通し歩き、馬を駆りながら、うまくいくことを願う。

今、カメラは雲の中にいる。だが、ふわふわの雲ではない。暗く不吉な、行く末を暗示する黒い塊。これがこの作品における〝ジョーズ〟だ。この雲が鮫の役割を果たす。カメラは一片《ひとひら》の雪に寄る。その一片が空から舞い落ち、ほかの雪片と合流していく様子を映し出す。大粒で激しい。その最初の一片の雪が落ちていくのを見守ると、それはとうとうウィリアム・エディの腕に落ち着く。服は汚れ、顔には無精ひげが伸びている。そして、彼は気づく。目がゆっくりと空に向けられる。

遅すぎたのだ。雪はひと月早く来てしまった。ドナー隊はすでに山中にあって、雪が視界を奪っている――単なる雪片ではなく……降雪のカーテンとなって。通り抜けるのはこの上なく難しい。もう不可能だ。一行は何とか山間の渓谷に入る。ほらそこに、彼らの目の前に、あの峠がある。二枚の岩壁の間に空いた狭い山道が、見せつけ、焦らすようにすぐ近くに見える。しかし、ここでさえ雪はすでに三メートルの深さまで積もり、馬も胸まで雪に埋もれている。馬車は身動きが取れなくなる。あの峠の向こう側はカリフォルニアだ。暖かく、安全。だが遅すぎた。雪のせいで山脈を越えられなくなってしまった。彼らは二つの山の尾根に挟まれた盆地にいる。進むことも、戻ることもできない。両側のドアがバタンと締め切られてしまっていた。

九十人は二つのグループに分かれる。エディのいる大きなグループは峠により近い湖のほとりに、もうひとつのグループは、ドナー家とともに数キロ後方に。どちらも急いで避難所を建てる――みすぼらしい小屋が湖畔に三棟、ずっと後方に二棟。はじめのグループの野営地は湖の近くにあり、ウィリアム・エディが妻と幼い息子と娘のために小屋を建て、はぐれ者の避難も受け入れてやる。この小屋は実際には単なる差掛け小屋で、動物の皮で覆われたものだ。まだ雪が吹き込んでくる。彼らはすぐに気づく。自分たちは、冬を越すのに充分な量の食糧を持ち合わせていないと。だから残されたあらゆる家畜を少しずつ食べ始める。それから雪嵐がやってきて、大量の雪が降り、開拓者が外に出たときには、牛は埋まってしまっている。雪を棒で突きながら牛の死体を探す。しかし、牛はすっかり……消えている。そして、雪はまだ降り続ける。小屋の焚火が周りの雪を溶かし続ける。やがて上り階段を作らないと、小屋の周りの雪の上に出ていけなくなる。六メートルの白い壁が彼らのボロ小屋を囲み、見えるのは焚火から立ち昇る煙だけ。毎日が恐ろしく、絶望的に過ぎていく。二か月間、こうした雪穴の底で暮らし、ほとんど食糧も尽きている。狩りに出かけるが、誰も獲物をしとめることができない。だが……

ウィリアム・エディは違う。飢えて弱ってはいるものの、それでも毎日出かけていき、ウサギを数羽、ときには鹿でさえ、なんとかしとめてくる。これまで裕福な家の者たちは家畜を分け与えようとしなかったが、エディは乏しい獲物でもみんなと分かち合う。だが、その食糧さえ尽きかけてくる。獲物が万年雪の積もる地点より下に降りてしまったのだ。そして、ある日、エディは足跡に出くわす。必死になって跡を追い、野営地から数キロ先まで進む。熊だ。彼は追いつくと、ライフルを何とか持ち上げ……撃つ……当たった！ だが、熊は振り向き、襲いかかってくる。弾を込め直す暇などなく、半ば飢え死にしかけたまま、ライフルの銃床で熊と戦わなければならない。素手でその傷ついた獣を殴り殺す。

この熊を引きずって野営地に戻るが、そこでは人々がますます自棄になり始めている。ウィリアム・エディは何度も言う。「人を送って助けを求めよう」。だが、誰にも出かけるほどの元気はない。エディは家族を残して出かけることに明らかに不安を感じている。だから自分自身が行くとは言えない。だが、獲物はもう山を下りてしまっている。雪も降り続けている。ある夜、エディは遂に妻に話しかける。妻は映画の冒頭で物静かな女として描かれている。人生を謳歌してきたというより、人生に苦しめられてきたような女だ。今、彼女は深いため息をつく。「ウィルム」と口を開く。「あなたが元気な人を連れて、行ってちょうだい。助けを呼んできて」。エディは反対する。だが、妻は言う。「子どもたちのためよ。お願い」。彼に何ができるというのか？ 愛する人の命を救うたったひとつの方法が……置き去りにすることだとしたら？

この頃までに、開拓者は自分の馬も騾馬《ラバ》もペットさえも、みんな食べてしまっている。人々は鞍や毛布や革靴からスープを作る。雪を溶かした水に味がつけば何だってかまわない。ウィリアム・エディの家族もわずかな熊肉に頼っている。他に道はない。エディは有志を募る。そのときまでに、出かけられるほど元気な者は十七人だけになっている。大人の男と少年があわせて十二人、それに若い娘が五人。馬具や手綱から粗末なかんじきをつくり、出発する。

だが、すぐに少年二人が引き返す。雪が深すぎたのだ。かんじきを履いていても、一歩進むごとに六〇センチは足が埋まる。

エディが十五人を引率し、一行は懸命になって進む。峠に辿り着くだけで二日もかかる。最初の晩、一行は野営をして、エディは荷物に手を伸ばし――鳩尾を一発殴られたような衝撃――自分のために、妻が残りの熊肉を詰めてくれたことに気づく。ほんの数切れだが、妻の無私の心に彼は打ちのめされる。夫のために自分の分を犠牲にしたのだ。振り返ると、家族のいる野営地から、煙がゆらゆらと立ち昇っているのが見える。

愛する人の命を救うたったひとつの方法が……置き去りにすることだとしたら？

一行は進む。来る日も来る日も、十五人は歩き、岩だらけの頂を越え、雪の積もった谷を越えていく。ブリザードが視界をさえぎり、一行を立ち往生させる。数キロ進むのに何日もかかる。エディの数切れの熊肉以外に食糧はなく、次第に弱ってくる。青年の一人フォスターが、誰かを犠牲にして他の者の食糧にすべきだと言い、くじを引くという話になる。ウィリアム・エディは言う。誰が犠牲になるにしても、そのときには、その男にもチャンスが与えられるべきだと。二人の男を選んで、どちらかが死ぬまで戦わせればいいと。二人のうちの一人は自分で構わないと申し出る。だが、誰も動かない。ある朝、老人と少年が飢えて死ぬ。他に道はない。火を起こし、仲間の肉を食らう。

だが、この部分をだらだらと扱ったりはしない。それは……そういうものだからだ。ドナー隊の話を耳にすると、誰もが食人行為を思い出すが、生存者のほとんど全員が、食人行為など何でもなかった、と言った……問題だったのは寒さに、絶望。そういったものが敵になる。何日も歩く。ウィリアム・エディだけが一行の崩壊を食い止めている。さらに男が死に、一行は食べられるものを食べる。一行はさらに歩き続けるが、残されたのはたった九人――元々十人いた男は四人に、女は五人全員。生き残っている男のうち、二人がインディアンの道案内。もうひとりの白人の生き残りフォスターは、インディアンを撃って食糧にしたいと思っている。だが、エディはフォスターにそれを許さない。インディアンに警告し、二人はフォスターに殺される前に何とか逃げ出す。フォスターはそれに気づき、エディに襲い掛かるが、女たちが喧嘩を止める。

でも、どうして男が死に、女が生き残るのか？ 女の体には男より脂肪があって、それを頼りに生きのびることができる。それに体重も軽い。だから、雪の中を進むとき、エネルギーをあまり使わずに済む。なんと皮肉な。筋肉が男を殺すのだ。

十八日間。これが救助隊の歩いた距離だ。十八日間、十二メートルも降り積もった雪だまりの間をよろよろと進む。固い氷に皮膚を引き裂かれながら。ボロボロの服を着た七体の骸骨は、ようやく万年雪の積もる地点より下へと辿り着く。森で鹿を見かけるが、ウィリアム・エディはすっかり衰弱して銃を持ち上げることもできない。胸の痛む光景だ――ウィリアム・エディはとうとう獲物を見つけ、ライフルを肩にあてて構えようとするが、できない。そのまま銃を取り落とす。そして歩き続ける。食糧の代わりに、木の皮や野草を食む。まるで鹿のように。それからウィリアム・エディは、小さなインディアンの村から煙がゆらゆらと立ち昇っているのを見つける。しかし、他の者たちは衰弱が激しすぎて動くこともできない。だから、ウィリアム・エディは彼らをおいて、一人で進む。

思い出して欲しい。これは四九年組《フォーティナイナーズ》(7)や本当の意味での繁栄が、カリフォルニアに訪れる前の話だ。州には人がほとんど住んでいない。サンフランシスコは数百人の町で、イェルバ・ブエナと呼ばれている。カメラは今、山の麓の小屋に寄っている。カメラが引いていくと、牧歌的でのどかな風景が広がる。小川が正面を流れ、雪がところどころに少し残っている。さらにどんどんと引いていくと、これが数キロの範囲内で唯一の文明だとわかる。そして、そこに、フレームの片隅に、二人のインディアンが人影を支えて立っている。ここでカメラが再び近くに寄ると、見えてくるのが、インディアンに挟まれた、この大きな生き物。ほとんど骨と皮だけで、髭は伸び放題、裸足のまま、服はボロキレ同然で、小屋へとふらふらと歩いていくのは……

ウィリアム・エディだ！　牧夫が水を与える。小麦も少し。縮み切った胃袋が扱えるのはせいぜいこのくらいだ。エディの眼に涙が溢れ出る。「他の連中が……この近くのインディアンの村にいるんだ」とエディは言う。「六人」。人が派遣される。とうとうやった。助けを求めて出発したのが十五人。ウィリアム・エディはそのうちのフォスターと五人の女を安全な場所へと導いたのだ。そして、牧夫に、他の連中が山の中に取り残されていると伝える。

だが、物語は終わらない。第一幕が山へ向かう旅で、第二幕が下山と脱出だとしたら、第三幕は救出。エディは七十人を山中に残してきて、彼らは助けを待っている。救助隊が集められる。四十人の男を率いるのは太った気取り屋の騎兵隊員で、名をウッドワース大佐という。エディもフォスターも衰弱が激しすぎて加わることができないが、エディはしばらくの間、ベッドで起きたまま、大勢の男が馬に乗って辺境の小屋を通り過ぎていくのを見送る。

数日後、熱がようやく下がり、救助隊のことを訊ねる。牧夫はエディに伝える。ウッドワース隊はほんの二日ほど離れた場所で野営している。雪嵐が過ぎるのを待っているのだと。七人の救出小隊は首尾よくドナー隊の許に辿り着いたが、彼らも峠を越える際に半ば死にかけ、しかも、雪があまりに深く、立ち往生している開拓者もあまりに弱っていて、わずか十二人程度しか連れ出せなかった。救助でさえ、大きな危険が伴った。山を越える途中で死んだ者もいた。長い沈黙のあと、ウィリアム・エディは口を開く。「それで、俺の家族は?」

牧夫は首を振る。「すまない。君の奥さんと娘さんは既に亡くなっていた。坊やはまだ生きているよ。だけど、峠を歩いて越えるには幼すぎる。それで野営地に置いてきたらしい」。ウィリアム・エディはベッドから起き上がる。行かなければ。かつての敵フォスターも息子を残してきていた。だから、エディに同意し同行を申し出る。二人ともまだ弱ったままなのに。

野営地は峠から何キロも離れている。ウッドワースはエディに伝える。春の雪嵐の中を山に入るのはあまりに危険だ——だが、エディに引き下がるつもりはない。ウッドワースの部下に子どもを運んで峠

（７）ゴールドラッシュ時代の一八四九年に金鉱を求めてカリフォルニアに移住した人々のこと。

を越えたら、ひとりあたり二十ドルを払うと提案する。数人の兵士が応じて、ともに先を急ぐ——そして、死にそうになりながらも、数週間前に越えたばかりの峠をまた越えていく。とうとう、エディとフォスターと数人の兵士はドナー隊の野営地へと帰り着く。そこには地獄絵図が広がっている。死体が雪上で切り分けられ……肉片が惣菜店のソーセージのようにぶら下げられている。悪臭……絶望……骨と皮になった生存者は人間には見えない。ウィリアム・エディは何とか力を奮い起こして、何か月も前に建てた小屋へと歩いていく。そこにエディとフォスターは家族を残してきたのだ。

フォスターの息子はまだ生きていた！　フォスターは息子を抱きしめながら声を上げて泣く。しかし、エディは……遅すぎた。息子は数日前に死んでいた。ウィリアム・エディは家族全員を失ってしまった。怒りに駆られ、悪党ケスバーグの目の前に迫るように立つ。こいつが子どもたちを食べたのかもしれない。この男は獣以外の何ものでもない。エディはこの獣を見下ろす。殺そうと足を踏み出す……が、できない。膝をつき、また空を仰ぐ。まさにこの空から、あの最初の一片の雪が降ってきたのだ。頭を抱えてうずくまる。フォスターが代わりに進み出て、ケスバーグを殺そうとする。だが、うずくまった塊から声が飛ぶ。ウィリアム・エディの声だ。「放っておけ」とフォスターに言う。彼は知っている。この手の悪魔が我々みんなの心の中に棲みついていることに。結局のところ、我々はみな獣なのだ。「放っておいてやれ」とエディは言う。

ウィリアム・エディはただ……生き残った。そして、彼が地平線を臨むとき、我々は気がつく。ひょっとしたら、我々が望みうるのはせいぜいこの程度のことなのかもしれないと。生き延びるということ。歴史、悲しみ、避けられない死の激しい逆流に飲み込まれたとき、人は自分の無力さに気づき、どんなに自分を頼みにしても、それはうぬぼれ……幻想に過ぎないのだと気づく。だから人は全力を尽くし、雪や風、獣のような内なる飢えに抗う。それが生きるということなのだ。家族のため、愛のため、あるいは単に体裁のために、善人は自然や運命の過酷さに立ち向かう。だが、それは勝ち目のない戦いだ。愛はみな等しく、圧倒的だ——人間的であることの悲痛なまでの高潔さ。我々は愛する。苦悩する。そして独りで死んでいく。

スクリーンに映るのは、あの雪野原。百五十年が十秒で過ぎ去り、鉄道の線路が建設され、道路が整備され、家が建ち、最初の車がトラッキー峠からタホー湖へと行き来し始める。それから高速道路、かつては通行不能だったこの場所が、今では高速道路の一区間に――現在の道路が残酷なほどに快適だと痛感させられる。だが、カメラが視線を上に転じ、森が映ると、そこにはまだ人間性の真実が残されている。木々、山、神秘的な様相をたたえた自然、そして死。

この高速道路の映像と同じくらい素早く、それは消えていく。傷ついた男の壊れた心に浮かんだ幻想や白昼夢、あるいは想像として。そこはまだ一八四七年の人里離れた山道だ。周りの世界は死んだような静寂に包まれている。黄昏時。そして、ウィリアム・エディは独り馬で旅立つ。

第八章　グランド・ホテル

一九六二年四月
イタリア・ローマ

パスクアーレは、ターミナル駅近くの高価なホテル《アルベルゴ》では、落ち着いて眠ることができなかった。ローマでこの手のホテルに泊まる客は、こんな騒がしいのにどうやって眠るのだろう。朝早くに目を覚まし、ズボンとシャツ、ネクタイ、ジャケットを素早く着込むと、カッフェを飲み、それからタクシーを拾ってグランド・ホテルへと向かった。そこに、アメリカの映画関係者が泊まっていた。スペイン階段で煙草を一本吸って覚悟を決める。売り子が切り花の売店を開く準備を進めている。観光客はすでに足取り軽くあたりを行き交っていた。その手には折りたたんだ地図が握られ、首にはカメラをぶら下げている。パスクアーレは視線を落とし、オレンツィオがくれた紙を見て、そこにある名前を静かに呟いた。こうすれば、言い間違ったりしないだろう。

「お会いしに来ました……マイケル・ディーンに。マイケル・ディーン。マイケル・ディーン」

パスクアーレはグランド・ホテルの中に入ったことがなかった。マホガニー製のドアが開くと、これまで見たこともないような豪奢なロビーが広がっていた。大理石の床、花模様のフレスコ画の天井、クリスタルのシャンデリア、ステンドグラスの天窓には聖人や鳥、陰気な顔のライオンが描かれている。

すべてを受け止めるのは難しかったが、なんとか旅行客のように口をぽかんと開けたりせず、真剣に仕事に取り組んでいるように見せる。ろくでなしのマイケル・ディーンに大切な用事があるのだ。ロビーには色んな人がたむろしていた。観光客の一行、黒服を着て眼鏡をかけたイタリア人ビジネスマンの集団。映画スターはひとりも見かけなかったが、そもそもパスクアーレには映画スターの顔だってわからなかった。白い獅子の彫刻にしばらくもたれかかっていたが、その顔があまりにも人間らしかったので、パスクアーレは居心地が悪くなり、フロントへと足を向けた。

パスクアーレは帽子を脱ぎ、マイケル・ディーンの名前が書かれた紙をデスクの係員に手渡す。口を開けてあの台詞を言おうとしたが、係員は紙を見るなり、ロビーの奥の装飾が施された戸口を指さした。「玄関ホールの奥へ」。戸口からは長い列が延々と曲がりながら伸びている。係員はそこを指さしていた。

「この人に用事があるのです、ディーンに。この人はその中に?」とパスクアーレは係員に訊いた。

男はただ指をさし、視線を逸らした。「玄関ホールの奥へ」

パスクアーレは玄関ホールの奥の列の後ろに向かった。この人たちはみんなマイケル・ディーンに用事があるのだろうかと思った。ひょっとしたら、こいつは病気の女優をイタリア中に隠しているんじゃないだろうか。パスクアーレの前には魅力的な女性が並んでいた——真っ直ぐな茶色の髪に長い脚、恐らく同じくらいの年頃で、二十二か二十三、ぴったりとしたドレスを着て、火のついていない煙草を神経質そうに指で弄《もてあそ》んでいる。

「火はある?」と女が訊いた。

パスクアーレはマッチを擦り、女の前に差し出した。女は彼の手を両手で囲んで、息を吸い込んだ。

「すごく緊張しちゃって。今すぐに煙草を吸えなきゃ、ケーキを丸ごと食べなくちゃいけないところだったわ。そしたら、姉さんと同じぐらい太って、用なしにされちゃうところよ」

彼は視線を女の先に走らせた。長い列に沿って、意匠を凝らした舞踏場《ボールルーム》の中へ、その隅には大きな金色の柱が見える。

「これは何の列なんでしょう?」と訊いた。

「これが唯一の方法なのよ」と女は答えた。「スタジオとか、その日に撮影している場所ならどこでも入り込めるかもしれないけれど、見たところ、どの列でも行きつくところは同じね。でも、一番の方法は、あなたが取っているこの行動よ、ただここに来るの」

パスクアーレは言った。「この男を見つけたいんです」。ディーンの名前が載った紙を女に見せる。

女はその紙にちらりと目をやり、今度はパスクアーレに自分の紙を見せた。そこには違う男の名前が載っていた。「問題ないわ」と女は言った。「どの列も結局のところ、同じ場所につながっているから」

パスクアーレの後ろには、さらに多くの人が列に並び始めていた。列の先には小さなテーブルがあり、そこには一組の男女がホチキス止めされた紙の束を前に座っていた。恐らく、この男がマイケル・ディーンなのだろう。その男女は列の一人ひとりに一つ、二つ質問をし、それから来た道を戻らせるか、部屋の隅に立たせるか、もう一つのドアから退室させていた。こちらのドアは外に通じているようだ。

前に並ぶ美女の順番がやってくると、男女は女からあの紙を受け取り、年齢と出身、それに英語が話せるかどうか訊いた。女は答える。十九歳、テルニ、ええ、「英語はすごく得意《モルト》」。男が何か話してくれと頼んだ。

「ベイビー、ベイビー」と女は英語のような言葉で話し始めた。「愛しているわ、ベイビー。あなたは私のベイビー」。女は部屋の隅に送られた。パスクアーレは若く魅力的な女性がみな、同じように部屋の隅に送られているのに気がついた。他の人々はドアから外に出されていた。自分の順番が回ってきたので、小さなテーブルに座った男に、マイケル・ディーンの名前の載った紙を見せる。だが、男はそれを返してきた。

「あなたがマイケル・ディーン？」とパスクアーレは訊いた。

「身分証は？」と男がイタリア語で言った。

パスクアーレは身分証明書を手渡した。「この男を探しているんです、マイケル・ディーン」

男は少し顔を上げ、紙をぺらぺらとめくり、ようやく終わりの方のページに辿り着くと、パスクアーレの名前を書き込んだ。そこには男の手書き文字で、同じような名前が何ダースも並んでいた。

「経験はある？」と男は訊いた。

「何ですって？」

「演技の経験」

「いいえ、俳優じゃありません。マイケル・ディーンを見つけたいんです」

「英語は話せる？」

「ええ」とパスクアーレは英語で答えた。

「何か話してみて」

「こんにちは」と英語で言った。「ご機嫌はいかが？」

男は興味を持ったようだった。「何か面白いことを」と言う。

パスクアーレはしばし口ごもり、それから英語で話し始めた。「私が彼女に彼を愛しているのかと訊くと、彼女はええと答える。彼も愛しているのか……と訊く。彼女は答える。ええ、あの人は自分を愛しているの」

男はニコリともしなかったが、「オーケー」と言って、パスクアーレの身分証を返し、一緒に番号の書いてあるカードを渡した。番号は五四一〇。男が指さしたのは、美しい女性を除くと、ほとんど全員が通って行ったあの出口だった。「四番のバス」

「ちがいます。私が探しているのは――」

だが、男は次に並ぶ者へと移っていた。

パスクアーレは曲がりくねった列を辿り、外に出て、バスの並びへと向かった。四番目のバスに乗りこむと、車内は二十代から四十代の男でほとんど満員だった。さらに数分経過し、可愛らしい女性たちが小さなバスに詰め込まれるのが見えた。男がもう数人、パスクアーレのバスに乗り込むと、ドアが軋みながら閉まり、エンジンが低い音を立てて息を吹き返して、バスは出発した。市街地を通って、パスクアーレの知らない中心部《チェントロ》のある区画へと入って行き、そこでバスは止まった。男たちはゆっくりとバスを降りる。他に何も思いつかなかったので、パスクアーレも後に続いた。

路地を抜けて、「百人隊長《センチュリオン》」と書かれた門を潜った。高い塀の内側では、見間違いではなく、ローマの百人隊長の衣裳を着た男がそこら中に立っていて、煙草を吸い、パニーニを食べ、新聞を読み、おしゃべりをしていた。鎧を着て、槍を持った男が数百人はいた。カメラや映画のスタッフはどこにも見当たらず、いるのは、百人隊長の衣裳を着て、腕時計をして、フェドラ帽をかぶった男たちだけ。

かなり間抜けな気分になりながら、まだ衣裳を着ていない男たちの列に並んだ。列は小さな建物に続いていて、そこで男たちは寸法を測り、衣装合わせをしていた。「このあたりに責任者のような人はいないの？」パスクアーレは前に並ぶ男に話しかけた。「いないね。そこが素晴らしいところなのさ」。ジャケットの胸元を開き、パスクアーレに五枚の番号入りのカードをみせる。ホテルで渡されたものと同じだ。「何度も列に並ぶだけでいいんだよ。アホどもが毎回日当をくれる。まだ衣裳だって手に入れていないのにな。ちょろいもんさ」と男はウィンクをした。

「でも、僕はここにいるべきじゃないと思うんだ」とパスクアーレは言った。

男は笑った。「心配するなよ。捕まったりしないさ。いずれにしろ、今日は撮影をしないだろうよ。雨が降りそうだとか、照明が気に入らないとか、一時間もすれば、誰かが来てこう言うさ。『ミセス・テイラーがまたご病気です』。それで、みんな家に帰される。撮影が行われるのは、せいぜい、五日に一度くらいなもんさ。雨の間に、ある男と知り合ったんだが、そいつなんて、顔を出しただけで毎日六回も金を受け取ったんだってよ。追加の野外撮影地を全部回って、それぞれで金を受け取ったんだとさ。最後には捕まって、追い出されたよ。で、そいつが何をやったと思う？　カメラを盗んで、イタリアの映画会社に売ったんだよ。で、その会社が何をやったと思う？　アメリカ人どもに買った金額の二倍でまた売ったのさ。ハッ！」

列が前に進むと、ツィードのスーツを着た男が、列に沿って、こちらに歩いてくるところだった。クリップボードを手にした女性を連れている。男は怒りを吐き出すように早口の英語でまくしたて、クリップボードの女性に色々と書き留めさせていた。女性はうなずいて、男に言われた通りにした。男が時折、列から人を選び出すと、そいつらは喜んでその場を後にした。パスクアーレのところまで来ると、男は立ち止まり、体を傾けて異常なほど近づいてきた。パスクアーレはのけぞって身を引いた。

「この男の年齢は?」

パスクアーレは女性が通訳をする前に英語で答えた。「二十二歳です」

今度はパスクアーレの顎をつかみ、顔を回し、目が真っ直ぐにのぞき込めるようにした。「君、この青い瞳はどこで手に入れたんだ、友よ?」

「母からです。母も青い瞳をしています。リグーリア人なんです。青い瞳をした人がたくさんいます」

男は通訳に言った。「奴隷役は?」そして、パスクアーレに向かって「奴隷役をやりたいか? 少しだけ報酬を増やしてやれるぞ。ひょっとしたら、撮影日も増えるかもしれない」。彼が答える前に、男は通訳に言った。「この男を向こうに送って奴隷役にしろ」

「ちょっと」とパスクアーレは言った。「待ってください」。あの紙を再び取り出して、ツィードのスーツの男に英語で話しかける。「私、マイケル・ディーン探してるだけ。私のホテルにアメリカ人います。ディー・モーレイです」

男は体ごとパスクアーレの方を向いた。「何て言った?」

「私、探してる――ディー・モーレイと言ったのか?」

「ディー・モーレイと言ったのか?」

「ええ。彼女は私のホテルにいます。だから、私、このマイケル・ディーンを探しに来たのです。彼女はこの男を待てるが、彼は姿を現さない。とても具合悪いです」

男は紙を見下ろし、通訳の女性と視線を交わした。「なんてこった。ディーは治療のためにスイスに行ったって聞いたぞ」

「いいえ。私のホテルに来ます」

「ああ、ちくしょう、なんてこった。じゃあ、あんたは、なんでエキストラの連中と遊んでいるんだ?」

車に乗せられてグランド・ホテルに戻り、ロビーに座って、クリスタルのシャンデリアに光がキラキラと反射するのを眺めていた。後方には階段があって、数分ごとに誰かがぶらぶらと歩いて下りてきた。まるで自分が登場すれば拍手が起きるとでも思っているような足取りだった。エレベーターも同じように、数分ごとにガランガランと音を立てたが、依然として誰もやってこなかった。パスクアーレは煙草を吸いながら待ち続けた。玄関ホールの奥の部屋に行き、どこに行けばマイケル・ディーンに会えるのか、訊いてみようかと思った。だが、またバスに乗せられるだけで終わるのが怖かった。二十分が経った。さらにもう二十分。ようやく若く綺麗な女性が近づいてきた。美女には困っていないようだ。

「トゥルシさん?」

「はい」

「ディーン氏はお待たせしてたいへん申し訳ないと申しております。どうぞ、私とご一緒に」。女性に続いてエレベーターに乗り込むと、オペレーターが二人を四階まで連れていった。廊下は明るく照らされ、幅もゆったりとしていた。ディー・モーレイがこんな美しいホテルを出て、彼のペンショーネに来たのだと考えると戸惑いを隠せなかった。彼のホテルの階段が狭かった。天井の高さを充分にとるスペースがなかったので、建築業者は元々あった巨岩をそのまま使って、壁を岩の天井と一体化させていた。おかげで、まるで洞窟がホテルをゆっくりと飲み込んでいるように見えた。

パスクアーレは、女性に続いてスウィートルームに足を踏み入れる。他の部屋につながるドアは開けっ放し。この部屋で大量の仕事が処理されていることは間違いなかった——電話をかけている人がいれば、タイプライターを打っている人もいた。まるで小さな会社がここに居を構えているようだ。食べ物の載った長テーブルがあり、可愛らしいイタリア人の若い娘がコーヒーを注いで回っていた。そのうちの一人にパスクアーレは気がついた。列で見かけたあの女だ。だが、彼女は目を合わせようとはしなかった。

パスクアーレは急き立てられるようにスウィートルームを抜けて、トリニタ・デイ・モンティ教会が見渡せるテラスに出た。彼はまたディー・モーレイのことを思い出した。部屋からの眺めがきれいだと言ってくれたディー。彼は恥ずかしかった。

「どうぞ、お座りください。マイケルはすぐに参ります」

パスクアーレはテラスの錬鉄製のイスに腰を下ろした。先ほどのあのタイプライターの音と、人々の話し声が背後から聞こえ続けている。煙草に火を点ける。さらに四十分待った。それから、あの魅力的な女性が戻ってきた。それとも、別人だろうか？

「もう二、三分ですので。お待ちの間、お水はいかがですか」

「ありがとう。いただきます」とパスクアーレは礼を言った。

だが、水はこなかった。もう午後一時を回っていた。かれこれ三時間以上もマイケル・ディーンを探していることになる。喉は渇き、腹も減っている。

さらに二十分経って、あの女性が戻ってきた。

「マイケルが下のロビーでお待ちです」

パスクアーレは震えていた——怒りのせいか、それとも空腹のせいか、自分でもわからない——立ち上がって、女性の後に続いて再びスウィートルームを横切り、部屋を出て廊下へ、エレベーターで下に降りてロビーに向かった。そして、一時間前にパスクアーレが座っていたソファに、想像よりもずっと若い男——同じくらいの歳だ——がいた。整った顔立ちの色白のアメリカ人で、髪は薄く、色は明るい茶色。男は右手の親指の爪を噛んでいた。アメリカ人らしくくだけてはいるが、充分にハンサムだ。だが、それでもこの男には何かが欠けていた。ディー・モーレイが待ち続けている男に対して、パスクアーレが抱いてきた特別なものが。ひょっとしたら、彼女にふさわしい男など存在しないのかもしれない、と彼は思った。

男は立ち上がった。「トゥルシ君」と英語で話し出す。「私がマイケル・ディーンだ。ディーの件で話があって来たんだってね」

次の行動にはパスクアーレ自身が驚いた。こんな行動を取ったのは、数年前のラ・スペツィアでのある夜以来だ。当時、パスクアーレは十七歳で、オレンツィオの兄から男らしくないとからかわれたのだった。だが、まさにこのとき、パスクアーレは前に踏み出すと、マイケル・ディーンを殴った——よりにもよって、胸を。これまでに誰かの胸を殴ったことなどなかったし、誰かが胸を殴られるところだって見たことがなかった。腕全体に痛みが走り、ドシンと鈍い音が上がり、ディーンが再びソファに沈んだ。スーツ用の衣裳袋のように体が折れ曲がる。

パスクアーレは折れ曲がった男を見下ろすように

立った。体を震わせながら、立ち上がれと思う。立ち上がって戦え、もう一発殴らせろ。だが、パスクアーレの怒りは次第に冷めていった。周りを見回す。殴ったのを見た者は誰もいなかった。まるでマイケル・ディーンがもう一度座っただけのように見えたに違いなかった。パスクアーレは少し後ろに下がった。

息を整えたあとで、ディーンは体を起こし、しかめ面をしたまま顔を上げ、言った。「痛えな！　クソッ」。それから咳をした。「君は私がこれに値すると思っているわけだ」

「どうしてあの人をあんな風にひとりきりにしているんだ！　怖がっているのに。それに病気なんだぞ」

「わかっているよ。わかっている。なあ、事の成り行きについてはすまないと思っている」。ディーンはもう一度咳をして、胸をさすった。注意深く辺りを見回す。「この件だが、外で話せないか？」

パスクアーレは肩をすくめ、二人はドアに向かって歩き出した。

「これ以上、殴るのはなしだ、いいかい？」

パスクアーレは同意して、二人でホテルを出ると、少し離れたスペイン階段へと歩いた。広場は満杯で、売り子が花の値段を叫んでいた。パスクアーレは手を振って売り子を追い払い、二人で広場の奥へと進む。

マイケル・ディーンは胸をさすり続けていた。

「たぶん、君のせいでどこかが折れたな」

「すまない《ミ・ディスピアーチェ》」とパスクアーレは呟いたが、そうは思っていなかった。

「ディーの様子は？」

「具合が悪い。ラ・スペツィアから医者を呼んでいる」

「それで、その医者は……診察を？」

「ああ」

「なるほど」。マイケル・ディーンは険しい顔をしてうなずき、また爪を噛み始めた。「それじゃあ、医者が君に伝えたことを推測する必要はないな」

「彼女の主治医に訊きたい。話がしたいと」

「クレイン医師と話したい？」

「ああ」。パスクアーレはあの会話を正確に思い出そうとしたが、通訳をするのは不可能だともわかっていた。

「なあ、知っておいて欲しいんだが、あれはクレイン医師が考えたことではまったくないんだ。私が考えたんだ」。マイケル・ディーンは身を引いた。まるでパスクアーレにまた殴られるかもしれないと思ったかのように。「クレイン医師がやったのは、症状が癌と一致すると彼女に説明したことだけだ。彼女がどちらであろうともね」

　パスクアーレは話についていけているのか、自分でもわからなかった。「今から彼女、迎えにいくつもりか？」と訊いた。

　マイケル・ディーンはすぐには答えず、広場を見回した。「私がこの場所のどこが気に入っているのか、君にわかるかな、トゥルシ君？」

　パスクアーレはスペイン階段を見た。階段がウェディングケーキ状に積み重なり、トリニタ・デイ・モンティ教会へと続いている。近くの段では若い女性が膝を抱えて座って、本を読んでいた。その連れはスケッチブックに絵を描いている。階段は同じような人々で埋まっていた。本を読み、写真を撮り、親密な言葉を交わしている。

「イタリア人の利己的なところが好きなんだ。恐れることなく、自分の望むものをはっきりと要求する。アメリカ人はそうじゃない。我々は自分の意図を遠回しに伝える。私の言わんとすることがわかるかな？」

　パスクアーレにはわからなかった。だが、それを認めたくもなかったので、ただうなずいた。

「私も君もそれぞれの立場を明確にすべきだな。私は明らかに厳しい立場にいて、君は助け舟を出せる側にいるようだ」

　パスクアーレはこうした空疎な発言に集中するのが辛くなり始めていた。ディー・モーレイがこの男の中に何を見出したのか、想像がつかなかった。

　広場の中心にある「舟の噴水《フォンタナ・デラ・バルカッチャ》」に着く。

　マイケル・ディーンは噴水に寄り掛かった。「この噴水のことを知っているかい？　沈みかけた舟なんだよ」

　パスクアーレは噴水の中央に置かれた舟の彫刻を見た。水が舟の真ん中を通って湧き上がっている。

「いや」

「これはこの街のどの彫刻とも違うんだ。あんなクソ真面目で厳粛な作品とこの作品ではね。これは喜劇的なんだ——滑稽なんだよ。私の見るところ、だからこそ、これがこの街で最も誠実な芸術作品なんだ。言わんとすることがわかるかな、トゥルシ君？」

パスクアーレは何と答えればいいのかわからなかった。

「ずっと昔に洪水があって、川が舟を運んで、ここに置いていった。そこに今は噴水が鎮座している。これを作った芸術家は、災害の偶然性を捉えようとしていたのさ。彼が言いたいのはこういうことだ。ときどき説明のつかないことが起こる。ときどき舟が理由もなく街に現れる。奇妙に思えるかもしれないが、選択肢は他にないのだから、街に突然舟が現れたという事実に対処するだけ。いいかい……これこそが、ここローマで、この映画に関して、私自身の置かれた立場なんだ。ただし、舟は一隻だけじゃない。あらゆるクソな街角にクソな舟が置いてあるんだよ」

今度もまた、パスクアーレはこの男の言わんとすることがわからなかった。

「君は私がディーにしたことを冷酷だと思うかもしれない。ある点から見れば、それに異論はないよ。だが、私はただ、どんな災害が起きても、それに対処するだけなんだ。一度に一つずつね」。こう言って、マイケル・ディーンはスーツの上着から封筒を取り出し、パスクアーレの手に無理やり握らせた。「半分は彼女に。半分は君に。つまり、君がこれまでにしてくれたことと、これから私のために働いてくれると期待をこめた報酬だ」。パスクアーレの腕に手をかける。「君は私に乱暴を働いたが、私は君のことを友人だと考えているよ、トゥルシ君。これからも友人として扱うつもりだ。だが、彼女に渡す報酬が半分以下になったり、他の誰かにこのことを話したとわかったなら、私は君の友人ではいられなくなるだろう。それに、君だってそんなことを望んじゃいない」

パスクアーレは腕を引いた。このとんでもない男はこちらを不実だと非難するつもりなのだろうか？ディーの言葉を思い出して、こう言った。「やめてくれ！　僕は誠実《フランク》なんだ！」

「ああ、構わないよ」とマイケル・ディーンは答え、まるでパスクアーレにもう一度殴られるのを恐れているかのように両手を上げた。それから、目を細めて、近くに寄る。「ざっくばらん《フランク》にいきたいのかい？　私は構わないよ。私がここに送り込まれたのは、この死にかけた映画を救うためさ。それが私の唯一の仕事なんだ。この仕事には道徳的な要素は微塵もない。善もなければ、悪もない。街から舟を除けること。それこそが私の仕事というだけでね」

彼は視線を逸らした。「どう考えたって、君の呼んだ医者が正しい。我々はディーを間違った方向に誘導して、ここから出ていくように仕向けた。それを自慢しているわけではないよ。どうか彼女に伝えて欲しい。クレイン医師は胃癌を選ぶべきじゃなかったと。彼には脅かすつもりなどなかった。知ってのとおり、医者ってものは――たいてい分析が過ぎるものなんだ。胃癌を選んだのは、妊娠初期の症状とぴったり一致したからだろう。だが、一日か二日で済む話のはずだった。彼女はスイスに行くことになっていたのはそういうわけでね。あそこには望まない妊娠を専門に扱う医者がいるんだよ。安全だし、信用できる」

パスクアーレは二、三歩、後ずさった。ということは、それが真実なのだ。ディーは妊娠している。

マイケル・ディーンはパスクアーレの表情に反応した。「なあ、私がどれほど申し訳なく思っているのか、彼女に伝えてくれないか」。それから、パスクアーレの手に握られた封筒を軽く叩いた。「こう伝えてくれ……物事は時々こんな風になるものなんだ。心の底から申し訳なく思っている。だが、君はスイスに行く必要がある。クレイン医師のアドバイスどおりにね。あそこの医師が全部面倒をみてくれるだろう。支払いはすべて済んでいるとね」

パスクアーレは手の中の封筒を見つめた。

「ああ、それに、彼女に渡したいものが他にもあるんだ」。同じ上着のポケットに手を伸ばし、小さな四角い写真を三枚取り出す。映画の撮影セットで撮った写真のようだ――そのうちの一枚では後ろにカメラクルーが写りこんでいる――小さな写真だったが、パスクアーレには、三枚すべてにディー・モーレイの姿がはっきりと見てとれた。丈の長い、緩やかに垂れたドレスを着て、もう一人の女性と立っている。この二人を両脇に従える形で三人目の女性、美しい黒髪の女性がいる。この女性がどの写真でも前景に立っていた。一番良く撮れた写真では、ディーとこの黒髪の女性が体をよじって笑い崩れている。これは撮影した人間はまさにその一瞬を捉えていた。「これは撮影記録用の写真なんだ」とマイケル・ディーンは言った。「我々はこうした写真を使って、次のカットの準備がちゃんとできていることを確かめるんだ。衣裳、髪型……誰も腕時計をしていないと確認する。ディーはこういったものが欲しいんじゃないかと思ってね」

パスクアーレは一枚目の写真に目を凝らす。ディー・モーレイがもう一人の女性の腕に手をかけ、二人で笑いこけている。もしパスクアーレがその場にいたら、すべてを犠牲にしてでも、何がそんなにおかしいのか、確かめようとしたかもしれない。ひょっとして、ディーから教えてもらったあのジョークだろうか。あの自分自身をとても愛している男の話。

ディーンも一枚目の写真に視線を落としていた。「彼女は面白い顔立ちをしているよ。正直なところ、最初は理解できなかったんだ。マンキーウィッツは気でも狂ったかと思ったね――エジプト人の侍女役に金髪女をキャスティングするなんて。だけど、彼女にはその資質があった……」。マイケル・ディーンは身を乗り出した。「別に胸の話をしているだけじゃない。ほかのものがあって……本物だという感覚かな。彼女は正真正銘の女優だよ、まさにそれだ」。ディーンはこの考えを振り払うと、最初の写真に視線を戻した。「我々はディーが映っているシーンを撮り直す必要があるだろうね。そんなに多くはないが。遅延やら、雨やら、労使問題やらがあって、それからリズが病気になって、次にディーが病気になった。ディーを送り出したとき、彼女は言っていたんだ。残念なのは、自分がこの映画に出ていたことを誰一人として知らなくなることだと。だから、私は思ったんだよ。彼女はこういったものを欲しいんじゃないかってね」。マイケル・ディーンは肩をすくめた。「もちろん、そう話していたとき、彼女は自分が死にかけていると思っていたわけだが」

その言葉が宙に浮いていた。〝死にかけ〟

「君もわかると思うが」とマイケル・ディーンは言った。「私はなんとなく想像していたんだ。結局、彼女が電話をかけてきて、二人でそれを笑い飛ばすなんてことをね。数年経って二人だけが知っている笑い話になる。そんな結末をね。ひょっとしたら、二人でそんなことだって……」。声は段々と小さくなり、ディーンは疲れたように微笑んだ。「だけど、そんなことは起こりようがない。彼女は私に男気を見せろと言うだろうし。でも……彼女に伝えてくれないか。怒りが収まったら、そしてまだ友好的であり続けてくれるなら、我々全員がアメリカに戻ったときに、彼女が望むなら、どんな映画にだって出してあげるつもりだとね。どうか彼女に伝えて欲しい。望むならスターにだってなれるかもしれないとね」

パスクアーレは具合が悪くなりそうだった。懸命に自分を抑え、マイケル・ディーンにまた殴りかからないようにしていた――妊婦を見捨てるなんて、どんな男なんだ――そのとき、彼はあることに気がついた。あまりに当たり前すぎて、胸をまともに打たれて、息が詰まる。これほど〝体にこたえる〟想いを抱いたことはなかった。腹に蹴りを一撃くらったような感覚だ。〝今、ここで、僕はこの男が妊婦を見捨てたことに腹を立てている……。その間にも、僕の息子は自分の母親を姉と信じながら成長を続けている〟

パスクアーレは赤面した。機関銃巣に座り、ディー・モーレイに言ったことを思い出した。「そんなに単純じゃないんです」。だが、そうではなかった。まったくもって単純なことなのだ。こうした責任から逃げ出すような輩がいるのだ。自分やマイケル・ディーンはそんな男だ。自分自身を殴れないように、この男をこれ以上殴ることもできなかった。パスクアーレは自分の偽善者ぶりに嫌気がさして、手で口許を覆った。

パスクアーレが何も言わないので、マイケル・ディーンは舟の噴水の方にもう一度目を向け、眉をひそめた。「これが世の中ってものさ」

それから、マイケル・ディーンはその場を離れ、群衆の中に消えて行った。パスクアーレは噴水にもたれかかったまま、その場に残された。ズシリと重い封筒を開ける。今まで見たことのない額の金が入っていた――ディー宛のアメリカの紙幣とパスクアーレ宛のイタリアリラの束。

パスクアーレは写真を中に入れて、封筒を閉じた。

周りを見回す。空は雲に覆われていた。スペイン階段には人々が至るところに広がり、くつろいでいたが、広場や通りでは、人々は何かの目的をもって、それぞれのスピードで真っ直ぐに進んでいた。まるで千発の銃弾が千丁の拳銃から千の異なる角度で発射されたかのようだった。こうした人々はみな、自分が正しいと思う方向へと進んでいく……こうした物語はみな、こうした傷つき、弱った人々はみな、自己欺瞞と心の闇――これが世の中だ――を抱え、パスクアーレの周りを行き交い、おしゃべりをし、煙草を吸い、写真を取っている。パスクアーレは自分の体が固まっていくような気がした。残りの人生をこの場所に立ち尽くして、古い座礁した舟の噴水のように過ごすのかもしれないと思った。そうなったら、人々はこの哀れな田舎者の像を指さすようになるだろう。アメリカの映画関係者に話をつけるべく、無邪気に街にやってきた男だと。そいつは自分の心の弱さを暴露されて、永遠に凍りついてしまったのだと。

それにディーだ！　彼女に何と伝えればいいのだろうか？　彼女の愛する男の性格を、あの裏切り者のディーンを非難などできるだろうか？　自分だって同じ穴の狢《むじな》なのに。口許を覆うと、呻き声が漏れた。

ちょうどそのとき、誰かが肩に手を置くのがわかった。パスクアーレは振り向いた。女性がいた。午前中に、百人隊長のエキストラの列に沿って歩いてきた通訳だった。「あなたがディーの居場所を知っている方ね？」とイタリア語で言った。

「ええ」とパスクアーレは答えた。

あたりを見回すと、パスクアーレの腕をつかんだ。

「お願い。一緒に来て。あなたとすごくお話ししたい人がいるのよ」

第九章　〈その部屋〉

最近
カリフォルニア州ユニヴァーサル・シティ

〈その部屋〉こそすべてだ。〈その部屋〉に入れば、外には何も存在しない。君の売り込み《ピッチ》を聞く人々は、イクのをいつまでも我慢できないのと同じで、〈その部屋〉から出ていくことができない。彼らは必ず、君の物語を聞かねばならない。存在するのは〈その部屋〉だけだ。

　偉大な小説は未知の真実を教えてくれる。偉大な映画はさらに先へと進む。偉大な映画は真実をより良いものに変えるんだ。結局のところ、全国公開された最初の週末で四千万ドルも稼げる真実などあるか？　四十の国や地域で六時間で売り切れる真実などあるか？　誰が真実の続編を並んででも見たいと思うんだ？

　君の物語が真実をより良いものに変えるなら、〈その部屋〉でそいつを売るんだ。〈その部屋〉でそいつを売れば、契約が手に入るだろう。契約を手に入れろ。そうすれば、ベッドで期待に身を震わせている花嫁のように、世界が君を待っている。

――マイケル・ディーン著『ディーン流――どうやって私は現代ハリウッドをアメリカに売り込んだのか。そして、どうやれば君も人生に成功を呼び込めるのか？』第十四章より

〈その部屋〉で、シェイン・ウィーラーは高揚感に浸っている。マイケル・ディーンが約束していた高揚感に浸っている。この人たちは『ドナー！』を製作することになるだろう。シェインにはわかる。マイケル・ディーンは自分にとってのミヤギさんで、自分はちょうど車のワックスがけを終えたところなのだ。マイケル・ディーンは自分にとってのヨーダで、自分はちょうどぬかるみから宇宙戦闘機を持ち上げたところなのだ。シェインはやった。これほど活力を感じたことはなかった。サンドラがこの場にいて、この姿を見てくれたら良かったのにと思う。あるいは両親でもかまわない。はじめは少し不安を感じていたのかもしれない。だが、今は、これほど何かに対して確信を抱いたことはなかった。俺はこの売り込みを仕留めたんだ。

会議室は当然のように沈黙に包まれている。シェインは待つ。パスクアーレ老人が最初に口を開き、シェインの腕を軽く叩いて、声を掛ける。「とても《ペンソ・エ・》よかったと思うよ《アンダータ・モルト・ベーネ》」

「ありがとう《グラッツェ》、トゥルシさん」

シェインは部屋の中をさっと見回す。マイケル・ディーンはまったく謎めいたままで、その顔にまだ人間的な表情が現れることがあるのか、シェインにはわからない。だが、確かに深く考え込んでいるように見える。皺だらけの手は皺ひとつない顔の前で組まれ、両手の人差し指が尖塔のように唇の前に持ち上がっている。シェインはこの男をまじまじと見つめる。片方の眉がもう一方よりも上がっていない。それとも単にそういう作りなのだろうか？

それから、シェインはマイケル・ディーンの右隣に目を移す。そこには、クレア・シルヴァーが世にも奇妙な表情を顔に貼りつかせている。笑顔のようでもあり(気に入ったのだ！)、しかめ面のようでもあった(何だって、これを気に入らないなんてことが？)。だが、もし、その表情に名前をつける必要があるならば、〝苦しそうな困惑〟がしっくりくるかもしれない。

依然として誰も口を開かない。ひょっとして〈その部屋〉の雰囲気を読み誤ったのだろうか——昨年の自己不信がシェインの心にひっそりと忍びこんでくる——そのとき……クレア・シルヴァーから音が漏れる。鼻を抜けるフンという音、まるで低速のモーターが動き始めたようだ。「人食い」とクレアは呟き、そして自制心を失う——箍《たが》の外れた窒息しそうなほど大きな笑い声。甲高《かんだか》く、偏執的に、さえずりのように響く。クレアはシェインの方に向かって片手を上げる。「ご——、ごめんなさい。だって——ただ——これが——」。そして笑いに負けてしまう。笑い崩れる。

「ごめんなさい」とまた話せるようになってから、クレアは謝る。「本当に。でも——」。ここでまた笑いが顔を覗かせ、声が幾分うわずる。「三年もの間、まともな映画の売り込みがくるのを待っていたものだから……で、それが現れたのに、何の話ですって？ カウボーイが」——口を手で覆って笑いを止めようとする——「その人の家族が太ったドイツ人に食べられる、ですって」。クレアは体を折り曲げて笑う。

「カウボーイじゃない」。シェインは小声で答えながら、自分の体が縮み、震え、死んでいくのを感じる。「それに、食人行為を映すつもりはない」

「そうね、そうよね。ごめんなさい」とクレアは謝るが、今ではすっかり息が上がっている。「ごめんなさい」。口許をまた覆って、両目をぎゅっとつぶるが、笑いを止めることができない。

シェインはマイケル・ディーンを上目づかいに盗み見る。だが、この老プロデューサーはただ宙を見つめ、じっと考え込んだままで、クレアは鼻を鳴らし続けている——

シェインは体中の空気が全部抜けてしまったような感覚に陥る。今や二次元の存在だ——ぺしゃんこの自我の平面図。これこそ、昨年、どん底状態のシェインが感じていたことだった。今ならわかる。かつてのACTの自信を——それが新たな、ずっと慎ましいものであったとしても——奮い起こせると、一瞬でも信じたなんてバカだった。あのシェインはもういない。死んでしまった。乳飲み仔牛のカツレツになってしまった。「でも……よくできた物語なんだ」と呟き、助けを求めてマイケル・ディーンを見る。

クレアはルールを知っている。売り込みが気に入らないと認めてしまうようなプロデューサーはいない。万が一にでもそれが他所に売れて、見逃した間抜けとみなされる事態を避けるためだ。いつもみんな他の言い訳を思いつく。「市場がこの作品に合っていない」とか、「ウチの進行中の企画にあまりに似ている」とか、もし本当にひどいアイデアなら、「ウチには合わないだけなんだ」とか。だが、今日が終わり、三年間が終わり、すべてが終わった後では——クレアは自分を抑えられない。三年間もバカバカしい企画や間抜けな売り込みに対し、彼女は沈黙を強いられてきた。そのすべてが、息を切らし、涙を流すほどの笑い声となって噴き出したのだ。カウボーイの食人鬼を扱った映像効果重視の時代ものスリラー？　三時間も悲哀と転落が続き、しまいには主人公の息子が……デザートに？

「ごめんなさい」と息を切らしながら言うが、笑いを抑えることができない。

「ごめんなさい」。この言葉がとうとうマイケル・ディーンをある種の呆然状態から回復させる。アシスタントを不機嫌そうに一瞥し、顎のあたりから両手を下ろす。「クレア。止めてくれ。もう充分だ」。それからシェイン・ウィーラーを見ると、机に身を乗り出す。「実に気に入った」

クレアはもう二、三度笑い声を上げるが、その声は消えかかっている。目から涙を拭い、マイケルが真剣なことに気づく。

「完璧だ」とマイケルは続ける。「まさに、私がこの業界で働き始めた頃に、製作に乗り出していたような映画だ」

クレアはイスに深く腰を落とし、固まっている——傷ついている。一線を越えてしまったことにも気づいている。

「素晴らしい」とマイケルは褒め、その企画について熱心に語り始める。「壮大な作品だな。アメリカ人の苦難を描いた語られざる物語だ」。今度はクレアの方を向く。「この作品の選択売買権《オプション》をすぐに買おうじゃないか。これをスタジオに持って行こう」

シェインの方を向き直った。「もし君が快く応じてくれるなら、我々は六か月の短期選択売買権《オプション》契約を結びたい。その間にスタジオと製作の交渉をする——そうだな、一万ドルではどうだろう？　もちろん、これは、さらに話が進んだときに、もっと高額になる買取価格に対して、我々が行使できる権利を確保しただけに過ぎない。もし、これを受け入れてもらえるなら、ええと――」

「ウィーラーです」とシェインは言う。かろうじて息を絞り出し、自分の名前を口にする。「いいでしょう」と何とか答える。「二万ドルで……ええ……結構です」

「じゃあ、ウィーラー君――見事な売り込みだった。やる気が漲っているな。若い頃の自分を少し思い出したよ」

シェインはマイケル・ディーンからクレアへと視線を移し、今ではすっかり青ざめた顔を一瞥してから、マイケルに視線を戻す。「ありがとうございます、ディーンさん。あなたの本を熟読したんです」

本の話が出たので、マイケルの顔がまた少し怯む。

「じゃあ、こういうわけか」とマイケルが口を開くと、唇の間からギラギラと光る歯が覗き、微笑んでいるような表情になる。「ひょっとしたら、私は教師になるべきだったかもしれないな、なあ、クレア?」

ドナー隊の映画? マイケルが教師? ここにきて言葉がクレアを完全に見放す。彼女は自分自身との取り引き――いつか、映画になるアイデアを――を思い出し、今まさに運命が自分を弄《もてあそ》んでいることに気がつく。こんな空虚で皮肉な世の中を生きていくのは、それだけで充分に辛い。だから、運命から、お前はそのルールさえ理解していない、と言われているのだとしたら――ああ、それは彼女の我慢の限界を超えている。人は世の中が不公平であっても対処していける。だが、世の中が恣意的になり、説明がつかなくなってしまえば、秩序が崩れ落ちてしまうものなのだ。

マイケルは立ち上がり、狼狽している企画開発アシスタントに向き直る。「クレア、来週、スタジオでの会議の予定を組んでおいてくれ――ウォレスとジュリー……みんなを呼ぶんだ」

「これをスタジオに持っていくつもりですか?」

「そうだ。月曜の朝に、君と私とダニーでな。ウィーラー君には『ドナー隊』の売り込みをしてもらう」

「あー、それなんですが、ただの『ドナー!』ですよね?」とシェインが提案する。「感嘆符付きがいいですよね?」

「ずっといい」とマイケルは答える。「ウィーラー君。来週もあの売り込みをしてもらえるかな？　ちょうど今日やったような奴を」

「もちろんです」とシェインは答える。「了解です」

「オーケー、では、その時に」。マイケルは携帯電話を取り出す。「それから、ウィーラー君。週末の間、こちらにいる予定であればで構わないのだが、トゥルシ君の件で、我々のお手伝いをお願いするのは、勝手が過ぎるというものだろうか？　通訳については謝礼を払うし、ホテルも用意させる。それから、月曜には、君の映画契約の準備に取り掛かることになる。こんな具合でどうかね？」

「いいですけど？」とシェインは訊ねるように答える。ちらりとクレアを見ると、自分よりも遥かに強い衝撃を受けているような顔をしている。

マイケルは机の引き出しを開け、何かを探し始める。「あー、ウィーラー君。ここを出る前に……トゥルシ君にもう一つ訊いて欲しいことがあるんだが」。マイケルはもう一度パスクアーレに微笑みかける。「訊いて欲しいのは……」マイケルは深く息をつき、少し口ごもる。まるで自分には荷が重いとでもいうように。「彼は知っているのだろうか。ディーに……つまり私が訊きたいのは……子どもがいるのか、ということなんだが」

だが、この質問は通訳を必要としない。パスクアーレは上着の内ポケットに手を伸ばし、封筒を取り出す。その中から色褪せた古い葉書を引き出し、慎重な手つきでシェインへと手渡す。葉書の表面には消えかかった青い赤ん坊の絵がある。「男の子よ！」と告げている。裏面には、葉書の宛名が、イタリアのポルト・ヴェルゴーニャ、〈ホテル　適度な眺め〉、パスクアーレ・トゥルシ様と書いてある。葉書の裏面には、丁寧な手書き文字のメモも見える。


親愛なるパスクアーレ。さよならを伝えられなかったのは残念です。でも、たぶん、そのとき、その場所でしか意味のないことってあると思うの。とにかく、ありがとう。

いつまでも――ディー

追伸　パットと名づけました。あなたから取ったのよ。

葉書を回す。手許に着いたとき、マイケルはよそよそしい微笑みを浮かべる。「なんてこった。男の子か」。首を振る。「ああ、もう男の子じゃないな、それは間違いない。青年か。年は……クソッ。いくつだ？　四十ぐらいか？」

マイケルが葉書をパスクアーレに戻すと、彼は丁寧に上着にしまう。

マイケルは再び立ち上がり、パスクアーレに手を差し出す。「トゥルシ君。この件をうまく解決しよう——君と私で」。パスクアーレは立ち上がり、二人は落ち着きなく手を握り合う。「クレア、このお二方をホテルにお連れしてくれ。私は私立探偵に連絡をとるつもりだ。明日また集まろう」。マイケルは重い上着をパジャマのズボンの上に羽織る。「では、私は自宅のディーン夫人の元に戻るとしよう」

マイケルはシェインの方を向き、手を差し出す。

「ウィーラー君、ハリウッドにようこそ」

マイケルがドアを潜ったあとで、クレアは立ち上がる。シェインとパスクアーレにすぐに戻ると伝え、上司を追いかけ、バンガローの外の通路で捕まえる。

「マイケル！」

彼が振り向く。装飾用の街灯の光で、その顔は皺ひとつなく、ガラスのように見える。「なんだ、クレア、何か用か？」

クレアは肩越しに振り返り、シェインが外まで追いかけて来ていないことを確認する。「他の通訳を見つけます。あの気の毒な男を騙しておく必要はありませんよ」

「何の話をしているんだ？」

「ドナー隊ですよ？」

「そうだ」。マイケルは目を細める。「それがなんなんだ、クレア？」

「あのドナー隊ですよ？」

マイケルはクレアをじっと見つめている。

「マイケル、あの売り込みが本当に気に入ったとでも？」

「君は気に入らなかったとでも？」

クレアの顔が赤くなる。実際、シェインの売り込みにはあらゆる要素が詰まっていた。説得力があり、感動的で、緊張感があった。そうだ。素晴らしい売り込みと言えるかもしれない——作られるはずがない映画の売り込みとしては。銃撃戦もロマンスもない西部劇の大作。この三時間のお涙頂戴ものは、悪役が主人公の子どもを食べて幕を閉じる。

　クレアは首を傾げる。「じゃあ、月曜の朝にスタジオに行って、辺境《フロンティア》での食人行為を扱った五千万ドルの時代劇を売り込むつもりなんですね？」

「いや」とマイケルは答え、唇を歯の上に滑らせて、例の笑顔の複製を作る。「月曜の朝にスタジオに行って、辺境《フロンティア》での食人行為を扱った八千万ドルの映画を売り込むつもりだ」。踵を返すと、また歩き出す。

　クレアは上司を呼び止める。「それに、あの女優の子ども。あれはあなたのお子さんなんですよね？」

　マイケルはゆっくりと振り返り、クレアの顔をしげしげと眺める。「君にはめったにない才能がある、わかるかね、クレア？　本物の洞察力さ」。マイケルは微笑む。「教えてくれ。面接はどうだった？」

　クレアは驚く。マイケルを風刺漫画のように、過去の遺物のように扱うと、彼はこんな風にいつもの力を見せつけるのだ。

　ヒールにさっと視線を落とし、今日穿いているスカートを確認する——面接の服装だ。「仕事をオファーしてくれました。映画博物館の学芸員です」

「受けるつもりかね？」

「まだ決めかねています」

　マイケルはうなずく。「なあ、この週末は君の助けが本当に必要なんだ。来週になってもまだ辞めたいのなら、受け入れよう。手を貸してやってもいい。だが、今週末はあのイタリア人と通訳から目を離さないでくれ。月曜の午前中にこの売り込みを無事に切り抜けられるように、例の女優とその子どもを見つけられるように手を貸してくれ。私のためにやってくれるか、クレア？」

　クレアはうなずく。「もちろんです、マイケル」。それから、静かに訊く。「それで……どうなんですか？　あなたの子どもなの？」

　マイケル・ディーンは笑って、地面に視線を落としてから、また顔を上げる。「古いことわざを知っているか？　成功には千の父親がいるが、失敗にはたった一人という奴だ」

クレアは再びうなずく。

マイケルはコートを羽織り直す。「それに照らし合わせると、このクソガキは……私が授かったたった一人の子どもかもしれないな」

第十章　UKツアー

二〇〇八年十月
スコットランド、エディンバラ

ポートランドのバーで、幾分痩せすぎのアイルランド人の青年がパット・ベンダーの肩にぶつかる――それがすべての始まりだった。

　パットが振り向き、目に入ってきたのは、青白い顔、隙間の空いた前歯にスーパーマンの髪形、サングラスにダンディ・ウォーホルズのTシャツだった。「アメリカに三週間、俺が一番気にくわないことがわかるかい?」と青年は訊いた。「あんたらのくだらんスパーツだよ」。あごで指した先には、マリナーズの試合が音量ゼロで、バーのテレビに映っていた。「本当はさ、もしかしたら、あんたらもベエスボウルについては色々と話すべきことがあって、俺がよくわかっていないだけかもしれんがね」

　パットが口を開く前に、青年は叫んだ。「なんもかんもさ!」そして、パットが座るテーブルに体を滑り込ませた。「俺はジョー」と名乗った。「認めちゃいなよ、アメリカ人ときたら、自分たちが発明したスパーツ以外は何だってむかつくんだって」

「実際には」とパットは答えた。「俺はアメリカ産のスポーツにだってむかついているがね」

　この反応に満足し、面白いと感じたようで、ジョーはパットのギターケースを指さした。退屈したデート相手のように。ボックス席にいるパットの隣に置いてある。

「それで、あんた、そのラリヴィーを弾くのかい？」

「通りの向こうでな」とパットは答えた。「一時間後だ」

「マジで？　俺はクラブのプロモーターみたいなことをしてんだ」とジョーは言った。「どんなのをやるんだ？」

「ほとんどうまくいかなかったが」とパットは言った。「昔はあるバンドのフロントマンだったんだ。ザ・レティセンツって知ってるか？」反応なし。パットは試しに訊いてみたことに空しさを覚えた。それにしても、今、自分がやっていることをどう説明したらいいのだろう。初めはおしゃべり付きのアコースティックギターの弾き語りだった――あの昔ながらの『ストーリーテラーズ』[8]のような――だが、一年後には、コミック・ミュージックによる独白へと形を変えていた。ギターを抱えたスポルディング・グレイ[9]。「そうだな」とジョーに話し始めた。「俺はスツールに座って、少し歌を歌う。面白い話をして、くだらない告白を散々する。それに、数か月に一度、舞台のあとでお医者さんごっこを少しな」

こんな感じですべてが始まった――ＵＫツアーというバカげたアイデアそのものが。パスクアーレ・〈パット〉・ベンダーのちっぽけで汚れたキャリアにおいて、そのハイライトとなる瞬間がことごとくそうであったように、それは彼自身のアイデアですらなかった。このジョーのものだった。ジョーは半分ほど埋まったクラブで半ばふんぞり返って座り、ジャムバンドがどれほど下手くそなのかを歌った曲「シャワーパルーザ」に声を上げて笑い、パットのバンドがラリッて書いたライナーノーツは中国料理のメニューのようだ、とリフを演奏すると歓声を上げ、聴衆と一緒になって「どうしてドラマーはそんなに大バカ野郎なのか？」という曲のサビを歌った。

このジョーにはどこか人を惹きつけるところがあった。他の夜だったら、前のテーブルに座る小柄な馴染みの女に、そのスカートの下からストロボフラッシュのように覗く白い下着に、意識を集中してしまっていたかもしれなかった。だが、パットはジョーのばか笑いを、この青年が出しているとは思えない大きな声を聞き続けた。演目の中でも暗い、告白調のパートに差し掛かる頃には――ドラッグと別れ――ジョーはすっかり感動し、眼鏡を外して両目を押さえながら、パットの真心が一番こもった曲「リディア」のサビを聞いていた。

昔から言うだろ、君は俺にはもったいないって
そうさ、君じゃなく俺の問題だって
でも、リディア、ベイビー……それがたったひとつの真実なのさ
君が俺から得たものなんて――

その後、青年は熱烈に褒めちぎった。こんなものは今までに見たことがない。おかしくて、誠実で、知的で、音楽とおかしな発言が互いに完璧に補完し合っていると。「それにあの曲『リディア』――なんじゃ、ありゃ、パット！」

パットが考えたように、ジョーは「リディア」を聞いて、今も忘れられない女への未練が募ったのだ――そして、居ても立っても居られず、一部始終を話し出したのだが、パットはその大半を聞き流した。若い男どもはジョーの間はどんなに笑いこけていても、きまってこの曲に心を震わせた。関係性の終わりを描いたところに。パットがいつも驚くのは、ロマンスなど存在しなかった、と冷たく苦く過ちを歌った部分（「俺はこれまで存在していたのだろうか／君の茶色の瞳の前に」）を、彼らがラブソングと勘違いすることだった。

ジョーはすぐにパットのロンドン公演について話し始めた。夜中の十二時にはバカ話だったが、午前一時には興味深い話になり、二時には説得力が出てきて、四時半までに――ノースイースト・ポートランドのパットのアパートで、ジョーの葉っぱを吸い、古いレティセンツの曲を聴いていた（「こりゃあ、ぶっ飛ぶぐらいスゲエじゃねえか、パット！　どうして今まで聴いたことがなかったんだ？」）――そのア

（8）一九九六年放送開始のライブとトークを組み合わせた音楽番組。
（9）自伝的な独白形式のパフォーマンスで有名な俳優、パフォーマー。

イデアはカチッとした計画へと変わっていた。パットの金や女や仕事絡みの揉め事が何もかも、この一言で片がつくのだ。UKツアー。

ロンドンとエディンバラなら、パットの切れ味が鋭く知的な音楽コメディにぴったりだ、とジョーは言った——小さなクラブやコメディフェスティバル同士のつながりがあって、熱心な芸能エージェントやテレビのスカウトがその世話をしているからと。ポートランドの午前五時はエディンバラの午後一時。そこで、ジョーは電話をかけるために外へと出て行き、有頂天で戻ってきた。フリンジ・フェスティバルの運営者の一人がレティセンツを覚えていて、土壇場でできた穴を埋める代役に空きがあると言ってくれた。準備は整った。パットのやるべきことはオレゴンからロンドンへと行くだけで、ジョーが残りの面倒をみる。宿泊、食事、移動手段、六週間の報酬付のステージ、もっと続く可能性だってある。握手をし、背中を叩き合った。朝までにパットは生徒に連絡を取って、今月のレッスンをキャンセルにしてもらった。二十代を過ぎてからこれほど興奮したことはなかった。ここにきて、本道に戻ろうとしている。出発から二十五年ほど経過してようやくだ。もちろん、昔のファンの中には、今の自分を見て失望する者もいるかもしれない——かつてレティセンツのフロントマンを務めた男が音楽コメディ(パットの見事な定義、自分がやっているのは独白音楽喜劇だ、は無視されるだろう)をやっていることに、それだけではなく、パット・ベンダーがまだ生きていることに、豪華な死体への道をたどっていなかったことに失望するのだ。珍しいこともあるもので、ミュージシャンとして生き残ったがゆえに、彼はこんな疑いを抱かざるをえなかった——まるで絶頂期のバカ騒ぎがすべてポーズに過ぎなかったみたいじゃないか。かつてこの奇妙な感覚を曲に書こうとしたことがあった——「ここにいてごめん」と名づけた——だが、その曲はいつも麻薬中毒者の誇大妄想にはまりこんでしまい、結局一度も演奏されることはなかった。

だが、今ではこう思う。こうして生き残ったこと自体に何らかの意味があるのではないかと。何かを成し遂げる新たなチャンス……ビッグなことだ。とはいえ、いつものように興奮してはいたが、まだ借金を申し込める数少ない友人にメールを打っている間でさえ(「驚くようなチャンスなんだ」……「俺がずっと待ち望んでいたブレイクってやつさ」)、冷静な声を遮断することはできなかった。〃俺はもう四十五歳なのに、まだ二十歳かそこらの若造のように、旅に出て、ヨーロッパで一旗揚げようなんて幻想を抱いているのか?〃

こうした冷水を浴びせるような警告の声は、母親のディーのものだと考えていた。母親は若い頃に女優を目指したことがあり、ことあるごとに息子の野心に自分の幻滅を詰め込んで、蓋をしようとした。「自分の胸に訊いてみなさい」と母親は言ったものだった。バンドに加わったときも、バンドを辞めたときも、バンドからメンバーを追い出したときも、ニューヨークに引っ越したときも、ニューヨークを後にしたときも。「それは芸術上の問題なのか……それとも別の問題なのか」

「なんてバカげたことを訊くんだ」と最後には母親にぶちまけた。「何だってそれ以外の問題に関わるんだよ。芸術上の問題だってそうさ！　このクソッタレな質問だって、それ以外の問題に関わっているのさ！」

だが、今回、聞こえてきた警告の声は母親のものではなかった。リディアのものだった——最後に会ったとき、四度目の別れから数週間が経っていた。あの日、パットはリディアのアパートへと行き、さらにもう一度謝って、まともになると約束した。これまでの人生で初めてなんだ、と彼女に伝えた。物事がはっきりと見えているんだと。これまでだって彼女が反対することは何だって止めてきた。それで彼女が戻って来てくれるのであれば、仕事だって止めただろう。

リディアは今まで出会った誰とも違っていた——頭がよくて、楽しくて、自分を持っていて、恥ずかしがり屋だった。美人だが、本人は気づいていない——それが彼女の魅力の秘密だった。自意識過剰なところや飾ったところがないように見えるが、それが彼女なのだ。他の女たちはプレゼントと同じで、包み紙を開くと必ず失望したが、リディアはまだその秘密を保ったまま——だぶだぶの服と鍔《つば》のさがった大きめのハンチングに包まれて、とてもかわいらしかった。最後に会った日、パットはゆっくりとその帽子を脱がせた。彼女の茶色の瞳を覗き込む。「ベイビー」と彼は言った。「音楽よりも酒よりも何よりも、俺に必要なのは君なんだ」

その日、リディアはパットを見つめていた。その瞳は後悔で濡れていた。彼女はゆっくりと帽子を被り直す。「何なのよ、パット」と彼女は静かに言った。「よく言うわね。あなた、何にでも神様の啓示を求めちゃう人みたいよ」


アイルランド人のジョーにはロンドンに仲間がいた。名前はカーティス。巨体でスキンヘッドのヒップホップ好きかフーリガンといった趣の厳つい男で、二人が滞在する狭苦しいサザークのアパートは、このカーティスが青白い顔をした恋人ウーミと共同で借りているものだった。パットはこれまでロンドンに来たことがなかった——実際には、ヨーロッパには一度だけ、高校の交換交流で来たことがあった。イタリアを見せたいと母親が手配したのだ。上手くはいかなかった。ベルリンの少女と一つまみのコカインで、交換交流の規約と人間の品位を様々に汚したとして、パットは早々に送り返された。ザ・レティセンツのころは日本ツアーの話がいつも出ていた——あまりにも頻繁なので、バンド内ではある種のジョークとなっていた。だが、パットとベニーは実現のチャンスが巡ってくると尻込みをし、ストーン・テンプル・ドゥーシェバッグスの前座を断った。だから、今回は、パットにとって、北米以外でパフォーマンスをする初めての機会になるはずだった。

「ポートランド」。青白い顔のウーミはパットに会うなり言った。「ザ・ディセンバリスツとか」。パットは九〇年代にも同じ経験をしていた。ニューヨークの住人にシアトルから来たと言うと、そいつらは「ニルヴァーナ」とか、「パールジャム」と呟いたもので、パットは歯ぎしりをして、小便臭い新参者のくせに、フランネルシャツを着て澄ましているようなバンドと同志のふりをした。ポートランド。このシアトルのまぬけな弟分が、同じようにオルタナロックの重要都市として通っていることがおかしかった。

ロンドンでの予定として、パットはこの建物の地階にあるクラブ「一座《トゥルーブ》」、カーティスが用心棒として働く店で初演を迎えることになっていた。ところが、ロンドンに着いてみると、ジョーはエディンバラからスタートした方がいいと心に決めていた。そうすれば、パットはジョーに磨きをかけられるし、フリンジ・フェスティバルでの評判を利用して、ロンドンに乗り込むための勢いをつけられると。そこで、パットはジョーをもっと短く、もっと笑えるものへと作り直した——三十分の独白の間に六曲を挟む。(「どうも、パット・ベンダーです。見覚えがある人がいたら、それは俺が昔、あるバンドのシンガーだったからでしょう。自惚《うぬぼ》れ屋のお友だちが、自分の隠れた音楽の趣味を見せようとして、話題に載せるようなバンドでした。じゃないとしたら、どこかのクラブのトイレで一発やった仲かな？　いずれにせよ、それ以来、音信不通ですみません」)

パットはアパートでジョーとその友人にジョーを見せた。暗い内容は控えるつもりで、一番深刻な曲「リディア」は、この短縮版ではカットしようと思っていた。だが、ジョーはこの曲を入れることにこだわった。「全体がハチャメチャだから、心の拠りどころになるんだよ」と言うので、パットはその曲を残し、アパートで演じてみせた——ジョーはまた眼鏡を外し、目を拭うことになった。リハーサルを終えると、ウーミは、ジョーに負けないくらいの熱意で、ジョーの成功を保証してくれた。無口で陰気なカーティスでさえ「かなりいい」と認めた。

ロンドンのアパートは、パイプが剝き出しで、古いカーペットは腐りかけていた。そこで一週間過ごしたが、パットはまるで落ち着かなかった——当然、ジョーの暮らしぶりにも馴染めなかった。カーティスと一緒に一日中、汚いグレーのボクサーブリーフ姿でぶらぶらと過ごし、ハイになっていた。結局のところ、ジョーは少し広い意味で「クラブのプロモーター」と名乗っていたに過ぎなかった。むしろ、居候兼マリファナの売人に過ぎず、たまに客がアパートに立ち寄っては、ジョーからブツを買っていった。こんな若者たちと数日過ごした後で、二十歳の年の差がパットの前に険しく立ちはだかった。音楽に関する言及、だらしないスウェットスーツ、眠りこけ、シャワーも浴びず、昼前になっても、まだ上も下も下着姿だと気がつかないような生活。

パットは一度に二、三時間しか眠ることができず、毎朝、他の者が眠りにつくと外に出た。街中を歩き、ぼんやりとした心にそれを焼き付けようとする――だが、通りの名前が唐突に変わり、幹線道路が路地で終わっていたりするせいで、カーブや狭い通りや路地でいつも迷子になった。パットは日を追うごとに方向感覚を失っていくのを感じた。ロンドンのせいというより、彼自身がこの街に溶け込めず、偏屈な年寄りの愚痴を次々と口にするせいだった。「通りを渡っただけで、自分がどこにいるのか、どっちを向いているのか、それがわからなくなるなんて、どうしてだ?」「どうしてここの硬貨はこんなにすぐに区別ができないんだ?」「どうして歩道はどこもこんなに混んでいるんだ?」「どうして何もかもこんなに高いんだ?」文無しだったので、パットができることと言えば、歩き回り、見ることだけだった――無料の博物館がほとんどで、それは次第に彼を圧倒していった――ナショナル・ギャラリーの部屋から部屋へと続く絵画、大英博物館に収蔵された遺物、ヴィクトリア&アルバート博物館のすべて。パットは文化を過剰摂取しつつあった。

そして、ロンドン滞在の最終日に、パットはテイト・モダンに当てもなく足を踏み入れた。人気《ひとけ》のない広大なホールに入り、芸術の大胆不敵さ、この美術館の規模そのものに圧倒される。それは大海か、大空に飛び出そうとするのと変わらなかった。ひょっとしたら、睡眠不足のせいかもしれないが、実際に体が震え、吐き気を催しそうになる。上の階では、シュールレアリズム絵画のコレクションに足を踏み入れて、絶望的な気分になった。一人ひとりの表現に刻まれた無遠慮で理解不能な天賦の才。ベーコン、マルグリット、とりわけピカビア。ギャラリーの解説によれば、彼は世界を単純に二つに分類していた。失敗作と無名の作。パットは拡大鏡の下の虫だった。芸術の光が集められ、目も眩むような熱い光の点となって寝不足の頭に注がれていた。

美術館を後にする頃には、パットは過呼吸に近い状態に陥っていた。外も変わらなかった。宇宙旅行時代のミレニアム・ブリッジが、スプーンのようにセント・ポール大聖堂の口に差し込まれている。ロンドンは、街のトーンも時代性もジャンルも、まったく顧みることなく破壊している。その巨大で、怖れを知らない並列化を目の当たりにして、パットはますます方向感覚を失っていった。モダニストの隣には新古典主義の隣にはテューダー様式の隣には高層ビル群。

橋を渡り切ったとき、パットは小さなカルテット――チェロ、ヴァイオリンが二本、キーボード――を見かけた。青年たちはテムズ川の畔で小銭目当てにバッハを弾いていた。腰を下ろして耳を傾けながら、息を整えようとしたが、彼らの何気ない熟練の技に、控え目だが紛れもない才能に畏敬の念に打たれた。なんてこった。ストリートミュージシャンでさえ、こんなことができるのか？　俺はここで何をやっているんだ？　音楽的才能にはいつも不安を感じていた。パットはギターを持った奴なら誰とでもつるめて、ダイナミックなステージを見せることができたが、本物のミュージシャンはベニーの方だった。二人で何百曲と作ったが、街角に立ち、四人の青年が平然とカノンを奏でるのを聞いて、パットは突然自分が書いた最高の曲でさえ、本物の音楽に対するちょっとした皮肉、知ったかぶりの能書き、ただのジョークに過ぎないと気づいた。なんてこった。俺は今までに一度でも作り上げたことがあるだろうか……美しいものを？　青年たちが奏でる音楽は何世紀も前に建てられた聖堂のようだ。それに比べて、パットのライフワークなど、影響力も洗練もせいぜい映画の予告編ほどしか続きはしない。彼にとって、音楽はいつもポーズに過ぎず、子どもが芸術的な洗練に対して、勝手に腹を立てるようなものだった。結局、美に対して中指を立てるためだけに、自分の人生を費やしてきたというわけだ。今、空しさのあまりに、声を上げて叫びたい気持ちになる――失敗作で、しかも無名の作。まったくの無だ。

それから、パットは何年もやらなかったことをした。カーティスのアパートに歩いて戻ると、汚いレコードショップが目に入った。店先に大きな赤い文字で「レックレス・レコード」とある。しばらく店内をうろつくふりをしたあとで、パットは店員にレティセンツの作品を置いていないかと訊いた。

「ああ、そうだな」と店員は答え、ニキビ面に何かを思い出すような表情を浮かべる。「八〇年代後期か、九〇年代初頭……ソフトでポップなパンクをやっていた感じか――」

「ソフトとは言っていなかった――」

「ああ、グランジ系のやつらだったかな」

「いいや、その前だった――」

「ああ、そいつらのは何も置いてないな」と店員は言った。「ウチはもっと――わかるだろ――値打ちものを扱っているんでね」

パットは店員に礼を言って、店を後にした。

アパートに戻ってウーミと寝たのは、恐らくこれが理由だったのだろう。あるいは、ひょっとしたら、彼女が下着姿で一人でいたから、というだけの理由だったのかもしれない。ジョーとカーティスはサッカーの試合を見にパブに出かけていた。「座ってもいいかい？」とパットが訊くと、ウーミはソファの上で両脚をぐるっと回して座り直した。彼が小さな三角のパンティをじっと見つめていると、まもなく、二人は手探りをはじめ、ロンドンの交通事情のようにぎこちなく、まごまごとして(ウーミ「カーティには知られないようにしなくちゃ」)、やがてリズムを見つけた。結局、これまで何度もやってきたように、パット・ベンダーは自分自身を騙して、その存在を確認したのだった。

ことを終えて、脚だけを重ねたまま、ウーミは個人的な質問をパットに次々に浴びせた。ちょうど試乗を終えた後に、その車の燃費を訊ねているような口ぶりだった。パットは積極的ではないにしても、素直に答えた。「これまで結婚は？」してないよ。「しかけたことも？」ない。本当に。「でも、あの曲『リディア』のことは？　人生で最愛の人じゃなかったの？」パットは驚いた。人々があの曲に見出すものに。「人生で最愛の人？」そう考えたこともあった。思い出すのは、二人で借りていたアルファベット・シティのアパートのことだ。小さなベランダでバーベキューをして、日曜の朝にはクロスワードを解く。だが、彼が他の女と一緒にいるのを見つけた後で、リディアは何と言っていただろうか？「あなたが私のことを本当に愛しているのなら、それなら余計に最悪ね。あなたのこの仕打ちよ。つまり、あなたはひどく冷たい男ってことじゃない」

いや、とパットはウーミに言った。リディアは人生で最愛の人じゃない。他の女と同じさ。

二人はこんな風に元の関係に戻っていった。親密な話から世間話へ。「出身はどこなの？」シアトル。ニューヨークに二、三年住んでいたけれど、一番最近はポートランドにいたんだ。「兄弟は？」いいや。

俺と母親だけ。「お父さんはどうしたの？」本当によく知らないんだ。車の販売店をやっていた。昔は作家志望だった。俺が四歳のときに死んだ。

「ごめんなさい。じゃあ、お母さんにすごくべったりってわけね」

「実際には、一年以上も話していないがね」

「どうして？」

突然、あのでたらめな仲裁の場面が頭に蘇った。リディアと母親が部屋の反対側にいて（「私たちは心配なのよ、パット」とか、「こんなこと止めなきゃいけないわ」とか）、彼とは視線を合わせようとしない。リディアは先に母親と知り合いになった。シアトルの市民劇場を通じて出会ったのだ。女友達は、大抵の場合、パットの行動に被害を受けても失望を示しただけだったが、リディアは違った。母親に代わって文句を言った。一回につき数か月（金が必要になるまで）音信不通になったこと、彼女との約束を破ったこと、盗んだ金をまだ返していないこと。こんなことを続けていてはいけない、とリディアは言ったものだった。彼女が駄目になっちゃうわよ――彼女、パットの心の中では、実際には二人のことだった。二人を幸せにするために。パットは酒とマリファナ以外はすべて止めた。パットとリディアはさらに一年間、よろめきながらともに歩んだが、それから母親が病気になった。だが、後になって考えてみれば、彼らの関係は、恐らくあのときの仲裁ですでに終わっていたのだ。リディアが部屋で母親の側に立った、そのときに。

「今どこにいるの？」とウーミは訊いた。「お母さんよ」

「アイダホ」とパットはうんざりしたように答えた。「サンドポイントという名の小さな町でね。そこで演劇グループを主宰しているんだ」。それから、自分でも驚いたことに、「癌なんだよ」

「ああ、ごめんなさい」とウーミは謝り、自分の父親も非ホジキンリンパ腫だと明かした。

パットは詳細を訊ねるべきだったのかもしれない。ちょうどウーミがやったように。だが、ただこう言った。「辛いね」

「少しだけね――」。ウーミは床を見つめていた。「兄さんは父さんがどれほど勇敢かって、いつも話しているわ。『父さんはすごく勇敢だ。とても勇敢に戦っている』。実際は、本当にひどいものよ」

「ああ」。パットは居心地の悪さを感じた。「さて」。ベッドで盛り上がった後のおしゃべりを、しっかりと礼儀正しくやり終えたと感じていた。少なくともアメリカではそのはずだったが、イギリスの交換レートはわからない。「さて、それじゃあ……」と立ち上がる。

ウーミはパットが服を着るのを見ていた。「こういうこと、いつもやっているのね」と言ったが、問い質しているのではなかった。

「人一倍ってほどじゃない」とパットは答えた。

ウーミは笑った。「だから、あんたたちみたいな格好いい男って好きなのよ。何、俺？　セックスする？　だもの」

ロンドンが見知らぬ街なら、エディンバラは別の惑星だった。

列車に乗ると、ジョーはキングズ・クロス駅を出るなり居眠りをはじめ、おかげでパットは窓から見える風景を想像するしかなくなった——洗濯用ロープが張られた郊外地域、遠くに見える巨大な遺跡、穀物畑。海岸沿いに広がる玄武岩の岩場を見ていると、故郷のコロンビア川の小峡谷を思い出した。

「よし、それじゃあ」とジョーが口を開いたのは四時間半後、エディンバラ駅に到着したときだった。鼻を鳴らしながら目を覚まし、あたりをきょろきょろと確認する。

谷底にある駅から外に出た——左側には城、右側にはルネサンス都市のような石壁が聳えている。フリンジ・フェスティバルは、パットが想像していたよりも規模が大きかった。街灯や標識にはあれやこれやのショーのビラが必ず貼られていて、通りも人でごったがえしていた。観光客、流行に敏感な人々、中年のショーマニア、考えつく限り、ありとあらゆる種類のパフォーマー——大半はコメディアンだったが、俳優やミュージシャンもいる。一人、コンビ、即興劇団による芝居、あらゆる種類のパントマイムや人形劇、ファイヤージャグリング、一輪車乗り、奇術師、曲芸師、それにパットには何だかわからないもの——生きた彫刻、ハンガーにかかったスーツのような服を着た男たち、ブレイクダンスをする双子——中世のお祭りの頭がいかれた版だ。

フェスティバルの事務室では、口髭を生やした傲慢なクソ野郎が、ジョーよりも遥かにきつい訛り——つねに陽気に歌うようなリズムと巻き舌のRの音——で説明してくれた。宣伝活動はパットが自分ですること、それに報酬もジョーが約束した額の半分になること——ジョーはニコールとかいう女が額を保証したと言い——髭男はニコールなら自分のケツだって保証できやしないと言い——ジョーはパットの方を向いて心配するな、手数料は取らないよと言い——パットはジョーが今まで取ろうと思っていたことに驚いた。

外に出て、宿泊場所に向かって歩いているあいだに、パットはあらゆるものを観察した。街の城壁はひと続きの崖の壁面のようで、一番古い部分——ロイヤル・マイル——は城から始まり、縁石のように川に沿って曲がりながら下り、煙で煤けた大きな石造りの建物が並ぶ谷間へと続いていた。フェスティバルの活気に満ちた騒音が四方八方に広がり、大きな屋敷は開放されて、ステージやマイクのスペースとなっている。必死な形相をしたパフォーマーのあまりの数に、パットは意気消沈していった。

パットとジョーが泊まる場所は、地階の下宿部屋で老夫婦のアパートの一室だった。「何か面白いことを言ってくれ！」と斜視の夫はパットに会うなり言った。

その夜、ジョーはパットをショーに連れ出した——通りを上り、路地を下り、混み合ったバーを通って別の路地へ、真ん中に飾りノブが付いた背の高いドアへと辿り着いた。クリップボードを手にした女性が退屈そうにパットを楽屋へと案内した。配管とモップが立ち並ぶクローゼット。ジョーの説明によれば、エディンバラの観客はスタートこそのんびりだが、火がつくと早い。影響力のある批評家が何人もいて、一度批評が出たら——「あんたなら四つ星はかたい」——観客はすぐに興味を持つだろうさ。一分後、クリップボードの女性がパットの名前を読み上げ、彼は間もなくほんの少しの拍手で迎えられた。そこで考える。ほんの少しよりも少ない状態を何と表現するのだろう？　部屋には六人しか人影がなく、四十脚の折りたたみ椅子にまばらに座っている。そのうちの三人がジョーと滞在先の老夫婦だった。

だが、パットはがら空きの部屋で持ち時間分のパフォーマンスをやり遂げた。公演中の感触もよく、「リディア」を弾く前に新しい脱線だって試してみた――「彼女は友だちに、俺が他の女といるのを『発見した』って言ったんだ。まるで、何だろう――小児麻痺の治療法を発見したみたいに？　他の連中に俺がセックスしているところを『捕まえた』[10]と言ったんだ。カルロス・ザ・ジャッカルを捕まえたみたいに。いいかい。ビン・ラディンだって捕まえられるだろうさ。自分の家に帰ったら、ベッドの上で奴が誰かとことの真っ最中だったらね」

パットは以前味わった感覚を改めて思い出した。わずかな観客の反応でも深いものになり得る――パットはイギリス人があの言葉「お見事《ブリリアント》」を発するとき、最初の音節を伸ばすのが気に入った。二人で夜遅くまで起きていたが、ジョーの方がはるかに興奮していて、このショーの宣伝方法について話をしていた。

翌日、ジョーはパットにショーを宣伝するポスターとビラをプレゼントした。上部にはギターを抱えたパットの写真――その上には「パット・ベンダー／もうどうしようもない！」の見出しと、「アメリカで最も不埒なコメディ・ミュージシャン！」というキャッチフレーズ、さらに「ザ・ライオット・ポリス」という輩から送られた「四つ星」。フェスティバルに出演している他のパフォーマーのチラシなら、パットも見たことがあった。だが……「もうどうしようもない」？　それに、この「アメリカで最も……」的なたわ言は？　出演者はみんなこの手のビラを配るものなんだ、とジョーは説明した。パットは「コメディ・ミュージシャン」と呼ばれるのがどうしても気に入らなかった。自分はウィアード・アル[11]的なパロディが売りの演者ではない。作家は不遜でありながらも、真面目であることが許される。映画監督もだ。だが、ミュージシャンに期待されるのは、誠実なゲス野郎であることだ――「愛しているよ、ベイビー」とか、「平和こそ答えだ」とか。くたばっちまえ！

ジョーがはじめてイラついて、青白い頬をピンク色に染めた。「いいかい、こういう具合にやるもんなんだよ、パット。このライオット・ポリスってクソ野郎が誰かわかるか？　俺さ。俺があんたに四つ星をやったんだよ」。ジョーはビラを一枚、パットに投げつけた。「これ全部、俺が払ったんだぞ！」

　パットはため息をついた。世界が違えば、時代も違うことはわかっていた——バンドはブログやら鞭打《フログ》ちやらあざけり《ツウィット》やら、誰が知るか的なことを期待されていた。まったく。パットは携帯電話さえ持っていなかった。アメリカ国内でさえ、無口で陰気なアーティストでいることなどもはや許されず、今やアーティストは誰もが自分自身の宣伝広報担当にもならざるを得ない——自分を売り込むバカ連中がたくさんいて、屁にもならないことをひたすらコンピュータに投稿していた。反逆者といえば、今では、自分のケツにレゴブロックをはさむユー・チューブの動画を、丸一日かけて作る若者ぐらいだった。

「ケツにレゴ」とジョーは笑った。「あんた、それ使いなよ」

　その日の午後、二人は通りでビラを配って回った。最初は想像以上に屈辱的で、パットは自分を哀れに感じたが、ジョーの姿をじっと見ているうちに、この若い友人の熱意溢れる姿に触発されて、謙虚になっていった——「アメリカの奴らをぶっ飛ばしたステージを見に来てくれよ」——だから、パットは自分なりのベストを尽くして、女性に集中的に配った。「ぜひ来てくれ」と言って、目を見つめながら、ビラを女性の手に押し付けた。「きっと気に入るよ」。この夜のショーには十八人の客が入り、その中には『ラフ・トラック』というところから来た批評家も混じっていて、パットに四つ星をくれた——ジョーが興奮して読み上げる——ブログにはこうあった。「昔のアメリカのカルトバンド、ザ・レティセンツのかつてシンガーが音楽に合わせて独白を披露。ちょっと次元が違う。尖っていて、誠実で、おかしい。本物の厭世喜劇だ」

　次の日の夜、二十九人の客が入った。その中には、黒のストレッチパンツを穿いたなかなか可愛い女がいて、ショーの後で彼と盛り上がろうと周りをぶら

(10) 一九七五年のOPEC本部襲撃事件など、一九七〇年代から八〇年代に暗躍した伝説の国際テロリスト。
(11) ヒット曲のパロディで有名なアメリカのミュージシャン。

ぶらしていた。楽屋代わりのクローゼットで、パットは彼女を配管に押し付けて一発やった。

目を覚ますと、ジョーが台所の椅子に座っていた。すでに服を着て、腕を組んでいる。「あんた、ウーミとやったんか?」

状況がまったくわからず、パットはジョーの後で会った女のことかと思う。「あの子と知り合いなのか?」

「ロンドンでのことだよ、この大バカ野郎が!　ウーミと寝たのか?」

「ああ、まあな」。パットは体を起こした。「カーティスは知っているのか?」

「カーティス?　ウーミが俺に話してくれたんだ!　あんたが自分のことを話していなかったかと訊いてきたんだよ!」ジョーは眼鏡を外して、目をぬぐった。「覚えているか?　あんたがポートランドで『リディア』を歌った後で、話しただろ。親友の彼女――ウーミ――が好きなんだって。思い出したか?」

ジョーが誰かの話をしていたことは確かに覚えていた。今、ジョーの口からこの話が出て、その名前には確かに聞き覚えがあった。だが、そのときは、UKツアーの実現に胸を膨らませていたので、実際には聞いていなかった。

「カーティスはイーストエンドの若い女とならだれとだって寝る――ちょうど、あんたの歌に出てくる大バカ野郎みたいにな――だが、俺はウーミにそんなクソな話をしたことはない。だって、カーティスは俺のダチだからさ。なのに、あんたはチャンスが来るなり……」。ジョーの顔色がピンクから赤に変わり、目から涙がこぼれ落ちる。「俺はあの子を愛してんだよ、パット!」

「ジョー、すまない。君がそんな風に思っていたなんて知らなかったんだ」

「俺が誰の話をしていると思ってたんだ?」ジョーは眼鏡をかけ直すと、ゆっくりとした足取りで部屋から出て行った。

パットはしばらくその場に座っていた。本当にひどい気分だった。それから服を着ると、人で溢れた通りに出て、ジョーを探した。あいつはなんて言っていただろう?「あんたの歌に出てくる大バカ野郎みたいに」？　なんてこった。ジョーはあの歌をパロディとでも考えていたのか？　それから、恐ろしい考えが頭に浮かぶ。なんてこった……パロディだったのか？　俺がパロディなのか？

午後中かけてジョーを探した。城まで足を伸ばしてみたが、写真を撮りにきた観光客が騒がしいだけで、ジョーはいなかった。あてもなく道を下ってニュータウンへと戻り、カールトン・ヒルの頂上へ。なだらかな丘の頂には、エディンバラの歴史の様々な時代に建てられた、大きさも形も異なる記念碑が乱立している。この街の歴史そのものが、もっと眺めの良い場所を手に入れるための挑戦であり、高台の土地にはさらに高い建物が建てられてきたのだ——尖塔や搭、柱、そうした建物すべてに頂上へと続く狭い螺旋階段がついている——そして、パットは突然、人間も同じだと気がつく。すべてはこうした更に高い場所の奪い合いなのだ。敵を見下ろし、農民たちを支配者面して眺めるのはもちろん、ひょっとしたら、それ以上のこと——何かを築き上げ、自分自身の足跡を刻み、人々に理解させようとする……〝この人はかつてはあの高みに、あの舞台の上にいたのだ〟と。しかし、実のところ、それが何になるというんだ？　当の本人がいなくなってしまえば、残されるのは失敗作と無名の作の残骸だけ。

この夜のショーには四十人が集まり、初めての満員御礼となった。だが、ジョーはいない。「今日、エディンバラを歩き回って、わかったことがある。芸術や建築なんてものは、せいぜい犬が木に小便をするようなものだな」とパットは言った。まだショーの序盤なのに、彼は筋書きを外れて危険な方向へと踏み出そうとしていた。「俺は今までずっと……自分が有名になるもんだと考えていた。そうなるもんなんだって……ビッグに。何のことだ？　名声さ」。パットはギターに寄り掛かり、期待に目を輝かせた客の顔を見渡しながら、一緒になって、このショーがすぐに面白くなりますようにと祈る。「この世界は病んでいる……俺たちはみな、この見られたいという願望を痛々しいほどに抱えている。俺たちは注目を集めたがるクソな赤ん坊どもと一緒なのさ。俺はその中でも最悪な部類だ。人生に何かテーマがあるとすれば、じゃなきゃ……哲学か？　モットーか？　とにかく俺のはこうだ。『何かの間違いだな。俺はもっとビッグになるはずなんだから』」

大コケはどこからやってくるのだろうか? 他のパフォーマーほど大きな被害を受けているのか、パットには知るよしもない。だが、大コケはいつも、定期的に彼の目の前に現れた。ザ・レティセンツに関して、大方の評価は偉大なアルバムを一枚(『ザ・レティセンツ』)、まあまあのアルバムを一枚(『マナ』)、それに仰々しいが、聴くに堪えないゴミアルバムを一枚(『メトロノーム』)を出したというものだった。また、予測不能なライブをすると定評もあったが、これはむしろ意図的なもので、少なくとも、避けがたいものと言えた。というのも、バンドと過ごした数年の間、パットは麻薬でハイになっていたし、ベニーはヘロインをやっていて、ケイシー・ミラーはギグの間、ドラムの側にいつも酒瓶を置いていたからだ。いったいどうすれば、いつも同じ状態でいられたというのだろうか? だが、誰一人としていつも同じ状態でいたいと思っていなかった。一番大切なのは、物事に激しさを取り戻させること——シンセサイザーでアレンジを加えたダンス・ミュージック調のミキシングはなし、ボリュームのある長髪もなし、奇抜なメイクもなし、気取ったフランネルシャツを着て、偽りの苦悩に満ちたたわ言をわめくのもなし。確かにレティセンツは、カルト的なクラブバンドという評価を越えて、もっと大きな成功を収められなかった。だが、俗っぽく売り込みに上手にふるまって、パワー・バラードを奏でるような見掛け倒しバンドになることも決してなかった。彼らは己に忠実だった。かつて誰かが言っていたように、己に忠実であることにまだ意味があった時代に留まっていた。

だが、レッツのときでさえも、パットは大コケを経験したことがあった。ドラッグや喧嘩や観客の反応を試したせいではなく、時折、ただ何かがうまくいかないのだ。

そして、これこそが、ジョーと喧嘩をした日に起きたことだった。その夜、『スコッツマン』紙の批評家が「パット・ベンダー/もうどうしようもない!」を見に来ていた。パットは「どうしてドラマーはそんなにまぬけなのか?」へのつなぎを弾きながら、そこから先に進もうと、野暮ったい八〇年代風のおかしな口上をやった。アメリカじゃスコッチと呼ばれているものが、スコットランドでは単にウィスキー、スコッチテープは単に……テープ――観客はパットをこんな風に見つめている。〝ああ、まったくその通り、テープだよ、この大まぬけが〟。それから、何とか「リディア」をやり遂げたが、全員が自分の正体を知っていて、自分以外の全員がこの歌を理解しているような気がした。

パットはこんな奇妙な感情の移り変わりを感じた。観客が――いつもは面白くなるように応援してくれたり、この場にいるみんなで一緒に、とばかりに体を動かしてくれるのに――パットの無様な姿に怒り出す。これまで試したこともなければ、明らかに面白くもないスコットランドの女の子の大きな尻について、よくあるネタ(「まるでハギス(12)の袋みたいでさ、そんな女の子たちは――そうだな、ハギスを運ぶ驟馬《ラバ》だな。ズボンの中に心臓とレバーのソーセージを入れてこっそり運んでいるのさ」)を言っても何の役にも立たなかった。自分のギターの音でさえとげとげしく耳を突いた。

翌朝、まだジョーが現れる気配はなかった。パットの泊まる家の夫婦が、『スコッツマン』紙をドアの前に、一つ星のレビューを開いておいていた。「洗練されていない」「取り留めがない」「腹立たしい」という言葉が出てくるまで読んで、新聞を置いた。この夜、ショーには八人の客が来た。その後、事態は半ば想像していた通りに進んでいった。次の夜は五人に。ジョーはまだ姿を見せない。髭男がステージに立ち寄り、週契約を更新しないつもりだと告げた。パットが出ていた劇場と出番と下宿部屋は腹話術師が使うことになっていた。小切手はもうマネージャーに渡してある、と髭男は言った。これにはパットは思わず声を上げて笑ってしまった。パットの五百ポンドを手に、ジョーがロンドンに帰っていく姿が頭に浮かんだ。

「それじゃあ、どうやって家に帰れっていうんだ?」パットは髭男に訊いた。

「アメリカまで?」と男が鼻に掛かった声で訊き

(12) 刻んだ羊や仔牛の臓物を胃袋に入れて煮込んだスコットランドの伝統料理。

返す。「うーん、わからんね。あんたのギターは水に浮くかい？」

最悪の時期に学んだことの中で、ひとつだけ役に立つことがあるとすれば、ストリートで生き延びる方法について、ある程度の知識を得たことだった。一回につき二、三週間を越えて暮らしたことはなかったが、奇妙なほど落ち着いて、これからなすべきことを考えた。エディンバラのパフォーマーには、いくつかの階層があった。大物、パットのような少額のプロ、趣味でやっている者、「フリー・フリンジ」でパフォーマンスをする有望株、そして最後に――この下、物乞いやスリのちょうど上に――あらゆる種類の大道芸人、ストリート・パフォーマー。汚いスニーカーによれよれのドレッドヘアのジャマイカ人ダンサー、チリからきた街頭音楽隊、バックパックにネタを五つ仕込んだ手品師、風変わりな横笛を吹くジプシーの女性。そして、この日の午後、「コスタ」のコーヒーショップの前の通りに、パット・ベンダー。アメリカの不朽の名曲をアドリブで替え歌にして披露。「ならず者どもよ、正気を取り戻した方がいいぜ／一ポンド二十ペンスで／あんたは家に帰れなくなる」(13)

アメリカ人の観光客がたくさんいて、気がつけば、所持金は三十五ポンドになっていた。ハーフパイントのビールとフライド・フィッシュを買い、駅へと向かったが、ロンドン行きの売れ残り格安チケットは、最も安いもので六十ポンドだとわかり、呆然とする。食費を差し引くと、工面するのに三日はかかるかもしれない。

城の麓には長細い公園があり、両側に市の城壁が立っていた。パットはその公園を縦断し、寝場所を探したが、一時間もすると決断を下した。自分はもう年を取りすぎていて、ストリート・チルドレンと一緒に外で眠るのはつらい。そこで、ニュータウンへと行き、ウォッカを一パイント買うと、ホテルの夜番に五ポンド払って、トイレの個室に泊まらせてもらった。

翌朝、コーヒーショップの前に戻り、演奏を再開した。昔のレッツの曲「グレイビー・ボート」を弾いたのは、自分の存在を自分自身に言い聞かせようとしていたからだった。そのとき、顔を上げると、楽屋でパイプに押し付けてセックスをした少女が目に入った。その子の眼が大きく見開かれ、知り合いの腕をつかむ。「ねえ、あの時の人よ！」

少女はナオミという名前で、まだ十八歳、マンチェスターから休暇で来ていて、両親と滞在中とわかった。両親のクロードとジェーンは近くのパブにて食事中だとわかった。パットとほぼ同年代なら、娘の新しい友人に会っても心は躍らない。ナオミは両親に向かって、パットのトラブルについて半ば叫ぶように話した。パットがずっと「とてもいい人」だったこと、マネージャーに騙されて、家に帰る術もないまま、ここで立ち往生していることを。二時間後、パットはロンドン行きの電車に乗っていた。支払ってくれたのは父親だったが、スコットランドからの脱出を助けてくれた裏に、本当の思惑があるのは明らかだった。

電車の中で、パットはエディンバラについて考えを巡らせた。あの通りで必死にビラを配る芸人たち、大道芸人、尖塔、教会、城、崖、更に高いところに到達したい、見られたいという奮闘、繰り返される

（13）ザ・イーグルスの「デスペラード」の替え歌。

創造と反乱。誰もが自分は新しいことを言っている、新しいこと、深いことをやっていると考えている――実を言えば、そういったことはみな、既に百万兆回も行われてきたのだが。そして、それはパットがずっと望んできたことでもある。ビッグになること。重要人物になること。

「ああ、そうね」パットはリディアが話す姿を思い浮かべた。「あなたには無理よ」

カーティスが戸口に姿を現した。iPodのイヤホンがくぼんだ丸い頭に開いた穴に差し込まれている。パットを見ても顔色一つ変わらない――少なくとも、それがパットの印象だった。そのとき、カーティスはパットを廊下に突き飛ばし、壁に押しつけた。パットは持っていた荷物とギターを落とす――「待ってくれ」――カーティスの前腕が首に打ち込まれ、呼吸が締め上げられると同時に、膝がパットの股間を襲う。用心棒のテクニックだと気づいたのは、大きな拳が顔を激しく打ち、そんな考えまでも

が頭から吹き飛ばされたあとだった。パットは壁に背中をつけたまま地面に倒れた。床に転がったまま、息をつき、血まみれの顔に手を伸ばす。カーティスの股の間から中を覗き込み、ウーミやジョーの姿を探し求めたが、カーティスの背後に広がる部屋には誰もいない……打ち捨てられた部屋のように見えた。パットはそこで繰り広げられたであろう大喧嘩を想像する。ジョーが駆け込んできて、彼ら三人の間のくだらないゴタゴタがとうとう明らかになり、ジョーが傷ついたウーミに君を愛していると告白する。ジョーとウーミがどこかで電車に乗っていると考えると楽しかった。チケットはパットの五百ポンドで買ったものだ。

それから、パットはカーティスが下着姿だと気がついた。「まったく、こいつらときたら」。カーティスはパットを見下ろすように立ち、息を切らしていた。ギターケースを蹴る。パットは思った。頼む、ギターはやめてくれ。「このどあほうが」とカーティスはとうとう口を開いた。「このどあほうが」。そして、部屋へと戻っていった。バタンと閉まるドアの風さえパットには痛かった。

起き上がるには少し時間が掛かったが、そうしたのは、カーティスが戻ってきて、ギターに何かしでかすことを恐れたからだった。通りに出ると、人々はパットと充分な距離を取り、鼻からだらだらと流れる血を避けた。一ブロック先のパブで、パットは一パイントのビールにバーの雑巾、それに氷を手に入れた。トイレで身なりを整え、カーティスの部屋のドアを見張る。だが、二時間経っても、誰も姿を現さなかった。ジョーもウーミもカーティスさえも。

ビールが無くなると、ポケットから有り金を引っ張り出し、テーブルに並べた。十二ポンド四十セント。悲しくなるほどわずかな額をじっと見つめていると、やがて視界がぼやけてきた。両手に顔をうずめ、パット・ベンダーはすすり泣いた。なぜか清々しかった。エディンバラで突き止めたもの――あの高みを目指したいという凄まじいほどの渇望――が、自分の人生を危うく破壊しかけていた。そのことをようやく認めることができたように感じる。トンネルのようなものを進んできて、最後の暗闇を通り抜けて、向こう側に辿り着いた感覚に似ていた。

今、そういったこととはすべて縁が切れた。〝重要人物になる〟ことを諦める準備が整い、ただ〝生きる〟準備ができたのだ。

パットは体を震わせながら外に出て、冷たい突風の中に身をさらした。絶望と隣り合わせの決意に突き動かされていた。パブの外にある赤い電話ボックスに体を滑り込ませる。中は小便臭く、卑猥なストリップショーや性転換者のエスコートサービスの色褪せたビラが貼られていた。「アイダホ州サンドポイント……アメリカ合衆国」とオペレーターに告げる。声がかすれた。電話番号を忘れてしまったのではないかと心配したが、エリアコード――二〇八――を口にするなり、思い出した。四ポンド五十ペンス、とオペレーターは言った。所持金のおよそ半分だったが、コレクトコールにはできないとわかっていた。今回は駄目だ。金を入れる。

二回目のコールで彼女が出た。「もしもし?」

だが、何かがおかしかった。母さんじゃない……パットは恐怖に囚われながら考えた。遅すぎたんだ。母さんは死んでしまった。家はもう売りに出されたんだ。なんてことだ。回り道をしすぎたのだ――自分のことをずっと気にかけていてくれた唯ひとりの人に、さよならを言えなかった。

サウスロンドンの人通りの多い路上の赤い電話ボックスで、たった一人で血と涙を流しながらパット・ベンダーは立ちすくんでいた。「もしもし?」ともう一度女が言う。その声は今度はもっと身近に感じられる。だが、それでも母親のものではない。

「誰かいるの?」

「もしもし?」パットは息を飲み、目許を拭った。「そ……その声はリディアかい?」

「パットなの?」

「ああ、俺さ」。パットは目を閉じて、彼女の姿を思い浮かべた。高い頬骨、物思いにふけるような暗い瞳には茶色の短髪がかかっている。これは何かの予兆なのかと思う。「そこで何をしているんだ、リディア?」

リディアは、母親が新たに化学療法を受けているところだと答えた。ああ――それでは、まだ手遅れではなかったのだ。パットは口許を覆った。数人で交代しながら世話をしているとリディアは言った。最初は母親の妹たち――くたびれた叔母のダイアナとダーリーン――そして今はリディアで、シアトルから来て数日になる。その声はとても澄んでいて、知的だった。俺が恋に落ちるのも仕方がないな、と思う。リディアは水晶のようだ。「あなたは今どこなの、パット？」

「言っても信じないよ」とパットは答えた。ロンドンにいるんだ。こともあろうに。あの青年に説得されてUKツアーに出たものの、トラブルになって、そいつが自分を騙して、それで……パットは電話の向こう側の静寂に気がついた。

「いいんだ……リディア」とパットは言い、笑った――彼女の耳に、この電話がどのように聞こえているのか、容易に想像がついた。同じような電話を何度受けたことだろう？　それに母親も――何度、息子の保釈金を払ったことだろう？　「今度はちがうんだ――」。だが、そこで止めた。ちがう？　どのように？　今度は……何が？　パットは電話ボックスを見回した。

自分がまだ口にしていないことを何か言えるだろうか？　どんな高みであれば、何とか這い上がることができるのだろうか？　「今度こそ、俺はもうクスリも酒もズルも盗みも、二度としないと誓うから、お願いだから、家に帰らせてくれないか？」恐らくパットは、こんな言葉ですら、既に口にしたことがあるし、そうでないとしても、今後必ず口にすることになるだろう。一週間後か、一か月後か、いつものあれがまた心に浮かんだときに。きっと心に浮かぶはずだ――〝重要人物〟になりたい、ビッグになりたい、高みへと登りたいという願望が。〝ハイになりたい〟。どうしてまた思い浮かべてはいけないのだろう？　他に何があるというのか？　失敗作と無名の作。それからパットは笑った。笑ったのは、この電話が、長い列をなす大コケのひとつに過ぎないとわかったからだ。残りの大コケ人生と同じ、リディアと母親による仲裁が大コケするのと同じ。パットはそれが大嫌いだった。というのも、二人が〝本気ではなかった〟からだ。その人を切り捨てる覚悟が完璧にできていない限り、そんな茶番をいくらやっても意味がない。それを二人はわかっていなかった。

「今度は……」。電話の向こう側で、リディアが笑い声を誤解した。「ああ、パット」。囁きと変わらぬ声で話しかける。「何を飲んだの？」

「何も」と答えようとしたが、言葉として発する空気が体の中に残っていなかった。ちょうどそのとき、リディアの後から母親が部屋に入ってくる音がした。母親のか細く、苦しそうな声が「誰からなの？」と聞こえ、パットはアイダホが午前三時だと気がつく。

午前三時に、彼は死にかけた母親に電話を掛け、またトラブルから救い出して欲しいとすがっているところだった。人生の最期を迎えつつあるのに、母親はこの中年息子の大コケに傷つかなければならないのだ。パットは思った。言ってくれ、リディア、言ってしまえ、頼むから！「言ってくれ」とパットは囁いた。電話ボックスの側を、背の高い赤いバスが重々しい騒音をたてながら走り去っていった。これ以上声を漏らさぬように息を飲む。

それから、彼女はそうした。リディアは深くため息をつき、「誰でもないわ、ディー」と言って、電話を切った。

第十一章　トロイのディー

一九六二年四月
イタリア、ローマとポルト・ヴェルゴーニャ

リチャード・バートンの運転は、これまで目にした中でも最悪のものだった。片目を細めて進行方向を睨み、ハンドルは二本指の間に軽く挟んで、肘は曲げたまま、もう一方の手で煙草を挟み、窓の外に出していたが、煙草を吸うことには何の興味もないようだ。助手席のパスクアーレは、男が指に挟んだ火のついた棒をじっと見つめながら、灰がリチャード・バートンの指に達する前に、手を伸ばして、煙草を取り上げた方がいいだろうかと考えていた。アルファ・ロメオがタイヤを軋ませ、甲高《かんだか》い音を上げながら、角を曲がって、ローマの歴史地区を駆け抜けていく。歩道の縁石へと押し戻された歩行者が叫び、拳を振り上げた。「すまない」「ほんとうにすまない」「どきやがれ！」とやり返す。

パスクアーレはスペイン階段の女から紹介されて、はじめてリチャード・バートンがあのリチャード・バートンだと知った。「パスクアーレ・トゥルシさん。こちらがリチャード・バートンさん」。しばらく前に、この女性がパスクアーレを階段から連れ出していた。マイケル・ディーンから受け取った封筒を握りしめたまま、通りを二本ほど進み、階段をひとつ上って、レストランの店内を横切って裏口から出ると、ようやく、この男に行きついた。サングラスをかけ、ウーステッドのスラックスを穿き、セーターのうえにスポーツジャケットを羽織り、赤いスカーフを巻いて、水色のアルファ・ロメオに寄り掛かっていた。狭い路地には他に車の姿はなかった。リチャード・バートンはサングラスを外し、引きつったような笑みを浮かべた。背丈はパスクアーレと同じぐらいで、もみあげは濃く、茶色の髪は乱れ、顎は割れている。パスクアーレはこんなに鋭い顔立ちをした男に会ったことがない。まるで顔のパーツを別々に彫り上げた後に、この場でそれを組み立てたかのようだ。頬には微かにあばたがあり、左右に離れたまっすぐな青い瞳をしている。何よりも、こんなに顔の大きな男に出くわしたことがなかった。パスクアーレはリチャード・バートンの映画を見たことがなく、名前を知ったのだって、昨日列車で乗り合わせた二人の女性からだった。だが、一目見ただけで、見間違いようがない。この男は映画スターだ。

女に促されて、パスクアーレはたどたどしい英語で一部始終を説明した。ディー・モーレイが村へとやってきて、そこで謎の男が姿を現すのを待っていた。医師が往診し、パスクアーレはローマへと向かい、そこで間違ってエキストラとともに送りだされ、マイケル・ディーンを待ち、その男と緊張の対面を果たした。手始めにパスクアーレがディーンの胸を殴ったら、すぐにディーンはディーが実は妊娠していて、死にかけてはいないと認めるに至り、報酬として現金入りの封筒を渡されて話し合いは終わった。封筒はまだパスクアーレの手の中にあった。

「なんてことだ」とリチャード・バートンがようやく口を開いた。「ディーンって奴はなんて冷血な雇われ兵士なんだ。恐らく奴らは真剣にこの酷い映画を完成させようとしているんだ。だから、このクソ野郎を送り込んで、予算とゴシップと腐敗を監視させようとしているのさ。ああ、あいつが何もかも滅茶苦茶にしてしまったんだ。あの娘もかわいそうに。いいかい、パット」とパスクアーレの腕に手をかけて、「彼女の許に連れて行ってくれないか、友よ。そうすれば、このくだらない混乱の最中にあって、少なくとも俺は、騎士道精神の欠片ぐらいは見せることができるからね」。

「ええ」。パスクアーレはようやく事態を飲み込めた。少しだけ心がくじけたのは、この男こそ、自分の競争相手であって、泣き虫のマイケル・ディーンなどではないとわかったからだ。「それでは……あなたの赤ちゃんですね」

リチャード・バートンはわずかに怯んだ。「どうもそうらしい、イエスだ」。それから二十分後、二人はここに、リチャード・バートンのアルファ・ロメオに乗って、ローマ郊外をぶっ飛ばし、高速道路《アウトストラーダ》へ、最終的にはディー・モーレイの許へと向かっていた。

「またドライブで出かけられるなんて素晴らしいな」。リチャード・バートンの髪が風に吹かれ、さらさらと音を立てて揺れる。彼は走行音に負けない声で話していた。太陽の光がサングラスにギラギラと反射していた。「君に言っておくよ、パット。ディーンにパンチを食らわせたなんて羨ましい。あいつはほんの駆け出しのガキで、ゲスな野郎だ。まさにそれに値する奴さ。俺が殴るときはもう少し上を狙うだろうがね」

煙草の火が指まで達すると、リチャード・バートンは、まるで蜂にでも刺されたかのように、それをドアの縁から外に弾き飛ばした。「君はきっとわかっていると思うんだが、あの娘を遠ざけた件に俺はまったく関わっていないんだ。それに、あの娘に子どもができただなんて、まったく知らなかった——だからと言って、それで心が躍るかというと、そうでもないがね。この手の撮影中の関係なんて知ってのとおりさ」。肩をすくめて、窓の外に視線を向ける。「でも、俺はディーのこと好きだよ。あの娘は……」。言葉を探していたが、見つけることはできなかった。「あの娘のことが恋しいよ」。手を口許に運び、煙草がないことに驚いたような素振りを見せる。「ディーと俺は少しだけつきあったことがあってね。で、リズの亭主が町にやってきたときに、改めてお友だちになったのさ。それから　フォックスが俺を貸し出して、『史上最大の作戦』で契約の穴埋めにひどい仕事をやらされた——恐らく、しばらく俺を蚊帳の外に置くためにね。俺がフランスにいる間に、ディーの具合が悪くなった。電話で話したが、クレイン先生に診てもらったと言っていた……癌だと診断されたって。スイスに治療に行くことになったけれど、俺たちは海沿いでもう一度会おうと決めていた。俺は『史上最大の作戦』の仕事が終わるから、ポルトヴェーネレで会おうと言った。それで、あの血豆野郎ディーンに準備を任せたんだ。このゲス野郎は物事を巧みに操る名人だったというわけだ。あいつは症状が悪化したから、あの娘は治療のためにベルンに向かったと言ってたよ。それに、回復したら電話をよこすだろうとね。俺に何ができるというんだ？」

「ポルトヴェーネレ？」とパスクアーレは訊いた。それなら、ディーは間違って村に来たことになる。もしくは、マイケル・ディーンに騙されたせいだ。

「それもこのろくでもない映画のせいだ」とリチャード・バートンが首を振る。「地獄並みだよ、このろくでもない映画はさ。どこに行ってもフラッシュに追い回されて……司祭まで法衣の上にカメラを持っていやがる……悪辣な火消し役がアメリカからきて、女と酒をどこかにやってしまうし……ゴシップ記事なんか、カクテルをたった一杯飲んだだけで大騒ぎだ。何か月も前に辞めちまうべきだったんだよ。正気の沙汰じゃない。どうしてこんな風になってしまったのか、わかるかい？　どうだい？　彼女のせいさ」

「ディー・モーレイ？」

「なんだって？」リチャード・バートンが、今まで何を聞いていたんだとでも言うように、まじまじとパスクアーレを見る。「ディーだって？　いや、ちがう。リズのせいさ。部屋にひどい台風がやってきたようなものだった。俺はそんなものを探しにきたわけじゃない。少しもね。『キャメロット』をやっていて、本当に幸せだったんだ。だからといって、ジュリー・アンドリュースから見事な祝福の握手を受けたというわけじゃないが――とにかく、信じてくれ、俺は女友達に苦労していなかった。本当さ。俺はクソで間抜けな映画とは縁を切っていた。自分のために舞台に戻って、前途を取り戻していたんだ。芸術をね――バカげたことにね。そのとき、エージェントが電話を掛けてきて、フォックスが俺を『キャメロット』から金で引き抜こうとしている、ローブを着てリズ・テイラーの周りをうろうろすれば、相場の四倍を払うと言うんだ。四倍だぞ！　とはいえ、俺だってすぐに飛びつきはしなかったよ。考えておくと答えたんだ。生身の人間で、あの条件に考える必要を感じる奴がいるとしたら、ぜひ教えて欲しいもんだね。だが、俺はやった。俺が何を考えていたかわかるかい?」

パスクアーレは肩をすくめることしかできない。まるで嵐の中に立ちすくんでいるようになって、この男の話を聞く。

「ラリーのことを考えていたんだ」。リチャード・バートンはパスクアーレの方を向いた。「オリヴィエさ、彼がいつものあのオカマのオジサン声で教えてくれたんだ」。リチャード・バートンは下唇を突き出して、鼻にかかった声を真似る。『ディック、もちろん、お前さんは最終的には自分の心を決めなければならないよ。お前がなりたいのは有名人なのか、役者なのか』」。バートンは笑った。「惨めな老いぼれの飲んだくれめ。『キャメロット』の千秋楽の夜、俺はラリーとあいつの愛する舞台ってやつに乾杯したんだ。こう言ってね。すまないが、俺は金をとるよ、一週間もしないうちに、あの鴉頭のリズ・テイラーを跪《ひざまず》かせるさ……正確には、俺の膝許にね」。思い出してまた笑う。「オリヴィエ……あの野郎。結局のところ、実際にどんな違いがあるっていうんだ? ウェールズの炭鉱夫の息子が舞台で演じるか、銀幕で演じるかなんて。キーツも言っているように、我々の名前はどのみち水で書かれているんだ。だとしたら、どんな違いがあるっていうんだよ? オリヴィエやギールグッド(14)のような老いぼれの飲んだくれには、自分の基準というものがあるし、そんなものはお互いでクソくらえだと言ってりゃいいんだよ。『小僧どもは、さっさと失せな。人生なんてそんなもんなんだからよ』。そうだろ?」リチャード・バートンが肩越しに振り返ると、オープンカーのうえで髪が風に舞いあがり、揺れた。「だから、ローマに行って、リズに会っているんだ。言わせてもらえるならば、パット、俺は今までにあんな女に会ったことがないよ。本当さ。若い頃に数人と付き合ったが、この女はどうだ? まったく。最初に会ったときに俺がどう声を掛けたかわかるかい?」パスクアーレの答えを待たずに続ける。「こ

(14) 英国の俳優、演出家。シェイクスピア劇の演技で有名。

う言ったんだよ。『これまで君にこう伝えた男がいるかどうかなんて知らない……だけど、君って悪くないね』」

彼は微笑んだ。「それに、あの瞳に見つめられたらどうする？　まったく、地球が回転を止めてしまうよ……彼女が結婚しているのは知っていたが、もっと大切なのは、彼女が魂を抜かれてしまうほどの美女で、俺だって鋼鉄製の堅物じゃないってことだ。もちろん、まともな男なら誰もが有名人であるより、偉大な役者であることを選ぶだろう。もし、賭け金の山が同じ高さだったらな。だが、今回はそんな選択じゃなかった、そうだろ？　というのも、あいつらときたら、あの忌々しいほどの金を天秤の上に積み上げて、まったく、いやになるが、あの大きな胸と腰……それに畜生め、あの瞳も上に載せやがった——おかげで、事態は傾き始めて、友よ、結局、天秤はすっかりひっくり返ってしまったのさ。いやはや、我々は間違いなく水で書かれた存在だな。あるいはコニャックでかもな——まだ少しは運が残っているならば、だが」

リチャード・バートンはウィンクして、急にハンドルを切ったので、パスクアーレはダッシュボードに手をついた。「なあ、考えがあるんだ。コニャックはどうだ？　注意して見ていてくれ、いいか、友よ？」彼は深く息をつくと、話に戻った。「当然、新聞はリズと俺を捕まえて、それから彼女の旦那が町にやってきて、俺は少し不機嫌になって、四日間も飲み続けて、その辺りのどこかで、泥酔して惨めだったから、安らぎを求めてまたディーのところに戻ったんだ。二週ごとに、気がつけばあの娘の部屋のドアをノックしていたよ」。リチャード・バートンは首を振った。「あの娘は明晰で、そうだな——賢い。美しい女性があまり賢いと、カーテンの裏まで見えてしまうと、かえってつらいものなんだ。あの娘はラリーと同じ意見だったろうね、きっと。俺がこんなゴミみたいな映画を作って才能を無駄にしていると思っていたんだ。それに、ディーは俺のことが好きだともわかっていた。たぶん、あの娘を追い回すべきじゃなかったんだ。でも……今の自分以外の何者になれるというんだ、そうじゃないか？」左手で胸の辺りを叩く。「モクをもう一本持っているなんてことはないかな？」

パスクアーレは煙草を一本引っぱり出し、火を点けてやった。リチャード・バートンは長く吸い込み、鼻から煙を吐き出した。「例のクレインが、こいつがディーを診察したんだ――やたらに薬を出すリズの主治医で、歩くとカチャカチャと音がするような奴さ。奴とディーンがあの癌のインチキ話をでっち上げて、ディーを町から追い出したんだよ」と首を振った。「畜生。つわりに苦しむ女に癌で死にかけていると話すなんて、どれだけ救いようのないろくでなしなんだ？　あいつらは何だってやるんだよ、ああいう奴らはさ」

彼は突然ブレーキを踏んだ。タイヤが脅えた動物のように宙に浮き、車は傾きながら道を外れて進み、ローマ郊外の市場で甲高い音を立てて止まった。

「君だって喉が渇いているだろう、友よ？」

「お腹がへってます」とパスクアーレは言った。

「何も食べていないんです」

「そうか。素晴らしい。それで、君はお金を持っていないよな？　出たときにあまりに混乱していたものだから、資金不足が少々心配でね」

パスクアーレは封筒を開け、千リラ紙幣を手渡した。リチャード・バートンは金をつかむと、市場に消えていった。

数分後、栓を抜いた赤ワインの瓶を二本持って戻ると、パスクアーレに一本を渡し、もう一本を自分の膝の間に挟んだ。「コニャックがまったくないなんて、ひどいところじゃないか？　それに、我々の名前がブドウの水なんかで書けるか？　ああ、そうだな、切羽詰まったときなら、もしかしたら」。ワインをぐいっとたっぷり呷《あお》ってから、パスクアーレが自分を見つめているのに気がつく。「俺の親父は一日十二パイントの大酒飲みだった。ウェールズ人だし、自制しなきゃならないんだ。だから、俺は仕事のときしか飲まないんだよ」。ウィンクをしてみせる。「そんなわけで、俺は常に熱心に仕事をしているのさ」

四時間後、このディー・モーレイを妊娠させた張本人は、数口分を残して、ワインを二本ともすべて飲み干し、三本目のために車を止めていた。ワインをこんなにたくさん飲める男がいるなんて、パスクアーレには信じられなかった。リチャード・バートンは、ラ・スペツィアの港の近くにアルファ・ロメオを停めた。パスクアーレは波止場の酒場を訊ねて回り、ある漁師と話をつけて、二千リラで海岸に沿って進み、ポルト・ヴェルゴーニャまで連れて行ってもらえることになった。漁師は二人の一〇メートル先を船に向かって歩いていく。

「俺も小さな村で生まれたんだよ」とリチャード・バートンはパスクアーレに言った。二人はじめじめとした漁船の船尾で木製のベンチに腰を下ろした。一〇メートルほどの船だ。寒く、暗い夕暮れどきで、リチャード・バートンは上着の襟を立てて、身を切るような海風を遮っていた。船長は三歩先に立ち、手に舵輪を握って、三角波をひとつ越えて湾を出る。舳先で飛沫が生まれ、跳ね返されて、海の中に消えていく。潮風のせいでパスクアーレは余計に空腹を感じた。

船長は二人を無視していた。その耳は身の引き締まるような風を受けて、凍えて赤く輝いていた。

リチャード・バートンが後ろにもたれかかって、ため息をついた。「俺の故郷のちっぽけな村はポントリドアベンと言ってね。二つの緑の山に挟まれた小さな谷間にあって、ウォッカのように澄んだ小川が流れているんだ。ウェールズの小さな炭鉱町さ。村の川が何と呼ばれていたかわかるかい？」

パスクアーレには何の話をしているのかわからなかった。

「考えてみろよ。本当にぴったりなんだ」

パスクアーレは肩をすくめた。

「エイボン」。パスクアーレの反応を待った。「ちょっと皮肉が効いていて面白いだろ、違うか？」

パスクアーレはええと答えた。

「そうさ……オーケー、それじゃあ、今、誰かがウォッカって言ったよな。そうか、俺か」。リチャード・バートンは疲れたようにため息をついた。それから、船長に向かって呼びかける。「本当にこの船には飲み物が何もないのかな？　本当に？　船長！」　船長は聞こえないふりをしている。「あいつは公然と反抗的な態度を示しているんだ、そう思わないか、パット？」それから、バートンはまた後ろにもたれかかって、冷たい風を避けるために立てた襟元を整えると、パスクアーレに向かって自分が生まれ育った村の話を続ける。「俺たちジェンキンス家のちびどもは十三人いて、俺の下のアホに至るまで、揃いも揃って甘えん坊だった。俺が二歳のときに、気の毒に母ちゃんがとうとう駄目になってさ。俺らにすっかり吸い尽くされちまったんだな。俺たちは風船をしぼませるように、この哀れな女を吸い尽くしたんだ。俺がその最後を吸ったんだ。その後は姉のセシリアが俺を育ててくれた。老いぼれジェンキンスの野郎は何の役にも立たなかった。俺が生まれた頃にはもう五十歳で、夜が明けた瞬間から酔っ払っていたから、あいつのことはほとんど覚えていない——名前だけが唯一、あいつが俺にくれたものだな。バートンの名は演技の先生からもらったんだが、みんなにはロバート・バートンに因んでいると言っている。『メランコリーの解剖学』だったかな？　ちがうか？　そうか、すまん」。手を自分の胸元にかざした。「いや、これは全部俺が作り上げたものだ、この……〝バートン〟はさ。ディッキー・ジェンキンスはチビで甘ったれたガキだったが、このリチャード・バートンという男は……ずいぶんと上手に羽ばたいたものだよ」

パスクアーレはうなずいたが、さざ波とバートンの止むことない酔っ払いのたわ言が相俟って、強烈な眠気に襲われた。

「ジェンキンス家の男はみんな採鉱現場で働いた。俺だけが例外だった。俺だけが幸運とヒトラーのおかげで逃げ出せたんだよ。英国空軍が俺にとっての出口だった。視力が全然足りないから飛べないってことになったが、それでも俺をオックスフォードに入れてくれた。さあ、ここで問題だ。オックスフォードで、俺の村から来た子どもを見かけたら、みんなどんな風に声を掛けると思う？　わかるかな？」

パスクアーレは肩をすくめた。この男の絶え間ないお喋りに疲れ切っていた。

「こんな風に言うのさ、『いつもの庭仕事に戻りな！』」　パスクアーレが笑わずにいると、リチャード・バートンは身を寄せて説明を始めた。「要は……うぬぼれは禁物ってことさ。だが、一言いっておくと、俺だっていつもそうだったわけじゃない……」。バートンは言葉を探した。「これだ。そう、俺は田舎の暮らしってものを知っている。確かに、だいぶ忘れてしまってはいる。それは認めよう。やわになってしまった。だが、忘れてはいないんだ」

パスクアーレは、このリチャード・バートンほどよく喋る人物に会ったことがなかった。英語の会話が理解できなかったときは、話題を変えるといいと学んでいたので、パスクアーレはここで試してみた——単に自分の声をもう一度耳に入れておくためでもあった。「テニスをしますか、リチャード・バートンさん?」

「訓練ですっかりラグビー派だな……激しい戦いが好きなんだ。オックスフォードを出た後はクラブチームでプレイしただろうね。ウィング・フォワードさ。もし演劇をやってる男にとって、若い女と寝るのがこんなにも簡単じゃなかったらね」。バートンは宙を見つめていた。「兄のアイフォール、あいつはラグビーのトップ選手だったんだ。俺もそのまま続けていたら、兄に匹敵するぐらいになっていただろう。ただ、俺の場合、胸の大きなホッケー娘が専門だっただろうけれど。俺からしてみれば、舞台上で運動選手をやっていた方が、選択の幅が広かったというわけなんだ」。それからバートンは船長にもう一度声を掛けた。「それで、この船には本当に一杯の酒も置いてないいんだよな、船長? コニャックはなし?」 答えがないので、また船尾で腰を落ち着けた。「こんなクソ野郎は船と一緒に沈んじまえばいいのに」

ようやく防波堤の突端を回ると、凍えるほどの風が収まり、船は速度を落とし、ポッポッと音を立てながらポルト・ヴェルゴーニャへと進んで行った。埠頭の端にある木の出っ張りにドシンと衝突すると、濡れてたわんだ舷側を越えて海水が入ってきた。月明かりの下で、リチャード・バートンは、十二軒ほどの石と漆喰造りの家々に目を凝らしていた。そのうちの二軒にランタンの明かりが点いている。「村は丘の向こうに続いているんだろう?」

パスクアーレは自分のホテルの最上階に目を走らせたが、ディー・モーレイの部屋の窓には明かりが点いていなかった。「いいえ。ポルト・ヴェルゴーニャ、これだけです」

リチャード・バートンは首を振った。「なるほど。もちろん、そうだろう。なんてことだ、ほとんど断崖の裂け目じゃないか。それで、電話もないのかい?」

「ええ」。パスクアーレは恥ずかしかった。「来年、ひょっとしたら開通するかもしれません」

「あのディーンの奴は本当に頭がおかしいな」とリチャード・バートンは言ったが、パスクアーレにはほとんど賞賛に近い響きに聞こえた。「あのチビのクソ野郎、乳首から血が出るまで鞭打ちにしてやる。畜生め」。バートンは桟橋へと下り立ち、パスクアーレがスペツィアの漁師に金を払うと、漁師は一言も発することなく埠頭を離れ、ポッポッと音を立てながら船で去っていった。パスクアーレは岸を目指して歩き始めた。

上の広場では漁師たちが酒を飲んでいたが、まるで何かをずっと待ち続けていたようだった。巣箱から追い出された蜜蜂みたいに動き回っている。やがて、〈共産主義者〉のトンマーゾが前に押し出され、階段を下り、海辺へと進み始めた。ディー・モーレイが死にかけていないということは、今はもうわかっていた。だが、その彼女の身に何か恐ろしいことが起きたのだとパスクアーレは確信した。

「今日の午後、グアルフレッドとペッレが例の大きな船でやって来たんだ」。階段で二人に会うなり、トンマーゾは言った。「あいつらはお前のアメリカ人を連れていったぞ、パスクアーレ！　俺は止めようとしたんだ。叔母さんのヴァレリアもだ。彼女はあいつらに言っていたな、その娘を連れていったら死んでしまうぞって。アメリカ人も行きたがらなかったんだが、あのグアルフレッドの豚野郎が女に言ったんだよ。あんたはポルトヴェーネレにいるはずだったんだって、ここじゃなくてさ……男が彼女のところに来ているんだ、とも言ってたな。それで、あの娘はあいつらと一緒に行ったんだ」

やり取りはイタリア語で行われたので、この知らせはリチャード・バートンには伝わらなかった。彼は上着の襟を元に戻し、身なりを整え、小さく密集した白壁の家々をさっと見回した。トンマーゾに微笑みかけると、話し掛ける。「あんたがバーテンダーってことはないだろうね、オヤジさん。一杯やってから、妊娠した気の毒な女の子の話もできたんだが」

パスクアーレはトンマーゾが話したことを通訳して伝えた。「別のホテルの男がやって来て、ディー・モーレイを連れていくました」

「連れていったって、どこへ？」

パスクアーレは海岸線を指さした。「ポルトヴェーネレです。その男は言います。彼女、そこに滞在するはずだった。私のホテルはアメリカ人のお世話を充分にできない」

「海賊行為じゃないか！　そんなことを許すわけにはいかないだろう、そうじゃないか？」

三人は広場へと歩いて上った。漁師とリチャード・バートンが残りのグラッパを分けあうなか、これからすべきことを話しあった。朝まで待つという話も出たが、パスクアーレとリチャード・バートンの意見は一致していた。癌で死にかけていないことを、すぐにでもディー・モーレイに知らせるべきだ、今夜ポルトヴェーネレに行こう。寒空の下で波に洗われた海辺に立つ男たちの間には、興奮のざわめきが広がっていた。〈年長〉のトンマーゾはグアルフレッドの喉を掻き切ってやると語った。リチャード・バートンは、ポルトヴェーネレではいつまでバーが開いているのか、誰か知らないかと英語で訊いていた。〈戦争の英雄〉ルーゴはカービン銃を取りに急いで家に戻った。〈共産主義者〉のトンマーゾは敬礼するように手を掲げ、グアルフレッドのホテル襲撃の操船を志願した。パスクアーレがあることに気がついたのは、まさにこのときだった。ポルト・ヴェルゴーニャでしらふなのは自分だけだ。

パスクアーレはホテルへと歩き、中に入ると、これからみんなで海岸線を下るつもりだと、母親と叔母のヴァレリアに告げた。リチャード・バートン用にポルト酒の瓶をつかむ。叔母は窓から外を眺め、母親に見たことを説明しているところだった。母親はベッドで体を起こしている。パスクアーレは戸口から中を覗き込んだ。

「私は奴らを止めようとしたんだよ」とヴァレリアは言った。険しい顔をして、パスクアーレにメモを渡す。

「わかっているよ」と答えながら、パスクアーレはメモを読んだ。ディー・モーレイからだ。「パスクアーレ、男の人が数人やってきて、私の友人がポルトヴェーネレで待っている、何かの手違いが起きたのだと言っていました。面倒をお掛けした分は、きちんと支払いがなされるに違いありません。何もかもありがとう。あなたの――ディー」。パスクアーレはため息をついた。〞あなたの〟

「気をつけてね」と母親がベッドから声を掛けた。

「グアルフレッドは手ごわい男よ」

パスクアーレはメモをポケットにしまった。「僕なら大丈夫だよ、母さん《マンマ》」

「そうね、お前ならね、パスコ」と母親は言った。

「お前はいい男だもの」

パスクアーレはこんな露骨な愛情表現に慣れていなかった。母親がふさぎ込んでいる時期にはとりわけそうだった。ひょっとしたら、その時期から脱しようとしているのかもしれない。パスクアーレは部屋に入り、母親にキスをしようと腰を屈めた。饐《す》えた臭いが漂っていたが、母親がベッドに伏せっているときには大抵そうだった。だが、パスクアーレがキスをすると、母親は爪の伸びた手を伸ばし、彼の腕を力いっぱい握った。その腕が震えている。

パスクアーレは震える手を見下ろしながら言った。

「母さん、すぐに戻って来るよ」

助けを求めて叔母のヴァレリアの方を見たが、顔を上げる気配はなかった。そして、母親も腕を放す気配がなかった。

「母さん。大丈夫だよ」

「ヴァレリアに言ったのよ。あんな背の高いアメリカ人の若い娘が、ずっとここにいられるわけがないって。どこかへ行ってしまうだろうってね」

「母さん。いったい何の話をしているの?」

母親は体をもたせ掛けて、ゆっくりと腕を離した。

「あのアメリカの女を捕まえに行きなさい。あの人と結婚するのよ、パスクアーレ。私が祝福するわ」

パスクアーレは笑って、またキスをした。「あの人を探しに行くけれど、僕が愛しているのは母さんだよ。母さんだけさ。僕には他に誰もいないからね」


外に出ると、リチャード・バートンと漁師たちがまだ広場で酒を飲んでいた。ルーゴが困った顔をして、結局、カービン銃は借りられなかったと言った。彼の妻が崖の側の農園でトマトの支柱として使っているからだった。

海辺へと歩いて向かう途中、リチャード・バートンはパスクアーレを肘でそっと突き、〈ホテル 適度な眺め〉の看板を指さした。「君のか?」

パスクアーレはうなずいた。「父のです」

リチャード・バートンは口を大きく開けた。「すごいじゃないか」。それから、うれしそうにポルト酒の瓶を受け取った。「君に言っておくよ、パット。こいつはえらく変わった眺めだな」

漁師たちは、〈共産主義者〉のトンマーゾを手伝って、舟から網や私物や寝ていた猫を広場に移し、台車で運んだ船外機を水に下ろした。パスクアーレとリチャード・バートンが乗り込む。漁師たちはパスクアーレのビーチの残骸から彼らを見守っていた。トンマーゾが発動機のロープをぐいと引くと、リチャード・バートンの手からポルト酒の瓶が弾き飛ばされたが、幸運にも、あまり零れることなく、パスクアーレのひざに着地した。酔っ払いのウェールズ人に瓶を戻してやる。だが、小さな船外機は動かなかった。彼らは波に揺られ、ゆっくりと流されながら舟に座っていた。リチャード・バートンは小さなげっぷを押し殺しては、そのたびに無礼を詫びていた。「このヨットは空気が少し澱んでいるな」とバートンは言った。

「畜生め！」トンマーゾはエンジンに向かって怒鳴った。エンジンを叩き、ロープをもう一度引く。何も起こらない。他の漁師たちは火花がちゃんと起きていないか、あるいは燃料が入っていないんじゃないか、と叫んでいた。それから、火花と言った連中が燃料に意見を変え、燃料と言った連中が火花に意見を変える。

そのとき、リチャード・バートンが何かを思いつき、立ち上がると、岸の上で叫ぶ三人の年老いた漁師に向かって、深みのある、よく響く声で演説をぶった。「心配はご無用だ、アカイアの兄弟よ。我は誓う。今宵、ポルトヴェーネレでささやかな涙が流れるだろう……涙は死せる息子の不在を嘆くもの……奴らこそ我々が今、戦わんとする相手。麗しきディーのために。彼の女はかくのごとく血を流させる。我は汝に紳士として、アカイアの民として約束しよう。我々は勝者として帰る、さもなければ死だ！」漁師たちはスピーチの内容など全く理解できなかったが、堂々たる演説だということは伝わり、全員が歓声を上げげた。岩場で用を足していたルーゴでさえそうした。それから、リチャード・バートンは二人の同乗者に向かって酒瓶を振り、祝福を捧げるふりをした。パスクアーレは舟の後方で寒さに背を丸め、〈共産主義者〉のトンマーゾはエンジンの空気弁を調整していた。「ああ、汝らポルトヴェーネレの迷える息子たちよ。運命の衝撃に備えるがよい。この恐れを知らぬ善き者の一団が汝に運命の鉄槌を下す」。バートンはパスクアーレの頭に手をおいた。「アキレスがここに。臭い男[15]はエンジンのロープを引いている。彼の者の名は忘却の彼方。いずれも尊敬すべき男どもよ。情け容赦なく、力強い、そして――」

トンマーゾが引くと、エンジンが掛かり、リチャード・バートンは危うく転びそうになったが、パスクアーレがつかまえて、席に座らせた。バートンはパスクアーレの腕を軽く叩き、ぼそりと言った。「……血は通っても心は通わぬ[16]」。一行を乗せた舟はポッポッと音を立てながらざらざらした波間へと進んだ。ようやく救出部隊が出発したのだった。

岸の方では、漁師たちがそれぞれの寝床に向かってのろのろと歩き出していた。舟の中でリチャード・バートンがため息をつく。酒をぐいと呷ると、もう一度、岩壁の後ろに姿を消しつつある小さな村に視線を送った。村はまるでそこには何も存在しなかったように見えなくなっていく。

「聞いてくれ、パット」とリチャード・バートンは言った。「さっき俺も君と同じように小さな村の出だと話したろう？　あれは取り消すよ」。ポルト酒の瓶で村の方向を指す。「いやね、いいところだというのは間違いないさ。だけど、なんてこった。なあ、俺が軍隊のぼろズボンを穿いて後にしたのは、もっと大きな居住区だったよ」

二人は岸に上がり、グアルフレッドが最近改装したホテル《アルベルゴ》、ポルトヴェーネレのホテル・デ・ラ・マーレに真っ直ぐに向かった。フロント係はマイケル・ディーンから受け取った報酬よりもずっと多い金額を要求してきた。だが、その法外な金額で手を打つと、リチャード・バートンが要求したコニャックの瓶をくれた上に、ディー・モーレイの部屋番号

(15) トロイ戦争の英雄ピロクテテスのこと。蛇に噛まれた傷により悪臭に悩まされた。この場面でバートンは、ポルトヴェーネレをトロイに見立てて演説をしている。
(16)『ハムレット』第一幕二場。

も教えてくれた。この俳優は舟の上で少し睡眠を取っていたが――パスクアーレにはどうしてそんなことができるのかわからなかった――今ではコニャックでマウスウォッシュのように口を漱いで、それを飲み込むと、髪の毛を撫でつけてから、こう言った。「オーケー。申し分なしだ」。パスクアーレと共に階段を上がり、廊下を進み、ディーの部屋の背の高いドアの前に着く。グアルフレッドのモダンなホテルを見回し、パスクアーレはまた恥ずかしくなった。ディー・モーレイを薄汚くてちっぽけなウチのペンショーネに泊めていたなんて。このホテルの香り――清潔で、どことなくアメリカ的と思わせるもの――のおかげで、パスクアーレはあらためて気がついた。〈ホテル　適度な眺め〉はかなりひどい臭いがしていたにちがいない。あの老女と腐ったようなじめじめとした磯の香りときたら。

リチャード・バートンはパスクアーレの前を歩いていた。カーペットの上をふらふらと進み、一歩踏み出すたびに体の傾きを元に戻す。髪を撫でつけ、パスクアーレに向かってウィンクすると、片方の拳で軽く、部屋のドアを叩いた。答えがなかったので、もう少し大きな音で叩く。

「どなた?」とディー・モーレイの声がドアの向こう側から聞こえた。

「えーと、リチャードだ。愛しの君よ」とバートンは言った。「君を助けに来たよ」

すぐにドアが開き、ローブ姿のディーが姿を現した。二人はお互いの腕の中にぶつかるように倒れ込み、パスクアーレは目を逸らすか、さもなければ自分の深い嫉妬と困惑を曝け出す覚悟をしなければならなかった。これまでずっと、ディーは自分のような男と一緒になりたいかもしれない。これまでずっと、そんな想像を巡らせてきた。だが、パスクアーレは驢馬《ロバ》に過ぎず、二頭のサラブレッドが野原を跳ね回るのを見つめるだけだった。

しばらくして、ディー・モーレイはリチャード・バートンを押しのけた。からかうような甘い声で訊く。「今までどこにいたの?」

「君を探していたのさ」とリチャード・バートンは答えた。「波乱万丈の放浪の旅と言ってもいいぐらいだったよ。だけどね、聞いて欲しいんだ。君に大事なことを伝えなきゃならない。残念なことに、俺たちはここで恐ろしいペテンの標的になっていたんだよ」

「何の話をしているの？」

「中に入ろうか。座ってくれ。何もかも説明するからさ」。リチャード・バートンはディーに手を貸して部屋へと戻らせ、二人が入るとドアが閉められた。

　そのあと、パスクアーレは独りで廊下に立っていた。ドアを見つめながら、何をすればいいのかわからないまま、部屋から漏れてくる声を押し殺した会話を耳に、態度を決めかねていた。このままここで待っているべきなのか、ドアをノックして、自分が外にいると二人に思い出させるべきなのか、それとも黙って階段を下り、舟に戻って、トンマーゾといるべきなのか。パスクアーレは欠伸をして壁に寄り掛かった。およそ二十時間もこの件にかかりきりだった。今頃、リチャード・バートンがディーに伝えているだろう。君は死にかけていない、実際には妊娠しているのだと。だが、このニュースが明らかになったときに、ドアの向こう側から聞こえてくるはずの音がまったくしなかった――大声での怒りの表明や真の病状を知った安堵の声、妊娠していることへのショック。「赤ちゃん！」とディーなら叫ぶかもしれない。あるいはこう訊くだろうか、「赤ちゃん？」。しかし、押し殺した声を除いて、ドアの向こう側からは何も聞こえてこなかった。

　五分ほど経った。パスクアーレが立ち去ろうとしたちょうどそのとき、ドアが開き、ディー・モーレイが一人で出てきた。体にローブをしっかりと巻き付けている。泣いていたようだった。黙って廊下を進み、素足でカーペットの上を歩いてくる。パスクアーレは壁から体を起こした。ディーはパスクアーレの首に両腕を回し、しっかりと抱きしめた。彼も腰の辺りで次第に細くなるV字のくぼみに腕を回す。シルクの布越しに彼女の肌に触れ、柔らかいローブの下で、彼女の胸が自分の胸に押し付けられるのを感じた。彼女は薔薇と石鹸のような匂いがして、パスクアーレは突然怖くなった。あんな一日――バスに車、漁船二隻を乗り継いだ旅――を過ごした後で、自分がどんなにおいを発しているかに気がついた。それに、このときになってはじめて痛感する。自分はなんて信じがたい一日を過ごしたのだろう。一日のはじまりにはローマにいて、映画『クレオパトラ』にエキストラとして出演させられそうになったが、あれは現実のことなのだろうか？　やがて、ディー・モーレイが、トンマーゾの舟の古いエンジンのように震え始めた。パスクアーレは彼女をゆうに一分間は抱き締め、ただ時間の流れに身を任せようとしていた——柔らかいローブの下に体のしっかりとした感触があった。

ようやくディー・モーレイが体を離した。目許を拭って、パスクアーレの顔を覗き込む。「何と言ったらいいのかわからないわ」

パスクアーレは肩をすくめた。「いいんです」

「でも、何かを伝えたいのよ、パスクアーレ。伝えなきゃいけないわ」。それからディーは笑った。「ありがとう、だけではとても足りない」

パスクアーレは床の上に視線を落とした。時々、胸の奥に痛みのようなものが走った。ただ息を吸い、吐いているだけなのに。「いいえ」とパスクアーレは答えた。「充分です」

上着から金の入った封筒を取り出したが、スペイン階段で押し付けられた頃と比べて、かなり軽くなっていた。「マイケル・ディーンが私に頼みます。これをあなたに」。ディーは封筒を開けたが、札束の光沢に嫌悪感を抱いて首を振った。金の一部は自分に贈られたものだとは伝えなかった。それを言ってしまうと、自分も共犯のように思えたからだ。

「それにこれ」とパスクアーレは言って、彼女が映った撮影記録用の写真も手渡す。一番上には、ディーともう一人の女性が『クレオパトラ』のセットにいる写真があった。その写真を見て、ディーが口許を覆った。パスクアーレは付け加える。「マイケル・ディーンは言っていました。あなたに伝えて欲しい——」

「あのろくでなしが言ったことは、今後一切口に出さないでちょうだい」。写真から顔を上げることなくディーが遮る。「お願いよ」

パスクアーレはうなずいた。

ディーは、撮影記録用の写真から、まだ顔を上げようとしない。写真の中のもう一人の女性を指さす。黒髪の女性で、その腕をディー・モーレイが笑いながらつかんでいる。「彼女は本当に素晴らしかった」と彼女は言った。「おかしいわね」。ディーがため息をこぼした。他の写真をめくる。パスクアーレはここでようやく気がついた。写真の一枚で、ディーが二人の男性と険しい顔で立っている。その片方がリチャード・バートンだ。

ディー・モーレイは開いたままの部屋のドアを振り返った。それから、もう一度、涙で潤んだ両目を拭った。「私たちはたぶん、今晩ここに泊まることになるわ」と彼女は言った。「リチャードがすごく疲れているのよ。もう一日撮影があって、フランスに戻らなきゃいけないの。そのあとで、私と一緒にスイスに行くことになるわ……そこで一緒に、あの例の医者の診察を受けて……それから、たぶん……始末をつけることになるでしょうね」

「ええ」とパスクアーレは答えたが、〝始末をつける〟という言葉がまだ宙に漂っていた。「うれしいです……あなたが病気じゃなくて」

「ありがとう、パスクアーレ。私もよ」。ディーの瞳は濡れていた。「いつか戻ってきて、あなたに会いに行くわ。いいかしら？」

「ええ」と答えたが、いつかもう一度会えるなんて、そんなことは少しも頭に浮かばなかった。

「また掩蔽壕《トーチカ》までハイキングして、あの絵を見ましょうよ」

パスクアーレは何も言わずに微笑んだ。意識を集中して、言葉を探す。「最初の夜、あなたは話します……我々にはいつ自分の物語が始まりか、わからない。そうでしたよね？」

ディーはうなずいた。

「私の友人アルヴィス・ベンダー、あなたの読んだ本を書く男です。あるとき、彼は私にそのようなことを話します。彼は言います。我々の人生は物語だ。でも、あらゆる物語は別々の方向に進んでいる。わかりますか？」パスクアーレは片手を左に伸ばした。「あなた」。もう一方を右へ。「私」。自分が伝えたいことに言葉がついてこない。だが、ディーは理解しているようにうなずく。

「でも、たまに……我々は車や列車の乗客のようになって、同じ方向進みます。同じ物語です」。両手を合わせる。「そして、私は思います……これって素敵じゃないか。わかりますか？」

「ええ、そうね」とディーは言い、自分自身の手を合わせると、パスクアーレに見せた。「ありがとう、パスクアーレ」。片方の手がパスクアーレの胸に触れ、二人ともそれを見つめていた。それから、ディーが手を引くと、パスクアーレは踵を返した。体中のすべてのプライドを奮い起こし、まるで今朝、危うくやらされそうになった百人隊長の盾のように背中にまとわせる。

「パスクアーレ!」ほんの二、三歩進んだところで、ディーが呼ぶ。パスクアーレは振り返った。すると、ディーが廊下を進んできて、再びキスをした。今回は唇に、〈ホテル 適度な眺め〉の表にあるパティオでしてくれたものとはまったく違っていた。あのキスは何かの始まりだった。あの瞬間、パスクアーレの物語が始まったような気がした。だが、これはひとつの終わり。単なる脇役――パスクアーレのことだ――の退場に過ぎなかった。

ディーが目許を拭う。「これ」と言って、ポラロイド写真を一枚、自分と黒髪の女性が写ったものを手に握らせる。「想い出に」

「いいえ、これ、あなたのもの」

「これは要らないの」とディーは言った。「他のがあるから」

「いつか欲しくなりますよ」

「いいこと――私が年をとって、映画に出ていたことを誰かに証明する必要が出てきたら、取りに来るわ。いいかしら?」ディーは写真を手に握らせると、向きを変えて、自分の部屋へ引き返し、中に姿を消した。中に入ると、ゆっくりと静かに扉を閉め、掛け金をする。眠っている子どもの部屋からこっそり出て行く親のようだった。

パスクアーレはドアを見つめていた。こうした華やかなアメリカ人のいる世界を、彼はずっと待ち望んでいた。そして、夢のように、ディーが自分のホテルにやってきた。だが、その世界は、今はもう、あるべき場所に戻ってしまっていた。彼は思った。あのドアの向こう側を一度も覗き見ることができなかった方が幸せだったのだろうか。

パスクアーレは向きを変え、慌ただしく廊下を進み、階段を下り、夜勤のフロント係の前を通り過ぎて、外に出ると、トンマーゾの許に向かった。老人は壁に寄り掛かって煙草を吹かしていた。帽子を目深にかぶっている。パスクアーレはディーともう一人の女性の写真を見せた。

トンマーゾはそれを見て、片方の肩をすくめた。
「ふん」とトンマーゾはつぶやた。それから二人は港へと戻り始めた。

第十二章　十番目の見送り

最近
カリフォルニア州ロサンゼルス

夜明け前、グアテマラ人の庭師より、やり手のビジネスマンやベンツやアメリカン・マインドの高級化より前に――クレアは尻に手が触れるのを感じる。「駄目よ、ダリル」と呟く。

「誰だって？」

瞼《まぶた》を開け、目に飛び込んできたのは、ブロンドウッドの机やフラットスクリーンのテレビ、ホテルの部屋に飾られていそうな絵……本当にホテルの一室だ。

クレアは横向きに寝ていて、尻の上の手は背後から伸びてきている。下に視線を走らせると、まだ服を着ているのが確認できる。少なくともセックスはしていない。寝返りを打ち、シェイン・ウィーラーの大きな潤んだ瞳を覗き込む。ホテルで、出会ったばかりの男の隣で目覚めたことなど、これまでに一度もなかった。だから、こんな状況で普通は何を話すのか、見当もつかない。「ハイ」とクレアは声を掛ける。

「ダリル。それって君のボーイフレンド？」

「だったわ。十時間前は」

「ストリップクラブの男？」

よく覚えていらっしゃる。「ええ」と答える。昨晩、酔っぱらって一緒に過ごすうちに、どこかの時点で、ダリルは一日中、性懲りもなくインターネットでポルノを見て、夜はストリップクラブに出かけ、それはクレアへの侮辱ではないかと仄めかすと笑い飛ばす男だと説明したのだ(「絶望的」と自分たちの関係を言い表したはずだ)。今、シェインの隣に寝転がり、クレアはそれとは違う絶望を感じている。自分はどうかしていたのだろうか? この男の部屋に戻って来るなんて。それに、今となっては、自分のこの手をどうしたらいいのだろうか? 少し前までシェインの髪の毛を梳いたり、体の他の部分を撫でまわしていたのだ。マナーモードにしたブラックベリーに手を伸ばし、データの刺激を吸う。午前七時、気温十六度、新着Eメール九通、電話着信二件、ダリルからの短いテキストメッセージ「どうした——」

もう一度、肩越しにシェインの方を振り返る。髪は昨晩よりももっと始末に負えなくなっているようで、もみあげはオルタナ系の流行物《はやり》好きというより、晩年のエルヴィスのようだ。シャツを脱いでいるせいで、痩せた左前腕にあの忌々しい刺青、ACTが見える。クレアにしてみれば、昨晩起きたことの半分はこれのせいだ。映画の中なら、こういうときには酩酊状態のフラッシュバックが欠かせない。マイケルがクレアに命じて、Wホテルにシェインとパスクアーレの部屋を取らせる。クレアはこのイタリア人をホテルに車で送り、シェインはレンタカーでついてくる。パスクアーレは疲れたから、部屋に入りたいと言い、クレアはシェインに売り込みを笑ったことを謝罪する。シェインが肩をすくめて謝罪を受け流す。でも、それは本当に迷惑なことを、肩をすくめてやり過ごすような感じだ。クレアが「そうじゃないの。本当に申し訳ないと思っているの」と謝って、シェインのせいじゃないと説明する——自分が仕事にストレスを感じているせいだった。シェインは、わかった、今は祝杯を挙げたい気分なんだ、と言って、二人でバーに行き、クレアが飲み物をおごり、プロデューサーに関心を抱かせることは最初の一歩に過ぎない、と優しくシェインに思い出させる。シェインが次の一杯を買い(「一万ドル稼いだところなんだ。カクテルを二杯買うぐらいの余裕はあるよ」)、クレアがその次の一杯を買う。こんな風に杯を重ねながら、二人は自分の話を始める。最初は見ず知らずの人に話すような、つまらない、自分のためだけの表面的な話——家族、大学、仕事——それから真実へ、シェインは結婚に失敗し、短編小説集の出版を拒否された痛みを抱え、クレアは見たところ見当違いの決断をして、学問的な研究生活という繭から飛び出したが、今は元の世界に戻るべきかと思い悩んでいる。シェインは痛々しくも自分が乳飲み仔牛だと気づいていて、クレアは素晴らしい映画を一本だけでも製作するという探求に失敗している。それから、大声で、笑いすぎて涙を流しながら、分かち合いを始める——「私の恋人ったら、ストリップクラブが大好きな、すごく格好のいいゾンビ野郎なのよ!」と、「俺は両親の家の地下室に住んでいるんだ!」——そして、もっとたくさん酒がきて、ありふれたことが啓示的になる——「私、ウィルコが好きなの」、「俺も好きだよ!」、そして「お気に入りのピザはタイ味なの」、「俺もさ!」——それから、シェインがレプリカのウェスタンシャツの袖をまくり上げ、あの刺青がクレアの目に留まる(インクはとても薄くなっていた)、あの一言、ACTが。だから彼女はそうする——テーブルに身を乗り出してキスをする。キスをしている間、シェインの手が頬に触れる。手で頬を触れるなんてありふれているが、ダリルはしない。十分後、二人はシェインの部屋にいて、もっと燃料はないかとミニバーを入念に調べ、大学生のガキのようにじゃれ合い、クレアはシェインのもじゃもじゃのもみあげがチクチクするとくすくす笑い、シェインはちょっと考えてクレアの胸を褒める——キスをしたり、体をまさぐり合ったり、セックスするかどうかを笑いながら話し合ったり(彼「俺はイエスの方に傾いているよ」。彼女「私は無党派層って感じかな」)、二時間ほど甘い時間が続き……二人は眠ってしまったに違いなかった。

そして、今、後悔に苛まれて、クレアはベッドに体を起こしている。「私ったらあまりプロらしくなかったわね」

「君の仕事によるさ」

クレアは笑った。「あなたがお金を払っていたら、ふんだくられたことになるわね」

シェインがクレアの尻に手を戻す。「まだ時間はあるさ」

クレアは笑って、その手を尻から離し、ベッドの上に置く。だが、その気にならなかったとは言えない。キスをして転げまわっただけで充分に素晴らしかった。だからセックスをしたら良かっただろうと思う。ダリルとは、セックスが二人の最優先事項で、セールスポイント、あらゆる関係性の基盤だった。だが、ここ二、三か月、まるでそこから親密さが漏れ出してきているように感じていた。今ではダリルとのセックスには、はっきりと二つのステップしか存在しなくなっていた。最初の二分は自閉症の婦人科医による診察、次の十分は排水管修理業者《ロトルーター》の男から訪問を受けているようだった。これだけは言える、とクレアは思う。シェインは……ここにいる。

心に葛藤を抱えながら、混乱しながら、クレアは立ち上がり、考える、あるいは時間を稼ぐ。

「どこに行くの？」

クレアは携帯を持ち上げる。「まだ恋人がいるのか、確かめてみる」

「別れようとしていたんじゃなかったかな」

「まだ決めてないわ」

「僕が決めてあげるよ」

「ありがとう。でも、たぶん自分で片をつけるべきね」

「じゃあ、そのポルノゾンビの彼が、一晩中どこにいたんだとか訊いてきたら？」

「彼に話すと思う」

「彼は別れるかな？」

クレアはこの問いかけに微かな期待が込められていることに気がつく。「わからないわ」と答える。机からイスを引き出し、座り、親指で携帯の着信とEメールをめくり、ダリルが最後に連絡をくれた時刻を確認する。

シェインもすでに体を起こし、ベッドの外側に両脚をぐるりと動かすと、床に脱ぎ捨てられたシャツをつかむ。クレアは顔を上げ、シェインの痩せた魅力に微笑まずにはいられない。大学時代にいつも夢中になった男の子たちが年を取ったようなタイプだ。美男子に近いが、そこまでには達していない。肉体的には、ダリルの対極にある(四角い顎のダリルは毎日腕立て五百回の胸をしている)——シェインはどこから見ても細身で、鎖骨は浮き出て、腹部にかすかに脂肪がついているだけ。「正確なところ、いつ頃、シャツを脱いだの？」とクレアは訊いた。

「わからない。たぶん、きっかけを作りたかったんじゃないかな」

クレアはブラックベリーに戻り、ダリルの「どうした」というメッセージを開き、返信する内容を考えようとする。親指がキーの上を漂う。だが、何も思い浮かばない。

「それで、その男の中に何を見たんだい？」とシェインは訊いた。「最初はさ？」

クレアは顔を上げる。何を見たのだろう？　あまりに平凡すぎて答えられなかった――でも、ありとあらゆる陳腐でくだらないものを見たのだ。星。光の瞬き。赤ちゃん。未来。このすべてをまさに最初の夜に見た。二人でクレアのアパートのドアをバタンとくぐって、服を荒々しく脱ぎ捨て、お互いの唇を噛み、手を伸ばし、突いたり、揉んだりしながら――それから、ダリルはクレアを地上から連れ去り、クレアの未熟な子どもの手習いが、階段の吹き抜けで誰かにぶつかったのと同じぐらい無意味なものになったときに。確かに、ダリルに初めて触れられるまで、自分は人生を充分に生きてこなかったとさえ感じた。それはただのセックスではなかった。〝彼が自分の中にいた〟。この夜まで、クレアはこの表現について真面目に考えたことはなかった。その夜、行為の最中にあって、クレアは顔を上げ、自分自身を見た……自分自身を隅から隅まで……ダリルの瞳の中に。

クレアはその想い出を振り払う。どうしてこんなことが口にできるだろう。とりわけ、こんな状況で？　だから、ただこう答える。「腹筋よ。腹筋を見たの」。おかしな気分だった。ダリルを割れた腹筋と片付けてしまうのは、こんなホテルの部屋で、出会ったばかりの青年と一緒にいるよりも気分が悪かった。

シェインはもう一度、クレアの持つ携帯電話に顎をしゃくってみせる。「それで……なんて言うつもり？」

「わからない」

「僕らが恋に落ちたと伝えなよ。それで終わりさ」

「そう？」クレアは顔を上げた。「私たちが？」

シェインは微笑みながら、レプリカのウェスタンシャツのボタンを留める。「たぶん。僕らならそうなれるよ。一日一緒に過ごしてみないとわからないだろ？」

「衝動的すぎない？」

「それが一風変わった魅力になっているのさ」

まったく。それが問題なのかもしれないとクレアは思う――シェインの魅力。クレアはシェインの話を思い出す。刺々《とげとげ》しいほど冷静で現実的なウェイトレスと、わずか二、三か月デートをしただけで結婚したと。驚きではない――出会って十四時間後に「恋に落ちた」という言葉を使っちゃう男だし？否定しがたい面もある……楽天的なところ。一瞬だけ頭をよぎる。今までに楽天的になったことなんてあっただろうか。「ちょっと訊いていい？」とクレアは言う。「どうしてドナー隊なの？」

「ああ、やめてくれ」とシェインは答える。「また笑いものにするつもりなんだろう？」

「言ったじゃない。それについては申し訳なかったって。ただね、マイケルは三年間も、私の持ち込んだアイデアは暗すぎるとか、金がかかりすぎるとか、古めかしいと言って却下してきたから……あとか、商業性が足りないとか言ってね。それで、昨日あなたがやって来て――責めているわけじゃないの――私が今まで聞いた中で一番暗くて、商業性がなくて、金のかかる時代物の映画を持ち出して、マイケルはそれが気に入った。ただとても……あり得ないことなのよ。だから、あのアイデアはどこから来たのかなと思っただけ」

シェインは肩をすくめて、床に落ちている靴下の片方に手を伸ばす。「姉が三人いるんだ。子どもの頃の想い出といったら、全部姉がらみでね。大好きだった。僕は姉のおもちゃで、着せ替え人形みたいなものだった。六歳かそのくらいの頃、一番上の姉、オリヴィアが摂食障害になった。家族はまさに滅茶苦茶になったよ。ひどかったね。オリヴィアは十三歳で、トイレに行っては吐いていた。ランチを買うお金でダイエット用の薬を買って、食事は服に隠して蓄えていた。最初、両親は叱りつけていたけれど、何の役にもたたなかった。姉は気にしなかったんだ。徐々に消えてなくなってしまいたいと思っているみたいだった。腕に骨が浮いているのが見えたよ。髪の毛も抜け落ちてしまった。両親は何だって試した。セラピストに精神科医、入院治療も。元妻は言ってたな。僕の両親が本当の意味で過保護になり始めたのはこのときじゃないかって——僕にはわからないけどね。覚えていることがある。ある晩、ベッドで寝ていると、母さんのすすり泣く声と、父さんが慰める声が聞こえた。母さんはただ何度も何度も繰り返していたよ。『私の可愛い子どもが飢え死にしかけているのよ』ってね」。シェインは靴下を手に持ったまま、履こうとしない。ただ、それを見つめている。

「どうなったの?」クレアは静かに訊ねる。

「ん?」シェインは顔を上げる。「ああ、姉なら今は元気だよ。治療が効いたとか、そんなので、確かね。オリヴィアはただ……それを乗り越えたんだ。まだ食事に関する不安は抱えているけれど——感謝祭の日に食事を持ってこないのはこの姉さんだけで、代わりにいつもテーブル飾りを作ってくるんだ。小さなカボチャとか。豊饒の角の飾りとか。でも、姉の側では「ブラウニー」って言葉を口にするのもダメ。それでも良くなったんだよ。あんなまぬけと結婚したけれど、充分に幸せにやっている。子どもも二人いるしね。おかしいのは……家族の誰もあの頃の話をしないってことさ。オリヴィアでさえ、あの頃のことは、すっかり何もなかったみたいに断ち切っているからね。『私が痩せてた頃』と呼ぶんだよ。でも、僕は乗り越えられなかった。七歳か八歳の頃、夜、目を開けたまま横になって、神様がオリヴィアを治してくださったら、教会に行って牧師になります……なんて、お祈りを捧げたものだった。だから、お祈りがすぐに叶わなかったときには——子どもがどんなものなのか知っているだろうけど——僕は自分を責めた。姉が飢えているのは自分の信仰心が足りないからだって」

シェインは宙を見つめ、腕の内側を掻く。「高校までにオリヴィアはよくなった。だから、僕が信心深かった時期もそれでおしまい。でも、その後、僕はいつも飢餓や窮乏生活の話に心を惹かれるようになったんだ。目にしたものは全部読んで、学校のレポートではレニングラード包囲戦やジャガイモ飢饉について書いた……特に人肉食の話が好きだった。ウルグアイのラグビーチーム、アルフレッド・パッカー、マオリ族……もちろん、ドナー隊も」

シェインは視線を落とし、両手に握った靴下を見る。「たぶん、哀れなウィリアム・エディに自分を重ねたんだよ。自分は逃れられたけれど、何もできなかった男。その間に家族はあの悲惨な野営地で飢え死にした」。ウェインは心ここにあらずという様子で靴下を履く。「だから、マイケル・ディーンの本に、映画の売り込みとは、つまるところ、自分自身を信じることだ、自分自身を売り込むことだ、と書いてあったとき――それが啓示のように見えたんだ。自分が売り込まなきゃいけない物語はこれだとわかったんだよ」

「啓示?」「自分を信じること?」クレアは視線を落とし、マイケルが昨日、実際に好意的な反応を示していたのは、このやるだけ男《ジャスト・ドゥー・イット》の自信に対してなのだろうかと思う。そして、昨晩クレアを惹きつけたのも。最悪だ、ひょっとしたら、あいつらはこのガキの作品にかける情熱だけを頼りに、『ドナー!』を製作しようとしているのかもしれない。〝情熱〟。クレアの喉に刺さるもう一つの言葉。

クレアはブラックベリーに視線を戻して、マイケルの共同製作者ダニー・ロスからのEメールを読む。件名は『ドナー!』。シェインの売り込みの件で、マイケルが電話をしたに違いない。ダニーがマイケルに言い聞かせてくれたのだろうかと思う。Eメールを開くと、大急ぎでこじつけたまぬけなデジタル速記法で書かれている。どういうわけか、これが大きな時間の節約になるとダニーは信じているのだ。

Cへ――ロバトから君のユニバサル向けドナー売込予定が月曜と連絡。見込みありの気配必要。契約の件で。作者にコンテか前日譚の有無確認。更先進行の可能そうな物全部。真剣に。ダニー

顔を上げてシェインの方を見ると、ベッドの端に座って、こちらを見ている。ダニーのEメールに視線を戻す。「見込みありの気配」……どうして「ありの気配」で、「あり」と書かなかったのだろう? それに絵コンテでさらに先に進んでいるように見えるのだろうか? 真剣に? そのとき、クレアは昨日のマイケルの自信過剰な言葉を思い出す。

「辺境《フロンティア》での食人行為を扱った八千万ドルの映画を売り込むつもりだ」

「ああ、まったく」とクレアは毒づく。

「恋人からまたメッセージが来たのかい?」

彼らは本当にあれをやるつもりなのだろうか？ダニーとマイケルが弁護士について話し合っていたのを覚えている。マイケルとユニバーサルとの契約の抜け道を探してくれるというのだ。なんて間抜けな質問だ。もちろん、彼らはあれをやるのだろう。あれをやらないということはありえない。それが彼らの仕事なのだ。クレアの手がこめかみに伸びる。

「どうしたんだい？」シェインは立ち上がり、クレアは振り返ってシェインを見る。大きな潤んだ瞳と、顔の輪郭に沿って生えたもじゃもじゃのもみあげ。「大丈夫かい？」

クレアはよく考えた末に、シェインには伝えないでおこうと決める。週末は成功の喜びにひたらせてやろう。クレアはただ目隠しをして、この週末をやり過ごすことだってできる。失敗が定められた売り込みと、行方知れずの女優の件でマイケルを手伝い、月曜にはカルト教団の博物館の仕事を引き受ける……キャットフードの買いだめを始めるのだ。だが、シェインがあの大きく見開いた瞳でクレアを見つめている。クレアはシェインのことが好きだし、いずれぱらすつもりだとしたら、今しかないと気がつく。

「シェイン、マイケルはあなたの映画を作るつもりはないわ」

「なんだって？」とシェインは軽く笑う。「なんの話をしているんだい？」

ベッドのシェインの隣に腰を下ろし、すべてを説明する。今、理解しているとおりに、マイケルがスタジオと結んだ契約から話を始める。キャリアの最悪の時期に、スタジオがマイケルの抱えた負債の一部を肩代わりし、その代わりに昔製作した映画の権利を譲渡したことから。「その契約では他に二つの取り決めがあったの」とクレアは言った。「マイケルは敷地内にオフィスを持てる。一方、スタジオはファーストルック契約を得たの。つまり、マイケルはスタジオに対して、自分が選んだ企画を全部見せなければならないのよ。それで、スタジオが企画の採用を見送ってはじめて、マイケルはそれを他のスタジオに持ち込める。ええ、ファーストルック契約は悪い冗談よ。五年間、スタジオはマイケルが持ち込んだ脚本を全部不採用にした。だから、そんな脚本や準備稿や書籍を他所のスタジオに持って行っても——もし、すでにユニバーサルがその企画を却下したと知っていたら――敢えて欲しがるところがあるかしら？　そのとき、『フックブック』が現れたのよ。マイケルがこの企画に取り掛かり始めたとき、リアリティショーやウェブサイトは契約の適用外だと思った。契約は『映画事業の展開のため』と決めてかかっていたから。でも契約では、スタジオが『あらゆるメディアで開発された』すべての素材について、最初の撮影権を得る、そう規定で明記されているとわかったの。マイケルはこういう状況だった。巨大な潜在力を秘めた台本不要のＴＶビジネスを目の前にしているのに、基本的にはスタジオがその権利を保有していることが明らかになったわけ」

「それとどう関係があるのかわからないんだけれど――」

クレアは片手を上げて、シェインを制する。「そのときからずっと、マイケルの弁護士は契約の抜け道を探し続けてきた。数週間前に彼らはそれを見つけたのよ。スタジオは契約中に、自分たちを守るための契約解除条項を設けていた。万が一マイケルがスランプなんかじゃなく、完全に燃え尽きていた場合に備えてね。もしマイケルが特定の期間内に特定数を超えてひどい企画を持ち込んだ場合――つまり、スタジオが五年以上、十件続けて企画の採用を見送れば――そのときは双方が身を引くことにする。でも、元の契約では『すべての素材』と規定に明記されているのに対して、契約解除条項に定めてられているのは映画だけ。だから、スタジオがＴＶ番組である『フックブック』を製作していても構わないのよ。もし、マイケルが五年間で十本の映画の企画を買いつけて、開発して、スタジオがその全部の採用を見送れば――そのときは、両者が何の義務も負うことなくお別れできるというわけなの」

シェインは急速に話に追いつき、眉をひそめる。

「それで、君は言いたいんだな。僕が――」

「――十番目の見送り」とクレアは続ける。「八千万ドルの食人西部劇――すごく暗くて、費用が掛かって、商業性のない映画で、スタジオはきっとイエスとは言わないわ。マイケルはあなたの企画の選択売買権《オプション》をただ買うだけ。それから、あなたを送り出して売り込み用脚本《スペック・スクリプト》を書かせるだろうけど、それを撮る気はない。スタジオが採用を見送ったら、マイケルは自由になって、自分のＴＶ番組を一番高い値をつけた他のスタジオに売るでしょうね――わからないけれど、数千万ドルかしら」

シェインがクレアを見つめている。この話をして、この青年の自信をぺしゃんこにするのは最悪な気分だ。クレアはシェインの腕に手を添える。「ごめんなさい、シェイン」と謝る。

そのとき、携帯が鳴る。ダリル。まったく。シェインの腕をぎゅっと握り、立ち上がり、部屋を横切りながら、画面を見ることなく電話に出る。「ねぇ」とダリルに言う。

でも、ダリルじゃない。

マイケル・ディーンだ。「クレア、良かった。起きていたか。今、どこにいる?」マイケルは返事を待たない。「昨晩、あのイタリア人と通訳をホテルに連れていったか?」

クレアはシェインの方を振り返る。「ええ、そんな感じです」と答える。

「どのくらいで私とホテルで落ち合える?」

「すぐにでも」。マイケルのこんな声を聞いたことがなかった。「聞いてください、マイケル」とクレアは言う。「シェインの売り込みについて話しあう必要があります――」

だが、マイケルが遮る。「彼女を見つけた」と言う。

「誰のことです?」

「ディー・モーレイだよ! だが名前はディー・モーレイじゃない。デブラ・ムーアだった。ここ何年もずっとシアトルの高校で演劇とイタリア語を教えていた。こんなバカなことが信じられるか?」マイケルの声は興奮して、ハイになっているように聞こえる。「それに彼女の子どもだが――ザ・レティセンツというバンドに聞き覚えは?」今回も、マイケルはクレアの返事など待たない。「ああ、私もない。とにかく、調査員は徹夜で働いてファイルを作ってくれた。空港に向かう途中で君に渡すつもりだ」

「空港? マイケル、何がどうなって――」

「飛行機で君に読んでもらいたいものがある。それを読めばすべてわかるさ。すぐにトゥルシ君と通訳を迎えに行って、準備をするように伝えてくれ。正午のフライトだ」

「でも、マイケル――」

だが、マイケルは既に電話を切っていた。「待って――フライトってどこへ？」と訊く暇もなかった。電話画面を消し、シェインの方を振り向くと、まだベッドに座り、顔には遠くを見ているような表情を浮かべている。「マイケルがあの女優を見つけた」とクレアは言った。「私たち全員に飛行機で彼女に会いに行って欲しいそうよ」

シェインは話が耳に入っていないようだ。クレアの後ろ、壁のどこかをじっと見つめている。話すべきではなかったのかもしれない。ささやかな幻想の中で生き続けさせてあげればよかったのかもしれない。

「ねえ、ごめんなさい、シェイン」とクレアは謝った。「あなたは行かなくてもいいの。他の通訳を見つけるから。この仕事は、だって――」

だが、シェインが遮る。「それで君はこう言いたいんだな。彼は契約から抜け出すために、僕に一万ドル払うんだと……」。シェインはこの上なく奇妙な表情を浮かべているが、おかしなことに、クレアにはそれが見慣れたものに映る。「それから、他所に行って、一千万ドル稼ぐって？」

今はもう、この顔を見かけた場所がわかる。それはクレアが毎日見ている顔だ。何かを計算をしている人間の、何かを企んでいる人間の顔。

「それなら、ひょっとして、僕の映画には一万ドル以上の価値があるのかもしれないね」

〝まさか！　この子ったら、天然なの？〟

「つまり、たった一万ドルぽっちで、最初から終わっている映画の売り込みなんて、誰がやりたいと思う？　でも五万だったら？　あるいは八万？」シェインは急に狡猾そうな笑みを浮かべる。「契約しよう」

第十三章　ディー、映画を見る

一九七八年四月
ワシントン州シアトル

彼女はその男を体育のスティーヴと呼んでいた。まさにこの瞬間、彼は車で町を横切り、デートの迎えに、彼女の許に向かっているところだった。デブラ・ムーア゠ベンダーは、同僚教師の誘いをいなす技には熟達していた。だが、魅力的な若い未亡人の存在は、逞しいスティーヴには明らかに眩しすぎて、辛抱が利かなかったようだ。数週にわたって様子をうかがってから、彼はとうとう行動に出た——学校のダンスパーティー会場の外で、机に並んで座り、学生自治会カードをチェックしている最中だった。頭上には「永遠に変わらぬ愛を。七八年度春に飛び出せ！」という横断幕があった。

デブラはいつも通りの口実——他の教師ともデートをしていない——を口にしたが、スティーヴは笑い飛ばした。「それは何だい、弁護士と依頼人の関係のようなものか？　知ってのとおり、俺は体育を教えている、そうだろ？　本物の教員じゃないんだよ、デブラ」

スティーヴの離婚の噂が職員用の休憩室に流れて以来、友人のモナはデブラにずっと言い続けてきた。彼とデートすべきだと——愛しのモナ、彼女自身の恋愛生活は惨敗続きだったが、なぜかデブラにふさわしい相手はわかっていた。だが、デブラが説得に応じた本当の理由は、体育のスティーヴが映画に行こうと誘ったからだった。見たい映画があった――

そして、今、スティーヴが迎えに来る数分前になっても、デブラはバスルームに立って、鏡を見つめ、外巻きレイヤーの入ったブロンドの髪にブラシをかけていた。髪は船が通過した後の水面のように波打ち、やがて落ち着いた(「ミス・ファラ」と呼ぶ生徒もいたが、その名前で呼ばれるのを嫌がるふりをしていた)。横を向く。この新しい髪の色は失敗だった。十年もの間、若さに対する恐ろしいほどの虚栄心と戦ってきたので、三十八歳になって、心から望んだのは、中年を愉しめる女性の仲間入りをすることだった。だが、まだそこには到達できていない。白髪の一本一本がまだ花壇のゾウムシのように感じられた。

ヘアブラシに視線を落とす。何百万回髪を梳いたのだろう。何度顔を洗い、何度腹筋をしたのだろう、どれだけ頑張ってきたのだろう――すべてはこうした言葉を聞くためだった。美しい、可愛い、セクシー。あるとき、デブラは自分の容姿を受け入れ、人目を気にしなくなった。誰かに肯定してもらう必要はなかった――「ミス・ファラ」も、いやらしい体育のスティーヴも、もっと困ったところでは、愛しのモナ(「私があなたのような姿だったら、ずっとオナニーしているわ」)も要らなかった。でも今は? ディーはブラシをおろし、それをお守りのようにじっと見つめた。子どもの頃、こんな風にブラシに向かって歌っていたことを思い出した。まだ子どものままのような気がした。貧乏な十五歳の少女が、緊張しながらデートの準備をしているようだ。

緊張するのは当たり前かもしれない。前の交際相手とは一年前に終わっていた。相手は息子パットのギター講師、はげのマーヴ(パットは母の人生に関わる男にあだ名をつけた)。デブラははげのマーヴが好きだったし、見込みがあると思っていた。年上で四十代後半、一度結婚に失敗して二人の娘がいたが、「家族が交わる」ことに熱心だった――だが、ある夜、マーヴとデブラが家に帰ると、パットがすでに、ベッドで彼の十五歳の娘ジャネットと交わっているのを見つけた。この後、彼の熱意は目に見えて薄れていった。

マーヴが激怒している間、デブラはパットの弁護を考えていた――〃こういった状況になると、どうしていつも男の子が責められるの？〃そもそもマーヴの娘の方が二歳年上だった。だが、そこはパットだ。追い詰められたボンド映画の悪役のように、誇らしげに手の込んだ計画を告白した。すべて彼のアイデア、彼のウォッカ、彼のコンドームになった。はげのマーヴが二人の関係を終わりにしても驚かなかった。デブラは別れが嫌いだった――不誠実で漠然とした考え方ではないか。〃私が今ここに居たくないだけ〃なんて。まるで、相手のことなど関係ないように聞こえる。だが、少なくともはげのマーヴは事情をはっきりと話してくれた。「愛しているよ、ディー、でも、俺は君とパットのバカげた関係を解決するほど頑張れないよ」

「君とパット」。そんなにひどい関係だろうか？たぶんそうなのだろう。三つ前のボーイフレンド、カバーオールのカールは家にやってきた工事請負業者だった。結婚しようと迫ってきたが、まずパットを軍隊式の私立学校に入れて欲しいと言った。「何を言うの、カール」とデブラは答えた。「まだ九歳なのよ」

そして、今、バッターボックスに立っているのは、体育のスティーヴ。少なくとも彼の子どもは母親と暮らしていた。ひょっとしたら、今回は関係者以外の犠牲者を出さないで済むかもしれない。

狭い廊下を進み、パットが学校で撮った記念写真の前を通り過ぎる――まったく何なの、あのにやけ笑い。どの写真にもあの割れた顎で、濡れた目をして、〃僕を見て〃と言わんばかりのにやけ笑いが写っている。写真ごとに変わっているものといえば髪形だけ(柔らかい長めの短髪、パーマ、ツェッペリン風の長髪、ツンツン頭)で、あの表情がいつもそこにあった――黒いカリスマ。

パットの寝室のドアは閉まっていた。軽くノックをしたが、返事がないので、ヘッドホンをしているに違いない。パットはもう十五歳、充分に成長しているので、出かける度に一席ぶたなくても一人で留守番をさせられる。だが、デブラはそうせずにはいられなかった。

もう一度ノックしてから寝室のドアを開けると、光がプリズムを通過しているピンク・フロイドのポスターの前で、パットが足を組んで座り、ギターを膝に載せているのが目に入った。前かがみになり、片手がナイトテーブルの引出しの最上段へと伸びている。ちょうど何かを中に押し込んだばかりのように見える。デブラは服の山を押しのけながら、部屋の中に押し入った。パットがヘッドホンを外した。

「やあ、母さん」と声を掛けてくる。

「引き出しに何を入れたの?」とデブラは訊いた。

「何も」とパットは間髪を入れずに答えた。

「パット。母さんに中を確認させるつもり?」

「母さんに何かをさせようだなんて、そんなことあるわけがないさ」

ナイトテーブルの下の棚に、端のほつれたアルヴィスの本の原稿がバラバラに置かれているのが見える。少なくとも彼の書いたあの一章だ。一年前、大喧嘩をしたあと、デブラはパットにそれを渡した。喧嘩の最中に、父親がまだ生きていれば良かったのに、とパットがこぼしたからだった。「これがあなたの父さんよ」とあの夜、彼女はそう伝えた。黄ばんだ原稿がこの少年をつなぎとめてくれたらと願っていた。〝あなたの父さん〟彼女自身でさえ、それを信じそうになった。アルヴィスはいつも話していた。成長して理解できるようになったら、パットに真実を話すべきだと。だが、年月を重ねるにつれて、どうすればいいのか、彼女にはわからなくなっていた。

腕を組み、育児書の写真のような姿勢をとる。

「それで、あなたがその引き出しを開ける? それとも私?」

「真面目な話、母さん……何でもないよ。信じてよ」

ナイトテーブルの方に移動すると、パットはためいきをついて、ギターを下ろし、引き出しを開けた。中のものを少し動かし、やがて小さなマリファナのパイプを取り出す。「僕は吸っていない。誓うよ」。パイプを触ると、冷たかった。クスリは入っていない。

引き出しを漁ったが、マリファナはなかった。がらくたが引き出しいっぱいに入っているだけ——腕時計が二つ、ギターのピックが数枚、作詞作曲ノート、ペンと鉛筆。「このパイプは預かっておくわ」とデブラは言った。

「どうぞ」。パットはそれが当たり前といわんばかりにうなずいた。「そんなところに入れておくべきじゃなかったんだ」。困難な状況になると、彼はいつも奇妙なくらい冷静に、理性的になった。急にこの〃我々は一心同体だ〃的な雰囲気を作り上げ、いつもデブラを武装解除してきた。おかげで、当の本人に手伝ってもらいながら、このひどく気難しい子どもに対処しているような雰囲気になる。六歳の頃からこの調子だった。あるとき、外に郵便を取りに行き、隣人と話して戻ってくると、パットが煙の燻るソファに鍋の水をかけていたことがあった。「ワオ」とパットは言った。まるで自分でやったのではなく、ちょうど今、火事を見つけたかのような素振りだった。「僕がすぐに気づいて良かった」

今度はヘッドホンを差し出す。話題の変更。「この曲気に入ると思うよ」

彼女は手の中のパイプに視線を落とした。「ひょっとしたら、出かけない方がいいのかもね」

「よしてくれよ、母さん。僕が悪かった。曲作りをしていると、時々、指で何かをいじってしまうんだ。でも、もう一か月、ハイになっていない――誓うよ。だから、デートに出かけて」

彼女はパットをじっと見つめ、嘘をついている証拠のようなものを探したが、目を合わせても、これまでと同じように、その瞳は少しも揺らぐことがなかった。

「ひょっとして、出かけなくて済む口実を探しているだけじゃないの」とパットは言った。

これもまたパットらしかった。急に反撃に転じ、本物の洞察力で見定める。その通りだった。恐らく出かけなくて済む口実を探しているのだ。

「気楽にいきなよ」とパットは言った。「楽しんできて。いいことを教えてあげる。僕の体育着を借りていきな。スティーヴは特にぴっちりとしたグレーの短パンがお気に入りだよ」

デブラは思わず微笑んだ。「今着ている服で行くつもりよ、でもありがとう」

「あいつは後でシャワーを浴びさせるつもりだよ、わかっていると思うけれど」

「そう思う？」

「ああ、出欠確認、準備体操、室内ホッケー、シャワー。それが体育のスティーヴの夢のデートさ」

「そうなの？」

「ああ、あいつは愚鈍なやつだから」

「愚鈍？」これもパットだった。母親のデート相手をまぬけ呼ばわりしながら、自分の語彙の豊かさを見せびらかす。

「でも、あいつに愚鈍なのか、なんて訊かない方がいいよ。だって、きっとこう言うからさ。『ああ、そうありたいもんだ。この精管切除術にかなり払ったからな』」

また思わず笑ってしまった――そして、いつものように、笑わずに済ませられたらと思った。学校では、どれだけのトラブルをこんな風にごまかし、逃れてきたのだろう？　女性教師は特にお手上げだった。テキストなしでAを取り、他の子を丸め込んで宿題をやらせ、校長を説得して自分のためにルールを曲げさせ、ズル休みをして、欠席の理由をでっち上げた。デブラは学校での面談の間、担当教員から自分の病状やパットの南米旅行、妹の死について尋ねられて、肩身の狭い思いをしたものだった――

「ああ、それにお父さんはお気の毒に」――殺人事件に巻き込まれ、バミューダトライアングルで失踪し、エヴェレストで死んで遺棄された。気の毒なアルヴィスは毎年改めて死ぬことになり、死因も更新された。その後、十四歳の誕生日が近づくと、パットは何かを手に入れるために嘘をつく必要などないと気づいたようだった。もっと効果的で、楽しいのは、ただ人の眼を見て、自分の欲しいものをはっきりと伝えることだと。

デブラは時々、父親が近くにいれば、自分のパットに対する溺愛もバランスが取れたのではないかと思った。パットが小さい頃、その早熟ぶりにあまりにも心を奪われ過ぎてしまった。それは恐らく、とりわけあのひどい時期に、あまりに寂しかったからだろう。

パットはギターを下ろし、立ち上がった。「ねえ、スティーヴのことは冗談さ。いい奴みたいだよ」。近づいてくる。「行って。楽しんできてよ。幸せな気分になって」

パットはこの一年でかなり成長した。それは誰の目にも明らかだった。学校でトラブルに巻き込まれる回数が減り、家を抜け出すこともなくなり、成績も良くなった。しかし、デブラはまだあの瞳には居心地の悪さを感じていた。形や色のせいではなく、眼差しに宿る何かのせいだった――俗に言う、煌めきや閃き、ゾクゾクするような〟これを見ろ〟的な危うさ。

「本当に幸せな気分にさせたいの？」とデブラは訊いた。「なら、帰ってきたときに家にいるのよ」

「決まり」とパットは言って、片手を突き出した。「ベニーが練習にくるのはオーケー？」

「もちろん」。その手を握った。ベニーはパットがバンドに誘ったギタリストだ。これがパットを変えたものだった。彼のバンド、ザ・ギャリーズ。デブラが認めざるを得なかったように（学校行事で二度、シアトルセンターのバンドバトルで一度、彼らを見たあとで）、ザ・ギャリーズは悪くなかった。それどころか、かなり良かった――恐れていたほどパンクではなく、どこかだらしなく、まっすぐだった（バンドを「レット・イット・ブリード」期のストーンズと譬えると、パットは目を丸くした）。それにステージに立つ息子は新しい発見だった。パットは歌い、着飾り、怒鳴り、ジョークを言った。パットがステージ上で何かを発していたとしても、デブラは驚かないはずだった。だが、実際には驚いた。努力を必要としない魅力。人を惹きつける力。それに、バンドを結成してからずっと、パットは落ち着きを絵で描いたような子どもになった。ロックバンドに加入して〟子どもに落ち着きが出た〟としたら、その子について何と言えばいいのだろうか？　だが、否定しようがなかった。パットは焦点が定まり、活動に没頭した。ただ、その動機はデブラを不安にさせた――パットは「ビッグヒットを出すんだ」とか、「有名になるんだ」と盛んに話すようになった。それで、デブラは名声には危険が伴うと説明しようとしてきたが、本当の意味で踏み込んだ話はできず、芸術は純粋なものだとか、成功には罠が潜んでいるとか、通りいっぺんのあたり障りのない話がせいぜいだった。だから、自分の話はすべて時間の無駄で、飢えている人に肥満の危険性を警告したようなものではないかと心配していた。

「三時間で帰るわ」とデブラは今日も伝えた。五時か六時になるだろう。でも、これがいつもの習慣だった。時間を半分にすれば、パットがトラブルに巻き込まれるのも半分ですむかもしれない。「そのときまで……ええと……駄目よ……ええと……」

ちょうどいい警告の言葉を探していると、パットの顔が突然、笑顔になった。目尻が下がり、口の両端がゆっくりと上がり始める。「何もするな？」

「そうよ、何もしないで」

パットは敬礼をし、微笑み、元どおりにヘッドホンをはめてギターをつかむと、ベッドにポンと飛び乗る。「ねえ」とデブラが背を向けると声を掛けてきた。「スティーヴにそそのかされて準備体操のジャンプなんてしないでね。あいつは体が揺れるのを見るのが好きなんだ」

ドアをそっと閉めて、廊下を歩き出すと、デブラは手の中のパイプに視線を落とした。〝どうして今更、隠し場所からパイプを取り出していたのだろう。パイプに入れるマリファナがないのに？〟それに、何をしていたのかと訊いたとき、パットは引き出しの中を探して、パイプを見つけなければならなかったのではないか？　向きを変えて廊下を引き返し、一番上にあった。そこに投げ込んだばかりなら、ドアを開け放つ。パットはギターを手にベッドに寄り掛かるように座っていて、ナイトテーブルの引き出しがまた開いていた。しかし、今度は母親からずっと隠し続けてきたものが、現にベッドの上に開かれていた。作詞作曲ノート。パットは鉛筆を手にノートに覆いかぶさるように座っていた。すぐに体を起こすと、顔を紅潮させて、激怒する。「いったいなんだよ、母さん？」

デブラは音もなく近寄り、ベッドからノートを取り上げる。何を探しているのか、自分でも本当はわかっていなかった。子を持つ親なら誰もが辿り着く場所へ心が向かっていた。最悪のシナリオ王国へ。〝自殺の歌を書いていたんだ！〟〝ドラック売買のことも！〟適当にページをめくる。歌詞、メロディについてのメモが少々――パットは音楽の初歩を理解しているだけだった――甘ったるい、痛々しい歌詞の断片、十五歳なら誰もが書きそうな代物、ラブソング、「ホット・ターニャ」（「君が欲しいや」と踏んだ韻がひどい）、「太陽と月」「永遠の子宮」といった一見、意味ありげなたわ言。

パットはノートに手を伸ばした。「それを降ろせ！」

先をめくり、危険すぎるものを探す。そんな歌を書いていると白状するぐらいなら、母親にマリファナパイプを差し出した方がマシな代物を。
「いいから、それを降ろせってば、母さん！」
書き込みのある最後のページを見つけた――パッ
トはこの曲を隠そうとしていたに違いない――タイ
トルを見て、彼女は肩を落とす。「天国の微笑」、ア
ルヴィスの本のタイトルだ。サビの部分を読んだ。
「信じていたものさ／あの人は戻ってくる。俺のた
めに／どうして天国が微笑むのさ／このクソな世の
中は楽しくなんかないのに――」
ああ。デブラは恐ろしくなった。「ご――ごめん
なさい、パット。私――」
パットは手を伸ばして、ノートを取り返した。
デブラがパットの滑らかで、皮肉めいたうわべの
向こう側を見ることはほとんどなかった。だから、
時々、目の前にいるのは子どもだということを忘れ
てしまうのだ――思い出せなくとも、まだ父親が恋
しい傷ついた子ども。「ああ、パット」とデブラは
言った。「マリファナを吸っていると思われる方が
マシだと思ったのね……曲を書くよりも？」
パットは目許を拭った。「ひどい曲さ」
「そんなことないわ、パット。本当に素晴らしい
わよ」
「お涙ちょうだいのゴミさ」とパットは言った。
「それに、いつかそんな話になるとわかっていたか
らね」
デブラはベッドに腰を下ろした。「それじゃあ
……その話をしましょうか」
「もう、ウソだろ」。その視線はデブラを通り過ぎ、
床のどこかに向けられている。それから、彼は瞬き
をして、笑い声を上げると、それで放心状態から抜
け出せたようだった。
「大したことじゃない。ただの歌さ」
「パット、ずっと辛かったのはわかっているわ
――」
パットは顔をしかめた。「僕がどれだけこの話が
嫌なのか、まるでわかっていない。お願いだよ。あ
とでじゃ駄目なの？」
デブラが動かずにいると、パットは足で体を軽く
押した。「頼むよ。もっとたくさんお涙ちょうだい
のゴミを書くからさ。デートに遅れるよ。それに、
遅刻したら、体育のスティーヴに罰走をさせられる
からね」

体育のスティーヴは、深いバケットシート付のプリマス・ダスターを運転していた。くたびれたスーパーヒーローのような外見で、きっちりと横分けした髪型に四角い顎、鍛えられた体は中年になって少し丸くなり始めている。男性には半減期がある、とデブラは思った。ウラニウムみたいだ。

「何を見るつもり?」車の中でスティーヴが訊いた。

口にするのですらバカバカしかった。「『エクソシスト2』」。彼女は肩をすくめた。「図書室で子どもが話しているのを聞いたのよ。面白そうだった」

「俺にはちょうど良かった。君はもっとマニアックな外国映画をお望みかと思ってたよ。字幕付きで、わかっているふりをしなきゃいけない奴さ」

デブラは笑った。「キャストが良いの」と言った。「リンダ・ブレア、ルイーズ・フレッチャー、ジェイムズ・アール・ジョーンズ」。お目当ての名前だってかろうじて言えた。「リチャード・バートン」

「リチャード・バートン? 死んでなかったの?」

「まだよ」とデブラは答えた。

「オーケー」と体育のスティーヴは言った。「でも、俺の手を握っていなきゃならないかもしれないぞ」。最初の『エクソシスト』は漏らしちまうぐらい怖かったからな」

デブラは窓の外を見た。「見ていないの」

二人はシーフードレストランで夕食をとった。スティーヴが何も言わずに彼女の海老を取り、彼女はそれに気づいた。会話は気安く、気取らないものだった。スティーヴがパットのことを訊ね、デブラは段々良くなってきていると答えた。パットに関する会話がトラブルを前提としているのがおかしかった。

「パットのことは心配ないよ」とまるで心を読んだかのように、スティーヴが言った。「室内ホッケーの選手としては下手くそだけど、いい子だよ。そんな感じで才能のある子だっているじゃないか? トラブルに巻き込まれるほど、それだけ大人になってから大きく成功する奴らがさ」

「どうしてそんなことがわかるの?」

「だってさ、俺はトラブルとは無縁だった。だから今、体育教師なのさ」

いや、これはまったくもって悪くなかった。二人は早めに劇場に入り、グミの箱も、肘掛けも、互いの経歴も共有していた(デブラは十年前に夫と死別、母は他界、父は再婚、弟一人に妹二人。スティーヴは離婚し、子供は二人、兄弟も二人、両親はアリゾナ)。ゴシップも。技術教師が旋盤の上で卑猥な行為をした写真の隠し場所を学生が見つけたという話(スティーヴ「たぶん、こういうわけで木交室と呼ばれているんだな」)と、ワイリー夫人が自動車オタクのデイヴ・エイムズを誘惑した話(デブラ「でも、デイヴ・エイムズはまだ子どもよ」。スティーヴ「ああ、でも、もう違う」)。

それから照明が消え、二人ともシートに腰を落ち着けると、体育のスティーヴが身を乗り出して囁いた。「学校にいるときと雰囲気が違うね」

「学校ではどんな感じ?」とデブラは訊いた。

「本気で聞きたいの?　ちょっと脅えているみたいだね」

デブラは笑った。「ちょっと脅えている?」

「いや、ちょっとじゃない。完全に脅えている。まったく腰が引けている」

「今も腰が引けている?」

「ああ、そうだな……そんな顔をしている。君は鏡に映った自分の姿をずっと見ているみたいなんだ。わかるかな?」

予告編のおかげで、この会話を続けずに済んだ。その後で、デブラは期待に胸を膨らませて前のめりになり、彼の映画が始まるときにいつも湧き上がる胸のざわめきを感じた。今回の映画は炎とイナゴと悪魔のごちゃまぜではじまり、彼がようやく姿を現したとき、彼女が感じたのは興奮と悲しみだった。彼の顔は以前より年をとり、赤みが増していて、彼の瞳は、毎日自宅で見る瞳とそっくりだったが、今では燃え尽きた電球のように、輝きがほとんど消えうせてしまっていた。

映画は退屈からバカげているを経て、理解不能へと大きく動き、デブラは一作目の『エクソシスト』を見た人には、もっと理解できるものなのだろうかと思った(パットは劇場に忍び込んで映画を見たあと、「大笑い」と断言した)。映画のプロットはある種の催眠装置を利用していた。これはフランケンシュタインがつけているようなワイヤーと吸着カップで作られていて、二、三人に同じ夢を見せることができるようだった。彼が画面に映っていないときは、他の役者に集中し、細かな仕草、興味深い判断を捉えようとした。時々、彼の出ている映画を見ると、特定の場面で、彼を向こうに回して、自分ならどのように演じるかと考えることがあった——学生を指導するように、役者の下した選択に目を留める。この映画にはルイーズ・フレッチャーが出演していた。彼女のいともたやすい上達ぶりに驚く。ここに興味深いキャリアがある。ルイーズ・フレッチャーのそれだ。ディーだって、同じようなキャリアを歩めたかもしれなかった——ひょっとしたら。

「君が出たければ、出てもいいよ」と体育のスティーヴが囁いた。

「なんですって？　いいえ。なぜ？」

「ずっと冷やかしているからさ」

「私が？　ごめんなさい」

残りの時間は静かに座っていた。両手を膝の上に載せ、彼がバカげた場面を何とか乗り切る姿を眺めながら、このゴミ映画に関わることを考えようとしていた。数回、確かに彼のかつての力量が少しだけ顔を覗かせることもあった。あの微かにビブラートのかかった滑らかな声が、酔っぱらった口調に打ち勝つ瞬間が。二人とも黙って車まで歩いた（スティーヴ「これは……興味深かったね」。デブラ「うーん」）。帰り道では、窓の外を見つめながら、物思いに耽った。先ほどのパットとの会話を思い返し、大切な機会を逸してしまったのだろうかと考える。そのまま秘密を明かして、こう告げていたらどうだったのだろう。「ああ、ところで、あなたの本当の父親が出ている映画を見に行くところなんだけれど——だが、こうした情報がパットの助けとなるような筋書きを思い浮かべることができるだろうか？　パットは何をするだろう？　リチャード・バートンとキャッチボールをしに行くだろうか？

「わざとあの映画を選んだんじゃないよね」と体育のスティーヴが言った。

「なんですって？」デブラは座席の中で身をよじった。「どういうこと？」

「いや、ただ、あんな映画を見たあとだと、次のデートに出かけようと誘うのは難しいよ。タイタニック号に乗ったあとで、新たな航海に出ようと誘うようなものさ」

デブラは笑ったが、その声は虚ろに響いた。彼女は自分を偽っていた。彼の出ている映画をすべて見に行き、キャリアを注視しているのはパットのためだと――ひょっとしたら、いつか話すときに役に立つかもしれないと。だが、パットには決して伝えられない。それはわかっていた。

ならば、パットのためじゃないとしたら、なぜまだ映画を見に行くのだろうか――劇場に座り、スパイのように彼が自滅していく姿を眺め、彼女自身が脇役として出演することを空想する。だが、リズのような役には決してつけない。いつだってルイーズ・フレッチャーがやるような役。とはいえ、もちろん、それは彼女ではない。デブラ・ムーア、高校の演劇とイタリア語の教師ではなく、彼女がもうずいぶん昔に作り上げようとしていた女性、ディー・モーレイ――まるで自分自身を二つに割いてしまったようだった。デブラはシアトルに戻り、ディーはイタリアの海沿いのあの小さなホテルで目覚める。そして、可愛くて、恥ずかしがり屋のパスクアーレにスイスまで連れて行ってもらう。そこで、彼らが望んでいたこと、赤ちゃんとキャリアを引き換えることになっている。これこそ、彼女が未だに夢に見てしまうキャリアだった――二十六本の映画と数え切れないほどの舞台に出たあとで、このベテラン女優はとうとう助演女優賞にノミネートされる――

体育のスティーヴが運転するダスターのバケットシートで、デブラはため息をついた。なんてことなの、感傷的になるなんて――ヘアブラシをマイクに歌う永遠の女学生じゃあるまいし。

「大丈夫かい？」と体育のスティーヴが訊いた。

「八〇キロ先にいるみたいだったけれど」

「ごめんなさい」。振り向いて、スティーヴの腕をぎゅっとつかんだ。「出かける前にパットとちょっとおかしな話をしていて。たぶん、それでまだ動揺しているのよ」

「その話をしたいかい？」

その提案にほとんど吹き出しそうになった――パットの体育教師に何もかも打ち明ける。「ありがとう」とデブラは礼を言った。「でも、止めておくわ」。

スティーヴは運転に戻り、デブラはこうした男性の現実的な気安さは、十五歳のパットにまだ何らかの影響を及ぼし得るだろうかと思った。それとも、何をしたとしても、遅すぎるのだろうか。

デブラの家に近づくと、スティーヴは車のエンジンを切った。彼とまた出かけるのは構わなかったが、彼女はデートのこの部分が大嫌いだった――運転席で向き直り、ぎこちなく目で求め、発作的にキスをして、また会いたいとリクエストする。

自宅の方に目をやり、パットが見ていないことを確認した――パットに別れのキスでからかわれるのは何があっても耐えられなかった――そして、そのとき、彼女は何かが消えていることに気がついた。我を忘れたように車から降り、家に向かって歩き出す。

「それで、これで終わりなのか?」

デブラは振り返り、体育のスティーヴが車から降りてくるのを見た。

「なんですって?」と訊いた。

「なあ」とスティーヴは言った。「ここは俺の出る幕じゃないかもしれないが、ちょうど言おうとしていたところなんだ。君が好きだよ」。車に寄り掛かり、腕を開いたドアにもたせかけていた。「俺に学校ではどんな風に見えるかと訊いたよな……率直に言って、ここ一時間の君みたいなんだよ。その表情のせいで、いつも怖がっているみたいだと言ったよね。今もそう見える。でも、たまに、他の人と同じ部屋にいるのに一人ぼっちという感じになる。他の人は存在さえしていないみたいな態度にね」

「スティーヴ――」

だが、話はまだ終わっていなかった。「君のタイプじゃないことはわかっているよ。それは構わない。でも、君はもっと幸せになれるかもしれないよ。時々でも他人を受け入れることができたらね」

口を開き、どうして車を降りたのか伝えようとしたが「君はもっと幸せになれるかもしれない」にうんざりした。私がもっと幸せになれるかもしれない? 私がなれるかも――やめてよ。その場に静かに佇んでいた――傷つき、頭にきていた。

「じゃあ、おやすみ」。スティーヴはダスターに乗り込み、ドアを閉めて走り去った。彼女は通りの先で車が曲がるのを見ていた。テールランプが一度だけ点滅した。

それから、彼女は家の方を振り返った。敷地の私道は空。そこにはデブラの車が停めてあるはずだった。

家の中に入り、スペアキーを仕舞ってある引き出しを開け(もちろん、消えている)、パットの寝室を覗き(もちろん、空)、メモを探し(もちろん、ない)、自分のためにワインを一杯注いで、窓の側に座り、パットが自力で帰宅するのを待つ。午前二時四十五分にとうとう電話が鳴った。警察。「そちらは……息子さんは……お持ちでしたか……茶色のアウディ……ナンバープレート……」。デブラは答える。「はい、はい、はい、はい」。質問を聞き終わるまで、ただ「はい」と言い続ける。それから受話器を置き、モナに電話をすると、彼女がやって来て、デブラを乗せ、静かに警察署まで送ってくれた。

車を止めると、モナは自分の手をデブラの手に重ねた。善良なモナ——十歳年下で肩幅があり、ボブヘアに切れ長の緑の眼をしている。以前、ワインを飲みすぎて、デブラにキスをしようとしたことがあった。本物は必ずわかるものだ——あの愛情は——それにしても、どうしてそれは常に見当違いの相手からもたらされるのだろうか。「デブラ」とモナが口を開く。「あなたがあのチビを愛しているのはわかっているけれど、これ以上バカなふるまいを許してはダメよ。聞いてる？　今回はブタ箱に送るのよ」

「あの子はだんだんマシになってきていたわ」とデブラは弱々しく答えた。「こんな曲を作ったのよ——」。だが、先が続かない。デブラは礼を言ってから。車を降り、警察署に入った。

度の強い眼鏡をかけた恰幅のよい制服姿の警官が、クリップボードを手にやってきた。警官はこう話してくれた。心配いらないですよ、息子さんは元気です、でも車の方は完全に壊れてしまって——フリーモントの橋台を乗り越えたんです。「ものの見事なクラッシュで、誰も怪我をしなかったのが不思議なくらいです」

「誰も？」

「車には息子さんと一緒に女の子が乗っていました。その子も無事です。脅えていますが、無事です。両親がすでにこちらに来ています」

当然のように女の子がいた。「息子に会えますか？」

すぐに、と警官は言った。だが、最初に知らされたのは、息子が酩酊状態だったこと、警察が車の中で、ウォッカの瓶と手鏡の上のコカインの残留物を見つけたこと、それに不注意運転、無免許運転、適切な注意及び警戒不足、飲酒および麻薬の影響下の運転、未成年者のアルコール所持で訴えられていることだった。（コカイン？　耳を疑ったが、一つひとつの罪状にうなずく。他に何ができるというのだろう？）嫌疑が重大となれば、この件は少年検察官に引き渡され、判決を受けることになります――。

待って。コカイン？　どこでコカインを手に入れたのだろう？　それに、体育のスティーヴは何を言いたかったのだろう。「他人を受け入れない？」自分は喜んで他人を受け入れてきた。いいえ、みんな、私のやってきたことを知っているじゃない？　自分をさらしてきたのに！　それにモナも何様よ？「バカなふるまいを許すな？」止めてよ、自分で望んでこうなっていると思っているの？　私にパットのふるまいを選ぶ余地があるとでも？　まったく、それはさぞ素晴らしいことだろう。パットのバカなふるまいに我慢するのを止めて、時間をさかのぼり、別の人生を歩めるとしたら――

（ディー・モーレイはリヴィエラのビーチチェアに寄り掛かっている。隣には物静かでハンサムなイタリア人の伴侶パスクアーレがいて、業界紙を読んでいる。やがてパスクアーレは彼女にキスをして、テニスをしに、あの崖から突き出たコートへと出かけていく――）

「何か質問は？」

「ふう。なんですか？」

「今ご説明したことでご質問は？」

「いいえ」。彼女は太った警官の後について廊下を進んだ。

「タイミングがいいとは言えないかもしれないけれど」と警官は口を開いた。歩きながら肩越しにデブラの方をちらりと振り返る。「でも、結婚指輪をしてないことに気づいてしまって。ひょっとしたら、と思ったんですよ。いつか一緒に夕食に行きたくなるかもしれないなって……司法制度は本当に複雑ですし、だから誰かの助けが――」

（ホテルのコンシェルジュがビーチに電話を持ってくる。ディー・モーレイは日よけ帽を脱ぎ、受話器を耳にあてる。ディックだ！「やあ、愛しの君」

と彼が言う。「きっと君は相変わらず綺麗なんだろうね」――）

警官が向き直り、電話番号が書いてある名刺を彼女に渡した。「今は辛い時期だとわかっています。でも、いつか出掛けたくなったときのために」

彼女は名刺をじっと見つめる。

（ディー・モーレイはため息をつく。「私、『エクソシスト』を見たわよ、ディック」。「ああ、なんてことだ」と彼は言う。「あのクソ映画を？　友だちを傷つける術がわかっているな」。「そんなことはないわ」と優しく慰める。「いつもエイボンの詩人というわけにはいかないわよ」。ディックが笑う。「聞いてくれ、ダーリン、ある脚本を手に入れて、二人で一緒にやれるかもしれないと思ったんだ」――）

警官がドアに手を伸ばした。デブラは疲れ切ったように深くため息をつくと、後について中に入った。

パットはガランとした部屋の折りたたみイスに座っていた。両手で頭を抱え、指はウェーヴの掛かった茶髪の流れの中に消えていた。髪を脇に避け、顔を上げてデブラを見る。あの瞳。二人がどれほど一心同体なのか、誰もわかっていなかった。パットと私。この件で私たちは進むべき道を見失っている、とデブラは思った。パットの額には小さな擦り傷があり、あのカーペットの焦げによく似ていた。それを除けば、元気そうに見えた。愛おしい――彼の息子だ。

パットはイスの背に寄り掛かり、腕を組む。「やあ」と言うと、口が持ち上がり、あの〝こんなところでなにをしているんだい〟的な微笑が浮かぶ。

「それで、デートはどうだったの？」

第十四章　ポルト・ヴェルゴーニャの魔女たち

一九六二年四月
イタリア、ポルト・ヴェルゴーニャ

翌日の午前中をパスクアーレは寝て過ごした。ようやく目を覚ましたとき、太陽はすでに村の裏手に聳える断崖の頂に達していた。階段を上って三階の暗い部屋へ向かう。ディー・モーレイが泊まっていた部屋だ。あの人は本当にこんなところにいたのだろうか？　昨日、自分は本当にローマにいて、頭のおかしなリチャード・バートンとドライブをしたのだろうか？　まるで時間が位相を変え、歪んでしまったように感じられた。小さな石壁の部屋を見回す。今ではすべてが彼女のものだった。この先、他の宿泊客が滞在したとしても、ここはずっとディー・モーレイの部屋のままだろう。パスクアーレが鎧戸を開け放つと、光が注ぎ込んだ。深呼吸をしても鼻をつくのは潮の香りだけ。アルヴィス・ベンダーの未完の本をナイトテーブルから拾い上げ、親指でパラパラとページをめくった。すぐにでもアルヴィスが姿を現し、この部屋で執筆を再開するかもしれない。だが、この部屋はもう彼のものではなかった。

パスクアーレは二階の自室に戻り、服を着がえた。机の上に、ディー・モーレイともう一人の笑顔の女性の写真が見えた。手に取ってみる。写真はディーの存在を十全に捉えてはいなかった。パスクアーレが覚えている姿ではなかった。優美な長身、長く伸びた首、深みのあるあの瞳、それに動きの質も他の人とはまるで違っていて、しなやかで力強く、動きに無駄がなかった。写真を顔に近づける。パスクアーレはこの写真に収められたディーの笑顔が好きだった。一方の手をもう一人の女性の腕に掛けていて、二人とも笑いすぎて今にも屈みこんでしまいそうに見える。このカメラマンは二人が生きた瞬間を切り取っていた。二人がどうして笑いこけているのか、それはもう誰にもわからない。パスクアーレは写真を持って下の階へと降りると、オリーブの絵の額縁にそっと滑り込ませて、ホテルと食堂《トラットリア》の間の狭い玄関ホールに飾った。アメリカから宿泊客が来たときに、この写真を見せながら澄まして話す自分の姿を思い描く。もちろんです、映画スターの方も時々、当〈ホテル　適度な眺め〉に滞在なさいます。そう言ってやるのだ。静寂をお好みでした。それに崖の上のテニスも。

写真を見つめ、もう一度、リチャード・バートンのことを思い出した。あの男は大勢の女性と付き合っていた。それでもディーに興味があったのだろうか？　彼はディーをスイスへと連れていき、中絶させるだろう。でも、それからどうするのだろうか？彼女と結婚するつもりはないだろうに。

突然、自分がポルトヴェーネレに行く姿を思い描く。彼女のホテルの部屋のドアをノックする。「ディー、僕と結婚してくれ。その子を自分の子どもとして育てるよ」。そんなのバカげている——彼女が出会ったばかりの男と結婚する、よりによって、自分と結婚するかもしれないと考えるだなんて。それから、アメデアのことを思い出して、恥ずかしさでいっぱいになった。リチャード・バートンを悪く思うなんて、お前はいったい何様のつもりなんだ？夢見心地で生きているからこんなことが起きるんだ、とパスクアーレは思った。あれやこれやと夢を見ていては、人生を寝過ごしてしまう。

コーヒーが必要だった。パスクアーレは小さな台所へと向かった。部屋が昼前の陽光に満たされているのは、鎧戸が開けられているからだった。一日のこの時間では珍しいことだ。叔母のヴァレリアは大抵、午後遅くまで待ってから鎧戸を開ける。その叔母はテーブルに座り、ワインを飲んでいた。これも午前十一時にしてはおかしかった。叔母が顔を上げる。その目が赤い。「パスクアーレ」と叔母が口を開いた。声がかすれている。「昨日の晩……お前の母さんが――」。叔母は床に視線を落とした。

　急いで叔母の脇を抜け、廊下に出ると、アントニアの部屋のドアを押し開く。ここも鎧戸と窓が開け放たれ、潮風と太陽の光が部屋を満たしていた。母親は仰向けに寝ていた。白髪をまとめた束が背後の枕の上にあり、口は捻じれてわずかに開き、鉤型の鳥の嘴のようだった。枕は頭の下で柔らかく膨らみ、毛布はきちんと肩まで掛けられ、一度折り返してある。まるですでに葬儀の用意が整えられているように見えた。肌には青白い光沢があり、磨かれたように光っている。

　部屋は石鹼のような臭いがした。

　ヴァレリアが後ろに立っていた。叔母が姉の死を見つけたのだろうか……それから部屋を掃除したのだろうか？　わけがわからなかった。パスクアーレは振り返って叔母に訊いた。「どうして昨日の夜に言わなかったの？　僕が家に帰ってきたときにさ」

「潮時だったんだよ、パスクアーレ」とヴァレリアは答えた。涙が年老いた顔の凋れた凸凹の大地を流れ落ちる。「さあ、あのアメリカ人と結婚できるよ」。ヴァレリアの顎が胸に沈む。生死に関わるメッセージを届け終え、疲れ果てた密使のように。

「お前の母さんが望んだことなんだよ」と老女はかすれ声で言った。

　パスクアーレは母親の頭の下に敷かれた枕を見てから、サイドテーブルに置かれた空のカップに目をやった。「ああ、叔母さん《ズィア》」と言った。「何をしたの？」

　パスクアーレは叔母の顎を持ち上げ、その瞳の中にすべてを見た。二人の女が窓辺で彼とディー・モーレイが話すのを聞いている。何もわからないのに、母親は言い張る――ここ何か月もそうだったように――自分の死期が迫っている。パスクアーレはポルト・ヴェルゴーニャを出て、妻を見つける必要があると。叔母のヴァレリアは必死に最後の抵抗を試みる。病気のアメリカ人女性がここに留まるように仕向ける。魔女の言い伝えとして、ここでは若者が死んだことは一度もないと話すことで。母はヴァレリアに何度も何度も頼みこむ(「私を助けて、妹よ」)。叔母に懇願する。怒鳴りつける――

「そんな、叔母さん――」

言い終える前に、ヴァレリアは床に崩れ落ちた。

パスクアーレは信じられない気持ちで死んだ母親を覗き込んだ。「ああ、母さん」。言えたのはそれだけ。何もかもあまりに的外れで、あまりに無知だった。どうやったらそんなに完璧に、自分たちの周りに起きつつあることの意味を取り違えることができるのだろうか？　すすり泣く叔母の方を向き、手を伸ばすと、両手で顔を挟んだ。叔母の浅黒い皺だらけの肌が、涙で滲んだ視界の先にかろうじて見えた。

「何を……したの？」

それから、ヴァレリアはパスクアーレにすべてを打ち明けた。カルロが亡くなってから、パスクアーレの母親がどれほど安らぎを求め続けていたのか。枕で自分を窒息させようとさえした。ヴァレリアは止めるように説得したが、アントニアは食い下がり、とうとう妹に約束させた。もうこれ以上苦痛に耐えられなくなったら、手を貸すと。今週、彼女はこの厳粛な約束の履行を求めた。ヴァレリアは再び断ったが、アントニアは言った。お前は母親じゃないから決してわからないだろうが、これ以上、パスクアーレの重荷になるぐらいならいっそ死にたい。自分が生きている限り、パスクアーレはポルト・ヴェルゴーニャを離れられないだろうと。だから、ヴァレリアは姉の望みどおりにした。石鹼用の灰汁を少し入れてパンを焼いた。それから、アントニアはヴァレリアを一時間ほどホテルから遠ざけたので、叔母は罪に加担しなかったといえる。ヴァレリアはもう一度思い直すように説得を試みたが、アントニアは言った。自分は心安らかだ。今逝けば、パスクアーレがあの美しいアメリカ人とここを出ていけるとわかっているから――

「僕の話を聞いて」とパスクアーレは言った。「あのアメリカの女の人と？　彼女が愛しているのはここに来た別の男なんだよ、あのイギリス人の俳優。僕のことなんて何とも思っていない。そんなこと無駄だったんだ！」ヴァレリアはまたすすり泣きをはじめ、パスクアーレの膝許に体を寄せる。パスクアーレは叔母が不規則に、小刻みに肩を震わせているのをじっと見つめていたが、やがて憐れみが胸に広がった。憐れみ、そして愛は母親に向けられたものだった。母親は彼に次へと進んで欲しかったのだろう。だから、彼はヴァレリアのワイヤーが絡んだような髪に優しく手を置き、声を掛けた。「ごめんよ、叔母《ズィア》さん」。振り返って母親を見たが、柔らかな枕の上に横たわる姿は、まるで重々しく同意してくれているように見えた。

ヴァレリアはその日一日を自分の部屋で泣いて過ごした。一方、パスクアーレはパティオに座り、煙草を吸い、ワインを飲んだ。夕方になってから、ヴァレリアとともに母親をシーツと毛布でしっかりと包んだ。最後に、パスクアーレが母親の冷たい額に優しくキスをして、顔を覆った。母の気持ちを本当に理解していた男はいたのだろうか？　自分が生まれる前に、母親は人生のすべてを経験してしまっていた。その中には、あと二人の息子、パスクアーレが一度も会ったことのない兄たちも含まれていた。息子たちを戦争で亡くしても、夫を亡くしても、母親は生き延びた。まだ早すぎたとか、もう少しだけここに留まるべきだったとか、そんなことを決めつけるなんて、自分は何様のつもりなのだろう？　母親は逝った。もしかしたらこれで良かったのかもしれない。パスクアーレがどこかの美しいアメリカ人と駆け落ちする、と信じたまま逝ったのだから。

翌朝、〈共産主義者〉のトンマーゾに手を借りて、パスクアーレはアントニアの遺体を舟に運んだ。こんな形で運び出すことになって、母がひどく痩せ衰えていたことにはじめて気がついた。両手を下に入れると、母親の骨の浮いた肩は鳥のように見えた。ヴァレリアが部屋の戸口から顔を覗かせ、静かに姉にお別れを言う。他の漁師とその妻が埠頭に並び、パスクアーレにお悔やみの言葉を述べた――「今頃、カルロと一緒ね」「愛しのアントニア」「安らかに」――舟の上から、彼らに向かって小さくうなずくと、トンマーゾがもう一度ロープを引いてエンジンを蘇らせた。やがて、舟はポッポッと音を立てながら入り江を後にした。

「そのときが来たのさ」とトンマーゾが暗い海を舟で進みながら言った。

パスクアーレは顔を上げて前方を見つめ、これ以上話す必要がないように、布に包まれた母親の遺体を見ないで済むようにする。塩気を含む波が目に沁みるのがありがたかった。

ラ・スペツィアに着くと、トンマーゾは波止場の警備員から台車を借りた。パスクアーレは母親の遺体を押して通りを運び——穀物袋みたいだ、とパスクアーレは恥ずかしく感じた——ようやく葬儀場につくと、葬儀のミサの日取りが決まり次第、父親の隣に埋葬してくれるように手配する。

それから、父親のミサと埋葬を取り仕切ってくれた斜視の司祭のもとを訪れた。堅信式の時期ですでに手いっぱいなので、鎮魂のミサを捧げるのは金曜まで、今から二日後まではとても無理だ、と司祭は言った。葬儀には何人ぐらいの参列を予定していますか？「そんなに多くありません」とパスクアーレは答えた。漁師たちは頼めば参列してくれるだろう。彼らは唾で薄い頭髪を整え、黒い上着を着て、真面目な妻と並んで立つ。傍らでは司祭が詠唱を続ける——「アントニア、主よ、彼らに永遠の安息を与えたまえ」——そして、そのあとで、真面目な妻たちがホテルに食べ物を運んできてくれる。だが、パスクアーレにはすべてがあまりに決まり切っていて、あまりに世俗的で意味のないものに感じられた。もちろん、母親は間違いなくこれを望んでいた。だからこそ、パスクアーレは葬儀のミサの手配をしたのだ。司祭が台帳のようなものにメモをしてから、顔を上げ、遠近両用の眼鏡の向こう側からこちらを見る。それから、追悼《トリジェージモ》のミサもご希望ですか？　逝去から三十日後に、旅立った者が天国に昇る最後の後押しをして差し上げるミサです。お願いします、とパスクアーレは答えた。

「素晴らしい《エクセレンテ》」とフランシスコ神父は言って、手を差し出した。パスクアーレはその手を取り、握手をしたが、司祭は険しい顔でこちらを見ている——少なくとも、片方の目はそうだった。ああ、と声を上げ、ポケットに手を伸ばし、謝礼を渡した。金は司祭平服の下に消え、司祭は簡単な祝福を施した。

パスクアーレは、ぼんやりと歩いてトンマーゾの舟が停泊する桟橋へと戻った。汚れた木製の舟に再び乗り込む。自分の母親をこんな風に運んだことを思い出し、また気分が悪くなった。そのとき、思いがけず、とても奇妙な記憶が蘇った。恐らく七歳ぐらいの頃。午後の昼寝から目を覚まし、時間がわからなくなったパスクアーレが階下に降りて行くと、涙を流す母親と、それを慰める父親の姿が目に入った。寝室の外に立ち、二人の様子を眺めているうちに、両親が自分とはかけ離れた存在だとはじめて気がついた――二人は自分が生きている前から存在していたのだ。そのとき、父親が顔を上げて言った。「お前のおばあさんが亡くなったんだ」。だから、彼はそれが母方の祖母のことだと思った。亡くなったのが父方の祖母だと知ったのは後になってから。それでも、父親が母親をずっと慰めていた。やがて母親が顔をあげて言った。「おばあさんは幸運なのよ、パスクアーレ。今は神様の御許にいらっしゃるわ」。この想い出になぜか涙が溢れ、愛する人の知られざる素顔に彼は改めて思いを寄せた。パスクアーレが両手に顔をうずめると、トンマーゾは礼儀正しく顔を逸らし、二人はラ・スペツィアを舟で後にした。

〈ホテル　適度な眺め〉に戻ると、ヴァレリアの姿はどこにも見あたらなかった。パスクアーレは叔母の部屋を覗いたが、母親の部屋と同じように、部屋は綺麗に掃除され、片付けられていた――まるで誰もいなかったかのようだった。漁師たちが連れ出したのでなければ村の裏手の険しい小径を歩きに出かけたのだろう。その夜、ホテルには地下の納骨堂のような雰囲気が漂っていた。両親のセラーからワインを一瓶持ち出すと、誰もいない食堂《トラットリア》に腰を下ろした。漁師はみな出払っていた。パスクアーレは、いつも自分の人生に閉じ込められていると感じていた――両親の臆病な生活スタイルに、〈ホテル　適度な眺め〉に、ポルト・ヴェルゴーニャに。こういったことが、彼をこの場所に縛り付けていると思っていた。だが、今、自分を縛るのは完全に孤独という事実だけだった。

パスクアーレはそのワインを空けてしまうと、次の瓶を持ってきた。食堂《トラットリア》のいつもの席に座りながら、ディー・モーレイともう一人の女性の写真を見つめる。夜が深まるにつれて、酔いが回り、眩暈《めまい》もしてきたが、叔母はまだ戻らなかった。そして、この辺りのどこかで、眠りに落ちてしまったに違いなかった。というのは、船の近づく音が聞こえ、やがて神の声がホテルのロビーに響き渡ったからだ。

「こんにちは《ボン・ジョルノ》！」と神は呼んでいた。「カルロ？　アントニア？　どこにいるんだ？」パスクアーレは泣きたくなった。神の御許にいるんじゃないのか、僕の両親は？　なんでその神が二人を探しているんだ、しかも英語で？　だが、ここでようやく、パスクアーレは自分が寝てしまったことに気づいた。なんとか意識を取り戻そうとする。ちょうどそのとき、神の声がイタリア語に戻る。「この辺りで一杯やる《コザ・ウン・ラガッツォ・デーヴェ・ファーレ・》にはどうすりゃいいんだ？《ペル・オッテネーレ・ウナ・ベヴァンダ・クウィ・イントールノ》」。おかげでパスクアーレにはわかった。もちろん、あれは神様なんかじゃない。アルヴィス・ベンダーが朝一番でホテルのロビーにいた。毎年恒例の執筆休暇のためにここに来て、大雑把なイタリア語で訊ねていたのだった。

戦争が終わった後、アルヴィス・ベンダーは進むべき道を見失っていた。マディソンに戻り、エッジウッドの小さなリベラルアーツカレッジで英語を教えていたが、気難しい根無し草で、酒に酔って何週にもわたってふさぎ込むことがよくあった。自分でも、かつて抱いていた教育への、本の世界への情熱をまったく感じることができなかった。カレッジを運営するフランシスコ派の団体が、その深酒癖にすぐに愛想を尽かしたので、アルヴィスは実家に戻り、父親の仕事を手伝うことになった。五〇年代初頭には、ベンダー・シボレーはウィスコンシンで最大の販売代理業者になっていた。アルヴィスの父親は、すでにグリーンベイとオシュコシュに新しい展示場を開いていて、シカゴ郊外にもポンティアックの代理店を開店しようとしていた。アルヴィスは一家の繁栄を最大限に利用し、自動車ビジネスにおいても小さなカレッジと同じようにふるまい、代理店の秘書や簿記係からオールナイト・ベンダーというあだ名を頂戴するようになった。周囲の人々は、感情の起伏が激しいのは、遠回しに「戦闘疲労」と呼ばれるものが原因だと見なしていた。だが、父親からお前は砲弾ショックなのかと訊ねられると、彼はこう答えた。「毎日、夕方のサービスタイムに浴びるように飲んでいるからね、父さん」

アルヴィスは自分は戦闘疲労ではなく――ほとんど戦闘を目撃したことがなかった――むしろ人生疲労だと思っていた。戦後の実存的不安に似ているのかもしれないと考えていたが、彼の心を蝕んでいるのは、もっと些細なことのようだと感じていた。単に物事の要点を理解することができなくなったのだ。特に熱意をもって働くことや、正しい行いをすることに価値を見出せなかった。結局、それでリチャーズはどうなったのか、見るがいい。その一方で、自分は生き残ってウィスコンシンに帰ってきた。それで——何をしている？　構文の樹形図の書き方をバカどもに教える？　ベル・エアーを歯科医どもに売る？

　調子の良い日は、この倦怠感を執筆中の本に向けられないかと思いを巡らせた——問題は実際には本を書いていないことだった。ああ、アルヴィスは執筆中の本について話してはいたが、ページは増えていなかった。そして、書いていない本について話せば話すほど、増々書けなくなっていた。最初の一文が彼を苦しめた。自分の戦争小説は反戦小説になると思っていた。従軍中の骨の折れる単調な作業に焦点を当てるつもりで、登場する戦闘はたった一度、あのストレットイアでの九秒間の銃撃戦だけ。そこで彼の部隊は二人を失った。全体としては、この九秒に至るまでの倦怠感を扱ったものにするつもりだった。その九秒で主人公が死ぬことになるが、それでも、とにかく小説は続く。もう一人のもっと脇役の人物とともに。彼にしてみれば、この構成こそ自分が経験したことの偶然性を捉えているように思われた。第二次大戦を描いた本や映画は、嫌になるほど誠実で厳粛なオーディ・マーフィ(17)の武勇伝だった。アルヴィスは感じていた。自分の青臭い見方に近いのは、むしろ第一次大戦を扱った作品かもしれない。ヘミングウェイのストイックで突き放した距離感、ドス・パソスの皮肉な悲劇、セリーヌの不条理で邪悪な諷刺。

　ある日、出会ったばかりの女性を一緒に寝ようと口説いていると、偶然、自分が本を書いているという話になった。女は興味を持ち、「何の本？」と訊いてきた。「戦争についてさ」と彼は答えた。「朝鮮の？」と女は本当に無邪気に言った。そこで初めて、アルヴィスは自分が感傷に浸りすぎていたことを知った。

　かつての友、リチャーズは正しかった。世の中は

（17）アメリカの軍人、映画俳優。第二次大戦中に西部戦線で活躍し二十四個の勲章を受けた。戦後は映画俳優として西部劇などに出演。

先へ進んでいて、アルヴィスが前の戦争に片を付ける前に別の戦争がはじまっていた。そして、その死んだ友人のことを思い出すだけで、当然のことながら、この八年をまったく無為に過ごしてきたことが恥ずかしくなった。

翌日、アルヴィスは展示場に颯爽と入っていき、父親に向かって、しばらく休養が必要だと宣言した。イタリアに戻るつもりだった。そして、とうとう戦争に関する本を書くつもりだった。父親は喜ばなかったが、アルヴィスと取り引きを交わした。三か月の休暇をもらう。代わりに、それが終わったら、仕事に戻り、ケノーシャの新しいポンティアックの代理店を経営する。アルヴィスはすぐに同意した。

そして、イタリアへ。ヴェニスからフィレンツェ、ナポリからローマへ、旅をし、酒に酔い、煙草を吸い、思索にふけったが、どこへ行くにもロイヤルの携帯用タイプライターを荷物に入れていった――ケースから取り出されることは一度もなかったが。代わりに、ホテルにチェックインするとまっすぐにバーに向かった。どこに行っても、人々は帰ってきた退役軍人に一杯おごりたがり、どこに行っても、アルヴィスは喜んでご馳走になった。取材をしているんだと自分に言い聞かせたが、ストレットイアへの、彼が小さな戦闘を経験した現場への不毛な小旅行を除いて、取材の大半は飲酒と若いイタリア娘のナンパに関わるものになった。

ストレットイアでは、目を覚ますとひどい二日酔いだった。そのまま散歩に出て、その昔、自分の小隊が銃撃戦に巻き込まれた空き地を探した。そこで、彼は一人の風景画家が古い小屋をスケッチしているところに出くわした。若者は小屋を逆さまに描いていた。もしかしたら、この男はどこか悪いのかもしれない、脳の障害のようなものか、と思ったが、その作品にはどこか惹きつけられるものがあった。方向を喪失した感覚がどこか懐かしかった。

「目はすべてを逆さまに見ているんだ」と画家は説明してくれた。「それから脳が自動的にそれをひっくり返す。僕はそれを心が見た状態へと戻そうとしているだけなんだよ」

アルヴィスは長い間、絵に見入っていた。絵を買うことさえ考えたが、そこで気がついた。もし、彼がこの絵をこのまま、逆さまに掛けていても、誰かが元に戻してしまうだけではないか。彼にははっきりとわかった。これは自分の書こうとしている本が抱えた問題でもある。自分には標準的な戦争作品など書けはしない。自分が戦争に関して書くべきことは、逆さまにしてはじめて語ることができる。だが、結局、人々は恐らくその肝心な部分を見逃し、正しい向きに戻してしまうだろう。

この夜、ラ・スペツィアで、アルヴィスはかつてのパルチザンに酒をおごった。顔にひどい火傷痕のある男だった。男はアルヴィスの頬にキスをし、背中を叩いて、彼を「同志」とか「友よ《アミコ》!」と呼んだ。男はアルヴィスに火傷を負った一部始終を聞かせてくれた。所属のパルチザン部隊が丘の積み藁の中で寝ていたところ、ドイツ軍の偵察兵が警告もなく火炎放射器を発射し、部隊を丸焼きにしてしまった。生きて逃げ延びたのは彼一人。アルヴィスはこの男の話にいたく感動し、酒を数杯おごり、お互いに敬礼をして、失った友人を想って泣いた。最後に、アルヴィスは執筆中の本にこの話を使っていいかと男に訊ねた。これを聞いて、このイタリア人は泣き出した。すべて嘘だと告白した。パルチザン部隊などいなかったし、火炎放射器もなければ、ドイツ兵もいなかった。二年前に車の修理をしていたところ、エンジンが突然火を噴いたのだと。

アルヴィス・ベンダーは男の告白に感動し、酔いも手伝って、この新しい友人を許した。結局、自分だって詐欺師なのだ。十年も一冊の本に取り組んでいると話したが、一文字だって書いていなかった。二人の酔っ払った嘘つきは、抱き合い、泣き、夜通し自分たちの心の弱さを告白しあった。

朝、ひどい二日酔いのアルヴィス・ベンダーは、腰を下ろしてラ・スペツィアの港を見つめていた。父親が〝このクソをすっきりさせる〟ためにくれた三か月は、あと二週間を残すのみ。スーツケースと携帯用タイプライターをつかむと、重い足取りで桟橋に降り、ポルトヴェーネレへ船で渡る交渉を始めた。だが、その操縦士が彼の不明瞭なイタリア語を聞き間違えた。二時間後、船はクローゼットほどにこぢんまりとした入り江に入り、岩の突き出したところにドシンと到着した。そこで彼の目に留まったのは、町の出来損ないだった。恐らく全部で十二軒ほどの家が、岩壁に貼りつき、たったひとつの寂びれた商業施設である小さな宿屋兼食堂《ペンショーネ　トラットリア》を取り囲んでいる。施設には、この沿岸では何もかもがそうであるように、聖ペテロに因んだ名前が付けられていた。数人の漁師が舟の中で網の手入れをしていた。人気《ひとけ》のないホテルのオーナーは、パティオに座って新聞を読み、パイプを嗜んでいる。近くの岩の上では、端整な顔立ちをした青い眼の息子が空想に耽っていた。「ここは何というところなんだ?」アルヴィス・ベンダーが訊くと、操縦士は答えた。「ここがポルト・ヴェルゴーニャさ」。〝恥の港〟。あんたはここに来たかったんじゃないのか? アルヴィス・ベンダーはこれほど自分にふさわしい場所はないと思って、こう答えた。「そうさ、もちろんだ」

ホテルの経営者カルロ・トゥルシは、感じのいい思慮深い男で、戦争で年長の息子二人を失って以来、フィレンツェを出て、この小さな村に移り住んでいた。アメリカ人の作家がこのペンショーネに滞在するなんて光栄だと言って、息子のパスクアーレは日中は静かだから仕事がはかどると請け合った。ということで、最上階の小さな部屋で、下の岩場の穏やかな波音を聞きながら、アルヴィス・ベンダーはとうとう携帯用のロイヤルを荷物から取り出した。鎧戸を閉めたままの窓の側、サイドテーブルの上にタイプライターを置いた。じっと見つめる。紙を一枚滑り込ませ、ハンドルを回して紙を通す。キーの上に両手を置く。滑らかな小石が並ぶ表面と、そこにわずかに盛り上がった文字を撫でる。そして一時間が経過した。ワインを求めて階下に降りると、カルロがパティオに座っているのが目に入った。

「進み具合はどうです?」とカルロは真面目な顔で訊いた。

「本当のところ、ちょっと苦戦していてね」とアルヴィスは認めた。

「どの部分です?」とカルロは訊いた。

「冒頭」

カルロは考え込んだ。「ひょっとしたら、結末の方が先に書けるかもしれませんね」

アルヴィスはストレットイア近郊で見た逆さまの絵を思い出した。そうだ、もちろん。結末が先だ。笑い声が漏れた。

このアメリカ人に自分の提案を笑われたと思ったのか、カルロは「バカでした《ストゥーピド》」と謝った。

いや、そうじゃないとアルヴィスは否定した。素晴らしい提案だよ。本についてあまりに長い間話をし、考え続けてきた——既に存在しているかのように、ある意味では既に書き上げてしまったかのように、ちょうどすぐそこに、宙に浮いているかのように。彼がやるべきことと言えば、タイプで打つ場所を見つけて、それこそ近くを流れる小川のように、さらさらと物語に変えていくだけと思っていた。どうして結末から書きはじめなかったのだろう？　急いで階上に戻ると、次の言葉をタイプした。「そのとき、春が訪れ、その訪れとともに、私の戦争も終わった」

アルヴィスは自分が書いた一文をじっと見つめた。とても奇妙で断片的だが、とてもしっくりときた。それから次の文を書き、また次の文、しばらくして一ページになった。ここで階段を下りて、ワインを一杯、彼の詩神、眼鏡をかけた真面目なカルロ・トゥルシと飲む。これが自分への報酬であり、彼のリズムだった。一ページ打ち、カルロとワインを一杯。これが二週間続き、十二ページを手にしていた。アルヴィスが驚いたのは、終戦近くに出会った若い娘のことを、その娘が素早く手で処理してくれた話を書いていたことだった。本にこの話を入れる計画さえなかった——何の関係もない話だったので——だが、突如として、それが唯一、重要なことのように思えたのだ。

ポルト・ヴェルゴーニャでの最後の日、アルヴィスは十数ページの原稿と小さなロイヤルを荷物に詰め、トゥルシ一家に別れを告げた。来年戻ってきて続きを書く、毎年二週間をこの小さな村で過ごし、たとえ残りの人生をかけてでも、この本を完成させると約束した。

それから、漁師の一人にラ・スペツィアまで連れて行ってもらい、そこでリッチアーナに向かうバスを捕まえた。あの娘の故郷だ。バスの窓から外を眺め、娘と出会った場所を、小屋と木立を探したが、同じような場所はなく、収穫は得られなかった。村自体が戦時中と比べて二倍の大きさになり、ゴツゴツした古い岩造りの家は、木と石で建てた建造物にとって代わられていた。アルヴィスは一軒の食堂《トラットリア》へと入り、経営者にマリアの姓を訊ねた。男はその家族を知っていた。マリアの弟マルコと同じ学校に通っていたが、マルコはファシスト党のために戦い、そのせいで拷問を受けた。村の広場で逆さに吊るされ、牛を潰すように殺された。男はマリアがどうなったのかは知らなかったが、妹のニーナは地元の青年と結婚して、まだ村に住んでいるという。アルヴィスはニーナの家への行き方を訊いた。その石造りの平屋は、丘の斜面に広がる新たに造成された居住地域の中、村の古い岩壁の内側の空き地にあった。アルヴィスはドアをノックした。扉が少しだけ開き、黒髪の女性がドアの隣の窓から顔を覗かせ、何の用かと訊く。

アルヴィスは戦争中に姉の知り合いだったと説明した。「アンナ?」と女性は訊いた。

「いいえ、マリアです」とアルヴィスは答えた。

「ああ」と女性は言ったが、幾分声が沈んでいた。女性はすぐにきちんと整理された居間にアルヴィスを招き入れた。「マリアは医者と結婚して、ジェノヴァに住んでいます」

アルヴィスはマリアの住所をご存知ですかと訊ねた。

ニーナの顔が強張る。「マリアは昔のボーイフレンドがもう一人、戦場から帰ってくるなんてことは望んでいません。ようやく幸せになったんです。どうして騒ぎを起こしたいんですか?」

アルヴィスは騒ぎを起こす気はまったくないと約束する。

「マリアは戦争中に辛い目に遭いました。彼女を放っておいて。お願いです」。そのとき、息子がニーナを呼び、彼女は様子を見に台所へ行ってしまった。

居間には電話があった。電話を引いたばかりの人が大抵そうするように、マリアの妹も電話を目立つ場所に、聖人の人形をたくさん並べたテーブルに置いていた。電話の下にアドレス帳が見える。

アルヴィスは手を伸ばし、アドレス帳のMのページを開くと、それはあった。マリアの名前。姓はなし。電話番号もなし。ジェノヴァの番地名だけ。アルヴィスはその住所を覚え、アドレス帳を閉じると、ニーナに時間を割いてくれたお礼を言って、家を後にした。

午後、電車に乗ってジェノヴァへ向かった。

その住所は港の近くだとわかった。アルヴィスは住所を間違って覚えたのではないかと心配になった。この辺りは医者とその妻が住むような地域には見えない。

レンガと石造りの建物は、ひとつの建物が別の建物の上に重なるように立ち、その高さは港に向かって音階のように次第に低くなっていた。一階は漁師相手の安っぽいカフェと居酒屋で埋まり、その上は安アパートと質素なホテル。マリアの番地をたどると居酒屋に行きついた。腐った木にネズミが開けた穴のような場所で、テーブルは歪み、敷物は古くつぎはぎだらけ。がりがりに痩せたバーテンが薄笑いを浮かべながら、カウンターの後ろに座って給仕をしていた。客の漁師はくたびれた帽子を被り、琥珀色のふちの欠けたグラスに身を屈めている。

アルヴィスは謝った。場所を間違えたようだと。「女を探しているんだ――」と口を開く。

痩身のバーテンダーは名前を待たなかった。ただバーの裏手の階段を指さし、手を突き出す。

「ああ」。自分の今いる場所の正体がはっきりとわかって、アルヴィスは金を払った。階段を上りながら、何かの間違いであって欲しいと祈っていた。こんなところで彼女を見つけたくはない。階段の上には廊下があり、ソファと二脚のイスが置かれたロビーに続いていた。ソファに腰を下ろし、低い声で話していたのはネグリジェ姿の三人の女性だった。二人は若く――実際には少女に近く、丈の短い夜着で雑誌を読んでいた。どちらにも見覚えがない。

もう一つのイスには、ネグリジェの上に色褪せたシルクのローブを羽織り、煙草の端を咥《くわ》えて、マリアが座っていた。

「やあ」とアルヴィスは声を掛けた。

マリアは顔さえ上げげない。

若い娘の一方が英語で言った。「アメリカ、そう？　私のこと好き、アメリカ？」

アルヴィスはその娘を無視した。「マリア」と静かに話し掛けた。

女は顔を上げない。

「マリア？」

女がようやく顔を上げた。二十歳は年上に見えた。十歳ではきかない。両腕は弛み始めていて、口と目の周りには皺があった。

「マリアって誰？」と女は英語で訊いた。

若い娘の一人が笑った。「この人をいじめないで。じゃなきゃ、私にちょうだい」

彼女の声にはこちらに気づいた様子はない。そのまま、アルヴィスに時間別の料金を、英語で、色々と説明した。彼女の頭上には下手糞なアイリスの絵が飾られていた。アルヴィスはそれを逆さまにしたい衝動に駆られた。三十分だけ買うことにする。

この手の場所をまったく知らないというわけではなかった。彼がマリアに合意金額の半分を渡すと、彼女はそれを折り畳み、階段を下りてカウンターにいる男のところに行った。それから、アルヴィスは彼女の後について廊下を進み、小さな部屋に入った。中には整えられたベッドとサイドテーブル、上着掛け、それに傷で曇った鏡があるだけ。窓の外には港と下の通りが見える。彼女がベッドに腰掛けると、スプリングが軋んだ。それから服を脱ぎ出す。

「俺のことを覚えていないかい？」とアルヴィスはイタリア語で訊いた。

彼女は服を脱ぐ手を止めて、ベッドに座ったまま動かなかった。目に気付いた様子はない。

アルヴィスはゆっくりと、イタリア語で彼女に話しかけた。自分が戦争中にイタリアに駐在していたこと。ある晩、人気《ひとけ》のない道で彼女と出会って、家まで送っていったこと。彼女と出会った日に、彼は極限状態に達していたこと。自分の生死などどうでもいいと思っていたが、彼女と出会って、彼はもう一度気に掛けるようになったのだと。アルヴィスは続けた。彼女は自分に戦争が終わったら本を書くようにと、真面目にやれと励ましてくれた。でも、アメリカに戻って（「覚えているかな《リコルダ》——ウィスコンシン？」）、ここ十年飲んだくれていた。自分の親友は戦争で死んで、妻と息子が残された。自分には誰もいなかった。だから家に戻って、それだけの時間を無駄にしたんだ。

彼女は辛抱強く聞いていたが、やがてセックスしたいかと訊ねた。

アルヴィスはリッチアーナに行って君を探したんだと伝えた。村の名前を出したとき、彼女の目に何か——恐らく、恥だ——が浮かんだようにみえた。というのも、あの夜、彼女が自分にしてくれたことに、ずっと大きな負い目を感じていたから。手を使ったところではなく、その後で、彼女が自分を慰めてくれた方法に、つまり、泣いている彼の顔を美しい胸に抱きしめてくれたことに。彼は伝えた。あれは自分がこれまで受けた中で最も慈愛に満ちた行為だった。

「本当に気の毒に思うよ」とアルヴィスは言った。「君がこうなったことについては」

「こう?」彼女の笑い声にアルヴィスは驚いた。「私はずっとこうなのよ」。彼女は部屋中を指し示すようにぐるりと手を振った。そして、抑揚のないイタリア語で言った。「ねえ、私はあんたのことなんて知らない。それにあんたが話している村も知らない。ずっとジェノヴァに住んでいるの。時々、あんたみたいな青年がやってくる。戦争の間こっちにいて、私みたいな女の子と最初のセックスをしたアメリカの若い男。結構なことね」。彼女は辛抱強そうに見えたが、彼の話に特に興味を持ってはいなそうだった。「ところで、あんたはどうするつもりだったの? そのマリアを助けるの? アメリカに連れていくつもり?」

アルヴィスは何と答えるべきか、まったくわからなかった。いや、もちろん、アメリカに連れていくつもりなどなかった。だとしたら、自分はどうするつもりだったのだろうか? なぜここに来たのか?

「あんたは私を喜ばせてくれた。若い娘より私を選んでくれたから」とその娼婦は言って、ベルトに手を伸ばした。「でも、お願い。私をマリアと呼ぶのは止めて」

彼女の手が慣れた手つきでベルトを外したとき、アルヴィスはその女の顔をじっと見つめていた。それは彼女の顔のはずだった。そうではないのか? だが、今になって突然、確信が持てなくなった。想像していたマリアよりも確かに年上に見える。あの弛みは年のせいだと思っていた――実は赤の他人だったなんてことが? 自分は偶然会った娼婦なんかに告白をしていたのか?

彼女の丸い手がズボンのボタンを外すのをじっと見守った。体が動かないと思ったが、何とか体を引き離した。ズボンのボタンを留め、ベルトを締め直す。

「他の二人のどちらかの方がいいの?」と娼婦は訊いた。「連れてくるわよ。でも、お金は私にも払う必要があるからね」

アルヴィスは財布を取り出したが、その手は震えていた。彼女が言った相場の五十倍の額を引き出した。金をベッドの上に置く。それから、静かに言った。「あの夜、何事もなく君を家に送っていけなくてすまなかった」

彼女はただその金を見つめていた。それからアルヴィス・ベンダーは外に出たが、この部屋の中で、最後まで大切にしていたものが消え去ってしまったように感じた。待合室では、別の娼婦が雑誌を読み続けていた。彼女たちは顔さえ上げなかった。下に降りて、痩せたにやけ顔のバーテンダーの脇をすり抜け、太陽の下に勢いよく駆け出したとき、アルヴィスは狂おしいまでの喉の渇きを覚えた。急いで通りを渡り、別のバーへと向かいながら、考えていた。ありがたいことに、この手のバーは永遠に続くんだ。ちょっとした慰めじゃないか。世界中のあらゆるバーに行ったとしても、それが尽きることなどないというのは。自分は年に一度イタリアに来て、あの本に取り組むだろう。書き上がるまでに人生の残りの時間が掛かったとしても、飲みすぎて死んだとしても、それは構わない。今はもう、自分の本がどのようなものになるのかわかっていた。作り物だ。不完全で歪《いびつ》なもの。より大きな意味につながる小さな欠片。たとえ、マリアと過ごした時間がまったく意味のないものだったとしても――偶然の出会い、過ぎ去った時間、ひょっとしたらあの娼婦だって別人かもしれない――そのときは仕方がない。

通りを走るトラックが方向を変え、近くにいたアルヴィスは長い思案から急に現実に引き戻された。肩越しに後ろを振り返って、今、後にしてきたばかりの売春宿を見上げる。そこに、二階の窓にマリアが立ち――少なくとも、自分にそう言い聞かせる――ガラスに寄り掛かって彼を見ていた。そのローブの胸元は少し開いていて、指で胸の谷間を、かつて彼が顔を押し付けてすすり泣いた場所を撫でていた。彼女はなおも少しの間、こちらを見つめていたが、やがて窓から離れ、姿を消した。

弾けるように大量に書いたあと、イタリアを訪れても、アルヴィス・ベンダーが小説を書き進めることはほとんどなかった。代わりに、ローマやミラノやヴェニスで一、二週間ぶらぶらと過ごし、酒を飲み、女の尻を追いかけまわし、その後でポルト・ヴェルゴーニャに来て、静寂の中で数日を過ごした。あの第一章を推敲した。書き直し、順番を入れ替え、一、二語を取り去り、新しい一文を入れる――だが、一方で、その先については何も思い浮かばなかった。とはいえ、この作業はある意味でいつも彼を癒してくれた。よく書けた一章を読み、ゆっくりと改訂を施し、年上の友人カルロ・トゥルシ、彼の妻アントニア、そして海色の瞳をした息子パスクアーレに会う。だが、今では――こんな具合にカルロとアントニアは亡くなり、パスクアーレはすっかり大人になっていた……アルヴィスはどう考えればいいのかわからなかった。このような形で夫婦が立て続けに亡くなることがある、と話には聞いていた。悲しみが大きすぎて、残された者が耐えられなくなるのだ。だが、納得するのは難しかった。一年前、カルロとアントニアはどちらも元気そうだった。それなのに今はもういないのか？

「いつ起きたんだ？」とアルヴィスはパスクアーレに訊いた。

「父はこの春に、母は三日前の夜に」とパスクアーレは答えた。「母の葬儀のミサは明日です」

アルヴィスはパスクアーレの顔をずっとうかがっていた。ここ数年、春にアルヴィスが訪れたとき、パスクアーレは家を離れて学校にいた。これが小さなパスクアーレとは信じられなかった。成長してこんな……こんな一人前の男に。悲しみの最中にあってさえ、パスクアーレは、アルヴィスに対して、子どもの頃と同じ奇妙な落ち着きを示していた。あの青い瞳は、揺らぐことなく悠々と世界を見定めている。二人は朝の涼しい空気に包まれてパティオに座っていた。アルヴィス・ベンダーの携帯用タイプライターとスーツケースが足元に置かれていたが、そこは幼いパスクアーレがかつて座っていた場所だった。「本当にお気の毒に、パスクアーレ」とアルヴィスは言った。「君が独りになりたければ、海岸線を上ってホテルを探すよ」

パスクアーレは顔を上げてアルヴィスを見た。アルヴィスのイタリア語は、大抵の場合、かなり明瞭だったが、その言葉がパスクアーレに届くまでには少し時間が掛かった。まるで通訳を介する必要でもあったように。「いいえ、あなたに滞在して欲しいです」。パスクアーレはお互いのグラスにもう一杯ずつワインを注いで、アルヴィスのグラスを彼の方へと滑らせた。

「ありがとう《グラッツェ》」とアルヴィスは礼を言った。

二人は黙ってワインを飲み、その間、パスクアーレはテーブルをじっと見つめていた。

「本当によくあることなんだよ。こんな風に夫婦が立て続けに亡くなるのは」とアルヴィスは言った。彼があまりに博学なので、パスクアーレは時々、いかがわしさを感じることさえあった。「死んでしまうんだよ……」。アルヴィスはイタリア語で悲しみを表す言葉を思い出そうとした。「心痛《ドローレ》でね」

「いいえ」。パスクアーレは再びゆっくりと顔を上げる。「叔母が母を殺しました」

アルヴィスは耳を疑った。「君の叔母さんが?」

「ええ」

「叔母さんはどうしてそんなことしたんだ、パスクアーレ?」とアルヴィスは訊いた。

パスクアーレは顔を撫でた。「叔母は僕にアメリカ人の女優と結婚して欲しかったんです」

アルヴィスは、パスクアーレが悲しみのあまり気がふれたのかもしれないと思った。「どの女優だ?」

パスクアーレは眠たげにディー・モーレイの写真を手渡す。アルヴィスはポケットから読書用眼鏡を取り出し、写真を確認すると顔を上げた。はっきりとした口調で訊く。「君の母親はエリザベス・テイラーと結婚して欲しかったのかい?」

「いいえ、もう一人の方です」とパスクアーレは英語に切り替えて答えた。まるでこうした出来事は、この言語でこそ信憑性が高まるとでも考えているように。「その女の人はホテルに来ますた。三日間。手違いでここに来ますた」。パスクアーレは肩をすくめた。

八年間、アルヴィス・ベンダーはポルト・ヴェルゴーニャに通い続けてきたが、このホテルで見かけた客は他に三人だけ。明らかにアメリカ人ではなく、明らかに美しい女優でもなく、明らかにエリザベス・テイラーの友だちでもなかった。「美人だな」とアルヴィスは言った。「パスクアーレ、君の叔母さんのヴァレリアは今どこに?」

「わかりません。丘の方に行きました」。パスクアーレはそれぞれのグラスにもう一杯ワインを注いだ。

顔を上げて、家族の古い友人を、その鋭い顔つきと薄い口髭を見る。彼はフェドラ帽で扇いでいた。「アルヴィス」とパスクアーレは声を掛ける。「話すのをやめてもいいですか？」

「もちろんだよ、パスクアーレ」とアルヴィスは答えた。二人とも黙ってワインを飲んだ。静寂に包まれながら、下の崖に打ち寄せる波が塩気を含んだ飛沫を空中へと微かに舞い上げる中、二人の男は海を見つめていた。

「彼女はあなたの本を読みました」としばらくしてパスクアーレが言った。

アルヴィスは首を傾げ、聞き間違いではないかと疑う。「今、何て言った？」

「ディーです。そのアメリカ人」。写真のブロンドの髪の女性を指さした。「彼女はあなたの本を読みました。悲しいけれど、とても素晴らしいと言っていました。とても気に入っていましたよ」

「本当か？」とアルヴィス・ベンダーは英語で訊いた。それから、「ああ、信じられないな」。再び静寂が広がり、岩場の波音だけがカードをシャッフルするように響く。「彼女は他に何か……言っていなかったよな？」アルヴィス・ベンダーはしばらくして、もう一度イタリア語で訊いた。

パスクアーレはアルヴィスに何を訊きたいのかわからないと伝えた。

「俺が書いた原稿のことで」と彼は言った。「その女優は他に何か言っていたかな？」

パスクアーレは言っていたとしても、何も思い出せないと答えた。

アルヴィスがワインを飲み干し、自分の部屋に上がるつもりだと言うと、パスクアーレは二階の部屋に滞在するのでも構わないかと訊いた。その女優が三階に泊まっていたので、まだ掃除に手が回らなくてと説明する。パスクアーレは嘘をついたのがおかしかった。だが、とにかく、あの部屋に他の客を迎える準備がまだできていなかった。たとえアルヴィスであっても。

「もちろん」とアルヴィスは答え、荷物を置きに二階へ上がって行った。美しい女性が自分の本を読んだことを思い出し、まだ微笑を浮かべている。

パスクアーレは独りでテーブルに座っていたが、やがて大型艇の大きなエンジン音が聞こえた。顔を上げると、ちょうど見知らぬ高速艇が防波堤を回り、ポルト・ヴェルゴーニャの小さな入り江に入ってくるのが見えた。操縦士が速度を出しすぎたように浮き上がり、江に進入したので、船は怒ったように浮き上がり、自分で跳ね上げた波しぶきの中に着水した。船には男が三人乗っていたが、低い音を立てながら埠頭に近づくにつれて、その姿がはっきりと見えるようになった。黒い帽子の男が船を操縦しており、その背後に、船尾に並ぶように、蛇野郎のマイケル・ディーンと酔っ払いのリチャード・バートンが座っていた。

パスクアーレは立ち上がって、岸辺まで行こうとはしなかった。黒帽子の操縦士が木製の繫船柱に船をつなぎ、それからマイケル・ディーンとリチャード・バートンが船から出て、埠頭に降り立つと、狭い道を上ってホテルへと進んできた。

リチャード・バートンはしらふに戻っているようで、ウールのジャケットを羽織り、シャツを袖口から覗かせ、ネクタイはなしと完璧な着こなしだった。

「旧友はここか」とリチャード・バートンがパスクアーレに呼びかけながら、村へと通じる道を上がってきた。「ディーは戻っていないよな、友よ?」

マイケル・ディーンはバートンの数歩後ろにいて、この場所を品定めしていた。

パスクアーレは振り返り、父親の村の寂しい集落に視線を注ぎ、このアメリカ人の目を通して村を眺めてみた。小さな石と漆喰で作られた家々は、ディーン本人と同じくらいくたびれて見えているに違いない――三百年後には、家屋は断崖にしがみつく力を失って、海へと転がり落ちているかもしれない。

「ええ」とパスクアーレは答えた。座ったままだった。二人がパティオに到達すると、パスクアーレはマイケル・ディーンを睨み付け、ディーンは半歩後ずさりした。

「それで……ディーを見かけてはいないんだな?」とマイケル・ディーンは訊いた。

「ええ」とパスクアーレはもう一度言った。

「なあ、そう言っただろ」とマイケル・ディーンはリチャード・バートンに言った。「さあ、ローマに戻ろう。そこに現れるかもしれない。あるいは、ひょっとしたら、もうスイスに向かっているかもしれない」

リチャード・バートンは髪を掻き上げると、向きを変え、パティオのテーブルに置かれたワインの瓶を指さした。「別に構わないかな、友よ?」

背後でマイケル・ディーンがたじろいだが、リチャード・バートンは瓶をつかみ、振り、ディーンに中身が空だと示した。「腹立たしいほど幸運だ」と言って、まるで喉が渇いて死にそうだといわんばかりに口許を拭う。

「中にもっとワインあります」とパスクアーレが言った。「台所に」

「まったく素晴らしいね、君は。パット」とリチャード・バートンは言った。パスクアーレの肩を叩き、脇を抜けてホテルに入って行く。

バートンが居なくなると、マイケル・ディーンは足を組み替え、咳払いをした。「ディックはディーがここに戻っているかもしれないと考えたんだ」

「あなた方はディーを見失うですか?」とパスクアーレは訊いた。

「そういう言い方もできると思うが」。マイケル・ディーンは眉をひそめた。まるでこれ以上話すべきかどうかを考えあぐねているようだった。「彼女はスイスに行くことになっていたんだが、列車に乗らなかったようだ」。マイケル・ディーンはこめかみを揉んだ。「もし彼女がここに戻ってきたら、私に連絡をくれないか?」

パスクアーレは何も言わなかった。

「なあ」とマイケル・ディーンは口を開いた。「この件はとにかくとても複雑なんだ。君はあの若い娘のことしか知らない。認めるよ。確かに彼女には辛い出来事だった。だが、他にも関係者がいて、責任があって、考慮すべきことがあるんだ。結婚、キャリア……単純じゃないんだ」

パスクアーレはたじろいだ。彼は思い出した。あのとき、自分はディー・モーレイに向かって、アメデアとの関係について同じことを言った。「単純じゃない」

マイケル・ディーンは咳払いをした。「私は自己弁護をするためにここにきたんじゃない。ここに来たのは、君が彼女を見かけたら、メッセージを伝えてくれるかもしれないからだ。怒っているのはわかっていると伝えてくれ。だが、私は彼女の望みもちゃんとわかっている。こう伝えてくれ。『マイケル・ディーンは君の望みがわかっている』。それに、私は彼女がそれを手に入れる手助けができる男だと」。上着の中に手を入れ、新たな封筒を取り出すと、パスクアーレに差し出す。「ここ数週間で、私が気に入ったイタリアの言葉がある。大きな《コン・モルタ・》裁量《ディスクレツィオーネ》で」

大きな裁量で。パスクアーレはその金を、まるで蜂でも払うように手で払いのけた。

マイケル・ディーンは封筒をテーブルに置いた。「もしここに戻って来たら、私に連絡をくれと伝えてくれるだけでいいんだ。わかったか《カピッシェ》?」

そのとき、リチャード・バートンが戸口に姿を現した。「ワインはどこにあると言ったかな、船長?」

パスクアーレがワインの見つかる場所を伝えると、リチャード・バートンは中に戻って行った。

マイケル・ディーンは微笑んだ。「いい俳優は時々……扱いが難しいものでね」

「彼はいい俳優ですか?」パスクアーレは顔も上げずに訊いた。

「今まで見た中で最高だ」

合図でもあったかのように、リチャード・バートンがラベルのないワインの瓶を手に姿を現した。「よし、それでは。この男にこのワイン《ヴィーノ》の金を払ってくれ、ディーノ」

マイケル・ディーンはテーブルにさらに金を置いた。ワインの値段の二倍はある。

声に誘われて、アルヴィス・ベンダーがホテルから出てきたが、戸口で突然足を止めた。口も利けないほど驚いて見つめていると、リチャード・バートンが黒いワインの瓶を掲げて、彼に乾杯を捧げた。「乾杯《チン・チン》、友よ《アミーコ》」とリチャード・バートンは言った。アルヴィスのことは、イタリア人がもう一人いるとでも思ったようだ。バートンは瓶をぐっと一口呷《あお》って、マイケル・ディーンの方に向き直る。「さて、ディーナー……征服すべき国が我々を待っておるな」。バートンはパスクアーレにお辞儀をした。「指揮者殿、貴殿はここに素晴らしいオーケストラをお持ちだ。何ひとつ変えなさるな」。こう言うと、彼は船に戻る道を引き返し始めた。

マイケル・ディーンは胸ポケットに手を入れ、名刺とペンを取り出した。「それとこれは……」――もったいつけながら、名刺の裏に署名し、テーブルのパスクアーレの前に置く。まるで手品を披露しているかのようだった——「……君にだ、トゥルシ君。ひょっとしたら、いつか君にも何かしてあげられるかもしれない。大きな裁量でね《コン・モルタ・ディスクレツィオーネ》」とまた言った。それから、マイケル・ディーンは神妙な面持ちでうなずくと、踵を返し、リチャード・バートンの後を追って階段を下りて行った。

パスクアーレは署名入りの名刺を持ち上げ、裏を返した。こう書いてあった。「マイケル・ディーン、広報、二〇世紀フォックス」

ホテルの戸口で、アルヴィス・ベンダーは直立不動になり、口を開けたまま、二人の男が海岸へと道を下っていく様子を見つめていた。「パスクアーレ？」とようやく声を絞り出す。「あれはリチャード・バートンか？」

「ええ」とパスクアーレはため息をついた。そして、パスクアーレの叔母のヴァレリアが、まさにこのタイミングを選んで現れなければ、アメリカの映画関係者にまつわるエピソードはすべて終わりを迎えていたかもしれない。荒れ果てた教会の裏から亡霊の如くよろよろと姿を現した叔母は、悲しみと罪悪感に取り乱し、また、戸外で一夜を過ごしたせいで、目は虚ろ、白髪は吹き飛ばされたワイヤーのように頭から飛び出ていた。衣服は汚れ、飢えてこけた顔には、濁った涙の跡がついている。「悪魔《ディアーボロ》め！」

叔母はホテルの前を通り抜け、アルヴィス・ベンダーの前を通り抜け、甥の前を通り抜け、海へと引き返して行く二人の男の方へ向かって行った。進む先で野良猫が散るように逃げ出す。リチャード・バートンは遥か前方だったが、叔母はマイケル・ディーンの方へと小径をよたよたと進みながら、イタリア語で叫んだ。悪魔、殺し屋、暗殺者。「人殺し《オミチーダ》！」とシュッと息を漏らしながら叫んだ。「血に餓えた暗殺者《アサッシーノ・クルエント》め！」

瓶を手に船の目前まで来て、リチャード・バートンは振り返った。「ワインの代金を払えと言ったろ、ディーン！」

マイケル・ディーンは立ち止まり、向きを変えて、両手を上げていつもの魅力を振りまいたが、年老いた魔女は構わず近づいてくる。節くれだった指を持ち上げ、ディーンに突き付けて、嘆き声で非難を加えると、恐ろしい呪いの言葉が崖の壁面にこだました。「あんたがじわじわと弱って死ぬように呪ってやる《イオ・ティ・マレディーコ・ア・モリーレ・レンタメンテ》。哀れな魂のせいで苦しむがいいさ《トルメンタート・ダラ・トゥア・アニマ・ミゼラービレ》！」。

「クソいまいましいな、ディーン」とリチャード・バートンは叫んだ。「お前、船に乗るつもりか？」

第十五章　マイケル・ディーンによる回顧録の没になった第一章

二〇〇六年
カリフォルニア州ロサンゼルス

アクション。

　さてどこから始めようか？　生まれと男は言う。いいだろう。一九三九年にこの天使たちの町《ロサンゼルス》で私は生まれた。経験豊富な弁護士の妻が六人兄弟の第四子として産んだのだ。だが本当に誕生したのは一九六二年の春。

　そのとき私は自分のなすべき運命《さだめ》を見出したのさ。

　それ以前の人生はどう見ても一般人のそれだった。家族揃っての夕食に水泳教室。テニス。毎年夏は従兄弟とフロリダへ。学校の校舎や映画館の裏で気安い女の子と乳繰り合ったりもした。

　私はすごく頭の切れる子だったか？　いや。すごくハンサムだったか？　それもちがう。私はみんなが問題児と呼ぶような子どもだった。その前に大がつくほどさ。嫉妬深いガキどもは決まって私をぶちのめした。女の子からは平手打ちされた。学校は私を腐った牡蠣のように吐き出した。

　父親にとって私は裏切り者だった。父の名前とその父が息子のために整えた計画にとって。留学。法科大学院。父の事務所での研修。父の足跡を踏襲。父の人生も。代わりに私は自分の人生を生きた。ポモーナ・カレッジに二年間。女性について色々と学んだ。一九六〇年に中退して映画業界へ。肌が汚いせいで私の計画に穴が開いた。それで私は内側からビジネスを学ぶことに決めた。底辺からのスタートさ。二〇世紀フォックスの広報の仕事だ。

我々が働いていたのは古いフォックスの車輛倉庫で隣には油塗れの全米トラック運転手組合の連中がいた。レポーターやゴシップ欄担当の記者に一日中電話を掛け続ける。我々は都合のいい話を新聞に載せて都合の悪い話を締め出そうと頑張った。夜には公開初日やパーティーや慈善興業に通った。この仕事を気に入っていたかって？ 気に入らない奴などいるか？ 腕には毎晩違う女性。太陽とストリップとセックス？ 人生はぞくぞくするものだった。

私の上司は大耳の太った中西部出身の男で名前はドゥーリーといった。彼が私を側に置いたのは私が青かったからだ。私は彼をハラハラさせた。ある朝ドゥーリーはオフィスを留守にしていた。慌てふためいた電話が掛かってきた。鼻の利く奴がスタジオの門に面白い写真を持ってきていた。有名な西部劇俳優がパーティーに。売出し中のスターの一人だ。あまり知られていないがこいつは第一級のホモ野郎でもあった。今回の写真には奴が他の野郎の股ぐらで起床ラッパを吹いてる姿が映っていた。この俳優が見せたこれまでで最高の迫真の演技さ。

ドゥーリーは翌日に戻る予定だった。だが事態は待ってはくれない。最初に貸しのあるゴシップ欄担当の記者に連絡を取った。この西部劇俳優がある若い女優と婚約をしたという噂を吹き込んだ。売出し中のB級女優。彼女なら飛びつくとどうしてわかったのかって？ 私自身が何度か寝たことのある娘だったからさ。自分の名前をもっと有名なスターと結びつけることがゴシップ欄の一面に躍り出る最短ルートになる。もちろん彼女は飛びついたさ。この街では何もかもが上に向かって流れている。それから私は門まで歩いて行ってそのカメラマンをさりげなく雇うとスタジオで使う宣伝用のスチール写真を撮らせることにした。あの歌うカウボーイのネガは自分で燃やしたよ。

電話を受けたのが正午。五時には片がついていた。だが翌日ドゥーリーはかんかんだった。どうして？ スクーラスが電話をかけてきたからだ。そしてこのスタジオのトップは私に会いたがっていた。ドゥーリーにではなく私に。

ドゥーリーは私に一時間ほどの予習を施した。スクーラスの目を見るな。不敬な言葉は使うな。それにお前がどうなろうと彼に逆らうな。

よし。私はスクーラスの事務所の外で一時間待った。それから中に足を踏み入れた。彼は机の端にちょこんと座っていた。葬儀屋のような黒いスーツを着ていた。サングラスに髪を撫でつけた恰幅の良い男。彼はイスを勧めてくれた。コーラはどうかと訊ねてきた。「ありがとうございます」。ケチなギリシャ野郎が瓶の栓を抜いた。三分の一をグラスに注ぐとそれを私に渡した。残りは手に持ったままであとはご褒美とでも言わんばかりだった。机の隅に戻って私がわずかなコーラを飲むのを見守りながら質問を始めたんだ。出身は？　何になりたかった？　好きな映画は？　西部劇のスターの名前さえ出なかった。この巨大なスタジオのボスはこのディーンから何を引き出したいのだろう？

「マイケル。教えてくれ。『クレオパトラ』について知っていることは？」

バカげた質問だった。この街のありとあらゆる人間がこの映画のありとあらゆることを知っていた。大半はこの映画がフォックスを生きながらに貪り食っていることだった。映画の企画は二十年も放置された後で五八年にウォルター・ウェンジャーが製作に乗り出した。だがその後ウェンジャーは妻が彼女の代理人に口でご奉仕している現場を押さえてこの浮気相手の股間を撃ってしまった。それでルーベン・マムーリアンが『クレオ』を引き継いだ。この映画のために二百万ドルの予算をつけてジョーン・コリンズを用意した。彼女はせいぜいドン・ノッツと同程度。それでスタジオは彼女を降板させてリズ・テイラーの動向を追った。世界一のスターだがデビー・レイノルズからエディ・フィッシャーを略奪したせいで悪い評判で足許がぐらついていた。まだ三十歳にも満たないのに結婚は既に四度目。このキャリアの危機的な状況において彼女はどうするのか？　百万ドルと『クレオパトラ』の興行の一〇パーセントを要求する。映画一本で五十万ドルを稼ぐ奴だっていないのにこの女ときたら百万ドルも要求するだと？

だがスタジオは自棄を起こしていた。スクーラスはイエスと言った。

一九六〇年にマムーリアンは四十人を連れてイギリスに渡り『クレオ』の製作を開始する。出だしから最悪だった。悪天候。悪運。セットを組む。セットが壊れる。セットをまた組む。マムーリアンは一コマも撮影できなかった。リズが病気になった。風邪が歯の膿腫になり脳の感染症になりブドウ球菌感染症になり肺炎になる。この女は気管切開術を受けて手術台で死にかけた。キャストとクルーはだらだらと酒を飲んでクリベッジに興じていた。十六か月の製作期間と七百万ドルの金を費やしたのに使えるフィルムは二メートルに満たなかった。一年半でフィルムにして自分の身長程度の長さしか撮れない男。スクーラスに選択の余地はなかった。奴はマムーリアンをクビにした。ジョー・マンキーウィッツを招き入れる。マンキーはすべてをイタリアへと移してリズを除いたすべてのキャストを降板させる。ディック・バートンを招いてマーク・アントニーにする。五十人の脚本家を雇って脚本を修正する。すぐに五百ページに達した。九時間の物語。スタジオは一日に七万ドルずつ失っていく一方で千人のエキストラは無為に過ごして金をもらい雨が何度も降り人々は撮影用カメラを盗み出しリズが酔っ払いマンキーはこれを三部作にすると話し出した。スタジオはあまりに深入りしすぎていて今や引き返せないところに来ていた。二年の製作期間と二千万ドルの金をこの便所映画に流してしまった後だけに撤退など不可能でさらにどれだけ掛かるのかは神のみぞ知るところだった。かたやけちで哀れなスクーラスはこのクソッタレな作品に関わり続けたままスクリーンに映し出されるものがとんでもなく素晴らしい映画……スペクタクル……今までで……最高のものになるとせめてもの希望をつないでいた。

『クレオパトラ』について知っていること?」私は顔を上げて机に座るスクーラスと残りのコーラを見た。「たぶん少しは」

正解。スクーラスは私のグラスにコーラをさらに注いだ。それから彼は自分の机に手を伸ばした。マニラ紙の封筒をつかんだ。それを私に渡す。封筒から出てきた写真を私は決して忘れないだろう。芸術作品だった。二人の人間がしっかりと抱き合っている。他の誰でもない。ディック・バートンとリズ・テイラー。広報写真のアントニーとクレオパトラではない。ローマのグランド・ホテルのパティオでリズとディックが唇をぴたりと重ねていた。舌がお互いの口を洞窟探索していた。

これは大惨事だった。二人とも結婚していた。スタジオはまだリズがデビーとエディの結婚を台無しにしたというクソな評判と戦っているところだった。リズは同世代で随一の舞台俳優とやっているのだろうか？　しかも一流の女たらしだぞ？　エディ・フィッシャーの小さな子どもたちはどうなる？　それにバートンの家族は？　目の周りが石炭で煤けた哀れなウェールズ人のろくでなしどもは父親がいなくなって泣き出すのではないか？　これが世間に知れたら映画はおしまいだ。スタジオはおしまいだ。映画の予算はすでにギロチンの刃のように太ったギリシャ人スクーラスの頭上にぶら下がっていた。これでギロチンの刃が落ちてしまうかもしれない。

私は写真を見つめた。

スクーラスはなんとか微笑んで冷静を装っていた。だが目がメトロノームのようにキョロキョロと動いている。「ディーン君はどう思うかね？」

ディーンがどう思ったかって？　そんなに急かすなよ。

私には他にもわかっていることがあった。だが本当にはわかっていなかった。いいか？　実際に性欲の存在に気づく前にそれを感知する方法は？　私には才能があった。だが私はその使い方を知らなかった。私にはときどき人間が透けて見えた。その人の芯まで。エックス線のようにだ。人間嘘発見器じゃない。欲望発見器さ。そのせいでトラブルにも巻き込まれた。ある女が私にノーと言う。どうして？　その女には恋人がいた。ノーと聞こえるが私にはイエスとわかる。十分後に恋人がやってきて彼女がディーンを口いっぱいに頰張っているのを目の当たりにする。わかるか？

スクーラスの場合もこんな具合だった。彼は何か言っていたが私は別のことを理解していた。それで。今度はどうだね？　ディーン君。君のこれからのキャリアが目の前に広がっているぞ。それにドゥーリーのアドバイスがまだ頭の中に響いていた。（彼の目を見るな。不敬な言葉を使うな。彼に逆らうな。）

彼がもう一度言った。「それで。どう思うかね？」

深いため息。「そうですね。私にはこの映画でアホみたいに途方に暮れているのはあなただけじゃないように思えますね」

スクーラスは私を見つめていた。それから机の端からすっくと立ち上がった。机を回って席につく。その瞬間から彼は私を一人前の男のように扱った。コーラの小瓶はもうなし。老人が状況を分析する。リズ？　制御不能だ。感情的。頑固。つむじ曲がり。だがバートンはプロだ。それに美女と一緒のところを撮られたのだって初めてじゃない。我々にチャンスがあるとすれば彼を説得することだ。しらふのときにな。

この件の健闘を祈る。君の最初の任務はローマへ行ってしらふのディック・バートンにリズと手を切らなければこの映画から追放するぞと伝えることだ。わかりました。私は翌日飛行機に乗った。

ローマに着いてすぐに簡単にはいかないとわかった。これは稽古中の色恋沙汰のようなものではなかった。二人は愛し合っていた、あの女優つまみの達人バートンでさえこの件では深みにはまっていた。彼は人生で初めてエキストラやヘアスタイリストを次々と平らげたりしていなかった。グランド・ホテルで私は彼に状況を説明した。彼にスクーラスのメッセージをそのまま伝えた。重々しく演じてみせた。ディックはただ笑いとばした。私が彼を映画から叩き出したかって？　あり得ない。

人生で最大の任務について三十六時間で私の虚勢はすっかりそがれていた。原子爆弾だってディックとリズを引き離すことはできなかっただろう。

無理もない。ハリウッド史上最大のロマンスだ。単に共演者同士がくっついたんじゃない。愛だ。今ではこの手の素敵なカップルが現れると何だって名前をつなげて呼ぶじゃないか？　でもそんなのはできの悪い模造品だな。ただのガキどもじゃないか。

ディックとリズは神だった。歴然たる才能とカリスマの持ち主で一緒にいると神の如くたちが悪かった。最悪。豪華な悪夢。周囲の誰に対しても酔っ払って自己中心的で冷酷になった。映画がこの二人のドラマだけだったら良かったのに。二人は紙のように平然とシーンを撮影する。カットが掛かるや否やバートンがひねくれたことを言って彼女がそれにキーッと言い返し怒り狂ったリズが出ていくとバートンがその後を追ってホテルに戻る。それで二人がガラスを割ったり愛しあったり神をも畏れぬ音を立てるのをホテルのスタッフがレポートする。誰もこの二人が喧嘩しているのかセックスをしているのか区別がつかない。空っぽの酒のデキャンターがホテルのバルコニーから飛んでいく。毎日車が駄目になる。十台の玉突き衝突も一度。

それが私の許にもたらされたのはまさにこのときだった。

私はそれを自分が誕生した瞬間と呼ぶ。

聖者はそれを顕現と呼ぶ。

億万長者はそれを妙案と呼ぶ。

芸術家はそれを詩神と呼ぶ。

私にとってそれとは自分と他人を隔てる違いを理解した瞬間だった。常に目にしてはいたが完全には理解できていなかったこと。本質の直観的な感知。動機の。心の欲望の。私は一瞬で世界のすべてを見渡し即座にそれを理解する。

〝我々は欲するものを欲す〟

ディックはリズを欲した。リズはディックを欲した。そして我々は車の事故を欲する。我々はそうじゃないと否定する。だが我々は事故が大好きだ。見ることは愛すること。千人がダビデ像の前を車で通り過ぎる。二百人が見る。千人が車の事故現場を車で通り過ぎる。千人が見る。

こんなのは今では陳腐な常套手段ではないかな。コンピュータ画面でよく見かけるヒット数や閲覧者数や閲覧ページ数を示す見掛け倒しのカウンターでは当たり前のことだ。だがこれは私にとっての転換点になった。この街にとって。この世界にとっての。

私はLAのスクーラスに電話を掛けた。「この件は修復不能です」

老人は黙っていた。「他の者を送り込む必要があると言わせたいのか？」

「いいえ」。私は五歳児に話し掛けていた。「申し上げましたのは……この件が……修復……不可能だということです。それにあなたも修復を望んでいない」

彼は息巻いた。悪い知らせを聞き慣れている男ではなかった。「いったい何の話をしているんだ？」

「この映画にいくら注ぎ込んでいますか？」

「映画の実製作費なぞ――」

「いくら？」

「千五百万」

「あと十セントでも注ぎ込んだら二千万になりますね。控え目にみても完成までに二千五百から三千万かかるでしょう。それで三千万を取り戻すために宣伝にいくらかけるおつもりですか？」

スクーラスは数字を挙げることさえできなかった。

「世界中でコマーシャルと大型看板と各雑誌への広告掲載。八百万？　一千万としましょう。これで四千万に到達です。四千万ドル稼いだ映画はこれまでに存在しません。それとはっきりさせましょうか。この映画は駄目です。これよりも愉快なケジラミを飼ったことがありますよ。うんざりするほど評判を下げています」

私がスクーラスにひどい苦痛を与えただろうか？　君はそういうだろう。彼を救うためには仕方がなかった。

「でも私が宣伝費用をかけずに二千万ドルを稼がせてあげましょうと言ったら？」

「我々の望む宣伝の方法じゃない！」

「ひょっとしたらそうなるかもしれませんよ」。それから私は舞台で話すようにそれが何かを説明した。


飲酒。喧嘩。セックス。カメラが回っていなければそれは死を意味する。でもカメラが回っていなければ？　君は二人から目が離せないかもしれない。マーク・アントニーとクレオ・クソ・パトラ？　そんな古くさいボロボロの死体なんか誰が気にする？　でもリズとディックは？　これは我々の映画だ。二人が燃え上がっていればチャンスはあるとスクーラスに伝えた。

この炎を消す？　バカを言うな。我々がすべきは火に油を注ぐことだ。

今ならすぐわかる。この世界は転落と贖罪《しょくざい》と再びの転落で満ち満ちている。カムバックに次ぐカムバックもいっぱい。慎重に公開される自画撮りのセックスビデオもいっぱい。だが以前はこんな風に考えている奴はいなかった。映画スター(ヽヽヽ)に関してはね！　あいつらはギリシャの神々だ。完璧な存在なのさ。一度転落したらそれは永遠に続く。太っちょアーバックル？　死んだ。エヴァ・ガードナー？　消えた。

私は家一軒を救うために街全体を燃やせと唆しているところだった。もし私がこれをやってのけたらスキャンダルにもかかわらず(ヽヽヽヽヽヽ)ではなくスキャンダルがあるからこそ人々はこの映画を見に行くことになる。そのあとでは誰も後戻りはできない。神々は永遠に死んでしまうだろう。

電話の向こうからスクーラスの息遣いが聞こえた。「やれ」。それから電話が切れた。

この日の午後に私はリズの運転手を買収した。彼女とバートンが隠れ家として借りた別荘のパティオに姿を現したときにカメラのシャッターを切る音が三方向のバルコニーから響いた。チップを渡したカメラマンさ。翌日自分で専属のカメラマンを雇って二人を尾行させた。この手の写真を売って何万ドルと稼いだよ。この金でもっとたくさんの運転手やメイク担当者を抱き込んで情報を集めた。自分用のささやかな産業を築き上げたんだ。リズとディックは激怒した。二人が情報を漏らしている奴を見つけろと泣きついてきたので私は見つけたふりをした。運転手やエキストラや出入りの業者を解雇するとすぐにディックとリズは私を信頼し始めて遠くの保養地を予約させた。だがカメラマンは変わらず二人を見つけ続けた。

上手くいったのかって？　みんなが知っているどの映画のストーリーよりも大当たりしたよ。リズとディックの姿は世界中のあらゆる新聞に載っていたからね。

ディックの妻がそれを見つけた。そしてリズの夫も。ストーリーはさらに大きくなった。スクーラスには辛抱しろと伝えた。切り抜けるためだと。

それから気の毒なエディ・フィッシャーがローマに飛んできて妻を取り戻そうとしたので私は突然新たな問題を抱えることになった。この件を成功させるにはリズとディックが映画のクランクアップ時に一緒にいなければならなかった。映画がサンセット大通りで封切られたときにディックとリズにはシャトー・マーモントのダイニングでいちゃついていてもらう必要があった。それにはエディ・フィッシャーにはよたよたとご退場願う必要もあった。だがこのクソ野郎はとっくに破綻した結婚にしがみつきやがったんだ。

リズの夫がローマにいるせいで別の問題が生じた。バートンだ。彼は不機嫌になった。酔っ払った。それでイタリアに来た初日から密かに付き合い続けていた別の女性の許に戻ってしまった。

背が高いブロンドの女だ。非凡なルックスの若い娘。カメラ映りが抜群だった。当時の女優はみなスポーツカーかファミリーカー。ふしだら女か隣の家のお嬢さんだった。だがこいつはどちらでもなかった。初めて見るタイプだった。映画に出た経験はなかった。演劇出身だったんだ。マンキーは不可解なことにキャスティング用の写真一枚で彼女をクレオパトラの侍女に起用した。リズがもっとエジプト人らしく見えるように奴隷の一人を金髪娘にしたのだろう。リズの侍女役の一人が実際にはディックの侍女だったなんて彼は知りもしなかった。

まったく。私も彼女に会ったときは信じられなかったよ。こんな背の高い金髪女を古代エジプトの舞台セットに置いたのは誰だってね？

この娘をD嬢と呼ぶことにしよう。

このD嬢は我々が後にフリー・スピリットと呼んだような娘だった。目の大きなおおらかなヒッピー娘で私も六〇年代と七〇年代には散々楽しませてもらったタイプさ。

今話しているこの娘とやったわけじゃないぞ。やれなかったわけでもないぞ。

だがエディ・フィッシャーが不機嫌にローマを徘徊する間にディックは予備要員と急速によりを戻しつつあった。このD嬢と。彼女が問題になるとは考えていなかった。この手の娘には骨を投げてやるだけ。初心者向きの役。スタジオとの契約。演じられないなら解雇する。それくらいのコストが何だ？だからマンキーウィッツにやらせたんだ。午前五時に彼女に電話をしてセットに通わせた。バートンから引き離しておくためさ。だがそれから彼女が体調を崩した。

セットにはアメリカ人の医者がいた。この男の名はクレイン。仕事といえばリズに薬を処方することだけ。彼がこのD嬢を診察した。翌日そいつが私を脇に呼んだ。

「問題発生です。あの娘は妊娠しています。まだそれを知りません。どこぞのやぶ医者が彼女に子どもは持てないと言っていたそうです。でも持てます」

もちろん以前にも中絶の手筈を整えたことがあった。私は広報として働いていたからな。実際に名刺にもそう記載されていた。だがここはイタリアだった。一九六二年のカトリックの本場イタリア。当時なら月の石を取りに行く方がずっと簡単だったかもしれない。

クソッ。世界最大規模の映画に出演中の最大級のスター二人が付き合っていると情報を漏らしているところなのに。今度はこれを何とかしなければならないのか？　大惨事に見舞われたディーン。『クレオパトラ』が封切られてもみんなが我らのスターの燃えるような情事に話の花を咲かせていてくれるなら我々にもチャンスはある。逆にバートンがエキストラなんかを孕ませたせいでリズが夫の許に戻ったなんて話になったら？　我々はおしまいだ。

私は三幕構成の計画を立てた。第一幕。バートンをしばらく隔離。ダリル・ザナックがフランスで『史上最大の作戦』を撮影していると知っていた。それにザナックがバートンにカメオ出演してもらって自分の戦争映画に箔を付けたがっているのが私にはわかっていた。バートン本人がそうしたがっていることも私にはわかっていた。だがスクーラスはザナックを非常に嫌っていた。スクーラスはフォックスではこの老人の後任にあたる。取締役会には威勢がよく若いダリルの息子ディッキーをスクーラスに取って代わらせたいと考えている連中がいた。だから私はスクーラスの裏でこっそり話を進めた。ザナックに電話をしてバートンを十日間貸し出す。

それから医師に電話を掛けてあのD嬢にさらに検査を受けさせろと命じた。「どんな検査を？」と彼は訊いてきた。

「あんたはやり手の医者じゃないか！　しばらくの間あの娘を町から遠ざけておけるなら何だって構わない」

この医師が臆病風に吹かれないかと心配した。ヒッポクラテスの誓いとかそういったものに。だがこのクレインはチャンスに飛びついた。翌日彼は顔に満面の笑みを浮かべて現れた。「あの娘に胃癌だと言っておきました」

「な、な、なんだって？」

クレインによれば妊娠初期の症状は胃癌のそれと一致する。激しい腹痛と吐き気と生理のこない期間が続く。

私は彼女を追い払いたかっただけでこの気の毒な娘を殺したかったわけじゃない。

医師は心配ご無用と言った。彼は治療可能だと伝えていた。スイスの医師による新しい処置。それから彼はウィンクした。当然スイスの医師は彼女に麻酔をかける。手短に処置を施す。それで彼女が目を覚ましたときに「癌」は消えている。彼女にはまったくわからない。我々は彼女をアメリカに送り返して療養させる。それから私が家に戻った彼女に映画の仕事を何本か見つけてやる。みんなが得をする。問題は解決。映画も救出。

だがこのD嬢が予測不能《ワイルドカード》だった。彼女の母親は癌で亡くなっていたのでインチキの診断をもっと深刻に受け止めていた。それに彼女に対するディックの気持ちも軽く考えていた。

もう一方の前線ではエディ・フィッシャーが降伏して帰途についていた。私はフランスのディックに電話を掛けてこの喜ばしいニュースを伝えた。リズはまた君と会う準備ができたと。だが彼はすぐにはリズに会えなかった。もう一方のD嬢が癌に罹ったのだ。彼女は死にかけていた。それにディックも彼女の側にいたがった。

「彼女は良くなるよ。スイスに医師がいて――」

ディックは私の話を遮った。このD嬢は治療を望んでいなかった。人生の最期を彼と過ごしたがっていたのだ。そしてこの男はこれを名案だと思う程度には自分に酔える男だった。『史上最大の作戦』の撮影に二日間の休暇をもらってイタリアの海岸沿いでD嬢に会うことを望んでいた。そして彼とリズの件ではとても協力的だった私に段取りをつけてくれるように頼んできた。

私に何ができたというのだろう？　バートンはこの片田舎にある海沿いの小さな町で彼女と会いたがっていた。ポルトヴェーネレ。ローマと『史上最大の作戦』を撮影している南フランスのちょうど中間にある。地図を開くと私の目は似たような名前の蚤ほどのしみに真っ直ぐに引き寄せられた。ポルト・ヴェルゴーニャ。旅行業者にそこを調べるように頼んだ。村には何もないと彼女は答えた。断崖の漁村。電話も道路もない。列車でも車でも辿り着けない。船だけ。「ホテルはあるか？」と私は訊いた。旅行業者はとても小さいのがひとつと答えた。そこで私はポルトヴェーネレにディックの部屋を取る一方でD嬢をポルト・ヴェ、ル、ゴ、ー、ニ、ャ、に送りこんだ。彼女には小さなホテルでバートンを待てと伝える。数日間彼女を隠しておければよかった。ディックがフランスに帰ってから私が彼女をスイスに連れていけばいい。

最初は上手くいっていた。彼女はこの村に足止めされていた。世間との接触もなし。ポルトヴェーネレに姿を現したバートンは彼女の代わりに私の出迎えを受けた。彼女は心を決めて治療のためにスイスに発ったと伝える。彼女のことは心配するな。スイスの医師は最高だ。それから彼を車でローマへと送ってリズに会わせようとした。

だが二人によりを戻させる前に別の問題が持ち上がった。D嬢が滞在しているホテルの青年がローマに姿を現すと真っ直ぐに近寄ってきて私に殴りかかったのだ。三週間のローマ滞在でこの手のイタリア人から金を強請《ゆす》られるのに慣れていた。だから私は現金を渡してそいつを追い払った。だが奴は私を裏切った。バートンを見つけて一部始終を話してしまった。D嬢は死にかけていない。妊娠している。それから奴はバートンを彼女の許に連れていった。〝まったく素晴らしい。今やディックは妊娠中の愛人とポルトヴェーネレのホテルに隠れている。そして私の映画の行方もまだ定まらないままだ〞

それでこのディーンは諦めたか？　最後の段階まではなかった。ザナックに電話をしてからバートンをフランスに帰して『史上最大の作戦』の嘘の撮り直しをもう一日させた。そして私はポルトヴェーネレへと急行してこのD嬢と話した。

後にも先にもあんなに怒った人間に会ったことがない。彼女は私を殺しかねなかった。その理由は理解できた。本当だ。謝罪した。どうして医師が癌だと言ってしまったのかわからないと説明した。何もかもが手に負えなくなってしまったんだと伝えた。彼女のキャリアは約束されていると伝えた。「保証されている」と。彼女がすべきはスイスに行くこと。そうすれば自分の出たいフォックス作品にいつでも出られるようになるだろうと。

だがこの女は強情な変わり者だった。彼女は金も演技の仕事も望まなかった。私にはそれが信じられなかった。これまでに仕事や金あるいはその両方を望まない若い役者に会ったことなどなかった。

このとき私は欲望を見抜く能力には重い責任が伴

うことを理解した。ひとつは人々が真に望んでいるものを見抜くこと。もうひとつは人々の中にそうした欠乏を作り上げること。そうした欲望に火を点けるのだ。

私はため息をつくふりをした。「なあ。これはもう手に負えない事態なんだよ。彼の望みは君が中絶手術を受けてこの件に関して沈黙を守ることだけ。だから君はどうすればそうしてくれるのか教えてくれ」

彼女はたじろいた。「どういう意味なの？『彼の望み』って？」

私は瞬きさえしなかった。「彼は本当に心を痛めているんだよ。間違いなくね。自分では君に言い出せなかったぐらいさ。今日発ったのはそのせいなんだ。彼はこの一連の事態をすまなく感じているんだ」

本当に癌だと思っていたときよりも彼女は傷ついたように見えた。「待って。まさか――」

彼女はゆっくりと目を閉じた。私が今やっていることをディックが初めから知っていたかもしれないとは考えたこともなかったようだった。それに正直に言えば私だってその瞬間まで考えたことがなかった。だがある意味でそれは真実だった。

私が彼の代理で動いていることを彼女もすでに知っている。私はそんな風にふるまった。それは一か八かの最後の総攻撃のようなものだった。ディックがフランスから戻るまでわずか一日しかなかった。彼を擁護しているように見せなければならなかった。彼は君のことを心から心配していたと言った。彼の勧めていることが何であれその気持ちは変わらないと。彼を責めてはいけないと伝えた。彼の君への気持ちは本物だ。でも彼とリズはこの映画でとてつもないプレッシャーに曝されていて――

彼女は私を遮った。事態を結びつけ考え始めていた。彼女を診察したのはリズの医師だった。彼女は口許を覆った。「リズもこのことを知っているの？」

私はため息をついて彼女の手を握ろうと手を伸ばした。だが彼女はまるで蛇でも差し出されたかのように後ずさった。

私はフランスでの撮り直しなんてないんだと伝えた。ディックは君の名前でラ・スペツィア駅にスイス行きのチケットを残していったと言った。

彼女は今にも吐きそうな顔をしていた。私は名刺を渡した。彼女はそれを受け取った。アメリカに戻ったらフォックスの製作予定映画のリストに目を通そうと彼女に伝えた。どれでも望む役を選んで構わないと。翌日彼女を車で駅まで送って行った。彼女は荷物と一緒に降りた。腕が両脇にだらりと垂れていた。立ち止まって駅とその裏に聳える緑の丘を見つめていた。それから歩き出した。私は彼女が駅の中に消えるのを見届けた。そして私はこれ以上ないほど確信していた。彼女はスイスに行くだろう。それから二か月もすれば私のオフィスに姿を現すだろう。長くても六か月。一年。とにかく彼女は金をもらいにくるだろう。みんなそうなのだ。

だがそんなことは起らなかった。彼女はスイスに行かなかった。私に会いに来なかった。

あの朝バートンはD嬢に会うべくフランスから戻ったが代わりに出迎えのは私だった。

ディックは激怒した。我々はラ・スペツィアの駅まで行ったが駅員は彼女が中に入って荷物を降ろしただけだったと教えてくれた。それからくるりと向きを変えると丘の方へと歩いて戻り始めたと。ディックと私は車でポルトヴェーネレに引き返したが彼女の姿はなかった。ディックは私に船まで借りさせて彼女をしばらく隠していた小さな漁村にも戻ってみた。だがそこにもいなかった。彼女は消えてしまった。

我々が漁村を立ち去る寸前にとても奇妙な事件が起きた。年老いた魔女が丘から降りてきたのだ。呪いの言葉を吐き叫んでいた。船の操縦士が通訳をしてくれた。「人殺し！」それに「お前を呪い殺してやる」。

私はバートンの方を振り返った。この老いた魔女は明らかに彼に向かってその言葉を投げつけていた。何年も経って哀れなリチャード・バートンが酔い潰れる姿を見ると私はこの魔女の呪いを思い出したものだった。

その日船の上で彼は明らかに脅えていた。私のありがたい説教を聞かせるにはこれ以上ない機会だった。

「なあ、ディック。君はどうするつもりなんだ？　彼女と子どもを持つのか？　あの娘と結婚するのか？」

「勝手にしろよディーン」。そんな声が聞こえた気がした。彼は私が正しいとわかっていた。

「あの映画には君が必要だ。リズも君が必要だ」

彼はただ海を眺めていた。

もちろん私が正しかった。リズは唯一無二の存在だ。二人はそんな風に愛し合っていた。私にはわかっていた。彼にもわかっていた。そして私がそのすべてを可能にしたのだ。

私はまさに彼が私に望んだことをやり遂げたのだ。たとえ彼がまだそれを理解していないとしても。これが私のような人間が彼のような人間のためにすべきことだった。

以来これが世界における私の立ち位置となった。欲望を察知して人々が片付けたいと望むことをする。その連中がまだ気づいてもいない望みを。その連中が自分ではやれそうにないことを。その連中が自分のせいだと認めたがらないことを。

ディックは船の先をまっすぐに見つめていた。私と彼は友人のままだったか？　そうさ。お互いの結婚式に行ったか？　もちろん行ったさ。このディーンはこの偉大な俳優の葬儀で頭を垂れたか？　もちろんそうした。二人ともあの春にイタリアで起きたことについては二度と話さなかった。あの村のことも。魔女の呪いのことも。

それでおしまいだった。

ローマに戻るとディックとリズには再び火がついた。結婚した。映画を作った。賞を獲った。誰もが知っている物語だ。世界最高のロマンスと言ってもいいからな。私が火を点けたロマンスさ。

それで映画は？　公開された。そしてちょうど私が考えていたとおりにこの二人を売り込んだおかげで我々は生き延びることができた。人々は『クレオパトラ』を失敗作だと考えた。いや。この映画はとんとんだった。私の活躍でとんとんになった。私がいなければ二千万ドルは損をしていた。どんな間抜けだってヒット作を作ることはできる。爆弾の不発処理に必要なのは肝っ玉さ。

これがこのディーンの一番最初の任務だった。一番最初の映画だった。それで彼はどんな働きをしたのかって？　まさにスタジオ全体の崩壊を食い止めた。まさに古いシステムを焼き払い新しいものを打ち立てたのだ。

それからディッキー・ザナックが夏にフォックスを引き継いだときにもちろん私はその報酬を受けた。車輛倉庫とはおさらば。広報ともおさらば。だが本当の報酬は友人ザナックがくれた製作の仕事ではなかった。本当の報酬はすぐに転がりこんでくるような名声でも金でもなかった。女でもコカインでも街中のどんなレストランでも取りたい席が取れることでもなかった。

私にとっての報酬とは私のキャリアを明確に定めるヴィジョンだった。

我々は欲するものを欲す。

このように私は二度目の誕生を果たした。このようにこの世界に生まれ永遠にそれを変えてしまった。このように一九六二年にイタリアの海辺で私はセレブを発明したのだ。

［編集者註：なかなかのお話です、マイケル。

残念なことですが、この章を使いたくても、法を遵守する者としては根本的な問題を抱えることになります。それについては我々の弁護士が別便にてお知らせする予定です。

ただ、編集的には、もう一つ知っておいていただきたいことがあります。この章であなたはあまり魅力的な人物として描かれていません。あなたは——すべて最初の章で——二つの結婚を潰し、若い女性の病気をでっち上げ、彼女を買収して中絶を受けさせたと告白しています。これは読者にあなたを紹介する上では、最良の方法とは言えないかもしれません。

また、たとえ仮に弁護士がこの逸話の使用を許したとしても、これではかなり中途半端です。未解決のまま残されていることがあまりにも多すぎます。若い女優はどうなりましたか？　中絶を受けたのですか？　バートンの赤ちゃんを産んだのですか？　まだ演技は続けていますか？　有名な方ですか？（それなら素晴らしいです。）あなたは何らかの方法で彼女に埋め合わせをしようとしましたか？　行方を捜しましたか？　何かの映画で彼女にいい役を与えましたか？　少なくともあなたは教訓を得たり、後悔をしましたか？　私の言わんとすることがおわかりになりますか？

いいですか。これはあなたの人生ですから、私の考えをあなたに押し付けるつもりはありません。でも、この物語には結末となるものが本当に必要です――この女性の身に起きたことに関するアイデアか、少なくともあなたは正しいことをしようとしたと感じさせるものが。」

第十六章　転落の後に

一九六七年九月
ワシントン州シアトル

暗い舞台。波の音。そして登場

マギーはしわだらけの服を着て、手にはボトルを持ち、髪はもつれて顔に掛かっている。よろよろと桟橋の端まで歩き、波音に立ち止まる。それから、彼女は桟橋の端を越えて海側に倒れそうになる。そのとき、クエンティンがコテージから慌てて駆け寄り、彼女を腕の中に抱きとめる。マギーはゆっくり向き直り、二人は抱き合う。穏やかなジャズがコテージの中から聞こえている。

マギー　あなたは愛されていたわ、クエンティン。あなたのように愛された人は他にいない。
クエンティン　［彼女を離しながら］　飛行機がずっと飛び立てなくて――
マギー　［酒に酔っているが、意識ははっきりしている］　ちょうど自殺するところだったのよ。それとも、これも信じていないの?

「待て。待て。待て」
舞台の上でデブラ・ベンダーが肩を落とした。監督が最前列で立ち上がる。鼻の端に黒縁眼鏡、耳の後ろに鉛筆、手には脚本。「ディー、愛しの君、どうしたんだ？」

彼女は最前列を見下ろした。「今度はなんなの、ロン？」

「もっと派手にやるって決めたと思うんだがね。もっと大げさに」

彼女はステージ上のもう一人の俳優に素早く目で合図を送った。その俳優アーロンはため息をつき、咳ばらいをした。「俺は彼女の今のやり方が好きだよ、ロン」とデブラの方に両手を広げる。〃ほら。これが俺のできるせめてもの援護射撃さ〃

しかし、ロンはもう一人の俳優は無視して、舞台の端へと大股で歩いていき、階段を上った。わざとゆっくりと二人の間に入り込み、デブラの腰のくびれに、まるでダンスをリードするように手を置いた。「ディー、開演まで十日しかない。君の演技を迷子にしたくないんだよ。繊細すぎるという理由でね」

「ええ、問題なのは繊細さではないと思うのよ、ロン」。体をさりげなくひねり、手から逃れる。「マギーを最初から頭がおかしい人にしてしまっては、この場面の行き着く先がないわ」

「彼女は自殺を図っているんだぞ、ディー。すでに頭がおかしいんだ」

「そうね、それは単に――」

「彼女は酔っ払いで、処方薬の常用者で、男を手玉に取って――」

「やめてよ、わかってる。でも――」

ロンの手がゆっくりと背中を撫でていった。変わらないのが取り柄の男。「これはフラッシュバックで、これを通して我々は理解するんだよ。クエンティンは彼女が自殺しないように打てる手は全部打っているんだって」

「ええ――」ロンの肩越しにもう一度アーロンに目を向けると、彼は自慰行為の真似をしていた。

ロンがさらに近づき、あたり一面がアフターシェーブ・ローションの匂いに包まれる。「マギーはクエンティンの生気を吸い取っているんだよ、ディー。二人とも殺してしまおうとしている――」

ロンの背後で、アーロンが想像上のパートナーとセックスするふりをしていた。

「なるほどね」とデブラは言った。「少し二人だけで話した方がいいかもしれないわね、ロン」

彼は押し付けた手をさらに下に伸ばした。「いい考えだね」

二人は舞台から降りて、客席の通路を上ると、デブラは木製の背もたれが付いた劇場のイスに体を滑り込ませた。隣に座る代わりに、ロンは彼女と前列の背もたれの間に入り込んだので、二人の両脚が触れた。何なのよ、この男はアフターシェーブ・ローションを分泌でもしているの？「どうしたんだ、愛しの君？」

どうしたんだ？　思わず笑いそうになった。どこから始めよう？　ひょっとしたら、問題はアーサー・ミラーとマリリン・モンローを扱った演劇への出演に同意したことだったのかもしれない。演出を手掛けるのが、六年前に愚かにも関係を持ってしまった既婚の男性で、その後、彼とはシアトル・レパートリー劇団の資金調達パーティーで偶然の再会を果たしたのだった。あるいは、ひょっとしたら、今頃になって思い出していたのだが、あれが最初の過ちだったのかもしれない。あの手のイベントに出席する前にもっと調べておくべきだった。シアトルに戻ってから数年、彼女は昔の演劇仲間を避けていた──子どものことや自分の「映画界でのキャリア」がどのように潰えたのかを話したくなかった。それから『P－I』紙で資金調達パーティーの広告を見かけ、そういったことがとても恋しいと、認めざるを得なくなった。パーティーに足を踏み入れると、慣れ親しんだ暖かな温もりを感じ、まるで以前通った高校の廊下を歩いているような気分になった。それからロンを見つけたが、手にフォンデュ用のフォークを持つ姿は、小さな悪魔のように見えた。彼女が町を出て以来、ロンは長年この地域の演劇界で成功を収めていた。だから彼女は再会を心から喜んだ──彼女はお互いを紹介した。「ロン、こちらが夫のアルヴィス」。だが、彼の方はデブラを、それから同伴している年上の男性を見るとたちまち顔色が悪くなり、パーティーを後にした。

「あなたはこの劇を何というか……ちょっと個人的なものとして捉えているような気がするの」とデブラは言った。

「この劇は実際に個人的なものだよ」とロンは真面目くさって答えた。眼鏡を外し、つるを咥《くわ》える。

「あらゆる劇が個人的なものだよ、ディー。あらゆる芸術が個人的なものなんだ。そうでなければ、何の意味がある？　これは私が手掛けてきた中で一番個人的な作品だね」

ロンは資金調達パーティーから二週間後に電話を掛けてきて、急に帰ったことを詫びた。ただ彼女に会う心の準備ができていなかったんだと言った。君は今、何をしているのと訊いてきた。主婦なのと彼女は答えた。夫がシアトルにシボレーの代理店を持っているから、私は家にいて小さな息子の世話をしていると。ロンは舞台が恋しくないかと訊いた。少し休憩するのもいいものよ、などと意味のない言葉を呟いたが、デブラは内心ではこう思っていた。演技をしていない寂しさは、愛が足りない寂しさと一緒ね。演技をしていないと半人前なんだわ。

数週間経ち、ロンがまた電話を掛けてきた。劇団がアーサー・ミラーの劇をやる、自分がそれを演出するのだと言った。君は主役の一人のオーディションに興味はあるかい？　彼女は息を飲み、眩暈《めまい》を覚え、二十歳に戻ったような気がした。だが、正直に言えば、あの映画を見たばかりでなければ、恐らく断っていただろう。ディックとリズの最新作。よりによって『じゃじゃ馬ならし』。五度目の共演作で、デブラが共演作を見に行けなかった間に、昨年、バートンとテイラーは『バージニア・ウルフなんかこわくない』でオスカーにノミネートされていた。ディックは才能を無駄にしていると思っていたが、それは間違いだったのだろうか。彼女はそう思い始めていた。そのとき、『じゃじゃ馬ならし』の広告を雑誌で見つけた――「世界一の有名な映画界のカップルが……二人だけのための映画に！」――だから彼女はベビーシッターを雇い、医者の診察を予約したと言って、アルヴィスには何も告げずに昼間の上映回に出かけた。そして、認めるのは本当に癪だけれども、この映画は驚くほどの出来映えだった。中でもディックは素晴らしく、うまさと素朴さがあって、結婚式の場面での酔っ払いのペトルーキオの演技は、まるでその役のために生まれてきたかのようだった――もちろん、そうだった。そういったすべて――シェイクスピア、リズ、ディック、イタリア――が早すぎる死のように彼女に圧《お》し掛かってきた。若い頃の自分が、自分の夢が失われたことを嘆いて、その日、映画館の中で彼女は泣いた。〃あなたはこういったことをすべて諦めたのよ〃と声が聞こえた。〃いいえ〃と彼女は否定した。〃あの人たちが私からそれを奪ったのよ〃。クレジットが終わり、照明が点くまで、彼女はその場に座っていた。独りで。

二週間経って、ロンが電話で劇のオファーをしてきた。デブラは電話を切って、自分がまた泣いていることに気がついた——パットが積み木のおもちゃ《ティンカートイ》を置きながら訊く。「どうちたの、ママ?」そして、その夜、アルヴィスが仕事から帰宅して、食前酒にマティーニを飲んでいるときに、デブラはアルヴィスに電話の話を切り出した。夫は彼女のためにとても喜んでくれた。どれほど演技をしたがっているか、わかっていたのだ。彼女はわざと反対の立場を取ってみせた。パットはどうするの?　アルヴィスは肩をすくめた。シッターを雇おう。でも、ひょっとしたら、楽しくないかも。アルヴィスは鼻で笑った。もう一つあるのよ、とデブラは説明を始めた。演出家の名前はロン・フライと言って、ハリウッドに行く前に——結局、イタリアに行ったのだけれど——少しの間だけ、バカな付き合いをしたことがあるの。たいした情熱もない付き合いだったと彼女は言った。付き合ったのはほとんど退屈しのぎか、ひょっとしたらただ誘われたからに過ぎなかったのよ。それに、ロンは当時結婚していた。ああ、とアルヴィスは唸った。でも私たちの間には何もないわ、とアルヴィスに言い聞かせる。あれは若い頃の私。その頃の私は、規則やしきたり、例えば結婚ね、を無視するだけで、そういったことから自由でいられると信じていたのよ。そんな若い頃の自分にはもう何の未練もないわ。

強く、余裕のあるアルヴィスは、肩をすくめてロンとの過去を一蹴し、役をもらいに出かけたらと言った。だから彼女はそうした——役を手に入れた。だが、一旦リハーサルが始まると、デブラはロンが彼自身とミラー作品の主人公クエンティンを重ね合わせていることに気がついた。それどころか、彼は自分をアーサー・ミラー、浅はかで性悪な若い女優の不意打ちを受けた天才とみなしていた——浅はかで性悪な若い女優は当然、彼女だ。

劇場で、ディーは脚を動かし、ロンの脚が触れないところに置く。「ねえ、ロン。私たちの間に起きたことだけれど――」

「何が起きたって？」とロンは遮った。「まるで自動車事故みたいな言い方じゃないか」。手を彼女の脚に置く。

記憶の中には身近に留まるものがある。目を閉じると、その中に戻っているのに気がつく。これが一人称の記憶――〝私記憶〟。だが、二人称の記憶もある。遠くから見た〝君記憶〟で、これはもっと奇妙なものだ。自分自身の姿を信じられない想いで見つめることになる――一九六一年に昔の市民劇場で開かれた『から騒ぎ』の打ち上げパーティーがまさにそれだ。このとき、君はロンを誘惑した。それを思い出すだけでも映画を見ているようだ。スクリーン上の君はそんなひどいことをしているが、君はそれがにわかに信じられない――このもう一人のデブラは、その男の目を惹いてすごく舞い上がっている。パイプを咥えたロンはニューヨークの学校に通い、オフ・ブロードウェイに出たことのある役者だった。君は打ち上げパーティーで彼を隅に追い詰め、自分のバカげた野望（「私、何にでも挑戦してみたいの。舞台に映画」）をとりとめなく話している。君は媚びるように、それから強引に、それからまた恥ずかしそうにふるまう。その間、申し分のない台詞（「一晩だけ」）を吐き続け、まるで自分の力の限界を試しているかのようだ――

しかし今は、観客のいない劇場で、彼女はロンの手を引きはがす。「ロン。私、今はもう結婚しているのよ」

「じゃあ僕が結婚しているときは構わなかったんだね。でも、君らの夫婦関係は、何だ……神聖だとでも？」

「いいえ。私たち……今はもう年を重ねたじゃない。もっとスマートにいくべきよ、そうでしょう？」

ロンは唇を噛んで、劇場の後方のどこかを見つめていた。「ディー、ひどいことを言うつもりはないんだ。でも……四十すぎの酔っ払いだろ？　中古車のディーラー？　こいつが君にとって人生で最愛の人なのか？」

彼女は顔をしかめた。アルヴィスはこれまで二度、リハーサルの後に迎えに来てくれたが、どちらのときも、まず何杯かひっかけてから現れた。彼女は先を続けた。「ロン、あなたが私をこの劇にキャスティングしてくれたのは、私たちにはまだやり残したことがあると考えているからなの？　だとしたら、私が言えるのはこれだけ。そんなものはないわ。終わったことよ。確かに寝たけれど、何度？　二度？　あなたがそこから抜け出せないなら、この作品をこれ以上一緒にやれない」

「そこから抜け出す？　これがどんな作品かわかっているのか、ディー？」

「デブラよ。今はデブラで通しているの。ディーじゃない。それにこの作品も私たちの話じゃないわ、ロン。これはアーサー・ミラーとマリリン・モンローの話よ」

ロンは眼鏡を外し、また掛け直し、それから手を伸ばして彼女の髪を撫でた。深い、意味ありげなため息を漏らす。役者の性分。あらゆる瞬間をまるで自分のために書かれたもののように扱うだけでなく、人生を築き上げるうえで極めて重要なシーンのように扱ってしまう。「君はこれまでに考えたことがあるか？　ひょっとしたら、これこそが女優として成功できない理由なのかもしれないと。なぜって、大人物にとっては、ディー……デブラ……それが自分たちの話だからさ！　いつだってあいつらの話なんだよ！」

おかしなことに、ロンは正しかった。彼女は知っていた。大人物を間近で見たことがあり、彼らはクレオパトラやアントニーのように、カタリーナやペトルーキオのように、まるで自分たちがいなくなればシーンは終わる、目を閉じれば世界が止まるとでもいうように生きていた。

「君は自分が何者かさえわかっていないみたいだな」とロンは言った。「君は人を利用する。彼らの人生を弄《もてあそ》び、彼らなど何者でもないように扱うんだ」。その言葉が懐かしさを伴って胸に突き刺さり、デブラは何も言い返すことができなかった。それからロンは背を向けると、舞台に慌ただしく戻って行ったが、デブラは木製の劇場のイスに独りで座ったまま残された。「今日はこれで終わりだ！」と彼は叫んだ。

デブラは家に電話を掛けた。ベビーシッターの近所の少女エマは、パットがテレビのチャンネルをまた壊してしまったと報告してくれた。パットが台所で食器を叩いているのが聞こえる。「パット。あなたのママと電話中よ」

叩く音が大きくなる。

「うちのパパはどこ?」とデブラは訊いた。

エマは教えてくれた。アルヴィスがベンダー・シボレーから電話をよこし、午後十時まで子どもの面倒を見てもらえるかと頼んだと。仕事の後で夕食に行く店を予約した。もしデブラから電話があったら、トレイダー・ヴィックスで落ち合う予定になったと伝えてほしいと。

ディーは腕時計を見た。七時近くだ。「何時ごろに電話が来たの、エマ?」

「だいたい四時頃です」

三時間も? カクテルを少なくとも六杯は飲んでいるだろう——バーに直行していなければ四杯。アルヴィスにとっても、ちょっと出足が良すぎるスタートだ。「ありがとう、エマ。早めに家に帰るから」

「えーと、ベンダーさん。この間のことですが、お二人とも零時すぎにご帰宅でした。私は次の日に学校があったのに」

「わかっているわ、エマ。ごめんなさい。約束するわ。今回はもっと早く帰るようにするから」。デブラは電話を切り、コートを羽織ると、シアトルの冷たい空気の中に足を踏み出した。歩道からかすかに雨が吹きつけてくるようだった。ロンの車はまだ駐車場にあったが、彼女は自分のコルヴェアに急ぐと、乗り込んでキーを回した。何も起こらない。もう一度試す。今度も何も起こらない。

結婚してから二年間、アルヴィスは六か月ごとに自分の代理店から新しいシボレー車を買ってくれた。だが、今年、彼女は要らないと言った。そのままコルヴェアを使い続けた。そして今、コルヴェアはスターターの故障か何かを起こしている。当たり前か。トレイダー・ヴィックスに連絡を入れることも考えたが、わずか十から十二区画、五番街をほとんどまっすぐ進むだけだった。モノレールに乗ることもできた。だが、外に出ると、代わりに歩くことに決めた。アルヴィスは怒るだろう——シアトルの大嫌いなところに彼は「汚い下町」を挙げた。今回はその一画を通り抜ける必要があった——だが、ロンとあのようなひどいやり取りをした後だったので、歩けば心が晴れるかもしれないと思った。

彼女はきびきびと歩き始めた。傘を前に向け、突き刺さる霧を避けながら進む。歩きながら、ロンに伝えるべきだったことをあれこれと思い浮かべた（「そうね、アルヴィスが人生で最愛の人なのよ」）。ロンの棘のある言葉をもう一度思い出す（「君は人を利用する……彼らなど何者でもないように扱うんだ」）。自分も同じことを言ったことがあった。アルヴィスとの最初のデートで、映画ビジネスの説明をするために。シアトルに戻ると、そこはもう別の町で、将来への展望に活気づいていた。以前はとても小さく思えていたのに、ひょっとしたら、イタリアでの一連の出来事のせいで、自分の方が縮んでしまったのかもしれなかった。打ちのめされて戻った先は万国博覧会の熱狂に沸く街。昔の演劇仲間でさえ博覧会会場の劇場を満喫していた。ディーは博覧会とは距離を置いていた。それに劇場からも。『クレオパトラ』が公開されても見ようとしなかったのは同じ理由だった（楽しんで読んだのは、少し恥ずかしいが、酷評ばかりだった）。妹の許に引っ越し、そのダーリーンがうまく表現したように「傷をなめて」過ごした。ディーは子どもを諦めて養子に出そうと決めていたが、ダーリーンに説得され育てることにした。家族には赤ん坊の父親はイタリア人の宿屋の経営者だと話していたが、まさにこの嘘のおかげで赤ん坊にパスクアーレの名前をもらおうと思いついた。パットが生まれて三か月経つと、デブラはフレデリック＆ネルソン百貨店で、そこのメンズ・グリルに戻って働き出した。ある日、客のジンジャーエールを注いでいるとき、ふと顔を上げると見慣れた男が目に入った。背の高い痩せたハンサムな男、わずかに猫背で、こめかみの辺りには白髪が目立つ。その男に気づくまで少し時間が掛かった――アルヴィス・ベンダー、パスクアーレの友人だ。「ディー・モーレイ」と彼は声を掛けてきた。

「髭がなくなったわ」と返し、そして「今はデブラ。デブラ・ムーアなの」と告げる。

「それはすまない、デブラ」とアルヴィスは謝り、カウンターに座った。父親がシアトルで自動車販売の代理店を買おうと物色していて、偵察のために自分を西へと送り込んだ、とアルヴィスは話した。

シアトルでアルヴィスに偶然再会するなんて変な

気分だった。イタリアは自分にとってもはや中断された夢のようになっていた。当時を知る人と会うなんて既視感《デジャ・ヴ》か、街中で架空の登場人物に出会ったみたいだった。だが、アルヴィスは魅力的で、話しやすく、何よりも自分の物語の一部始終を知る人物と一緒にいると心が休まった。過去の出来事について、みんなに嘘をつき続けるのは、息を殺したまま最期の時を待つようなものだと気がついた。

二人で夕食を食べ、酒を飲んだ。アルヴィスは愉快な男で、彼女もすぐに一緒にいるのが心地よくなった。彼の父親が営む自動車の販売代理店は繁盛していて、それもまた素晴らしかった。一緒にいる男は間違いなく自活しているということだから。彼女のアパートの戸口で頬にキスをしてくれた。

翌日、アルヴィスがまたカウンターに立ち寄り、白状しなければいけないことがあると言った。自分が彼女を見つけたのは偶然じゃない。イタリアで過ごした最後の数日――二人は一緒に船に乗ってラ・スペツィアに行き、アルヴィスは彼女に付き添って電車でローマ空港に行った――彼女はアルヴィスに自分のことを話していた。それに、シアトルに帰ることになるだろうとも。何のために？ そのとき、アルヴィスは訊いた。彼女は肩をすくめて、以前、シアトルの大きな百貨店で働いていたことがあるからと答えた。ひょっとしたら、そこに戻るかもしれないと思ってね、と彼は言った。だから、父親がシアトルのシボレーの販売代理店を調べていると口にしたとき、アルヴィスは彼女を探すチャンスに飛びついたのだった。

他の百貨店を回り――ボン・マルシェとローズ・オブ・シアトル――その後でフレデリック&ネルソン百貨店の香水コーナーの店員が、デブラという背の高いブロンドの女性がいて、以前は女優だったと教えてくれた。

「それで、あなたはわざわざシアトルに来たの……ただ私を探すためだけに？」

「我々は現にここで代理店の調査をしているところなんだ。でも、そうだよ。君に会いたかったんだ」。アルヴィスはカウンターを見回した。「覚えているかな。イタリアで、君は俺の本を気に入ったと褒めてくれて、俺は書き上げられずに困っていると返事をしたのを。それで君がこんな風に言ったことを覚えているかい?――『ひょっとして、もう書き上がっているのかもしれないわね。それで終わりなのかもしれないわよ』」

「ああ、そんなこと言っていなかった――」

「いや、いや」とアルヴィスは遮った。「いいんだよ。結局、五年間も何も新しいことが書けていなかったんだから。同じ章を書き直していただけだったんだ。でも君がそう言ってくれたおかげで、俺が書くべきことはあれだけ――あの一章分だけ――だったと認めて、人生を先に進むことが許されたような気持ちになったんだ」。彼は微笑みを浮かべた。「今年はイタリアに戻らなかったんだよ。すべてが片付いたように思えてね。他のことを始める準備が整ったんだよ」

彼が発した言葉――「他のことを始める準備が整った」――その言い方が、彼女にはなんとなく、心の底から懐かしいものに聞こえた。同じことを自分に言い聞かせたことがあった。「何をするつもりなの?」

「そうだな」とアルヴィスは言った。「それを君に話したかったんだ。俺が心底やりたいのはね、何よりもまず……ジャズを聴きに行くことさ」

彼女は微笑んだ。「ジャズ?」

そうさと彼は言った。ホテルの接客係がチェリー・ストリートにあるクラブを教えてくれたよ。丘の麓にあるだろう?

「ペントハウスのことね」と彼女は言った。

アルヴィスが、ジェスチャーゲームをしているみたいに自分の鼻をトンと叩く。「そこだな」

彼女は笑った。「私を連れ出そうとしているの、ベンダーさん?」

アルヴィスはあのいたずらな微笑みをそっと浮かべた。「それは、ムーアさん、あなたのお答え次第ですよ」

彼女はしっかりと品定めするような眼差しでアルヴィスを見た――少し猫背の姿勢、細身の体つき、小粋にさっとまとめられた白髪交じりの茶色の髪――そして思った。もちろん、それでいいじゃない。ほら言ったでしょう、ロン。人生で最愛の人がいるのよ。

今はもうトレイダー・ヴィックスの一区画手前にいて、アルヴィスのビスケーンが見えていた。片側の車輪の一部を縁石に乗せて停まっている。仕事中から飲んでいたのかしら？　車内を覗いたが、灰皿にほとんど燃え尽きた煙草が一本あるだけで、今日が羽目を外した一日だったと示す証拠は見当たらなかった。

トレイダー・ヴィックスに足を踏み入れ、温かい空気と竹、ティキとトーテム、天井からぶら下がった丸木舟に突然囲まれる。草葺マットの部屋を見回し、アルヴィスを探したが、どのテーブルにもおしゃべりを楽しむカップルと大きな丸いイスで一杯で、どこにも姿を見つけることができなかった。一分後に、店主のハリー・ウォンがマイタイを手に側にやって来た。「頑張って追いつかないといけないと思いますよ」。彼が奥のテーブルの方を示すと、そこにアルヴィスの姿があった。大きな枝編み細工のイスの背もたれが、ルネサンス絵画の光輪のように頭の周りを囲んでいる。アルヴィスはこれまで全力で取り組んできたことを実践している最中だった。酒を飲み、話をすること。講釈の相手となった気の毒なウェイターは、採りうる限りのあらゆる手段を講じて逃げ出そうとしている。だが、アルヴィスは大きな手でウェイターの腕をしっかりとつかんでいたので、その気の毒な青年は身動きが取れなかった。

彼女はハリー・ウォンからドリンクを受け取った。「ありがとう、ハリー。私が来るまであの人を寝させないでおいてくれて」。グラスを傾けると、甘いリキュールとラムが喉を刺激する。デブラは自分が半分も飲んでしまったことに驚いた。グラスを見つめたが、その視界は涙で霞んでいた。以前、高校に通っていた頃、誰かがロッカーに「このアバズレ」と書いたメモを滑り込ませたことがあった。一日中うんざりとした気分で、それは夜に家に帰り、母親に会うまで続いた。母親に会うと、わけもなく涙が溢れてきた。これが今の気持ちだった。アルヴィスのいる光景——たとえ酔っ払いアルヴィス博士、講義好きな彼の第二の人格であっても——は充分に彼女の心を和らげた。彼女は目許を丁寧に拭い、グラスに口をつけて、飲み干す。それから、空いたグラスをハリーに返した。「ハリー、ベンダーさんにお水と、そうね、何か食べるものもくださる？」

ハリーはうなずいた。

彼女はお喋りに興じる人々の間を通り抜けて、部屋中の人目を惹きながら進み、夫の講義「ボビーはＬＢＪを倒せる」が一番盛り上がったところで、それを回収してみせる。「……だから私がいつも言っているじゃない。ケネディ政権で唯一重要と呼べる業績は人種統合政策で、それは実際にはボビーの政策なのよ、いずれにしてもね――じゃあ、こちらの女性に注目！」

アルヴィスは彼女に微笑みかけていた。酔いのせいで目の端が溶けているように見える。腕が自由になって、ウェイターは逃げ出し、頭を軽く下げてデブラのタイミングのいい到着に感謝の意を示す。アルヴィスはパラソルを開くように立ち上がった。妻のためにイスを引いて、変わらぬ紳士ぶりを示す。

「君を見るたびに息を飲むよ」

彼女は座った。「たぶん、私が今夜外食する予定だったのを忘れていたのね」

「金曜日はいつも出かけているじゃないか」

「今日は木曜日よ、アルヴィス」

「君はいつもの習慣に縛られすぎているよ」

ハリーが二人に水の入った背の高いグラスと春巻を一皿ずつ持ってきた。アルヴィスは水を啜った。

「今まで飲んだ中で最悪のマティーニだな、ハリー」

「ご夫人のご注文ですよ、アルヴィス」

デブラがアルヴィスの手から煙草を取り、代わりに春巻を握らせると、アルヴィスは煙草を吸うふりをした。「口当たりがいいな」と彼は言った。デブラは取り上げた煙草を深く吸う。

アルヴィスは春巻を食べながら、鼻に抜ける声で訊いた。「それで、しばいの方はどうだったんだい、ダーリン？」

「ロンには頭にきたわ」

「ああ。あのはしゃぎ屋の舞台監督か。君の尻から指紋を採取した方がいいかな？」

そのジョークにほんの微かな不安が入り混じっていた。嫉妬を装うふり。彼女はその両方が嬉しかった――嫉妬の疼《うず》きとそれをジョークで振り払う態度。これこそロンに伝えるべきことだった。夫はくだらない危険な駆け引きなどとっくに卒業している男なのと。アルヴィスにはこう話した。ロンがひっきりなしに彼女の邪魔をして、マギーを戯画化された人物のように演じろと強要すると――吐息まじりに話すバカな女、まるでマリリンの化身ね。「こんなこと始めるんじゃなかった」と彼女は言って、煙草を意味ありげに灰皿に押し付け、吸殻を膝の関節のように曲げた。

「おい、どうしたんだ」。アルヴィスはもう一本の煙草に火を点けた。「この芝居をものにしなきゃ駄目だよ、デブラ。こんなことをするチャンスが人生で何度あると思う?」彼が話しているのは、彼女のことだけではなく、もちろん、自分自身のことでもあった――アルヴィス、この挫折した作家は、シボレー車を売って人生を浪費しながら、未来永劫、販売店で一番の切れ者に留まる運命《さだめ》なのだ。

「ロンはひどいことを言っていたわ」。ロンが体を触ってくること(これは自分で対処できた)や、アルヴィスを老いぼれの酔っ払いと呼んだことは話さなかった。だが、ロンが口にしたもう一つのひどいことはちゃんと話した――「君は人を利用する。彼らの人生を弄び、彼らなど何者でもないように扱うんだ」。そして、この言葉を口にするや否や、デブラの目から涙が溢れ出た。

「ベイビー、ベイビー」。アルヴィスはイスを動かし、彼女に腕を回した。「そんなことしたら心配になるじゃないか。まるであのうすのろが涙を流すに値するように見えちまう」

「あの男のせいで泣いているんじゃないの」。デブラは涙を拭いた。「でも、彼が正しかったら?」

「何だって、ディー?」アルヴィスはハリー・ウォンを手招きして呼び寄せた。「ハリー。テーブルの上のこの悲しく打ちのめされた女が見えるか?」

ハリー・ウォンは微笑んで、見えると答える。

「彼女に利用されていると感じることは?」

「お望みならいつでも」とハリーは言った。

「こういうわけで、君はいつだって他の人の意見を参考にすることができるんだ」とアルヴィスは言った。「さて、ウォン先生、そんな間違った思い込みに対して君が処方できるものはないかな? そいつをダブルにしてくれ」

ハリーが立ち去ると、アルヴィスは彼女の方を向いた。「聞きなさい、ミセス・ベンダー。うすのろの舞台監督には君が何者かなんてわからない。俺の言っていることがわかるかい?」

彼女は顔を上げて、夫の落ち着いたウィスキー色の瞳を見てうなずいた。

「我々が手に入れられるのは、自分で語る物語だけなんだ。何をしようと、どんな決断を下そうと、強かろうと、弱かろうと、動機や歴史や性格——我々の信じていること——が何であれ、そのどれもが現実《リアル》じゃない。むしろ、すべてが我々の語る物語の一部なんだ。でも、つまるところ、それこそがまさに我々の物語なのさ！」

　デブラはアルヴィスの酒臭い熱弁に顔が赤くなるのを感じた。大部分は酔っ払いのたわ言とわかっていたが、アルヴィスが酔って吐く大言壮語の大半がそうであるように、どこか納得できる部分があった。

「君の両親に君の物語は語れない。君の妹さんにもだ。充分に大きくなったとしても、パットにだって、君の物語は語れない。俺は君の夫だが、もちろん語れるわけがない。だから、その監督がどんなに片想いを募らせてきても気にするな。彼には語れない。リチャード・バートンのバカ野郎でさえ、君の物語を語るようにはならないさ！」デブラはひやりとして辺りを見回した。その名前が出たことはなかった——いつかはパットに真実を打ち明けるべきか、と二人で話し合っているときでさえ。「誰一人として、君の人生の意味を君に語れるものなどいない！　言っていることがわかるかい？」

　デブラは夫に激しくキスをした。感謝していたが、黙らせるためでもあった。唇を離すと、マイタイが二人にもう一杯ずつ運ばれてきた。「人生で最愛の人？」もしアルヴィスが正しいとしたら、これが彼女の物語なのだろうか？　もちろん、それでいいじゃない。

　ディーは震えながら自分の車の開いたドアの前に立ち、暗くなったスペース・ニードル(18)を見上げていた。その間に、アルヴィスはコルヴェアに体を滑り込ませていた。「さて何が問題なのかな」。もちろん、車のエンジンはすぐにかかった。彼はディーの顔を見上げて、肩をすくめた。「なんて言ったらいいのかわからないよ。本当にキーを最後まで回したのかい？」

(18) シアトルのシンボルタワー。

彼女は唇に指をあて、マリリン・モンローの声を真似る。「あら、修理屋さんったら、誰も私にキーを回せなんて言わなかったわよ」

「私と一緒に後ろに乗ってみませんか、奥様。そうすれば、この素晴らしい車のもう一つの特徴を教えてさしあげますよ」

彼女は体を屈めて夫にキスをした——彼の手が服の正面のボタンを探り当て、そのひとつを指でさっと外し、手を滑り込ませる。お腹を通って尻へと下がり、親指がパンストのウェストの下あたりに押しつけられる。彼女は身をよじり、手を伸ばして夫の手をつかんだ。「もう、手の早い修理屋さんね」

アルヴィスは車から降りて、彼女に長いキスをした。片方の手は首の後ろに回し、もう一方は腰に。

「なあいいだろ、後ろの座席で十分だけ？　ガキどもだってみんなやっているよ」

「ベビーシッターはどうするの？」

「いいじゃないか？　よしやろう」とアルヴィスは言った。「一緒にどうかなとあの娘を誘えると思っているのかい？」

そのジョークが来ることはわかっていたが、それでも思わず笑ってしまった。大抵の場合、アルヴィスが持ち出してくるものはわかったが、それでも彼女は笑った。

「それなら一時間に四ドルは欲しがるでしょうね」とデブラは言った。

彼女を抱きしめたまま、アルヴィスは深いため息をついた。「ベイビー、君って楽しいときが一番セクシーだね」。そして目を閉じて、頭をのけぞらせると、その幅の狭い顔が許す限りの大きな微笑みを浮かべた。「ときどき結婚してなければ、もう一度、結婚を申し込めるのにと思うんだ」

「いつでも申し込めばいいじゃない」

「それでノーと言われる危険を冒せと？」アルヴィスはキスをし、それから後ろに下がると、腕をぐるりと回してお辞儀をした。「あなた様のお車でございます」。ディーは膝を曲げてお辞儀をして、コルヴェアに乗り込んだ。夫はドアを押して閉めたが、その場に留まり、車内を覗き込んでいる。彼女がワイパーを動かすと、粘々した水の膜が窓の縁を飛び越え、もう少しでアルヴィスにあたりそうになった。

彼が飛び退き、車へと戻っていく姿を見て、彼女は微笑んだ。

気分はよくなっていたが、ロンに対してあれほど腹を立てた理由にはまだ戸惑っていた。あいつが単に欲情男だからなのか？　それとも身に覚えがあったり、身を引き裂かれるような内容が、あの男の発言に含まれていたからなのか――「人生で最愛の人」？　恐らく違う。でも、こんな風になる必要などなかった、そうではないか？　少女時代の空想から抜け出せる人などいないのか？　愛はもっと穏やかにも、控え目にも、静かなものにもなりえないのか？　すべてを焼き尽くすほど激しくならざるをえないのだろうか？　これこそロンが彼女に感じさせたいこと――罪の意識(「君は人を利用する」)――ではないか？　恐らく暗にこう伝えたいのだ。人生の辛い時期に、彼女は容姿にものを言わせて年上の男の愛を、つまり安定した生活と新しいコルヴェアを求め、彼の瞳に今も愛おしく映るもう一人の彼女に対する未練を断ち切ったのだと。ひょっとしたら、彼女こそマギーなのかもしれない。そう考えるとまた涙が出た。

ディーはビスケーンの後ろについて車を走らせていたが、点滅するテールランプに頭がぼんやりとしてきた。デニー・ストリートには車がほとんど走っていなかった。彼女はアルヴィスの車がまったく好きになれなかった。こんな老人用セダン。展示場からどんなシボレー車でも選べるのに、どうしてビスケーンにしたのだろう？　次の赤信号で、彼女は車を脇につけて窓を下ろした。彼もシートから身を乗り出して、助手席の窓を下ろす。

「あなたの方が新しい車が必要ね」と彼女は言った。「またコルベットにしたらいいじゃない？」

「駄目だよ」。彼は肩をすくめた。「今は子どもがいる」

「子どもってコルベットは嫌い？」

「子どもはコルベットが大好きさ」。頭の後ろで手を振る姿は手品師か、ショールームの女の子のようだった。「でも、後ろの座席がない」

「あの子は屋根に乗せればいいわ」

「子どもを五人も屋根に乗せるつもりか？」

「五人もいたかしら？」

「君に言い忘れていたかな？」

ディーは笑って、何とも言えない衝動が湧き上がるのを感じた……何だろう、謝りたかった？　あるいは、何度も繰り返し言ってはいるが――恐らく自分自身を安心させるために――ただ愛していると伝えたい？

アルヴィスは煙草を口に咥え、カーライターを被せて火を点けた。顔が黄色い光に照らされる。「これ以上、俺の車の粗探しはするなよ」と言った。それから、潤んだ茶色の眼でウィンクして、アクセルとブレーキを同時に踏むと、大きなエンジンが長く悲しげな声を上げ、タイヤが甲高《かんだか》い音を立てながら黄色い煙を吐き始めた。タイミングは完璧。だから、目の前の信号が青に変わった、まさにその瞬間、彼がブレーキを跳ねあげると車は跳び出すように進んだ。それから、デブラ・ベンダーの記憶では、いつも騒音の方が目にしたことよりも先にやってくる。ビスケーンが交差点に突っ込んでいく、まさにその瞬間、古い黒のピックアップトラックが左からものすごいスピードで滑り込んでくる――ヘッドライトは消したまま、土壇場になって急にエンジンを吹かしたのは、もうひとりの酔っ払い運転手が、赤に変わる間際に黄色信号を走り抜けてしまおうとしたからだ。トラックは雷鳴を轟かせ、アルヴィスの車のドアをバリバリと破壊しながら、ビスケーンにT字衝突すると、そのまま交差点を引きずって進んでいく。鋼鉄とガラスが絶え間なく耳障りな音を立て、デブラもまた恐ろしく甲高い叫び声を上げる。彼女の怒りに満ちた悲鳴は、もつれ合った車が遠くの縁石で止まった後もずっとこだましていた。

第十七章　ポルト・ヴェルゴーニャの攻防

一九六二年四月
イタリア、ポルト・ヴェルゴーニャ

パスクアーレは、リチャード・バートンとマイケル・ディーンが、借り上げた高速艇へ急ぎ戻って行くのを眺めていた。叔母のヴァレリアが二人の後を追いかけながら、喚き声を上げ、節の曲がった指を突きつけていた。「人殺し！　暗殺者！」パスクアーレは不安を感じながら立ちつくしていた。世界があまりに多くの地点で砕け、バラバラになってしまったので、どの破片に手を伸ばしたらいいのか、ほとんど見当がつかなかった。今では両親はともに逝き、アメデアと息子はフィレンツェにいて、叔母は映画関係者に向かって喚き散らしている。砕けた人生の欠片は、目の前の地面に鏡の破片のように散らばっていた。鏡を覗くと、これまでは自分自身が見つめ返してくるだけだったのに、砕けてしまった今では、その背後から別の人生が顔を覗かせているように感じた。

ヴァレリアが水の中に入っていく。呪いの言葉を吐き、叫び声をあげ、老いた灰色の唇に唾を溜めて。ここでパスクアーレが追いついた。船はもう埠頭から遠ざかっていた。パスクアーレは叔母の骨ばったか細い肩をつかんだ。「いいんだ、叔母さん。あいつらを行かせてやろう。いいんだよ」。マイケル・ディーンが船からこちらをじっと見つめていた――

だが、リチャード・バートンは前方を見つめたまま、両方の手のひらでワイン瓶の首をこすっていた。彼らを乗せた船が防波堤へと進んで行く。その向こう側では、漁師の妻たちが静かに様子を見守っていた。この人たちはヴァレリアがやったことを知っているのだろうか？　叔母はパスクアーレの腕の中で泣き崩れている。二人は一緒に海辺に立ち、高速艇がふらふらと岬を回るのを見ていた。操縦士がエンジンをふかすと船の舳先が誇らしげに持ち上がり、船は唸り声を発して浮き上がり、加速して走り去った。

パスクアーレはヴァレリアを支えながらホテルへと戻り、自分の部屋へと連れていった。叔母は部屋のベッドに横になると、泣きながら呟いた。「ひどいことをした」と叔母は言った。

「そんなことはないよ」とパスクアーレは否定した。確かにヴァレリアはひどいことをした。考えられる限り最悪の罪を犯した。だが、パスクアーレには、母親が叔母に掛けて欲しいと望んでいた言葉がわかっていた——だからそう伝える。「母さんを助けてくれてありがとう」

ヴァレリアは顔を上げて目を合わせると、うなずいてから視線を外した。パスクアーレは母親の存在を感じ取ろうとしたが、ホテルから母親がいなくなり、すべてがすっかり消え去ってしまったかのようだった。叔母をおいて部屋を出る。食堂に戻ると、アルヴィス・ベンダーが錬鉄製のテーブルについて、窓の外を見つめていた。目の前には栓を抜いたワインの瓶が置かれている。アルヴィスが顔を上げた。

「叔母さんは大丈夫か？」

「ええ」と答えたが、マイケル・ディーンが言っていたことを思い出していた——「単純じゃないんだ」——それに、ディー・モーレイがその朝、ラ・スペツィアの駅から消えたという話も。数日前に、二人でハイキングに出かけたときに、崖の上で彼女にポルトヴェーネレやラ・スペツィアに通じる小径を指で示して見せていた。今頃になって、彼女があの丘を見上げながら、ラ・スペツィアを歩いて後にしたような気がしてくる。

「散歩に行ってきます、アルヴィス」と告げる。アルヴィスはうなずきながらワインに手を伸ばした。

パスクアーレは正面玄関から外に出た。網戸は閉まるに任せる。角を曲がってルーゴの家の前を通り過ぎると、英雄の妻ベッティーナが玄関から顔を出してパスクアーレを見ていた。彼は何も言わずに村から続く小径を上り始めた。一歩進むたびに小さな岩が崖から転がり落ちていく。驢馬《ロバ》が通るような古い小径を足早に上り、まぬけなテニスコートの目印となる紐を越えて進む。紐は足許で大きな丸い巨石を囲んで揺れていた。

オリーブの繁みを縫うように、ポルト・ヴェルゴーニャの裏手に聳える崖の斜面を苦労して進み、オレンジの繁みまでくると一気によじ上った。ようやく岩棚の頂上に着くと、近くの岩の裂け目を下ってまた上った。二、三分歩いたあとで、丸い巨石の連なりを乗り越えて、古い掩蔽壕《トーチカ》へと辿り着く――自分が正しかったことがすぐにわかった。彼女はラ・スペツィアから野山を歩いてきたのだ。枝や石が動かされて抜け穴が剝き出しになっている。あの日、二人でここを出る際に、パスクアーレはまた穴を隠しておいたはずだった。

風が頰を打つように吹くなか、パスクアーレは岩の裂け目を渡り、コンクリートの屋根の上に降りると、掩蔽壕《トーチカ》の中に入っていった。

外は先日訪れたときよりも麗らかで、時間帯も日中の遅めだったので、三つの小さな銃座の窓から陽の光が差し込み、室内を明るく照らしていた。だが、それでもパスクアーレの目が慣れるまでには少し時間が掛かった。すぐに彼女の姿が目に入った。建物の隅に座り込み、石壁に背をつけたまま、体を丸めて、肩と足に上着を巻きつけている。コンクリート製のドームが薄暗いせいで、その姿はとても頼りなさそうに見えた――ほんの数日前、村に辿り着いたときは、この世のものとは思えない存在だったのに、そのときとはあまりにかけ離れていた。

「ここにいるってどうしてわかったの？」と彼女は訊いた。

「わかりません」と彼は答えた。「いて欲しいと思っただけです」

彼女の隣に、壁に背をつけて絵と向かい合う形で腰を下ろす。しばらくしてディーが肩に寄り掛かってきた。パスクアーレがそっと腕を回し、彼女をもっと近くに引き寄せると、顔を自分の胸に押し付けてくる。以前二人でここに来たときは朝方だった

――陽の光が間接的に銃座の窓から入り込み、床を照らしていた。しかし、今は午後遅くの明るさの中で、太陽が動き、直射日光が壁を上って、目の前の絵にじかに注がれていた。三つの狭い長方形の陽の光によって、色褪せた肖像画が輝いて見える。

「歩いてあなたのホテルに戻るつもりだったの」と彼女が口を開いた。「ちょうどこんな風に陽の光が絵に落ちるのを待っていたのよ」

「素敵です」と彼は相づちを打った。

「最初はすごく悲しいことに思えたのよ」とディーは続けた。「この絵が誰の目にも触れることがないなんて。でも、それからこう考えるようになったの。この壁を切り出して、どこかのギャラリーに置いたらどうなるのだろう？　ギャラリーではただの色褪せた五枚の絵に過ぎないんだろうなって。それで気がついたの。たぶん、これはここにあるからこそ、とても素晴らしいんだって」

「ええ」と彼はまた相づちを打った。「そう思います」

静かに座っているうちに、次第に日が傾き、銃座の窓から差し込む陽光がゆっくりと壁画の上を進んでいった。パスクアーレは瞼が重くなるのを感じながら、思う。これほど心地よいことがあるだろうか、午後のひと時に誰かの隣で眠りに落ちるなんて。

掩蔽壕《トーチカ》の壁では、長方形の陽の光がひとつ、若い女性を描いた二枚目の肖像画の顔を横切るように照らしていた。おかげで、絵の女性がほんの少しだけ顔を横に向け、もう一人の素敵なブロンドの女性を、この生身の女性がイタリア人の青年と並んで背中を丸めて座っている様子を眺めているように見える。パスクアーレは以前、午後遅くにこの場所を訪れ、このちょっとした発見をした。移りゆく陽の光がその力で絵を動かし、生命まで吹き込む業《わざ》を。

「この男の人は本当に彼女と再会できたと思う？」とディーは囁いた。「この画家のことよ？」

パスクアーレもそのことをずっと考えてきた。この画家は無事にドイツへと、絵の女性の許へと帰り着けたのだろうか。漁師によればドイツ兵の大半はここで見捨てられ、アメリカ兵が地方を掃討する際に捕まったり、殺されたりしたという。このドイツ人の女性は知りえたのだろうか。自分をこんなにも愛し、掩蔽壕《トーチカ》の冷たいセメントの壁に二度も描いた男がいたことを。

「ええ」とパスクアーレは答えた。「そう思います」

「それで結婚したのかしら?」とディーは訊いた。パスクアーレにはすべてが目の前に広がっているように思えた。「ええ」

「子どもはいたのかしら?」

「息子《ウン・バンビーノ》がひとり」とパスクアーレは答えた——息子。そう答えたことに自分でも驚き、胸が痛んだ。それは食事を取りすぎた後に、時々お腹が痛くなるのと同じで、ただ胸がいっぱいになったからだった。

「この間の夜、あなたならローマから這ってでも会いに来るって言ってくれたじゃない」。ディーはパスクアーレの腕をぎゅっと握った。「今まででー番素敵な言葉だった」

「ええ」。〃そんなに単純じゃない——〃

ディーはまたパスクアーレの肩に寄り掛かった。機関銃座の窓から差し込む光は壁を上り、絵画とはほとんど関係ない位置へ移動する。かろうじて長方形のひとつが女性を描いた最後の肖像画の上隅にかかっているだけだった——太陽はこの日の展覧会での役割を終えたのだ。彼女が顔を上げてパスクアーレを見る。「この画家は本当に無事に帰って彼女に会えたと思う?」

「ええ、もちろん」と答えたが、気持ちを込めたせいで声がかすれた。

「私を慰めようとして言っているんじゃないわよね?」

彼はすべてを打ち明けてしまうかもしれないと感じていた。だが思いの丈をすべて英語で伝えられるほど器用でもなかった——彼の見るところ、人は長く生きれば生きるほど、それだけ後悔や渇望に苛まれるようになる。つまり、人生とは栄光ある破滅なのだ——だから、パスクアーレ・トゥルシは答えた。一言。「ええ」


午後遅くなって、二人は村に帰り着き、パスクアーレはディー・モーレイをアルヴィス・ベンダーに紹介した。アルヴィスは〈ホテル　適度な眺め〉のパティオで読書をしていたが、跳ねるように立ち上がり、本をイスの上に落とした。ディーとアルヴィスはぎこちなく握手を交わした。あのいつもおしゃべりなベンダー氏は舌が絡まってしまったかのようだった――恐らくはディーの美貌か、この日起きた奇妙な出来事のせいだろう。

「お会いできてとてもうれしいわ」と彼女は言った。「失礼して少し休ませていただいてもいいかしら。長いこと歩いてきて、もうくたくたなの」

「ええ、もちろん」とアルヴィスは答えた。今頃になって帽子を取ることを思いつき、胸に抱える。

そのとき、ディーが彼の名前に気がついた。「ああ、ベンダーさんね」と言って振り返る。「作家の？」

アルヴィスは地面に視線を落とし、その言葉に困った顔をして答える。「ああ、ちがうんです――本物の作家ではありません」

「そんなことないわ」と彼女は否定した。「あなたの本、とても気に入ったもの」

「ありがとう」とアルヴィス・ベンダーは礼を言って、顔を赤らめたが、パスクアーレは今までにそんな姿を見たことがなかった。いつもの洗練された長身のアメリカ人からは想像もつかない姿だ。「つまり……まだ書き上がっていないんですよ。明らかに、もっと語るべきことがある」

「もちろん、そうよね」

アルヴィスはパスクアーレの方をちらりと見て、それから美しい女優に視線を戻した。彼は笑った。「だけど、本当のことをお話ししますと、ずっと書いてきて、これでほぼすべてなんです」

彼女は優しく微笑んで、言った。「それじゃあ……ひょっとしたら、それで終わりなのかもしれないわね。そうだとしても、素晴らしいと思うわ」。こう言うと、もう一度断りを入れて、ホテルの中に姿を消した。

パスクアーレとアルヴィス・ベンダーは、パティオで肩を並べて立ち、閉じたホテルのドアを見つめていた。

「なんてこった。あれがバートンの女か？」とアルヴィスは訊いた。「想像していたのと違うな」

「ええ」としかパスクアーレには答えようがなかった。

ヴァレリアは小さな台所に戻って料理をしていた。パスクアーレは側に立ち、叔母がスープをもうひと鍋仕上げるのを待っていた。できあがると、パスクアーレはスープを一杯よそって、ディーの部屋まで運んだが、彼女は既に眠っていた。彼女の顔を見下ろし、寝息を確認する。それからスープをサイドテーブルに置くと、部屋の外に出て食堂《トラットリア》に戻った。そこでは、アルヴィス・ベンダーがヴァレリアのスープを飲みながら、窓の外を眺めていた。

「この土地もだんだんおかしくなってきているな、パスクアーレ。世界が丸ごと押し寄せてきている」

パスクアーレは疲れていて会話に付き合う気になれなかった。アルヴィスの前を通り過ぎ、ドアに近寄ると、窓の外の緑がかった海に目を向ける。下の海岸では漁師がその日の仕事を終えようとしているところだった――煙草を吸い、笑い声を上げながら、網を干したり、舟を洗ったりしている。

パスクアーレはドアを押し開けて、木製のパティオに出ると、煙草に火を点けた。漁師が丘を上ってきた。一度に一人ずつ、獲物の残りを手に、一人ひとりが手を振るか、軽く会釈をしていく。〈年長〉のトンマーゾが紐でつないだ小魚を手に近づいてきて、パスクアーレに訊いた。アンチョビを観光レストランに売らずに少し取っておいたぞ。ヴァレリアはこれ要るかな？　ええ、とパルクアーレは答えた。トンマーゾは中に入り、数分後に魚をおいて出てきた。

アルヴィス・ベンダーの言うとおりだった。誰かが蛇口を開けてしまったせいで、世界が流れ込んできていた。パスクアーレはこの眠りこけた村が目を覚まして欲しいとずっと願ってきたが、今まさに……それを目の当たりにしていた。

恐らくこのおかげで、数分後に新たな船のエンジン音が聞こえ、グアルフレッドの一〇メートルの船が入り江に進入してきても、パスクアーレは別段驚かずにいられたのだろう――今回は、運転席にオレンツィオの姿はなく、グアルフレッドが操縦をし、野蛮なペッレが隣に控えている。

パスクアーレは顎に突き抜けるほど強く歯を噛み締めた。これは極めつけの侮辱で、到底耐えられないことだった。混乱と悲しみの最中にあって、突然、グアルフレッドがひどい苦痛の種に思えてきた。網戸を開け、中に入り、コート掛けから母親の古い杖を引っ張り出す。アルヴィス・ベンダーがワイングラスから顔を上げて、訊いた。「それは何だ、パスクアーレ？」だが、パスクアーレは答えずに、ただ向きを変えて外に出ると、断固たる態度で険しい道《ストラーダ》に沿って歩き出し、二人の男の方へ向かった。二人はちょうど船から降りてくるところだった。パスクアーレが決意を胸に大股で歩を進めると、丸石がバラバラと崩れ落ちた。頭上では雲が紫色の空を流れていく――最後の夕陽が海岸線を強烈に照らし、滑らかな岩場で波がドラムのような音を響かせていた。

男たちは船から降りて、小径を上ってきた。グアルフレッドが嘲笑《あざわら》うように言う。「アメリカ人の女はここで三泊したが、俺のホテルに泊まることになっていたんだぞ、パスクアーレ。その分の貸しがあるってことになるな」

まだ四〇メートルは離れていた。沈みゆく太陽が二人の真後ろにあるせいで、パスクアーレには男たちの顔に浮かんだ表情まではわからなかった。ただの人影に見える。何も言わず、ひたすら歩くうちに、様々な光景が頭に浮かんで心を掻き乱した。リチャード・バートンとマイケル・ディーン、叔母が母親を毒殺したこと、アメデアと自分の赤ん坊、出来損ないのテニスコート、前回グアルフレッドの前で尻込みしたこと、自分自身について露わになった真実、つまり、男として芯が弱いということ。

「あのイギリス野郎はバーの支払いも済まさずに逃げやがった」とグアルフレッドは吐き捨てた。もう二〇メートル先にいる。「その分も払った方が利口だぞ」

「断る」とパスクアーレはそれだけ口にした。

「断る？」とグアルフレッドは訊き返した。

後ろから、アルヴィス・ベンダーがパティオに出てくる音が聞こえた。「そっちは大丈夫か、パスクアーレ？」

グアルフレッドは顔を上げてホテルを見た。「それに、アメリカ人の客がもう一人いるのか？ ここでいったい何をやっているんだ、トゥルシ？ 手数料を二倍にする必要があるようだな」

パスクアーレが二人の許に着いたのは、ちょうど道の起点と広場の端が出会う場所だった。そこで海岸の土が丸石の道《ストラーダ》とはじめて混じり合う。グアルフレッドは口を開け、新たに何か言おうとしたが、グアルフレッドが言い出す前に、パスクアーレは杖を振り下ろした。野蛮なペッレの猪首を激しく打つ。ペッレにとって明らかに予想していない一撃となったのは、恐らく前回パスクアーレがみせた従順な態度のせいだろう。大男は道の脇によろめいて、倒木のように土の上に倒れた。パスクアーレは杖を持ち上げ、もう一度振り下ろそうとする……が、大男の首に当たって折れてしまったことに気づく。杖の柄を脇に投げ捨て、拳でグアルフレッドを狙った。

しかし、グアルフレッドは経験豊富な戦士だった。パスクアーレの強打をかわし、コンパクトなストレートパンチを二発叩き込む――一発はパスクアーレの頬に――燃えるようだ。次の一発は耳に――鈍い耳鳴りが走り、倒れたペッレの近くまでよろよろと後ずさりした。怒りのアドレナリンは限りある資源だとわかっていたので、パスクアーレは再びグアルフレッドのソーセージのような体に飛び掛かり、パンチの直撃を掻い潜ってとうとう内側に入り込んだ。激しく体を揺らし、己の拳をグアルフレッドの頭に叩き込む。メロンを叩くようなドスンという鈍い音と、ピシャッという軽い音が上がった。手首、拳、肘――持てる手段をすべて使う。

しかし、そのとき、ペッレの大きな仔羊の脛のような手が髪の毛をつかみ、もう一本目の肉付きの良い手が背中に襲い掛かり、引き離された。そこで初めて、これは自分の思う通りにいかないかもしれないという考えがパスクアーレの頭をよぎった。この状況を打開するには、たぶん、アドレナリンと壊れてしまった杖以上のものが必要だ。それから、アドレナリンさえ枯渇して、パスクアーレは疲れ切って泣き出した子どものように、弱々しいめそめそとした音を漏らし始めた。ペッレはさながら、どこからともなく現れた蒸気ショベルだった。パスクアーレの腹に拳を食らわせ、体を持ち上げ、地面にぺしゃんこに叩きつけ、足で踏みつける。世界のどこを探しても、空気は分子ひとつ分さえ残っておらず、パスクアーレは息ができなかった。

巨漢ペッレが彼を見下ろして立っていた。ひどいしかめ面だ。顔の周りは視界がぼやけていて見えない。パスクアーレは息を切らしながら、この蒸気ショベルが息の根を止めにやって来るのを待っていた。パスクアーレは前方に体を屈めて、体の下の土を引っ掻いた。どうして海風の匂いがしないのだろうと思ったが、空気がない限り、匂いはしないのだと気づく。ペッレがほんのわずかに近づく。そのとき、影が太陽の前をさっと横切った。パスクアーレが顔を上げると、目に飛び込んで来たのは、アルヴィス・ベンダーが、岩壁からペッレの巨大な背中に飛びかかる姿だった。当のペッレは少しためらい(ギターケースを肩から背負った学生のように見えた)、やがて自分の背後に手を回して、この背の高い痩せたアメリカ人を、濡れ雑巾のようにさっと投げ捨てた。アルヴィスの体が、岩だらけの海岸の向こうに滑るように飛んで行く。

パスクアーレはようやく立ち上がりかけていたが、まだ息ができなかった。そのとき、ペッレがこちらに向かって一歩前に足を踏み出すと、信じられない出来事が三つ同時に起きた。パスクアーレの目の前で聞き慣れた足音がドスンと響き、背後で大きく鋭い音が鳴り、巨漢ペッレの大きな左足から赤い芽が吹き出す。大男は喚き声を上げながら、体を折って足をつかんだ。

息を切らして喘ぎながら、パスクアーレは左の肩越しに振り返った。年老いたルーゴが狭い通路をこちらに向かって歩いてくる。魚を捌くための胴付きの長靴を着たまま、ボルトを押して、次の弾をライフルに込める。銃身は汚れ、緑の枝が垂れ下がっているのは、妻の菜園から引き抜いてきたからに違いなかった。ライフルはグアルフレッドを狙っていた。

「次はお前さんのちっちゃなチンコを撃つぞ、グアルフレッド。狙いの方は昔ほどじゃなくなったがね」とルーゴは言った。「とはいえ、お前のその腹なら目が見えなくたって当てられるさ」

「あの爺さんが俺の足を撃ったんだ、グアルフレッド」と巨漢ペッレは淡々と、律儀に報告した。

次の瞬間、大きな呻き声と足を引きずる音が上がった。誰かがまた空気を入れてくれたおかげで、パスクアーレは息ができるようになった。子どもが散らかしたものを片付けるように、男たちは単純だが合理的な配置に戻っていった。集団の中の一人が他のメンバーに銃を突きつけているときの配置に。アルヴィスは体を起こして座ったが、目の上には大きなこぶができていた。パスクアーレはまだ耳鳴りがひどかった。そして、グアルフレッドは痛む頭をさすっていた。だが、一番ひどいのはペッレの傷だった。弾丸が足を貫通していた。

ルーゴはペッレの傷を幾分がっかりしながら眺めていた。「足許を撃って止めようと思ったんだよ」と彼は言った。「お前さんに当てるつもりはなかった」

「難しい一撃ですからね」と巨漢は尊敬まじりに返した。

太陽は既に水平線上のただの点になっていた。ヴァレリアがホテルからランタンを手に降りてきた。アメリカ人の女はごたごたの間もずっと眠っていたよ、すごく疲れていたに違いないさ、とパスクアーレに告げる。それから、ライフルを手にしたルーゴを脇に立たせて、ヴァレリアはペッレの傷を消毒し、引き裂いた枕カバーを釣り糸で足にしっかりと巻きつけた。傷をきつく縛ると、大男は顔をしかめた。

アルヴィスはペッレの足の傷に興味津々で、何度も質問をした。痛むのか？　歩けると思うか？　どんな気分だ？

「戦争でたくさん傷を見たからね」とヴァレリアは言って、甥を脅しにきた巨漢に奇妙な優しさを示した。「これはきれいに貫通している」。ランタンをもう一度調整して、ビール樽の形をしたペッレの頭の汗を拭く。「よくなるよ」

「ありがとう」とペッレは礼を言った。

パスクアーレはディー・モーレイの様子を見に戻った。叔母が言っていたように、彼女はまだ眠っていて、小競り合いを終わらせた銃声にさえ気がついていなかった。

パスクアーレが下に戻ると、グアルフレッドが広場の壁に寄り掛かっていた。パスクアーレに話し掛ける声は穏やかだったが、視線はまだルーゴの銃に注がれていた。「大きな過ちを犯したな、トゥルシ。それがわかっているのか。いないだろう？　とても大きな過ちだ」

パスクアーレは無言だった。

「わかっているだろうが、俺はきっと戻ってくるからな。ウチの連中は老いぼれ漁師どもにやられはしないぞ」

パスクアーレには何もできなかったが、グアルフレッドのクソ野郎に冷たい視線を送りつづけた。最後にはグアルフレッドの方が目を逸らした。

数分後、グアルフレッドと足を引きずるペッレは丘を下り、船を目指して歩き出した。ルーゴがまるで古い友人のように二人に付き添った。背の高いひどく痩せた赤ん坊みたいにライフルをまだ腕に抱えていた。水辺に着くと、年老いたルーゴはグアルフレッドに向かって少し声をかけ、村を指さし、ライフルを使って何かの身振りをすると、道を上って広場の方へ戻ってきた。パスクアーレとアルヴィス・ベンダーは、その場に座って、体力を回復させていた。船のエンジンに火が入り、グアルフレッドとペッレは闇に消えた。

ホテルのバルコニーで、パスクアーレは老人にワインを注いだ。

〈無節操な戦争の英雄〉ルーゴはワインをぐっと一息飲んでから、アルヴィス・ベンダーの方を向いた。今回の戦いで、彼の働きは極めて小さく限定的だった。「解放者《リベラトーレ》」と皮肉交じりに声を掛ける。アルヴィス・ベンダーはただうなずいただけだった。以前は思いつきもしなかったが、ある世代の男性はみな戦争に人生を左右されていた。父もそうだ。だが、戦争についてお互いに話し合うことはほとんどなかった。パスクアーレはいつも戦争をひとつの大きな出来事と考えていたが、アルヴィスが彼の戦争について、まるで全員がそれぞれ別の戦争に従事させられたかのように、まるで百万の人間には百万の戦争があるかのように話すのを聞いていた。

「グアルフレッドに何を話したの？」とパスクアーレはルーゴに訊いた。

ルーゴはアルヴィス・ベンダーの方から振り返り、肩越しに海岸を見た。「グアルフレッドに言ってやったんだよ。お前さんが容赦ない男だという評判は聞いているが、次にポルト・ヴェルゴーニャに足を踏み入れたら、脚を撃ち抜いてやる。それで、ビーチでもがいている間に、ズボンを下ろして、この園芸用の棒きれを太ったケツの穴に突っ込んで、引き金を引いてやるぞってね。それで、こうも言ってやった。お前は惨めな人生の最期の瞬間を、頭のてっぺんから自分の糞が噴き出すのを感じながら迎えることになるなってね」

パスクアーレもアルヴィス・ベンダーも返す言葉が見つからなかった。年老いたルーゴがワインを飲み干し、グラスをテーブルに置き、妻の許に歩いて帰っていくのをじっと見守る。妻がライフルを静かに受け取り、ルーゴは小さな家の中に姿を消した。

第十八章　フロントマン

最近
アイダホ州サンドポイント

午前十一時十四分に、悲運のディーン隊はロサンゼルス国際空港を飛び立ち、壮大な旅の最初の一歩を踏み出す。ヴァージン航空シアトル直行便のファーストクラスの座席一列を占領。2Aの座席では、マイケル・ディーンが窓の外を眺めながら、あの女優が五十年前とまったく変わらぬ姿(それに彼自身も)で、彼をすぐに許してくれる(「今となってはすべて過ぎたことよ、ダーリン」)と想像を膨らませている。2Bでは、クレア・シルヴァーがマイケル・ディーンの自叙伝から削除された第一章を読み、時折、顔を上げて、畏怖のこもった囁き声を漏らしている(「まさか……リチャード・バートンの子ども?」)。その物語があまりに淡々と不穏な内容なので、当然、カルト教団の博物館の仕事に就くという決断をすぐに後押ししてくれるはずだった。だが、嫌悪感は強い衝動に屈し、やがて好奇心に変わり、彼女はタイプライターで打たれた原稿を次から次へとめくっていく。通路を挟んだ2Cから、シェイン・ウィーラーが何気ないふりをして露骨に探りを入れてきても気がつかない(「どうかなあ。ひょっとしたら『ドナー!』を売り歩いた方がいいのかなあ……」)。マイケル・ディーンから受け取った文書が何であれ、クレアがそれに没頭しているのを見るうちに、シェインは心配になってくる。あれは他の人の脚本で、恐らく自分が売り込んだ『ドナー！』よりもずっと奇抜なんだろう。そこで、すぐに純情路線の交渉戦略を放棄する。振り返って、2Dのパスクアーレ・トゥルシ老人の方を向き、礼儀正しく言葉を交わす(「ご結婚は？《エ・スポザート》」「ええ《シィ》。でも妻は亡くなりました《マ・ミア・モイエ・エ・モルタ》」「ああ、それはお気の毒に《ミ・ディスピアーチェ》。お子さんは？《フィリ》」「ええ《シィ》。子どもが三人、孫が六人います《トレ・フィリ・エ・セイ・ニポーティ》」)。家族の話をしているうちに、パスクアーレは恥ずかしさを覚える。こんないい歳になって、愚かな老人の感傷を満たそうとしている自分に。恋に恋する少年のようなふるまいではないか。わずか三日間しか知らない女性をわざわざ探し出そうだなんて。なんと愚かな。

だが、偉大な探索とはおしなべて愚かな行動ではなかったか？　エル・ドラド、青春の泉、宇宙の知的生命体の捜索——その先にあるものなどわかっている。そんなものが我々を真に駆り立てるのではない。確かにテクノロジーのおかげで、壮大な旅は二度にわたる短時間の車移動と小型旅客機のフライトに縮小されたのかもしれない——午後だけで四つの州、二〇〇〇キロを横断——だが、いずれにせよ、真の探索とは時間や距離で評価されるものではない。希望で評価されるものなのだ。このような探索において、素晴らしい結末は二つしかない。偶然の発見の才に恵まれた学者が辿り着く希望——アジアへと船出し、アメリカを偶然発見。案山子とブリキ男が辿り着く希望——自分がずっと求めていたものを既に手にしていたことに気がつく。

エメラルド・シティ[19]で、悲運のディーン隊は飛行機を乗り換える。シェインがこれまでにないほど何気なくつぶやく。今、我々がわずか二時間強で旅してきた道のりでも、ウィリアム・エディなら踏破するのに何か月も要しただろうと。

「それに、我々の場合、誰かを食べる必要だってない」とマイケル・ディーンが反応し、さらに「今のところは」と付け加える。だが、これは彼の意図するところよりもずっと不吉に響く。

旅程の最終区間において、一行は通勤用のプロペラ機に詰め込まれる。帰省する大学一年生や地域販売員で満杯の歯磨きチューブ。ありがたいほど短いフライト。十分間、地上を滑走し、十分間、パン切りナイフのようなギザギザの山地を越えて、もう十分間、轍の走る荒れ地を横切り、さらに十分間、つぎはぎだらけの農地の上を飛んで、それから雲のカーテンを抜け、厚みのあるずんぐりとした大きな岩が立ち並ぶ、松林に囲まれた街を旋回していく。高度一〇〇〇メートルで、パイロットが眠そうな声でぎこちなく告げる。ワシントン州スポーケンへようこそ、地上の気温は十二度です。

車輪が地上に着き、クレアは八回の電話着信とテキストメッセージのうち、六回がダリルからのものだと気がつく。もう三十六時間もガールフレンドと話をしていないので、さすがに何かがおかしいと疑っている。最初のメッセージは「怒っているのか?」。二番目は「ストリップのことか?」。クレアは残りを読まずに携帯をしまう。

一行はなんとか搭乗橋から降りて、清潔なバスターミナルに似た明るく整然とした空港を抜け、インディアンが経営をするカジノの電子広告と、渓流や古いレンガ造りの建物の写真、「内陸北西部」と呼ばれる土地の訪問を歓迎する看板の前を通過する。彼らは奇妙な一団だった。パスクアーレ老人は黒っぽい服と帽子、それに杖を持ち、白黒映画から抜け出してきたよう。マイケル・ディーンは風変わりなタイムトラベルの実験のように見える。足を引きずる童顔のお爺ちゃん。シェインは今では大きく出すぎたかと不安に駆られ、しきりに髪の毛を掻き上げ、わけもなく呟いている。「他にもアイデアがあります」。クレアだけがこの旅をうまく切り抜けている。それを見て、シェインはウィリアム・エディの決死隊を思い出す。あの女性たちも余力を残しながら旅を続けたのだった。

外に出ると、午後の空は薄曇りで、空気はカラッと乾燥している。上空を飛んできた街の面影はまるで見当たらず、木々と切り株状の玄武岩が空港の駐車場のガレージを囲んでいるだけ。

マイケルが雇った男エメットは、迎え役として私立探偵を待機させていて、頭の禿げた五十代の痩身の男が、汚れたフォード・エクスペディションに寄

(19) シアトルの愛称。『オズの魔法使い』に登場する架空の都市でもある。

り掛かっている。スーツの上着のうえに厚手のコートを着て、手には案内板を掲げているが、それは自信をもって声を掛けづらい代物だ。マイケル・ダン。一行は近づき、クレアが訊く。「マイケル・ディーンかしら?」

「昔の女優の件なら、そうだけど?」私立探偵はマイケルの奇妙な顔にほとんど目を向けようとはしない――凝視するな、とあらかじめ警告を受けていたかのようだ。名前はアラン、退職した元警官で私立探偵と自己紹介をする。男は一行のためにドアを開け、荷物を積む。クレアは後ろのマイケルとパスクアーレの間に滑り込み、シェインが探偵の隣に乗り込む。

SUV車の中で、アランは一行にファイルを渡す。「これは最優先の案件だと聞かされてね。我ながら二十四時間にしてはいい仕事をしたと思うよ」

ファイルは後部座席に回り、クレアがその担当になる。慌ただしく出生証明書と新聞の出生記事をめくる。場所はワシントン州クレ・エラム。「一九六二年に二十歳ぐらいという話だった」。探偵はマイケルに話し掛けながら、バックミラーに映るその姿をじろじろと見る。「だが、実際の生年月日は三九年の年末。驚きはしないがね。年を誤魔化すのは、二種類の人間と決まっているからな。女優とラテンアメリカ系のピッチャーさ」

クレアはファイルの二ページ目をめくる――マイケルが一方から、パスクアーレがもう一方から覗き込んでくる――クレ・エラム高校の一九五六年度の年鑑からのコピーだ。彼女はすぐに見つかる。目の覚めるようなブロンドと、生まれながらの女優に特有の大づくりな顔のパーツ。彼女を除けば、二ページにわたる三年生のクラス写真は、黒縁眼鏡に逆毛、ビーズのような目に、取っ手のようなデカ耳、クルーカット、ニキビ、ビーハイブヘアのちょっとしたお祭りだ。モノクロでも、デブラ・ムーアはかなり飛び抜けていて、その瞳は文字通り、この小さな街の小さな学校には大きすぎるし、深みがありすぎる。写真の下にはこうある。「デブラ・〈ディー〉・ムーア　ウォーリアー・チア・チームで三年間活躍。キッティタス郡の品評会でプリンセスに輝く。ミュージカル部に三年間所属し、卒業記念オーディションにも参加。成績優等も二年間」。生徒はみな、有名人の言葉を引用していた(リンカーン、ホイットマン、ナイチンゲール、キリスト)。だが、デブラ・ムーアが引いているのはエミール・ゾラだった。

「私は騒々しく生きるためにここにいる」

「彼女は今、サンドポイントにいる」と探偵が話を続ける。「ここから一時間半。すてきなドライブだよ。そこで小さな劇団を運営している。今夜、公演があるんだ。予約購入でチケットを四枚と、ホテルを四部屋押さえておいた。明日の午後に帰りの迎えに来るよ」。SUV車が高速に合流し、勾配の急な坂を下ってスポーケンの市街地へと入る。ダウンタウンにはレンガや石、ガラス製の背の低い建物が立ち並び、その中に巨大看板や屋外駐車場があばたのように点在している。ダウンタウン一帯を緩やかに区切るように走るのが、この高速の高架道路だ。

車に揺られつつ、ファイルの大半を占める芝居のビラと出演者のリストに目を通す。『真夏の夜の夢』は、一九五九年のワシントン大学の演劇科の公演で、「ディー・アン・ムーア」はヘレナ役で載っている。どの写真を見ても、彼女が浮かび上がってくる。まるで、他の人はみな一九五〇年代でぺしゃんこに固まっているのに、ここに突然、生きているモダンな女性が登場といった印象だ。

「きれいな人ね」とクレアは言った。

「ああ」とマイケルが彼女の右肩の上で答える。

「ええ《シィ》」とパスクアーレは左肩の上で。

『シアトル・タイムズ』紙と『ポスト・インテリジェンサー』紙から切り抜かれた劇評は、一九六〇年と一九六一年に舞台で演じた様々な役柄を簡潔に褒めている。探偵が黄色の蛍光ペンで「才能に溢れた新人」「思わず見とれるほどのディー・モーレイ」という部分を囲っていた。次に、『シアトル・タイムズ』紙の一九六七年の記事のコピーが二枚。一枚目は犠牲者一名の自動車事故について、二枚目はその運転手の死亡記事で、アルヴィス・ジェームズ・ベンダーとある。

クレアがディー・モーレイとの接点を理解する前に、パスクアーレがそのページを奪いとり、前の座席に座るシェイン・ウィーラーの手に無理やり握らせる。「この記事は？　何て書いてある？」

シェインがその小さな死亡記事を読む。ベンダーは第二次大戦の退役軍人で、ノース・シアトルにあるシボレーの自動車販売代理店のオーナーだった。事故のわずか四年前、一九六三年にシアトルに移り住んだ。遺族はウィスコンシン州マディソンの両親、兄弟が一人、姉妹が一人、甥と姪が数人、妻デブラ・ベンダーと息子のパット・ベンダーがシアトルにいる。

「彼らは結婚したんだ」とシェインがパスクアーレに伝える。「結婚したんだ《スポザーティ》。この人がディー・モーレイの夫——彼女の夫《イル・マリート》。死んで《モルト》いる。自動車事《インチデンテ・ディ》故《マッキナ》」

クレアは振り返る。パスクアーレは顔面蒼白になっている。いつと訊く。「いつ?《クワンド》」

「六七年に《ネル・セッサンタセッテ》」

「何もかも間違っている《トゥット・クエスト・エ・パッツェースコ》」とパスクアーレは呟く。それ以上は何も話さず、ただシートにどさりと体を沈め、手をゆっくりと口許にあてる。ファイルにはもう興味を失ったようで、窓の外に郊外型の複合店舗が続く様子を眺めている。少し前に機内で窓の外を眺めていたのとまったく同じ姿勢だ。

クレアはシェインからパスクアーレに目を移し、また戻す。「この人は彼女が一度も結婚していないことを期待していたの? 五十年よ……それは求めすぎだと思う」。パスクアーレは黙ったまま。

「今までにこんなテレビ番組を考えついたことはありますか? 高校時代の恋人と縒《よ》りを戻させる番組です」とシェインがマイケル・ディーンに訊くが、質問は無視される。

ファイルの次のページは、一九七〇年のシアトル大学の卒業発表(教育学とイタリア語の学士号)とデブラ・ムーアの両親の死亡記事、検認済の遺言書類に、一九八七年に売却した住宅の納税申告書。先ほどのものよりもかなり新しい高校の年鑑には、ガーフィールド高校の一九七六年度の教職員を写した白黒写真があり、彼女のことは「ミセス・ムーア=ベンダー:演劇、イタリア語」と確認できる。どの写真でも魅力が増しているように見える。顔つきに鋭さが増している——あるいは、それはただ他の教員と比較しているからかもしれない。大抵の場合、男は目が虚ろで、幅広のネクタイに、左右のもみあげの長さが揃っておらず、女は短髪に猫目型の眼鏡を掛けてずんぐりとしていた。演劇クラブの写真では、ぼさぼさ頭の学生たちの大げさだが表情豊かな顔に囲まれて、彼女は真ん中でポーズを取っている――野原に咲く一輪のチューリップ。

ファイルの次のページには、新たな新聞記事のコピー。『サンドポイント・デイリー・ビー』紙からで、時期は一九九九年頃。こう伝えている。「デブラ・ムーアは、尊敬を集めている演劇指導者であり、シアトル出身で市民劇場の舞台監督である。その彼女がノーザン・アイダホの舞台芸術グループの芸術監督を引き継ぐことになった」。彼女は「オリジナルの劇作品で、喜劇やミュージカルの通常の上演候補作品を拡充させたいと考えている」。

ファイルの締めくくりとして、彼女の息子、パスクアーレ・〈パット〉・ベンダーに関する資料が数枚。資料は二つのカテゴリーに分別されている――交通違反キップや刑事告発状(飲酒運転と麻薬の不法所持が大半)、それに新聞や雑誌の記事だが、こちらはフロントマンを務めた様々なバンドに関するものだ。クレアが数えると少なくとも五つはあった――ザ・ギャリーズ、フィリグリー・ハンドパイプ、ゴー・ウィズ・ドッグ、ザ・ワンスラーズ、それにザ・レティセンツ。この最後のバンドが一番の成功を収め、シアトルのレコードレーベルであるサブ・ポップと契約を交わし、このレーベルで一九九〇年代に三枚のアルバムを製作した。記事の大半が小さなオルタナティヴ系の新聞のもので、コンサートやアルバムのレビュー、バンドがCDリリースのパーティーを開いたとか、ショーをキャンセルしたとか、そういった記事だった。だが、『スピン』誌の寸評もあった。『マナ』というCDについて、この雑誌は二つ星を与えると共に、こう説明を加えている。「……パット・ベンダーのステージ上での強烈な存在感がスタジオに持ち込まれたなら、このシアトルの三人組は豊かで、遊び心に富んだ音を奏でられる。だが、この手の作品ではひどくありがちなことだが、彼は興醒めしたような音を鳴らしている。まるでレコーディングセッションに姿を現したら、死にかけていたような、あるいは――このカルト的な人気者にとってはもっとひどいことに――しらふだったような印象なのだ」

ファイルの最後のページは、『ウィラメット・ウィーク』と『ザ・マーキュリー』のイベント一覧で、二〇〇七年と二〇〇八年にポートランド地区の複数のクラブで行われたパット・ベンダーの単独公演に関するもの。それに、スコットランドの新聞『スコッツマン』の短い記事もあり、『パット・ベンダー／もうどうしようもない！』という名前のものを酷評している。

　それで全部だった。一行はファイルの別々のページを読み、互いに交換し、しばらしくて顔を上げると、自分たちが今はもう拡大を続ける街の外れに達していることに気がつく。鬱蒼と広がる森林と玄武岩の厚板に食い込む新築の家々。人生がこんな風に数枚のバラバラの紙に集約されてしまうなんて、少し冒瀆的で、少し痛快に感じられる。探偵はハンドルを軽く叩き、自分だけが聞こえる大きさで音楽を奏でている。「もうすぐ州の境界線だ」

　ディーン隊の壮大な旅路は、今、終着点に近づきつつあり、残すは州境をひとつ越えるだけ――あり得ない組み合わせの四人の旅人は、一台の車への同乗を強いられてきたが、その車は燃え尽きた命から作られたガス状の燃料を燃やして先を急いでいる。一時間で一〇八キロ、一日で五十年を進む。その速度は自然の法則に反した異常なものだ。一行はそれぞれの窓から時間がぼやけ、引き伸ばされていくのを見ている。三キロの間、およそ二分間、沈黙が保たれる。それから、ようやくシェイン・ウィーラーが口を開く。「それなら、拒食症の女の子が出てくる番組はどうでしょう？」

　マイケル・ディーンはこの通訳を無視し、前の座席へと身を乗り出して、訊く。「運転手君、我々がこれから見る劇に関して、何か伝えておくべきことはないのかな？」

フロントマン
シアトル連作　第四部
三幕劇
リディア・パーカー作

登場人物

パット…中年のミュージシャン
リディア…劇作家、パットのガールフレンド
マーラ…若いウェイトレス
ライル…リディアの継父

ジョー…イギリス人の音楽プロモーター
ウーミ…イギリス人のクラブの女
ロンドンっ子…通りすがりのビジネスマン

キャスト
パット…パット・ベンダー
リディア…ブリン・ペイス
ライル…ケヴィン・ゲスト
マーラ／ウーミ…シャノン・カーティス
ジョー／ロンドンっ子…ベニー・ギボンズ

一連の出来事が展開されるのは、二〇〇五年から二〇〇八年の間、場所はシアトル、ロンドン、アイダホ州サンドポイント。

第一幕
第一場

［狭苦しいアパートのベッド。二人の人影がシーツの上でもつれあっている。パットは四十三歳、マーラは二十二歳。薄暗い。観客から人影は見えるが、顔まではっきりとわからない。］

マーラ　ふう。
パット　うむむ。よかったよ。ありがとう。
マーラ　ああ。そうね。どういたしまして。
パット　なあ、クソ野郎になりたい訳じゃないんだが、服を着て、ここから出ていった方がいいと思わないかい？
マーラ　ああ。それじゃあ……これでおしまい？
パット　どういう意味だ？
マーラ　何でもない。ただ——
パット　［笑いながら］何だよ？
マーラ　何でもないってば。
パット　言えよ。
マーラ　ただ……バーですごくたくさんの女の子があなたと寝たって話していたの。それで私は考え始めたの。私に何か変なところがあるから、あの偉大なパット・ベンダーとまだ済ませていないんだって。今夜、あなたが一人で入ってきて、思ったのよ。さあ、チャンスよって。たぶん、私、ちょっと期待していたのよ。何か……よくわからないんだけれど……違うことを。
パット　違うって……何と比べて？
マーラ　わかんない。
パット　だって、俺がいつもやっているのとほぼ同じやり方だぞ。
マーラ　そうじゃないの。よかったわよ。
パット　よかった？　こいつはどんどん良くなっていくものなんだ。
マーラ　そうじゃないの。たぶん、ちょっと、女ったらしのことをあれこれと信じすぎていたのね。あなたなら、そういうのを知っていると思ったの。
パット　な……何のことだ？
マーラ　わかんない。たとえば……テクニックとか。
パット　テクニック？　どんな？　空中浮遊か？　催眠術か？
マーラ　そうじゃないの。ただ噂で知る限りでは、私もきっとそうなるんだろうなって思ってたの……ほら……四回とか五回とか、それだけ。
パット　四回や五回の何だ？
マーラ　［照れる］　わかってるでしょう？
パット　ああ。なるほど。何回だったんだ？
マーラ　今までのところ、なし。
パット　なるほど。じゃあ、こうしよう。俺は君に二つ借りがある。でも今は、服を着た方がいいと思わないか？　そうしないと――
［舞台の袖でドアが閉まる。この場面全体が暗闇に近い状態で展開される。唯一の照明が開け放たれた戸口から差し込んでいる。今はシルエットのままだが、パットは上掛けをマーラの頭に掛ける。］
パット　ああ、クソッ。
［リディア、三十代で短髪、アーミーカーゴパンツにハンチング姿、舞台に登場。戸口で立ち止まり、その顔は他の部屋から漏れる光で照らされている。］
パット　リハーサルだと思っていたよ。
リディア　先に帰ってきたの。パット、話があるの。
［彼女が部屋に入り、ベッド脇のサイドテーブルに手を伸ばし、明かりをつけようとする。］

パット　ああ、できたら、明かりは消したままでもいいかな？
リディア　また偏頭痛？
パット　ひどいんだ。
リディア　わかった。それじゃあ、まず、今夜、怒ってレストランを飛び出したことを謝りたいの。あなたの言うとおり。確かに、まだ時々、あなたを変えようとしてしまうわね。
パット　リディア――
リディア　待って。最後まで言わせて、パット。大切なことなの。
［リディアが窓まで進み、外を見ると、街灯の光が彼女の顔に当たる。］
リディア　私はとても長い間あなたを直そうとしてきたから、私たちがここまでやってこられたのは、あなたのおかげでもあったんだと認められないところがあって。ほら、あなたは二年近くクスリに手を出していないじゃない。それに、私はトラブルにすごく敏感になっているから、時々、それしか見えなくなってしまう。トラブルなんて存在しなくてもね。
パット　リディア――
リディア　［振り返りながら］お願い、パット。このまま聞いて。ずっと考えていたの。私たち、ここを出ていくべきよ。シアトルから永久に出ていくの。アイダホに行きましょう。あなたのお母さんの側に。覚えているわ。自分たちの問題からは逃げ続けることはできないんだって、私が言ったのよね。でも、ひょっとしたら、今なら意味があるかもしれない。新しくやり直すのよ。過去から逃れて……あなたのバンドとか、私の母さんとか、継父さんとか、そういったもううんざりなことから逃げるの。
パット　リディア――
リディア　あなたの言いたいことはわかるわ。
パット　俺にはわからないんだ。君は――
リディア　あなたはこう言いたいんでしょう、ニューヨークはどうだった？　私たち、あそこで大失敗したものね。でも、あの頃は若かったのよ、パット。それに、あなたはまだクスリを使っていたし。

私たちにチャンスはあった？　あの日、私がアパートに帰ってきて、あなたが私たちのものを全部質に入れてしまったのを見て、むしろ何だかほっとした。ほら、私は底が抜けるのをずっと待っていたものだから。それで、とうとうそうなった。

［リディアは再び窓の方を向く。］

リディア　あの後、私、あなたのお母さんに言ったのよ。あなたが色々なことに溺れずにいられたら、ひょっとしたら、有名になれたかもしれないって。彼女の言ったことは忘れられないわ。「でも、あなた。それこそがパットが溺れていることなのよ」

パット　何だって、リディア——

リディア　パット、今夜リハーサルを早く抜けてきたのはね、お母さんがアイダホから電話をくれたからなの。どう伝えたらいいのかわからないから、そのまま伝えることにするわ。癌が再発したの。

［リディアがベッドに近づき、パットの側に座る。］

リディア　医者は手術は無理だと考えている。お母さんに残されるのは何か月か、何年か、とにかく進行を止めることはできない。また化学療法を試すつもりのようだけれど、放射線療法の可能性は検討し尽くしてしまったから、できることと言えば、うまく管理することだけ。でも、元気そうだったわよ、パット。私からあなたに伝えて欲しいと言っていた。自分で話すのは耐えられないかもしれないって。あなたがまたやり始めるのが怖いのよ。今はもうずっと強くなったと伝えたのだけれど——

パット　［囁きながら］　リディア、頼むから……

リディア　だから、さあ行きましょう、パット。あなたならどう言うの、ただ行くぜ、とか？　お願いだからさ、とか？　つまりね……私たちはこうしたサイクルには終わりがないと思っている……喧嘩して、別れて、仲直りして、私たちの生活はずっと回り続けるって。でもね、本当は、それがただ回り続けているのじゃないとしたら？　排水溝のように、落ちていく途中なんだとしたら？　振り返ってみれば、私たちはそこから脱出しようと頑張ったことがなかった。そんな風に気がつくようなものだとしたら？

［ベッドの脇で、リディアは絡まった上掛けに手を入れて、パットの手を握ろうとする。だが、彼女は何かに触れ、後ずさりし、ベッドから跳び退いて、明かりを点ける。強烈な光がパットとベッドの上のもうひとつのこぶに注がれる。彼女が上掛けを剝がす。今はじめて、観客は俳優をまともな照明の下で見る。マーラはシーツを胸まで引き上げ、小さく手を振る。リディアは部屋の端まで後ずさる。パットはぼんやりとどこかを見ているだけ。］

リディア　ああ。

［パットはのろのろとベッドから降りて服を着ようとする。だが、動きを止める。裸のままで立ちすくみ、まるではじめて自分自身に気がついたかのようだ。視線を落とし、自分があまりに太り、中年になってしまったことに驚く。ようやくリディアの方を向く。彼女は戸口に立っている。静寂が永遠に続きそうに感じられる。］

パット　それで……まあ、三人でするってわけにはいかないよな。

幕

半分埋まった劇場で、みんなが一斉に息を吐く。誘発された居心地の悪そうな笑い声が後に続く。舞台の明かりが落ちて、クレアはこの劇の短い冒頭場面の間、自分がずっと息を詰めていたことに気がつく。今ようやく息を吐き出したところだった。彼女を含む観客全員が、突然、緊張から解放され、この最低男が裸で舞台の上に立ちすくんでいる光景を後ろめたそうに笑う――その股間は微妙に、巧妙にベッドの足板に掛かった毛布で隠されている。

暗闇の中でセットの入れ替えが進む。だが、クレアの目にはまだ残像が浮かんでいる。彼女はこの場面の巧みな演出に気づく。大半を薄明かりで演じ、観客にかろうじて見えるぐらいの明るさの中で人影を探させる。そのため、最後に強烈な照明が点いたときに、リディアの苦痛にゆがんだ表情とパットの白い丸みが、まるでX線のように観客の網膜に白い影となって刻まれる——気の毒な女が見つめているのは裸の恋人、二人のベッドには別の女性、裏切りと後悔のストロボ写真。

一行がサンドポイントに、山間にある巨大な湖の湖畔に広がる古き良き西部の素朴なスキーの町に着いたとき、クレアはこれほどのものを期待してはいなかった(市民劇場? アイダホの?)。ホテルにチェックインする暇もなく、探偵は一行をパニーダ・シアターに直接連れて行った。劇場の可愛らしい縦書き看板は、小さなL字型のダウンタウンに面した古風な正面口を飾り、クラシックな古いチケット売り場は、アールデコ風の劇場へとつながっていた——こんな個人的な小品には大きすぎる劇場だが、いずれにせよ印象的な空間には違いなく、一九二〇年代の昔の映画館の姿が丁寧に再現されていた。後部座席は空いていたが、前の方はかなり人が入っていた。黒い服を着た小さな町の流行《はやり》物好き、年配のビルケンシュトック愛好家(20)や、スキーウェアの偽金髪女、もっと年輩の金持ちカップル。こういった人たちが——クレアの故郷の小さな市民劇団と似たようなものだ——この演劇グループのパトロンなのだろう。背もたれの硬いイスに体を沈めて、クレアはコピーで作られた演劇プログラムの表紙に目を通す。『フロントマン』●〈先行公演〉●ノーザン・アイダホ舞台芸術グループ」。さあ始めよう! アマチュアの時間だ、と彼女は思った。

だが、それから劇が始まり、クレアは衝撃を受ける。シェインも「ワオ」と小さな声を漏らす。クレアはパスクアーレ・トゥルシを盗み見る。心を奪われているようだが、顔の表情を読み取るのは難しい——この劇に感心しているのか、それとも、あの裸の男が舞台上でやっていることに、単に困惑しているのか。

クレアが右を、マイケルを見ると、蠟製の顔を幾分引き攣《つ》らせて、胸に手を置いている。「なんてことだ、クレア。あれを見たか? あいつを見たか?」

ええ。確かにそこも考えどころだ。認めざるを得ない。舞台上のパット・ベンダーには何だか迫力がある。それはクレアが彼の父親の正体を知っているせいなのかはわからない。あるいは、ひょっとしたら、自分自身を演じているからなのかもしれない――だが、ほんの一瞬、妄想のように、この人はこれまで見た中で最高の俳優ではないかと思う。

そして、再び照明が灯る。

シンプルな劇だ。あの冒頭場面から、物語はパットとリディアそれぞれの旅路を並行して追っていく。旅路において、パットは荒野で三年、酒浸りで暮らし、内なる悪魔を飼い馴らそうとする。独白形式の音楽コメディで、かつて所属していたバンドやリディアとの破局を演じる――このショーのおかげで、ついには、若くて活きのいいアイルランド人の音楽プロデューサーによって、ロンドンやスコットランドまで引っぱり出される。パットにとって、その旅は自暴自棄な匂いの漂うものとなる。名声を手に入れるための最後の見当違いの挑戦。それから、パットがジョーを裏切り、ウーミと、この若い友人の愛する女性と寝たことですべてがおしゃかになる。ジョーはパットの金を持って姿を消し、彼はロンドンで立ち往生する羽目に。

並行して語られるリディアの物語では、彼女の母親が突然亡くなり、リディアは自分が耄碌《もうろく》した継父ライルの世話に追われていることに気がつく。その男とは、今まで一度も仲良く暮らせたためしがなかった。ライルはまぬけな喜劇的息抜きを提供する。妻が亡くなったことを度々忘れ、三十五歳のリディアに向かって、なぜ学校に行かないのかと訊く。リディアは養護施設に入れたいが、ライルが彼女と一緒にいたいと抵抗するので、踏ん切りがつかない。物語を進めるための装置をクレアの期待を上回る形で機能させ、リディアは展開のギャップを埋め、時間の経過を示してみせる。アイダホ州に住むパットの母親デブラに電話で話すという方法を使う。デブラは舞台に登場しない。電話の向こう側で、姿も見えず、声も聞こえない存在となる。「今日、ライルがベッドを濡らしてしまって」とリディアは言い、見えないデブラ(もしくはディー、リディアはたまにそう呼ぶ)からの答えをしばし待つ。「そうよ、デ

(20) ドイツ製の革製サンダル。自然愛好家に人気。

ィー、よくあることよ……それが私のベッドにじゃなければね！　顔を上げたら、ライルが私のベッドに立っていて、おしっこをしながら、『タオルはどこ？』って叫んでいるのよ」

最終的には、リディアの仕事中にライルがオーブンで火傷を負い、養護施設に入れる以外の選択肢がなくなる。それを伝えるとライルは泣き喚く。「大丈夫だから」とリディアは言い聞かせる。「約束するわ」

「自分のことは心配していないさ」とライルは言う。「ただ……お前の母さんと約束したんだよ。今度は誰がお前の面倒を見てくれるんだ？」

これ――ライルは自分が彼女の世話をしていると信じていた――に気がつくことで、リディアは自分が一番生き生きと暮らせるのは、他の誰かの面倒を見ているときだと悟り、アイダホへ行ってパットの病気の母親の世話を始める。そして、ある晩、彼女がデブラの家のリビングで寝ていると、電話が鳴る。舞台の反対側で照明が点く――パットの姿が浮かび上がる。赤い電話ボックスの中に立ち、母親に助けを求める電話を掛けている。はじめはリディアも彼からの連絡に興奮する。だが、パットが気に掛けているのは、金を使い果たしたので、ロンドンから家に帰るための助けが欲しいということだけに聞こえてくる。自分の母親の様子すら訊いてこない。

リディアは電話の反対側で沈黙を守る。「待ってくれ。そっちは今、何時だ？」とパットが訊く。「三時よ」とリディアは静かに答える。そして、パットはちょうど最初の場面のようにうなだれる。

「ねえ、誰なの？」と舞台の袖から声が聞こえる――劇を通してパットの母親が発した初めての台詞だ。ロンドンの電話ボックスでパットが囁く。「言うんだ、リディア」。リディアは深いため息をつき、「誰でもないわ」と答え、電話を切ると、電話ボックスの照明が消える。

パットはロンドンで浮浪者に成り下がる――みすぼらしい身なりで、酔って街角に座り、脚を組んでギターを弾く。彼は大道芸や物乞いをして家に帰るための資金を稼ぐ。ある通りすがりのロンドンっ子が、足を止めて、ラブソングを引いてくれたら二十ユーロを払うと提案する。パットはあの曲「リディア」を弾き出すが、演奏を止めてしまう。歌えない。

アイダホに戻り、山小屋の窓に積もった雪で時間の経過が示される中、リディアは新たな電話を受ける。継父が施設で亡くなったのだ。彼女は電話の相手に感謝の言葉を述べると、戻ってパットの母親に紅茶を淹れようとするが、できない。ただ両手をじっと見つめる。この場面において、この世界において、彼女は完全に一人ぼっちのように見える。そして、そのとき、ドアをノックする音が聞こえる。彼女が出る。パット・ベンダーがいる。劇の冒頭でリディアが立っていたのと同じ構図で戸口にいる。リディアは長い間迷子だったボーイフレンドを見つめる。この怠慢なオデュッセウスは、世界を放浪した挙句にようやく家に帰りついたのだ。二人が一緒に舞台に立つのは、あの最悪の瞬間、劇の冒頭でパットがリディアの前に立ち、しかも裸だったあのとき以来はじめてだ。二人の間にまた長い沈黙が続く。最初の沈黙と呼応して、観客が危うく耐えられなくなるほど続き(誰か何か言えよ！)、とうとうパット・ベンダーが舞台の上でほんの微かに身震いをして、囁く。「もう手遅れか？」――どういうわけか、冒頭の場面よりも、ずっと剝き出しな感覚が伝わる。

リディアは首を振る。いいえ、お母さんはまだ生きているわ。安堵と疲労と恥ずかしさで、パットが肩を落とす。それから彼は両手を差し出す――出頭のポーズ。ディーの声がまた舞台の袖から聞こえる。「ねえ、誰なの？」リディアは肩越しに振り返るが、どういうわけか、その瞬間はかなり長く引き伸ばされる。「誰でもないよ」とパットが答える。その声は割れてしわがれている。それから、リディアは手を伸ばしてパットの手を取ろうとする。二人の手が触れた瞬間、照明が落ちる。劇が終わる。

クレアはため息をつく。九十分間分の空気のようなものを解放する。旅人全員がそれを感じている――ある種の達成感――そして、拍手が沸き起こる中、彼らは探究者としての幸運も感じている。偶然に己を知るカタルシス。そんな解放感に浸っていると、マイケルがクレアの方に体を傾け、また囁く。

「あいつを見たか？」

反対側では、パスクアーレ・トゥルシが手を胸にあて、まるで心臓発作に襲われたような恰好をしている。「素晴らしい《ブラヴォー》」。それから、「もう手遅れか？《エ・トロッポ・タルディ》」と呟く。クレアはその意味を推測しなければならない。というのも、それまでのイタリア語の通訳は手の届かないところにいて、両手で頭を抱えているからだ。「なんてことだ」とシェインが嘆く。「俺は人生を丸ごと無駄にしてきたのか」

クレアもまた、今ちょうど目にしたものによって、自分が心の奥に引き込まれるのがわかる。以前、シェインに向かって、自分とダリルとの関係は「絶望的」だと打ち明けた。今、この作品を鑑賞中に、自分がダリルのことを考えていたことに気がつく。絶望的で救いがたいダリル、彼女が手放せないと思う恋人。もしかしたら、愛はいつも絶望的なものなのかもしれない。もしかしたら、マイケル・ディーンのルールは、マイケル本人が思っているよりも賢明なものなのかもしれない。我々は欲するものを欲す――我々は愛するものを愛す。クレアは携帯電話を取り出し、電源を入れる。ダリルからの最新のメッセージを読む。「頼む。君の無事だけでも知らせてくれ」

クレアは返信する。「私は大丈夫」

隣にいるマイケル・ディーンが彼女の腕に手を置く。「私はこれを買うつもりだ」と彼は言う。

クレアは携帯から少し顔を上げ、ほんの一瞬だけ、マイケルがダリルの話をしているのかと疑うがやがて気づく。自分と運命との取り引きはまだ続いているのだろうか。『フロントマン』は、彼女をこの業界に留めてくれるほど偉大な映画になるだろうか？

「この作品を買いたいんですか？」

「私はすべてを買いたいんだよ」とマイケル・ディーンは言う。「この作品も、彼の歌も――全部さ」。マイケルは立ち上がり、小さな劇場を見回す。「私は何もかもクソったれなくらい買いまくるつもりだ」


名刺をちらりと見せることで(「ハリウッド？　マジで？」)、やぎ髭にピアスだらけのドア係キースから、クレアは打ち上げへの熱烈な招待を受ける。彼の案内に従って、一行は劇場から一区画歩き、レンガ造りの建物の正面へと向かう。玄関からは幅の広い階段が伸びている。建物自体は意図的に未完成なまま、至るところでパイプが剝き出しになり、レンガも半分露出している。その様子にクレアは大学時代のことを思い出す。こういう高い建物の上で何度もパーティーをしたものだ。だが、ここは規模が桁ちがいだ。廊下の幅も、天井の高さも――昔ながらの西部の町に広がる、何もかも過剰で無駄に大きな空間。

パスクアーレはドアの前で立ち止まる。「彼女は《エ・クィ》ここに?《・レイ》」

恐らく、とシェインは携帯から顔を上げながら答えた。「俳優を労うパーティーです《チェ・ウナ・フェスタ・ペル・リ・アットーリ》」。シェインは携帯に戻り、サンドラにテキストメッセージを送る。「話せる? 頼むよ。自分がどれだけクソ野郎だったのか、今になって気づいた」

パスクアーレはディーがいるかもしれない建物を見上げると、帽子を脱ぎ、髪の毛を整えてから、階段を上り始める。踊り場の上で、クレアは息を切らしたマイケル・ディーンが最後の数段を上がるのを手伝う。二階には三つの部屋に通じる三つのドアがあり、一行は建物の奥へ、唯一開いたドアへと進む。ドアはワインの大瓶で押さえてあった。

この奥の部屋は広々としていて、建物の他の部分と同じように、意図的に洗練を排した素敵な雰囲気がある。一行がロウソクの光に慣れるまで少し時間が掛かる――天井の高い巨大な二階立てオープンロフトだ。部屋自体が芸術作品か、がらくたの山――そこら中に古い学校のロッカー、ホッケースティック、新聞ポストがある。そういったものが、廃材を利用した曲線状の階段の周りに飾られているせいで、まるで階段全体が希薄な空気の中に浮かんでいるように見える。目を凝らしたなら、三本のコイル状のケーブルが階段を支えていることにも気がついたかもしれない。

「このアパート全体がファウンドアートで飾られているんだ」とキースが言う。この劇場のドア係は一行に続いて会場に来ている。密度の薄いツンツン頭に、痛そうな鋲が唇や首、耳の上と鼻にも刺さっていて、耳には海賊が身に着けているような大きな輪のイヤリングまでしている。自分もＴＡＧＮＩの上演作品で、俳優として出演していると一行に話す。でも、詩人にして画家、それにビデオ・アーティストでもあるんだ。(「それだけ?」とクレアは思う。「創作ダンスは? 砂の彫刻は?」)

「ビデオ・アーティスト?」マイケルが興味を持つ。「では、カメラが近くにあるのか?」

「カメラはいつも持っている」とキースは言って、

ポケットから小さくてシンプルなデジタルカメラを取り出す。「俺の人生がドキュメンタリー作品だからね」

パスクアーレはパーティーをざっと見回すが、ディーの気配はない。体を寄せてシェインに助けを求める。通訳はサンドラの返信を絶望的な顔で見つめている。「あんた、今頃になって自分がクソ野郎だって気づいたの？　私のことは放っておいて」

パスクアーレとマイケルがあたりを見回しているので、キースはこれを好奇心のせいだと勘違いして、進み出て説明を始める。部屋をデザインしたのは、ヴェトナム戦争の退役軍人だった人なんだ。先月『ドウェル』誌で取り上げられたんだ、と。「彼の大きなコンセプトはこうさ。どんなデザインにも成熟していく部分が元々あって、それはデザインの新しさと共存している。そして、我々はあまりにも簡単に、この実はもっと面白いはずのデザインを捨ててしまっている。古くて面白い第二の特性にちょうど馴染みはじめたときにね。古いホッケースティックが二本——誰が気に留める？　でも、ホッケースティックがイスになったら？　ほら、たいしたものだろ？」

「どれも素晴らしい」とマイケルは真面目な顔で相づちを打ち、部屋を見回している。

出演者とスタッフはまだパーティーに姿を現していない。今のところ、サングラスにヒッピー風のサンダルを履いた観客が、十五人か二十人ほどいるだけで、彼らは小声で話し、小さな笑い声を上げている。全員が迷子のディーン隊の風変わりな旅人たちを代わる代わる品定めしている。こういう人たちは見慣れているとクレアは思う。小さめで、あまり洗練されていないが、よくある打ち上げとあまり変わらない。ワインとスナックが並ぶ金属製のテーブルは、元は古い貨物用エレベーターの扉。小さな掘削機のシャベルは氷とビールでいっぱい。クレアは手洗いに行き、トイレが本物のトイレで、古い船のエンジンではないことに安堵する。

ようやく出演者とスタッフが到着し始める。偉大なマイケル・ディーンが来ているという噂が出席者に広がるにつれて、野心家が寄ってきて、スポーケンで撮影された劇場未公開映画に出たとか、キューバ・グッテンバーグJr.やアントニオ・バンデラスやジョン・トラボルタの姉と共演したとさりげなく話していく。出会う人がみな、何かのアーティストのようだ――俳優にミュージシャンに画家にグラフィック・アーティストにバレエ教師に作家に彫刻家、それにこの規模の町では到底援助し切れない数の陶芸家。教師や弁護士でさえ演技をし、バンドで演奏し、氷の塊で彫刻を作っている――マイケルは全員に魅了されている。クレアは彼のエネルギーと本物の好奇心に驚嘆する。手の中のワインも三杯目――これまで見かけた中で一番多い量だ。

夏用のドレスを着た魅力的な年配女性がいる。彼女の太陽への厚い信仰心が刻まれた皺と、マイケルの滑らかな肌は対極にある。その女がマイケルに近寄り、実際にその額に触れる。「あらまあ」と彼女が声を上げる。「あなたの顔、とっても素敵ね」。まるでマイケルが創り上げた芸術作品のような口ぶりだ。

「ありがとう」とマイケルは礼を言う。だってそれは――彼の芸術作品だから。

女性はファントム、「綴りはFの方よ」と名乗る。石鹼から小さな彫刻を作っていて、それを工芸フェスティバルや物々交換会で売っていると話す。「ぜひ見たいな」とマイケルは言う。「ここにいる人たちはみんなアーティストなのかい？」

「見たいだろうと思った」とファントムは言って、バッグの中を探る。「古い作品だけど、どう？」

マイケルが小さな石鹼アートを眺めている間に、ディーン隊の残りのメンバーは次第に不安になってくる。パスクアーレはそわそわとドアの方を見守り続けている。一方、片想い中の通訳は、サンドラから返信された拒絶のメッセージにまだ心を痛めながら、背の高いグラスにカナディアン・ウィスキーを注いでいる。クレアはキースに演劇のことを訊く。

「なかなかすごいだろ、なあ？」とキースは言う。「デブラが上演するのは、大抵、子ども用の劇やミュージカル、休暇向きの笑劇――スキー客を二時間ほど山から降ろせるものなら何でもだね。でも、年に一度、リディアとこうしたオリジナルの作品をやるんだ。たまに理事会からうるさいことを言われるようだけど、特に気難しいキリスト教信者からね。でも、それが彼女の交換条件なんだよ。旅行客を愉しませる。そうすれば、年に一度、こうした作品を思い切ってやってもいい」

この頃には、出演者とスタッフ全員がパーティーになんとか顔をそろえる――パットとリディアを除いて。クレアは気づけばシャノンと話している。作品の冒頭でパットとベッドにいる女を演じた女優だ。「聞いたわ、あなた方は」――シャノンは言葉を飲み込み、次の言葉を何とか口にする――「ハリウッドの人？」素早く瞬きを二回。「それってどんな感じ？」

ワインをグラスで二杯。クレアはこれまで過ごしてきた四十八時間分の重圧を感じるが、微笑みを浮かべ、あらためて質問について考える。ええ、今はどんな感じかしら？　明らかに夢に見たような場所ではない。でも、たぶん、それは構わない。我々は欲するものを欲す。家にいると、これは本当の自分じゃないと心配でたまらなくなる――たぶん自分がどこにいるのかわからなくなるのだ。少し間をおいて、周囲を見回す――芸術家だらけのおかしな山間の僻地に建ったゴミ製のアパート。ここでマイケルはご機嫌になって石鹼職人や俳優に名刺を配り、彼らに「何かのお役に立てるかもしれない」と言い続けている。一方、パスクアーレはそわそわとドアを見つめ、五十年近く会っていない女性を待ち続けている。もう出来上がったシェインは袖をまくり、感心顔のキースにタトゥーの由来を説明している――クレアが気づいたのはそのときだった。パット・ベンダーと母親と恋人はこの打ち上げには来ない。

「何？　ああ、そうだよ」とキースは答え、彼女の懸念を裏付ける。「彼らは打ち上げには絶対に来ない。こんな酒とか葉っぱの周りにいたらパットは死んじゃうからね」

「彼らはどこに？」とマイケルが訊く。

「たぶん、上の山小屋じゃないかな」とキースが答える。「ディーとのんびりしているのさ」

マイケル・ディーンがキースの腕をつかむ。「我々をそこに連れて行ってくれないか？」

クレアが割り込む。「もしかしたら、朝まで待つべきかもしれませんよ、マイケル」

「いや」と希望に酔ったディーン隊のリーダーは言う。忍耐強いパスクアーレ老人をちらりと見やり、最後の重大な決断を下す。「五十年近くだ。これ以上は待てない」

第十九章　レクイエム

一九六二年四月
イタリア、ポルト・ヴェルゴーニャ

パスクアーレは暗闇の中で目を覚ました。体を起こし、時計に手を伸ばす。四時三十分。漁師の低い声と舟を海岸に降ろす音が聞こえていた。立ち上がり、すばやく服を着て、夜明け前の薄闇を抜けて海辺へと急ぐ。〈共産主義者〉のトンマーゾがそこで舟のギアを直していた。

「こんなところで何をしているんだ？」とトンマーゾが訊く。

パスクアーレはトンマーゾに頼んだ。母親の鎮魂のミサに行くから、あとでラ・スペツィアに乗せて行ってくれないかな。

トンマーゾは胸に手を当てた。「もちろんだ」と彼は答えた。二、三時間漁をしたら戻ってきて、昼食前にお前さんを乗せて行く。それで間に合うか？

「ええ、ばっちりです」とパスクアーレは答えた。「ありがとう」

老いた友人は帽子の鍔《つば》に軽く触れ、舟の中に戻ると、スターターのロープを引いた。エンジンのつかえが取れる。パスクアーレはトンマーゾが他の漁師に合流するのを見守った。漁師の小舟が穏やかに揺れる波間で小さく跳ねていた。

パスクアーレはホテルに戻り、ベッドに戻ったが、眠気は降りてこなかった。仰向けになったまま、ちょうど真上のベッドで眠るディー・モーレイのことを考えていた。

夏になると時々、両親がキアヴァリのビーチに連れて行ってくれた。あるとき、パスクアーレが砂浜を掘っていると、美しい女性がタオルケットの上で体を焼いているのが見えた。肌がきらきらと輝いて、彼は目が離せなかった。やがてタオルケットを畳み、帰るときになると、その美女は彼に手を振ってくれた。だが、幼いパスクアーレはうっとりとしすぎて手を振り返せなかった。そのとき、女性のバッグから何か落ちるのが見えた。走り寄って砂から拾い上げる。指輪だ。赤みがかった石が付いている。パスクアーレが指輪を手にしばらく佇んでいると、女性は歩き去ってしまった。そのとき、顔を上げると、母親が自分を見つめていることに気がついた。次の行動を期待して自分を見守っている。「お姉《シニョーラ》さん!」と女性に呼びかけて、ビーチを走って追いかける。女性は足を止めて指輪を受け取り、感謝をしながら彼の頭に軽く手を置くと、五十リラ硬貨をくれた。戻ると母親が言った。「母さんは信じているよ。たとえ母さんがお前を見張っていなかったとしても、お前がああしてくれたってことをね」。パスクアーレには母親の言わんとすることがわからなかった。「時々ね」と母親は続けた。「やりたいこととやらなきゃいけないことが一緒ではなくなるの」。母親はパスクアーレの肩に手を置いた。「パスコ、お前の望むことと正しいこと、この二つの間の距離が近づけば近づくほど、お前は幸せになれるんだよ」

すぐに指輪を返しに行かなかった理由を、母親に打ち明けることができなかった。女の人に指輪を渡したら、結婚して、両親の許を離れなければならなくなるかもしれない。勝手にそう思い込んでいたのだ。母親の教えは七歳の頭の上を通り過ぎて行ったが、今では母親の伝えたかったことがよくわかる――自分の志と願望が常に同一線上にあるとしたら、人生はどれほど楽だろう。

太陽がようやく崖の頂に掛かると、パスクアーレは部屋の洗面器で顔を洗い、生地の強ばった古いスーツに袖を通した。下に降りると、叔母のヴァレリアは既に起きていて、台所のお気に入りのイスに座っていた。横目でスーツを見る。

「私は葬儀のミサには行けないよ」と叔母はため

息をついた。「司祭様に合わせる顔がないからね」

　パスクアーレはわかっていると答えた。それから、外に出てパティオで煙草を吸う。漁師が出払っているので、街の中は空っぽ、埠頭の猫が広場を歩き回っているだけ。少し靄が掛かっていた。太陽はまだ朝霧を晴らすことができず、波は浅瀬の岩場に気が抜けたように打ち寄せていた。

　階段から足音が聞こえた。自分はどれほど長い間、アメリカ人の宿泊客を待ち続けていたのだろうか？今では二人もいる。木製のパティオに着くと足音は重くなり、すぐにアルヴィス・ベンダーが側にやって来た。アルヴィスは自分のパイプに火を点け、首を一方に倒し、それからもう一方に倒した。目の上の軽いすり傷を擦る。「俺の戦いの日々は終わりを告げたよ、パスクアーレ」

「痛みますか？」とパスクアーレは訊いた。

「プライドがね」。アルヴィスはパイプを吸った。

「それがおかしいんだ」と煙を吐きながら続ける。

「以前は、ここは静かだし、執筆が終わるまで世間から逃れていられるかな、と思って来ていたんだよ。もうそうじゃない、たぶん。そうだろ、パスクアーレ？」

　パスクアーレは友人の顔をしげしげと眺めた。そこには、あのおおらかさがあった。ディーの顔と同じ、マイケル・ディーンの顔と同じ、あの紛れもないアメリカ人の顔だ。パスクアーレは、どこへ行っても、この気質をたよりにアメリカ人を見つけられると思った――おおらかさ、可能性に対する頑ななまでの信仰。この気質は、彼の見るところ、イタリアではかなり若い世代であっても持ち合わせていないものだった。恐らく、この二つの国では、国としての年齢が異なるからなのだろう――アメリカには拡大を続ける若さがあり、あんなドライブイン・シアターやカウボーイ・レストランを建てている。一方、イタリア人ときたら、終わりなき後退の最中《さなか》にあって、何世代も前から続く遺物と、帝国の遺骨に埋もれて暮らしている。

　こう考えているうちに、アルヴィス・ベンダーが物語とは国だと熱弁を奮っていたことを思い出した――イタリアは偉大な叙事詩で、イギリスは分厚い小説、アメリカはテクニカラーのけばけばしい映画――さらに、ディー・モーレイが言っていたことも思い出す。彼女は何年も「自分の映画が始まるのを待って」いて、待っているうちに、人生を謳歌する機会を逃しかけたと。

アルヴィスはもう一度パイプに火を点けた。

「とても綺麗な人だな《レイ・エ・モルト・ベッラ》」と言った。

パスクアーレはアルヴィスの方を向いた。もちろん、ディー・モーレイのことだった。だが、そのとき、パスクアーレはアメデアのことを考えていた。

「ええ《シィ》」とパスクアーレは答えた。それから、英語で言った。「アルヴィス、今日は母の鎮魂のミサです」

二人の男はとても礼儀正しく、互いに慕い合っていたので、時々、会話のすべてを相手の言葉で行うことがあった。「わかった《シィ》よ、パスクアーレ。お悔《ディス》やみを《ピアーチェ》。参列すべきかな《デヴォ・ヴェニーレ》?」

「いいえ。でも、ありがとう。これにひとりで行くます」

「何かできることはあるかい《ポッソ・ファーレ・クワルコザ》?」

ええ。あなたにできることが一つあります、とパスクアーレは言った。顔を上げると、〈共産主義者〉のトンマーゾの舟が入り江をポッポッと音を立てながら戻ってくるのが見えた。そろそろ時間だ。パスクアーレはアルヴィスの方を向き、イタリア語に切り替えて、自分の言葉が必ず正確に伝わるようにした。「今夜、もし僕が戻らなかったら、あなたにやってもらいたいことがあります」

もちろん、とアルヴィスは答えた。

「ディー・モーレイの面倒を見てもらえますか? 必ず無事にアメリカに帰してあげてください」

「どうして? どこかに行く予定なのか、パスクアーレ?」

パスクアーレはポケットに手を伸ばし、アルヴィスにマイケル・ディーンから受け取った金を手渡した。「それと、これを彼女に渡してください」

「もちろん」とアルヴィスは答えて、もう一度訊いた。「それで、どこかに行く予定なのか?」

「ありがとう」とパスクアーレは言った。今度もその質問には答えないことにする。自分のやろうとしていることを口に出してしまったら、実行する勇気をなくしてしまうかもしれない。それが怖かった。

トンマーゾの舟が埠頭の近くまで来ていた。パスクアーレは、アメリカ人の友人の腕を手で軽く叩き、小さな村を見渡すと、それ以上は何も言わずにホテルに入った。台所ではヴァレリアが朝食を用意しているところだった。かつて、カルロは何年にもわたって言い続けていた。フランス人やアメリカ人のお眼鏡に適うようなホテルにするには、朝食を提供しなければ駄目だと。それでも叔母は一度も朝食を作ったことがなかった(「そんなのは怠け者が食べるものさ」といつも言い返した。「働く前に食べるなんて、どんなのろまだい?」)。だが、今朝、叔母はフランス風のブリオッシュを焼き、エスプレッソを淹れていた。

「あのアメリカのふしだら娘は食事に降りてくるかね?」とヴァレリアは訊いた。

さあ、来た。自分がどんな人間になるつもりなのか、それがわかる瞬間。パスクアーレは息をひとつつくと、階段を上り、ディー・モーレイのお腹の空き具合を確かめに行った。ドアの下から漏れてくる光で、鎧戸が開いているのがわかった。深く息をつき、心を決めて、ドアを軽く叩く。

「どうぞ」

彼女はベッドに体を起こし、長い髪をポニーテールにまとめているところだった。「信じられないくらいよく寝ちゃった」と彼女は言った。「十二時間も寝てはじめて気がつくものなのね。自分がすごく疲れていたんだなって」。彼女が微笑みかける。この瞬間、パスクアーレは思った。自分の志と願望の隔たりを埋めることなどできはしない。

「素敵よ、パスクアーレ」と彼女は言った。そして、自分の服に視線を落とす。駅に着て行ったのと同じ服。タイトな黒いズボンにブラウス、ウールのセーター。彼女は笑った。「たぶん、私の荷物は全部、まだラ・スペツィアの駅ね」

パスクアーレは自分の足許を見て、彼女と目を合わさないようにしていた。

「大丈夫、パスクアーレ?」

「ええ」と彼は答えた。そして、顔を上げて、視線を合わせる。この部屋に来て彼女の前に立つまでは、何が正しいのか、まだ少しは認識できていた。だが、あの瞳を見たらもう……「もう朝食に降りてきますか?　ブリオッシュです。それにカッフェ」

「ええ」と彼女は答えた。「すぐに降りていくわ」

パスクアーレは残りを続けられなかった。かすかにうなずくと、向きを変えて立ち去ろうとする。

「ありがとう、パスクアーレ」と彼女が言った。名前を呼ばれて、彼はもう一度振り返った。彼女の瞳を見つめることは、わずかに開いた扉の側に立つようなものだった。どうして扉を押し開けて、中にあるものを覗かずにいられるのだろう？

彼女は微笑んでいた。「ここでの最初の夜のこと覚えている？　お互いに何でも言い合おうと約束したときのこと。遠慮はしないって」

「ええ」とパスクアーレはなんとか答えた。

彼女は不安そうに笑った。「ねえ、変なのよ。今朝、目が覚めて気がついたの。これから何をしたらいいのか、わからないのよ。この赤ちゃんを産むつもりなのか……演技を続けるつもりか……スイスに行くつもりなのか……それとも、アメリカに戻るつもりなのか。正直なところ、全然わからない。でも、起きたとき、気分は良かった。どうしてだと思う？」

パスクアーレはドアのノブを握った。首を横に振る。

「あなたにまた会えて嬉しかったのよ」

「ええ」と彼は言った。「私もです」。あの扉が少し開いたような気がした――扉の隙間から微かに覗く景色が彼を苦しめた。もっと何か言いたかった。心の中のすべてを話してしまいたかった――だが、彼にはできなかった。言葉の問題ではなかった。そんな言葉など、そもそも存在しないのだ。どんな言語にだって。

「それじゃあ」とディーが言った。「すぐに行くわ」。そして、彼が向きを変えて立ち去ろうとしたちょうどそのとき、静かに付け加えた――その言葉は、彼女の美しい唇からぽつりと、水滴のように零れ落ちた。「それから、もしかしたら、二人でこれからのことを話し合えるかもしれないわね」

これから。そうですね。パスクアーレは、どうやって部屋から抜け出せたのか、自分でもわからなかった。だが、とにかく抜け出した。外に出てドアを閉めると、手をドアに伸ばしたまま立ちすくみ、深く息をつく。やがてドアから体を引き離し、階段へと進み、やっとのことで自分の部屋に入った。コートに帽子、荷物を詰めた鞄をベッドから降ろす。部屋を出て、階段を下りた。階段の下でヴァレリアが待っていた。

「パスコ」と叔母が呼んだ。「司祭様に私のためにお祈りを捧げてくれるように頼んでくれるかい？」

頼んでおくよ、と約束する。それから叔母の頬にキスをして、外に出た。

アルヴィス・ベンダーはパティオに立って、パイプをふかしていた。パスクアーレはアメリカ人の友人の腕を軽く叩き、埠頭に続く小径を下り始めた。〈共産主義者〉のトンマーゾが待っている場所に向かう。トンマーゾは煙草を捨てると岩場で踏みつけた。「立派に見えるぞ、パスクアーレ。母さんも誇りに思ってくれるさ」

パスクアーレは魚のはらわたで汚れた舟に乗り込み、舳先に腰を下ろすと、机に向かう生徒のように膝を揃えた。視線がどうしてもホテルの正面に向いてしまう。ディー・モーレイがポーチに出てきて、アルヴィス・ベンダーの隣に立っていた。手を上げて太陽の光が目に入るのを防ぎながら、興味深そうにこちらを見下ろしている。

再び、パスクアーレは自分の心と体が引き裂かれそうになるのを感じた——そして、このときでさえ、正直に言って、彼にはどちらの道を選ぶべきなのかわからなかった。舟に留まるのか？　それとも小径をホテルまで駆けあがって、彼女を抱きしめるのか？　そんなことをしたら彼女はどうするだろうか？　二人の間にはっきりしたものはなかった。せいぜいあの僅かに開いた扉ぐらいだ。でも……それ以上に魅力的なものが？

その瞬間、パスクアーレ・トゥルシはとうとう二つに引き裂かれた。彼の人生は今や二つになった。これから歩む人生と永遠に想い続ける人生に。

「さあ」とパスクアーレはトンマーゾにかすれた声で言った。「行こう」

年老いた漁師がスターターのロープを引く。だがエンジンはかからない。そのとき、ディー・モーレイがホテルのパティオから叫んだ。「パスクアーレ！　どこに行くの？」

「頼むよ」とパスクアーレはトンマーゾに囁いた。今や足が震えていた。

ようやくエンジンに火が入る。トンマーゾが後ろに座って舵を取ると、舟はゆっくりと埠頭を離れ始め、入り江を抜けていく。パティオでは、ディー・

モーレイがアルヴィス・ベンダーに説明を求めていた。アルヴィスは、パスクアーレの母親が死んだことを伝えているに違いない。彼女の手が口許に伸びていた。

その間も、パスクアーレは何とか顔を背けようとしていた。それは金属から磁石を引き離すようなものだったが、彼はやり遂げた。舟の前方を向き、目をつぶる。記憶の中では、まだ彼女が佇んでいるのが見える。震えながら振り向くまいと懸命の努力を続けるうちに、やがて舟は防波堤を回って外海へと出た。パスクアーレは息を大きく吐き出し、がっくりと肩を落とした。

「おかしな若造だな」と〈共産主義者〉のトンマーゾは言った。

ラ・スペツィアに着くと、パスクアーレはこの年老いた友人に礼を述べ、彼が小さな漁船の舵を取って、港を離れるのを見送った。舟はポルトヴェーネレとパルマリア島の海峡へと戻っていく。

それから、墓地の近くの小さな礼拝堂に赴くと、司祭が待っていた。薄い頭に櫛の痕が残っている。葬儀の介添え役の老女が二人と、陰鬱な顔をした侍者役の少年が一人、儀式のために同席していた。礼拝堂は暗く、カビ臭く、がらんとしていて、ロウソクの明かりが点いている。鎮魂のミサは母親とは関係ないだろうと思っていた。だから、母親の名前が司祭の単調なラテン語で呼ばれるのを耳にしたとき（「アントニア、主よ、我々に永遠の安息を与えたまえ《レクイエム・エテルナム・ドナ・エイス・ドミネ》」）、少しだけショックを受けた。そうだ、母は逝った。改めて気づいて涙が溢れた。葬儀が終わり、司祭は叔母のために祈りを捧げること、それに、数週のうちに追悼《トリジェージモ》のミサを行うことを引き受けてくれたので、パスクアーレはまた金を払った。司祭が祝福を授けようと手を上げたが、パスクアーレはすでに向きを変えて歩き始めていた。

疲れ切っていたが、パスクアーレは駅に足を運び、ディー・モーレイの荷物を確かめた。荷物は彼女を待っていた。駅員に金を払い、彼女が翌日荷物を取りに来るだろうと伝える。それから、水上タクシーを手配して、ディー・モーレイとアルヴィス・ベンダーを拾ってくれるように頼んだ。自分にはフィレンツェ行きの切符を買う。

パスクアーレは席に着くとすぐに眠りに落ち、はっと目が覚めると、列車はフィレンツェ駅に入っていた。マッシモ・ダツェリオ広場から三区画離れた場所に部屋を取り、入浴を済ませたあとで、またスーツを着る。ひどく長い一日だった。ほの暗い残照に包まれながら、パスクアーレは中庭の反対側にある木陰に立ち、煙草を吸っていた。やがて、アメデアの家族が、夕方の散歩から戻ってくるのが目に入った。ウズラの家族のように一列に並んで歩いている。

美しいアメデアが乳母車からブルーノを抱き上げたとき、パスクアーレは母親があの日ビーチで言っていたことをまた思い出した――母親は恐れていた。自分が死んでしまったら、息子は自分の望むことと正しいこととの隔たりを埋められないかもしれない。できることなら、こう伝えて、母親を安心させてあげたかった。人は人生においてたくさんの望みを持つ。だけど、その望みのひとつが正しいことでもあるとしたら、それを選ばない奴は愚か者だと。

パスクアーレは、モンテルーポ家の人々が家の中に姿を消すまで待った。それから、煙草を地面に捨て、砂利に擦りつけると、広場を横切り、巨大な黒いドアの前に足を進めた。ベルを鳴らす。

ドアの向こう側で足音がして、アメデアの父親が出てきた。ずんぐりとした禿げ頭をふんぞり返らせ、敵意のある目つきでパスクアーレを迎え入れる。まるでカフェで納得のいかない料理を吟味しているかのようだ。父親の後ろで、アメデアの妹ドナータがパスクアーレを見て、手で口許を覆った。体の向きを変えると、甲高《かんだか》い声で階段の上に向かって叫ぶ。「アメデア！」ブルーノは娘の方を振り返り、それから険しい顔に戻って、パスクアーレを睨みつけながら、彼がゆっくりと帽子を脱ぐのを見守った。

「それで？」とブルーノ・モンテルーポは口を開いた。「何の用だね？」

父親の後ろ、階段の上に、愛しのアメデアがしなやかに姿を現した。微かに首を振っているのは、まだ彼を思い止まらせようとしているからか……だが、パスクアーレには見えたような気がした。手で隠れた彼女の口許に微笑みが浮かんでいるのが。

「ご主人」と彼は切り出した。「私はポルト・ヴェルゴーニャのパスクアーレ・トゥルシと申します。あなたのお嬢さん、アメデアに結婚を申し込むためにここに来ました」。咳払いをする。「息子のために来たのです」

第二十章　無限の炎

最近
アイダホ州サンドポイント

　デブラは暗がりの中で目を覚ます。自宅である山小屋の裏のテラス、木々が生い茂る側にいる。そこで星を見るのがお気に入りだ。空気は冷たく、空は晴れ渡り、今夜はピンを刺したような星の光が強い。強烈だ。瞬いているのではなく、燃えている。山小屋の正面テラスは、山に囲まれた氷河湖を見下ろし、この眺めには多くの訪問客が息を飲む。だが、彼女は、夜の正面テラスがあまり好きではない。港や船、他の山小屋の光が煩わしいからだ。この裏側の方が好きだ。家の陰は、松と樅に囲まれた小さな丸い空き地になっている。そこには彼女と空しか存在しない。ここなら五十兆キロ先だって、十億年の間だって見ていられる。彼女が空をちゃんと観察するようになったのは、アルヴィスと結婚してからだった。彼はカスケード山脈へドライブして、電灯の光が届かない開けた場所を探すのが好きだった。無限に広がるものを理解できないとしたら、それは恥だと彼は思っていた——想像力が欠如しているだけでなく、視野が狭いのだと。

　彼女の耳に砂利を噛む音が届く。きっとこれで目が覚めたのだろう——パットのジープが長い私道を進んでくる。公演から帰ってきたのだ。どのくらい眠っていたのだろうか？　手を伸ばして冷めたティーカップに触る。少しの間だ。体は心地よく暖かいが、片足だけが違うのは、毛布からはみ出ていたからだ。パットは暖炉のような形の室内暖房器を二台用意し、彼女のお気に入りの安楽椅子の両側にセットしてくれた。だから、彼女はここで眠ることもできる。最初は電力の無駄だと躊躇した。夏を待てばそれでいいんだからと。だが、パットが「死ぬまでずっと」部屋を出るときは、毎回必ず全部の電気を消すと約束する。だから、この件だけは自分の好きにやらせてくれと頼んだのだった。そして、今、彼女は認めざるを得ない。外に出て、ここで眠るのはとても素晴らしいと。これが彼女のお気に入り。寒い中、外を歩き、息子が彼女のために作った小さな保育器に心地よく収まること。暖房を切って、先ほどまで横になっていた忌々しいパッドをチェックする――乾いている、よかった。大きなカーディガンを体に巻きつけ、家に向かって歩き出す。まだ少し足がふらつく。中に入ると、下からガレージが閉まる音が聞こえた。

山小屋は張り出した岬の上に立ち、この山深い湖の入り江の六〇メートル上空にある。家屋はほとんど垂直で、彼女が設計をして、シアトルの家を売った金で建てた。四階建て。下は仕切りのない間取りの部屋と車二台分のガレージ。パットとリディアは二階を自分たちのものにしている。三階は共有の生活スペース――間仕切りのないリビング／キッチン／ダイニングスペース――で、最上階がディーのものだ。寝室、ジャグジー完備の浴室、そして居間。これを建てているときは、もちろん、人生の大半をここで、癌と闘って過ごすことになるとは思っていなかった。それに――治療法をすべて使い果たしてしまった後で、彼女は病気の進行に身を任せることにした――こんなに衰えて最期のときを迎えることも。こうなるとわかっていたら、牧場式の平屋建ての家にして、階段をもっと少なく済ませたかもしれなかった。

「母さん？　ただいま！」

家に帰るたびに、パットは階段から上に向かって叫ぶ。彼女はその理由がわからないふりをしている。「まだ生きているわよ」と言い返したい衝動に駆られたこともあるが、それは辛辣すぎるだろう。それほど苦々しく感じたことはない。ただ、彼女にはおかしかった。死にゆく者への人々の接し方が――まるで異星人だ。

彼女は階段を下り始める。「今夜はどうだったの？　お客さんはたくさん来た？」

「あんまり。でも良かったわ」とリディアが階下から答える。「今夜はエンディングが前より上手くいったの」

「お腹は空いている？」とデブラが訊く。パットは舞台に出た後はいつも腹を空かせている。それに、この劇に出ている間は、特に飢えていると言ってもいいほどだった。リディアは脚本を書き終えるとすぐに、それをデブラに読ませた。彼女は胸が引き裂かれる思いがした。リディアがこれまで書き上げた中で最高の作品であり、彼女の自伝的な連作劇の締めくくりとして完璧だった。リディアは何年も前に、両親の離婚を描いた作品から連作劇の執筆を開始していた。だが、パットとの関係を書かない限り、彼女は連作を完結させられないとデブラは心から信じていた。『フロントマン』の最大の問題は、彼女にとって、パット役を演じられると思う人物が一人しかいないことだった――それはパット本人。二人とも心配だった。当時のことを追体験する必要があるとしたら、パットは逆戻りしてしまうかもしれない――だが、デブラはリディアに伝えた。パットにこれを読ませるべきだと。彼は原稿を下の階に持っていき、三時間後に戻ってくると、リディアにキスをして、俺たちでこの作品をやろう――俺が自分を演じるよと力強く言った。自己陶酔の絶頂にあった自分の姿を他人が演じるのを見るくらいなら、もう一度、自分自身で全部をやり切った方がマシだろう。パットはそう考えたのだ。今では一年以上もTAGNIグループと演技を続けている。おかげで彼はパフォーマンスへの欲求を健全な形で解消できている――バンド時代に親しんだ自己中心的なやり方ではなく、しっかりと統制のとれた協調的な姿勢で演じる。そして、もちろん、パットは天才だった。

デブラが卵をかき混ぜていると、パットはキッチンの柱を回ってきて頬にキスをする。坊主はその場に留まる。「テッドとアイソラがよろしくと言ってたよ」

「そう？」卵をフライパンに流し入れる。「それで二人はどう？」

「頭のおかしな極右のアホどもさ」

オムレツ用のチーズをスライスすると、残りの切れ端はすべてパットが食べてしまう。「あの人たちにそう言ってくれたらいいのに」と彼女は言う。「だって、ほとほと嫌になっちゃったのよ。あの人たちったら定期的に小切手を切って劇場を支援してくれるんだもの」

「あいつらは『モダン・ミリー[21]』をやって欲しいのさ。テッドは出たがっている。俺にも出てくれたらいいのにと言ってたよ。想像できるかい？　俺とテッドが同じ舞台に立ってるところをさ」

「いいえ、あなたにテッドと共演する力があるとは思えないもの」

「そいつは先生が悪いからじゃないかな」と彼は言う。それから「調子はどう？」

「平気よ」と彼女は答える。

「ジラウジッドは飲んだ？」

「いいえ」。痛み止めは嫌いだ。何ひとつ見逃したくなかった。「気分はいいわ」

パットが手を彼女の額に当てる。「熱いよ」

「大丈夫。あなたは外から戻ったばかりだから」

「母さんだってそうじゃないか」

「私はあなたが作ったあのオーブンの中にいたわよ。たぶん、調理されちゃったのね」

パットはまな板に手を伸ばす。「あとは俺がやるよ。オムレツぐらい作れるから」

「いつから？」

「リディアにやってもらうさ。この手の家事は得意なんだ」

玉ねぎを切る手を止めて、息子の指図をナイフで切り捨てる。

「この上なく無情な一撃[22]」とパットは言う。

ささやかな贈物のように、パットの思い出すことが、こんな風に彼女を驚かせることがある。「その作品はよく教えたわ」と彼女は答える。何気なしに、お気に入りの台詞を引いてみせる。「臆病者は本当に死ぬ前に何度も死ぬ。勇者は一度しか死なない[23]」

パットはカウンターに座る。「ナイフよりずっと傷つくよ」

それからリディアが階段を上がってくる。シャワーを浴びて、タオルで髪の毛を乾かしている。彼女はデブラに向かって一から同じことを報告する。テッドとアイソラが演劇に来ていて、具合はどうかと訊かれたと。

デブラは彼らの気遣いの言葉を抑揚まですっかり覚えてしまっている。「彼女の今の具合はどう?」「まだ生きているわ」。ああ、言いたいことは色々とある――だが、この死という厄介な務めには、どちらを向いても、形式的な挨拶と行儀のいいふるまいが付きまとってくる。この家まで上がって来るような変わった連中は、定期的に同種療法《ホメオパシー》を提案してくれる――磁石、ハーブ、馬用湿布薬。本をくれた連中もいた――自己啓発本、悲しみについて考察した学術書、死に関する小冊子。彼女はこう言いたくなる。「もう手の施しようがないの、自分の手にせよ、そうでないにせよ」とか、「悲しみの本は遺された人の方が必要なんじゃない?」とか、「死について書かれた本をありがとう。でも、それって私が経験していることの一部に過ぎないのよ」とか。

人々はパットに「彼女の今の具合はどう?」と訊き、彼女本人には「君の今の具合はどう?」と訊くかもしれない。だが、いつも疲れているとか、膀胱の締りが悪いとか、体の機能が停止しないように絶えず監視しているという話は聞きたがらない。聞きたがるのは、心安らかだとか、素晴らしい人生を送ったとか、息子が戻ってきてくれて幸せだとか、そんな話だ――だから、そう話してあげることになる。それに、事実として、大半の時間を今は心安らかに過ごしているし、素晴らしい人生を今まで送ってきたし、息子が戻ってきたことに今幸せを感じている。彼女はどの引き出しにホスピスの電話番号が入っているのかわかっている。介護用ベッドを扱う会社も、モルヒネ点滴器の貸し出しサービス会社も。昼寝からゆっくりと目を覚まし、このまま眠り続けても構わないな――ぜんぜん怖くないな――と思うこともある。パットとリディアは彼女が望む以上にうまく

(21) 一九六七年公開の同名のミュージカル映画をもとにした舞台。一九二〇年代のニューヨークを舞台に田舎娘がモダンガールに変身して、金持ち紳士のハートを射止めるというミュージカルコメディ。
(22) シェイクスピア『ジュリアス・シーザー』第三幕二場。
(23) 同、第二幕二場。

いっている。それに理事会もリディアが劇場を引き継ぐことに同意していた。山小屋の支払いも終わっているし、銀行には税金や他の諸経費のための蓄えも充分ある。だから、パットは残りの人生を早朝から外でのんびりと作業をして過ごせばいいのだ。彼はその手のことが好きだ——草木の世話をし、絵を描き、染め物をし、樹木の剪定をし、私道を整え、壁を補修する。手を動かし続けられるものなら何だっていい。今では、パットとリディアの満足気な様子を見ると、自分が産卵を終えた鮭のように思えることがある。ここでの自分の仕事は終わったのだと。だが、率直にいって、心安らかに過ごすという考え自体に気が滅入ることもある。心安らかに？　頭がおかしな人を除いて、心安らかに過ごせる人などいるのだろうか？　人生を謳歌してきた人で、もう充分だと思える人がいるのだろうか？　たとえ一日だけでも、後悔の甘い疼《うず》きを感じることなく生きられる人などいるのだろうか？

化学療法を色々と試している最中に、痛みや吐き気が消えて欲しいと切実に願うあまり、死ねば楽になると思ったことさえあった。これがひとつのきっかけとなって、彼女は心を決めた——あらゆる化学治療や放射線治療や外科手術を受けたあとで、乳房切除手術を二度受けたあとで、医師たちが通常兵器および核兵器を用いたあらゆる策を彼女の衰えゆく体に試したあとで、それでもなお骨盤にわずかに癌が残っているのが見つかったあとで——ただことのなりゆきに身を任せようと決めたのだ。思うままに蝕ませてやろう。医師たちはまだ手が残されているかもしれないと言った。それが原発性の癌か、それとも転移性の癌かによるけれども。だが、彼女はそんなことはもうどうでもいいと伝えた。パットが家に戻っていたし、これから三年も針や吐き気にさいなまれて過ごすよりも、六か月間を穏やかに過ごす方がよかった。それに幸運もついてきた。彼女は二年近く生き延び、その大半を気分良く過ごせていた。

ただ、鏡を覗くと未だに呆然とすることがある。〝この老人は誰なの？　この背が高くて、痩せていて、ヤマアラシみたいに白髪だらけの胸の平らな婆さんは？〟

デブラはセーターを羽織り、紅茶を温める。流し台に寄り掛かり、微笑みながら、息子がオムレツのおかわりを食べる姿を見つめている。リディアが手を伸ばし、上に載っているチーズまみれのマッシュルームを取る。パットは顔を上げて母親の方を向き、この目に余る窃盗行為を見たかと訴えてくる。「この女なら刺さなくていいのかい？」

そのとき、外の砂利道を車が走って来る音がする。パットもそれを聞きつけて、時計を確認する。肩をすくめる。「心当たりなし」

パットが窓の側に行き、窓ガラスに手をつけて、下の私道の方をじっと見つめると、その辺りにヘッドライトの光が微かに見える。「あれはキースのブロンコだな」。窓から離れる。「打ち上げだな。たぶん、酔っぱらっているんだよ。俺が面倒を見てやるよ」

パットは少年のようにスキップで階段を下りて行く。

「今夜の彼はどうだったの？」パットが出ていくと、デブラは静かに訊く。

リディアはパットの皿に残った玉ねぎとマッシュルームをつまむ。「見事だった。あなたがいたら、目が離せなかったわね。ああ、とにかく、この公演が終わってくれたら嬉しいわ。いつだったかな、夜公演が終わったあとも、彼ったらその場に座って何かを見つめていたことがあった。あの……遠い目をしていたわ。十五分ぐらいかな、ただそうしていたの。このはた迷惑な劇を書き上げてから、私ったら、ずっと息を潜めて暮らしているみたいなのよ」

「今よりもずっと長い間、息を潜めて暮らしてきたじゃないの」とデブラが言うと、二人とも笑顔になる。「素晴らしい作品よ、リディア。いいから羽目を外して楽しむべきよ」

リディアはパットのオレンジジュースを飲む。「わからないわ」

デブラはテーブルの上に手を伸ばし、リディアの手を握る。「あなたはそれを書く必要があったし、パットはそれを演じる必要があった。そして、私はそれを見ることができてすごく嬉しい」

リディアは首を傾げ、眉を寄せて、涙をこらえようとする。「やめてよ、ディー。なんでそんなこと言うの？」

そのとき、三階分のフロア越しに、階段を上る声が聞こえてくる。パットとキース、他の誰か、それから階段を上る低い音、五人、ひょっとしたら六人の足音。

パットが最初に姿を現し、肩をすくめてみせる。

「今夜の公演に古い友だちが来ていたみたいだよ、母さん。キースがその人たちを連れてきたんだ——問題がないといいのだけれど……」

パットの後ろにはキースがいる。酔ってはいないが、小さなビデオカメラを持っている。彼が時々、記録用に使っているものだ——なんてことだろう。デブラはキースが何を記録しているのか、はっきりとはわからない。「やあ、ディー。こんな遅くにお邪魔してすまない。でも、この人たちが本当に君に会いたがっていてさ……」

「いいのよ、キース」と彼女は答える。そして、他の連中が階段を上がってくる。一度に一人ずつ。赤い巻き毛の若く魅力的な女性、それから、痩せたもじゃもじゃ頭の若者。明らかに酔っている——デブラはどちらも見覚えがない——それから、奇妙な生き物。このわずかに猫背の年輩の男はジャケットを着ている。彼女と同じくらい痩せていて、微かに見覚えがあるようで、同時にないようでもある。というのは、皺のないあまりに奇妙な顔の持ち主だからだ。顔を老化させるCG処理をよく見かけるが、その処理を逆に行ったような顔。少年の顔が老人の首に接ぎ木されている——そして、最後に、老紳士がもう一人。こちらはチャコールグレーのスーツを着ている。この最後の男が彼女の注意を引く。彼は他の連中から離れて、キッチンとリビングを仕切るカウンターの方へとやって来る。男がフェドラ帽を脱ぎ、とても淡く青く、ほどんど透きとおるほどの瞳で彼女を見つめる——その瞳が彼女を温もりと哀れみの入り混じった感情で包み込み、その瞳がディー・モーレイを五十年前に押し流し、もう一つの人生へと連れていく——

男は言う。「やあ、ディー」

デブラはティーカップをカウンターに落とす。

「パスクアーレ？」

もちろん、以前は、彼にもう一度会えるかもしれないと考えたことが何度もあった。イタリアでの、あの最後の日に、ホテルから舟で走り去る彼の姿を見たとき、二度と会えないとは思いもしなかった。二人の間に、言葉で交わされた約束があったわけではない。だが、暗示的なものが、惹かれあい、期待しあうようなざわめきがあった。母親が亡くなったのでパスクアーレは葬儀に行く。だが、恐らくもう戻らないだろう。アルヴィスからそう伝えられたとき、ディーは衝撃を受けた。なぜパスクアーレは何も言わなかったのだろう？　そして、彼女の手荷物を載せた船が着き、パスクアーレから彼女を無事にアメリカに帰してくれるように頼まれたとアルヴィスが言ったとき、パスクアーレには少し独りになる時間が必要なのだろうと思った。だから、彼女は故郷に戻り、子どもを産んだ。「もしかしたら……」と考えて、ポストカードを送ったが、返事はなかった。その後、度々、パスクアーレのことを思い出したが、月日が過ぎ去るにつれて、それも少なくなっていった。アルヴィスとは休暇を取ってイタリアに行こう、ポルト・ヴェルゴーニャをもう一度訪れようと話していたが、実現はしなかった。それから、アルヴィスが亡くなり、彼女は教育学の学位を取り、副専攻でイタリア語を学んだ。パットを連れていこうと考えたこともあった。旅行会社に電話までかけたが、担当者は「〈ホテル　適度な眺め〉の記載がない」だけでなく、この村、ポルト・ヴェルゴーニャさえ見つけられなかったと言った。もしかしたら、ポルトヴェーネレのおつもりでしたか？

その頃になると、デブラにはほとんどわからなくなっていた。パスクアーレ、漁師たち、掩蔽壕《トーチカ》の絵、岸壁沿いの小さな村——何もかもが心の錯覚か、彼女の空想世界のひとつ、以前見た映画のワンシーンではなかったのかと思いかけていた。

だが、違う——ここに彼がいる。パスクアーレ・トゥルシ。もちろん、年を取り、黒髪は黒ずんだ灰色に変わり、顔にはかなり深い皺が刻まれ、顎も少し垂れ下がってきているが、瞳は、まだあの瞳のままだった。彼だ。そして、彼が慎重に一歩前に足を進めると、二人を隔てるものはキッチンのカウンターだけになる。

彼女は自意識がさっと掻き立てられるのを感じる。二十二歳のときの自惚《うぬぼ》れが湧き上がる。ああ、なんて醜い姿をさらしているのだろう。数秒間、二人はそこに立ちつくす。足の不自由な老人と病気の老女は、今ではわずか一メートルしか離れていない。二人を隔てているのは、分厚い花崗岩のカウンター。

そして、五十年の歳月と生き抜いた二つの人生。誰ひとり口を利かない。誰ひとり息をしない。

　その沈黙をようやく破ったのはディー・モーレイだった。古い友人に微笑みかける。「どうしてこん《ペルケ・アィ・》なに時間が掛かったの《ペルソ・コジ・タント・テンポ》？」

　その微笑は今でも彼女の可愛らしい顔には大きすぎる。だが、何より心に響いたのはこれだった。彼女がイタリア語を学んだこと。パスクアーレは微笑み返し、穏やかに話し掛ける。「すまない《ミ・ディスピアーチェ》。大切《アヴェ》な用事があって、それを片付けていたんだ《ヴォ・クアルコザ・ディ・インポルタンテ・ダ・ファーレ》」

　他の六人は、部屋の中で二人の周りに扇状に広がっている。その中で二人の話を理解しているのは一人だけ。シェイン・ウィーラー。自棄になってウィスキーを立て続けに四杯呷《あお》ったあとだが、通訳とその対象者に芽生えるという連帯感によって心をつき動かされる。彼にはとんだ一日だった。クレアと目覚め、自分の映画の売り込みが囮《おとり》に過ぎないと判明し、長い移動の間により良い条件を得ようと交渉したが、それも不発に終わり、そこに、あの演劇のカタルシス、パット・ベンダーの破滅の人生に自分を投影し、前妻に救いの手を求めたが、拒絶された。これが全部起きたあとに、さらにウィスキーも入っていたので、ディーとの再会を果たしたパスクアーレの気持ちに、シェインはもう耐えられそうにない。彼は深くため息をつき、空気の漏れる小さな音が他の者たちの意識を部屋に連れ戻す……。

　全員がパスクアーレとディーを見守っている。マイケル・ディーンはクレアの腕を握り、クレアはもう一方の手で口許を覆っている。リディアはパットをちらりと見る(今でも心配せずにはいられないのだ)。パットは母親からこの優しそうな老人に視線を移す――〝この人をパスクアーレと呼んだよな？〟。それから、彼の視野はぐるりと回り、キースに向けられる。階段の上に立ち、あのどこにでも持っていくクソカメラを手に脇へと移動し、現場をフレームに収め、不可解なことに、この瞬間を撮影している。「何をやっているんだ？」とパットは訊く。「そのカメラをしまえ」。キースは肩をすくめて、頭を軽く振ってマイケル・ディーンを指す。彼を雇ってこれをやらせている男を。

　デブラも部屋にいる他の連中に気がつく。成り行きを見守る人々の顔を見回し、彼女の目がようやくもう一人の老人に注がれる。プラスチック製の奇妙な小鬼の顔に。なんてことなの。彼女はこの男も知っている――

「マイケル・ディーン」

男は唇を開き、やけに白い歯を覗かせる。「やあ、ディー」

彼女は今でもこの男の名前を呼ぶだけで、この男が自分の名前を呼ぶだけで恐怖を感じる。ディーンはこれを察知する。だから、視線を外す。もちろん、長年にわたって、彼女はこの男にまつわる話を色々と読んでいた。長い成功の軌跡も知っている。一時、この男の名前を見るのが怖くて、彼女はクレジットを見ることさえやめた。マイケル・ディーン・プロダクション製作。

「母さん?」とパットはもう一歩、彼女の方に踏み出す。「大丈夫かい?」

「私は平気よ」と彼女は答える。だが、視線はマイケルに向けられたままで、他の者の目も彼女の視線を追っている。

マイケル・ディーンは彼らの視線を感じ、理解する。今やここは自分の部屋だ。そして、〃〈その部屋〉こそすべてだ。〈その部屋〉に入れば、外には何も存在しない。君の売り込み《ピッチ》を聞く人々は、もう〈その部屋〉を後にすることができない〃――

マイケルは手始めに、まずリディアの方を向いて、微笑みかける。魅力たっぷりに。「では、君があの傑作を書いたんだね、拝見したよ」。手を差し出す。「お世辞ではなく、実に素晴らしい公演だった。とても感動的だった」

「それはどうも」とリディアは礼を言い、その手を握る。

すぐにディーンはデブラに向き直る。〃最初に必ず〈その部屋〉で一番の難物に語り掛けろ〃。「ディー、下で君の息子さんに話したんだが、彼の演技もずば抜けていたね。蛙の子は蛙、とはよく言ったものだ」

パットはこの賛辞に縮こまり、視線を落とし、居心地が悪そうに頭を掻く。アメフトのボールでランプを割ってしまった子どものようだ。

蛙の子は蛙――デブラはその表現に身震いする。感じるが、まだはっきりとは理解できない脅威に(〃本当はいったい、何を企んでるの?〃)、マイケル・ディーンがこの部屋を支配していく手際に震える。以前と同じあの死人のように冷徹で明確な意図をもって、あの飢餓感を剝き出しにして、外科手術で冷徹になった顔に薄笑いを浮かべて、彼女の息子を見つめていることに。

パスクアーレは彼女の不安を嗅ぎつける。「すまない《ミ・ディスピアーチェ》」と謝り、二人の間のカウンターに手を伸ばす。「他に方法がなかったんだ《エラ・ルニコ・モド》」

デブラは神経が張り詰めていくのを感じる。小熊を守ろうとする母熊のようだ。マイケル・ディーンに意識を集中し、可能な限り冷静に呼びかけ、刺々《とげとげ》しい声にならないようにするが、完全には上手くいかない。「何をしに来たの、マイケル？」

訪問の意図を何気なく訊かれたかのように、マイケル・ディーンはこの問いかけに応じる。さながら鞄の中身を見せてと促された訪問販売員だ。「そうだ。すぐにその話をするべきだったな。こんなに遅くにお邪魔しているのを忘れていた。ありがとう。ディー」。ディーの非難を提案へと一変させると、今度はリディアとパットの方を向く。「君の母上が私の話をしたことがあるのかわからないが、私は映画プロデューサーでね」――微笑みながら、謙虚に、控えめな表現を付け加える――「多少は名の知られた、たぶんね」

クレアは手を伸ばし、彼の腕をつかむ――「マイケル……」（〝今はやめましょう。これまで続けてきたこの素晴らしい行いを台無しにしてまで、そんなことをしなくても〟）――だが、竜巻を止められないように、マイケルももう止められない。彼はクレアの動きを利用して彼女を引き込む。クレアの手に自分の手を軽く重ね、彼女のおかげでちょうど礼儀作法を思い出したかのようにふるまう。「そうだった。許してくれ。こちらはクレア・シルヴァー。ウチの企画開発の最高責任者だ」

企画開発責任者？　とうてい本気とは思えない。だが、彼女は言葉を失う――しばらくして静かに顔を上げると、みんなが彼女を見つめているのが目に入る。特にリディアはカウンターの端に腰を下ろして見つめている。クレアはマイケルの発言に同調せざるをえない。「本当に素晴らしい公演でした」

「ありがとう」とリディアはもう一度礼を述べ、感謝で顔が赤くなる。

「そうだとも」とマイケル・ディーンは言う。「素晴らしかった」。〈その部屋〉は今やすっかり彼のものになっている。この田舎家もこれまで売り込みをしてきた会議室と何も変わらない。「だからこそ、私もクレアも考えていたところなんだ……君は映画化の権利を売ることに興味があるかもしれないってね――」

リディアが神経質に笑う。眩暈《めまい》を起こしそうだ。パットを鋭く一瞥し、マイケル・ディーンに視線を戻す。「私の作品を買いたいんですか？」

「あの作品、恐らく連作すべて、ひょっとしたら全作品――」マイケル・ディーンはこの言葉をしばらく宙に漂わせる。「全部の選択売買権《オプション》を買いたいんだ」。努めて何気なく話を続けて「君の物語を全部」、微かに向きを変えてパットも巻き込んで「君たち二人の」、そして、ディーの視線を避ける。「私が買いたいのは、君たちの……」と声が次第に弱まり、まるで次に来るのが単なる補足であるかのように響く。「人生を映画にする権利《ライフ・ライツ》を買いたいんだ」

我々は欲するものを欲す。

「人生を映画にする権利《ライフ・ライツ》？」とパットは訊ねる。

恋人のために喜んではいたが、この老人は疑わしいと感じている。「どういう意味だ？」

クレアは知っている。本、映画、リアリティショー、リチャード・バートンの不肖の息子に関して、彼らは何だって売れるのだ。ディーも知っている。口許に手を当て、なんとか一言だけでも声を発しようとする。「待って――」。だが、先に膝が曲がり、カウンターをつかんで体を支えなければならない。

「母さん？」パットがカウンターを回り、辿り着くと、ちょうどパスクアーレも彼女の許に着いている。同時に手を伸ばし、彼女が脚をぐらつかせている間、それぞれ片方ずつ腕を持つ。「母さんをそっとしておいてやってくれ！」

パスクアーレはこのフレーズの意味がわからない（「そっとしておく？」）。カウンターの向こう側の通訳の方を見るが、シェインは少し酔っていて、少し自棄も起こしているので、代わりに、リディアに向かって、マイケル・ディーンの提案を通訳することを選ぶ。「気をつけた方がいい」と体を寄せながら、静かに忠告する。「失敗作なのに気に入ったふりをしているだけかもしれないからね」

クレアはまだ先ほどの昇進に驚いていたが、上司の腕をつかむと、リビングの方へと連れていく。「マイケル、何をなさっているんですか？」と息を殺しながら訊く。

彼の視線はクレアを越えて、ディーと息子に向けられている。「ここに来た目的を果たしているんだ」「ここには償いのために来たのだと思っていました」

「償い？」マイケル・ディーンは怪訝そうな顔でクレアを見る。「何の？」

「なんてことなの、マイケル。あなたはこの人たちの人生を滅茶苦茶にしたんですよ。謝罪のためじゃないとしたら、どうしてこんなところまでやって来たんですか？」

「謝罪？」再び、マイケルはクレアの言っていることがまったく理解できない。「ここに来たのは物語のためだ、クレア。私の物語のために来たんだ」

カウンターの後ろで、ディーは平衡感覚を取り戻していた。リビングルームの向こうのマイケル・ディーンとアシスタントを見る。彼らは何かを話し合っているようだ。パットがカウンターのこちら側にいて、今は彼女の体重を支えている。その手を強く握る。「もう大丈夫よ」と伝える。パスクアーレがもう一方の手を握っている。彼女はパスクアーレにもう一度微笑みかける。

彼女が四十八年間にわたって抱えてきた秘密を、イタリアを離れて以来、彼女の運命を左右してきた秘密を知っているのは、この世界で三人だけ。秘密は年々大きくなり、今ではこの部屋を満たしている――この部屋には、秘密を知る者が自分の他にもう二人いる。当時を振り返ると、秘密にしておく理由はたくさんあった――ディックとリズ、家族の判断、タブロイド紙的なスキャンダルへの恐れ、そして一番大きかったのは（今ならそれを認めることができる）彼女自身のプライドであり、マイケル・ディーンのようなゲス野郎を勝ち誇らせたくないという願望だった――だが、こうした理由も年を経るごとに薄れていき、やがて秘密を隠し続けている理由は……パットだけになった。それは、彼の手に余るだけだろうと彼女は考えていた。映画スターの子どもが有望であったことは？　特にパットのような欲望を抱えた子どもの場合は？　クスリをやっているときは、彼はとても傷つきやすくなった。やっていないときでも、クスリからの救済はあまりにはかないもののように思えた。彼女は何度も息子を守ってきた。今となっては息子を何から守ってきたのかがわかる。五十年近くにわたって忌み嫌ってきたこの男からだ。そいつが彼女の家にやってきて、彼らの人生そのものを買って、これまでのすべてを脅かそうとしている。

だが、彼女もわかっている。永遠にパットの側にいて守り続けることなどできない。それに、そんな大切なことを隠し続けてきた罪悪感も間違いなくある。そのせいで、パットが今度は自分を憎むようになってしまうのではないか、という恐怖もある。ディーはリディアを見る。これは彼女も動揺させるだろう。それから、パスクアーレを見て、最後に息子を見る。とても心配そうな顔でこちらを見つめていて、彼女にも、もう他に選択肢はないのだとわかる。

「パット――私がやらなきゃいけないことで――あなたにも必要なことで――大切なことがあるのよ」

そのとき、パットに話す間際になって、初めて自由と希望が押し寄せてくるのを感じる。この秘密の重みは既に消え始めている――

「あなたのお父さんのこと――」

パットの目が彼女からパスクアーレへと向けられるが、ディーは首を振る。「ちがうわ」とだけ呟く。リビングルームのマイケル・ディーンを見て、もう一つだけ、ほんのささやかな反抗を試みたいと願う。あの老いぼれの禿鷹に、これを見せるわけにはいかない。「上に行きましょう」

「わかった」とパットは応じる。

デブラはリディアを見る。「あなたも来て」

これで運の尽きたディーン隊は、自分たちの旅の終わりを見届けられないことになる。リディアとディー、それにパットが、ゆっくりとキッチンの階段を上っていく姿をただ見守るだけ。マイケル・ディーンはキースに向かって小さくうなずき、彼は小さなカメラを持ってついて行く。テクノロジーと小型化に関する急激な変化はまさに驚異的だ――この小さな機械、煙草の箱のサイズで、ディー・モーレイがかつて演技を披露した三六キロのカメラを上回ることができる――そのカメラの小さな画面の中では、リディアがデブラを支えて階段に向かっている。パットも最初は二人の後ろについて歩いていく——だが、そのとき、立ち止まって振り返ると、他の連中の視線が自分に集まっているのを感じる——まるで、おかしな行動を取るのを待っているかのようだ——出し抜けに懐かしい感覚が彼を襲う。かつてステージの上で感じていたような感覚だ。パットはその感覚に当てられて、キースの方をくるりと向き直る。
「そのクソカメラをしまえって言ったよな」とパットは言い、カメラをもぎ取る——画面に今記録されているのは、このカメラが映す最後の小さなデジタル動画。男の掌の深い皺。パットはリビングを悠々と歩き、不気味な老プロデューサーと赤毛の若い女、変な髪型の酔っ払い男の脇を抜ける。引き戸を開けて、正面のポーチに出ると、力いっぱい遠くにカメラを投げる——手から離れるとき、カメラはブーと音を立て、回転しながら落ちていく——パットは待つ。じっと待つ。やがて下の湖の水音が遠くから聞こえてくる。彼は満足してまた部屋を横切って戻る——「あんたは俺の最高のヒーローだ」と変な髪型の青年がすれ違いざまに言う——パットは肩をすくめ、キースに少しだけ謝罪の気持ちを示す。

それから、階段を上り、ここに至るまでの自分の人生が、すべて優しい嘘だったことを知る。

第二十一章　美しき廃墟

目の前を流れるこの瞬間ほど明白で、
実体のあるものは存在しないだろう。
だが、それは我々の手からするりと逃げ去ってしまう。
人生の悲哀はすべてこの事実の中にある。
――ミラン・クンデラ

「これはラブストーリーだ」とマイケル・ディーンは言う。

だが、本当のところ、そうじゃないものがあるだろうか？　探偵は謎や尾行を愛していないだろうか？　本人の願いに反して、今もなお臨海地区の空き倉庫に捕われている小うるさい女性記者を愛していないだろうか？　連続殺人鬼は間違いなく犠牲者を愛しているし、スパイは小道具や祖国やエキゾチックな敵スパイを愛している。氷の道を疾走するトラック野郎は、氷への愛とトラック愛の間で引き裂かれているし、競い合うシェフたちは帆立貝に夢中で、質屋の男たちはがらくたを崇めている。ちょうど『ザ・リアル・ハウスワイブズ』のセレブ妻たちが、玄関ホールの金ぴかの鏡で、ボトックス注射をした眉をちらっと見るために生きているのと、『フックブック』で、ステロイド好きのキザなぼんくら男が、腰に刺青を入れた女に激しく腰を打ちつけたがるのと同じだ。これは現実《リアリティ》なのだから、彼らはみんな愛している――狂おしいほど、心の底から――腰のバックルに着けた無線マイクと何気ない提案をするプロデューサーを。別のアングルでもう一回、ゼリー・カクテルをもう一杯。それから、ロボットは主人を愛し、宇宙人は円盤を愛し、スーパーマンはロイスやレックスやラナを愛し、ルークはレイアを愛し(ただし妹とわかるまで)、エクソシストは悪魔を愛し、一緒に窓から飛び降りるときも、情熱的にひしと抱き合っているのは、レオがケイトを愛し、二人とも沈みゆく船を愛するのと変わらない。それに鮫――ああ、鮫は食べるのが大好きで、それはマフィアが大好きなことでもある――食べることと金とポーリーと沈黙の掟《オメルタ》――カウボーイが自分の馬を愛し、ピアノバーの裏でコルセットを着けた女を愛し、時々、他のカウボーイを愛するように、吸血鬼は夜と首を愛す。それにゾンビ――そもそもはじめからゾンビなのではなく、ひどい感傷家なのだが、ゾンビほど恋に悩んでいる奴などいないし、あの顔色の悪いのろまな愛のメタファーは、渇望し、よろめき、手を伸ばす完全なけだもの。その存在自体が一編のソネットとなって、どれほど脳みそが欲しいのかを詠い上げていないだろうか？　これもまたラブストーリーだ。

そして、部屋では、オランダ人の投資家が四千万ドルを浪費しようと、マイケル・ディーンが詳細を述べるのを待っている。だが、彼は口許に両手の人差し指を尖塔のように聳え立たせたまま、座り続けている。ラブストーリー。準備ができたら彼は始めるつもりだ。結局のところ、ここが彼の居場所なのだ。ひとつだけ残念なことがあるとすれば、それは自分自身の葬儀に出席できないことだ。というのも、このひどい居場所を旅立つときには、地獄を舞台にしたメジャー局のパイロット版とリアリティショーを製作する契約があるだろうから。『ドナー！』の売り込みのあと(三万ドルで、あのガキは本当に売りやがった)、これまで彼を拘束していたスタジオとの契約から解放された。今はまた独立して製作を行っている――台本なしのTV番組が六本、既に何らかの形で製作段階にある――スタジオ後の業界を、おかげさまで、どうも、といった具合に生き延びつつ、思っていた以上の金を掻き集めている。今では金を持った奴らの方から彼の許にやって来る。また三十歳に若返ったようだ。だからこそ、オランダ人の投資家は待っているのだ。じっと待っているのだ。

やがて、マイケル・ディーンの人差し指が、その並はずれて滑らかな口許から下がり、話が始まる。

「これはケーブルテレビのマイナー局用に開発した日常没入型のリアリティショーで、名前は『金持ち熟女、貧乏熟女』。ご説明したとおり、これは、何にもまして、ラブストーリーだ――」

なるほど、それはそうだ。イタリアのジェノヴァでは、年老いた娼婦がドアが閉まるのを待って、そのアメリカ人がグレーのシーツの上に置いていった金をつかむ――消えてしまうのではないかと半ば不安に駆られて、周囲を見回し、息を潜め、男の足音が廊下を遠ざかっていくのを聞く。錬鉄製のベッドの枠に寄り掛かり、金を数える――普段、客の股間をさすって稼ぐ金額の五十倍だ。とんでもない幸運が信じられない。札を折り畳み、ガーターの下に押し込む。こうすれば、エンツォは分け前を要求できないだろう。窓に歩み寄り、下を見ると、そこにあの男が、歩道に立ち、途方に暮れている。ウィスコンシン。彼は本を書きたがっていた。そして、あの一瞬、二人が共有した二つの瞬間は完璧なものだ。それに、これまでに知り合った誰よりも、彼女は彼のことを愛している――恐らく、これが彼のことを知らないと答えた理由だ。それを壊さないように、泣いてしまった恥ずかしさから彼を救うために。だが、ちがう――他に理由がある。自分でもわからないものが。下の通りから、あの男がこちらを見上げているのが目に入ると、それがどんなものであれ、マリアは胸元を、あの夜、彼が顔を埋めた場所を思わず手で触れてしまう。それから、彼女は窓を離れる――


カリフォルニアでは、ウィリアム・エディが、小さな下見板の家のポーチに佇み、パイプから立ち昇る煙と腹に収めた朝食の重みを満喫している。なんて退廃的で、罪深い食事だ。ウィリアム・エディは食事なら何でも好きだが、朝食をとにかく愛している。一年間、イェルバ・ブエナを転々とし、多くの仕事を得たが、あるとき、自分の身の上話を新聞記者と三文小説作家に誤って話してしまう――そいつらがこぞって言葉と行動で面白おかしく騒ぎ立てる。醜聞を求めて彼の人生という骨をつつき回す禿鷹ども。他の人々の間からも非難の声があがり始める。彼が大げさに語って、自分をまだマシに見せようとしていると。だから、エディはお前らなんかクソくらえだと言って、南へ、ギルロイへと移り住む。マシに見える――神に誓って、あんな体験をした後で誰がマシに見えるというのだ？　四九年のゴールドラッシュのおかげで、馬車職人が仕事に困ることはなく、彼はしばらくの間、金を儲け、再婚して、子どもも三人作る。だが、やがて彼はまた独りで放浪を始める。二度目の家族を後に残し、ペタルーマに夜逃げ。時折、自分が洗濯紐から吹き飛ばされたシャツのようだと感じる。二番目の妻は、彼にはどこかおかしなところがあると言う。「私、怖いのよ。それはあなたの心の中にあって、治ることもなければ、手も届かないのだもの」。三番目の妻、セント・ルイス出身の学校教師は、まさに今、同じものに気がつき始めている。彼はたまに他の人々のその後に関して噂を耳にする。生き延びたドナー家やリード家の人々、彼が救助した子どもたち。以前のライバルにして友人のフォスターは、どこかで酒場を経営しているという。彼らも艫綱《ともづな》を解かれた舟のように、漂っているのだろうかと思う。ひょっとしたらケスバーグだけがわかってくれるかもしれない――ケスバーグは、聞くところによると、汚名を甘受し、サクラメント・シティでレストランを開いているという。この朝、エディは少し熱っぽく、体も弱っているように感じる。さらに数日間、彼がそれに気づかぬ間に、死にかけている。まだ四十三歳。あの過酷な山越えからたった十三年。もちろん、あんな山越えは一時だけのこと。ポーチでウィリアムが咳をする。足許のポーチの床を軋ませながら、毎朝やっているように東を見る。彼には地平線で潰れた太陽がたまらなく愛おしい。それに家族のことも。寒空の下で永遠にあの山に眠る彼の家族――

　画家は北に向かって夜通し歩き続けている。暗い丘陵地帯を抜け、スイス国境と噂される場所を目指している。大きな街道は避け、イタリアの村の残骸を渡り歩き、所属部隊の生き残りを見つけるか、アメリカ兵を探して降伏しようとしている――なんだって構わない。軍服を捨てようとも考えたが、脱走兵として撃たれることをまだ恐れている。夜明け前、背後で遠距離砲撃のパッパッという低い音が響く。彼は古い印刷所の焼け跡に隠れ、一番頑丈そうな壁に背嚢《はいのう》とライフルを立てかけ、製図台の下で食糧袋を枕に体を丸める。眠りに落ちる前に、画家は就寝前の儀式として、故郷のシュトゥットガルトに住む愛する男のことを思い浮かべる。彼の昔のピアノ教師だ。「無事に帰ってきてくれ」とピアニストは願い、画家はきっと帰ると約束する。それ以上のことはなにもない。二人の男の慎み深い友情だ。だが、まさにその可能性に賭けて、彼は生きている――無事に帰り遂げた瞬間を想像して――だから、画家は毎晩眠りにつく前にピアニストのことを思い出す。今もそうして、朝日が昇る前の薄明かりの中で床に就き、心安らかに眠る。やがて二人のパルチザンが偶然彼を見つけ、シャベルで頭を叩き潰す。最初の一撃でおしまい。画家が無事にドイツの故郷に帰り着くことはない。ピアノ教師の許にも、妹の許にも――いずれにせよ、妹は一週間前に勤め先の弾薬工場の火事に巻き込まれて亡くなっている。命を奪われた妹。その写真を彼は戦場に持参し、その肖像画をイタリアで海岸沿いの機関銃座の付いた掩蔽壕《トーチカ》の壁に二度描いた。パルチザンの片割れはドイツ人の画家が生きる屍のように震え、ゴボゴボと何かを呟いているのを笑う。だが、もう一人のまともな方が歩み寄り、彼にとどめを刺す――

ジョーとウーミはウェスト・コークに引っ越し、結婚する。子どもは作らず、四年後に離婚。惨めに年を取ったとお互いを非難し合った末だった。数年間離れて暮らしたあと、二人はあるコンサートで再会するが、お互いをもっと理解しあえるようになっている。一杯のワインを一緒に飲み、自分たちは見通しが甘かったと笑い飛ばし、一緒にベッドに倒れ込む。この仲直りはわずか数か月しか続かず、二人はそれぞれの道を行くことに。少なくとも相手には許してもらえたと互いに納得して。これはディックとリズと同じだ。騒乱の十年間の結婚生活と一本の真に偉大な競演作『バージニア・ウルフなんかこわくない』(皮肉なことに、リズがオスカーを受賞)、そして、離婚と短期間の復縁(ジョーとウーミの場合よりもずっと悲惨だった)を経て、二人はそれぞれの道をさまよい歩く。リズはさらに結婚を重ね、ディックはさらにカクテルに溺れ続け、彼が五十八歳のときに、とうとうホテルで目を覚まさず、その日のうちに脳出血で死ぬ。真偽は疑わしいが、『テンペスト』から引いたセリフがベッド脇のサイドテーブルに。「祝宴はもう終わった――」。オレンツィオはある年の冬に酒に酔って溺れて死ぬ。ヴァレリアは人生最後の数年を〈男やもめ〉のトンマーゾと幸せに過ごす。野蛮なペッレは銃創からは回復するが、荒事への興味を失って、兄の精肉店で働き、口のきけない娘と結婚をする。そして、グアルフレッドは彼にふさわしく梅毒で視力を失う。アルヴィスの友人リチャーズの息子はヴェトナムで負傷し、故郷に戻ったあとは、退役軍人の恩給給付代理人として活躍。最終的に、アイオワ州上院議員に選ばれる。若きブルーノ・トゥルシは、美術史と修復学の学位を得て大学を卒業し、ローマで工芸品のカタログを作る小さな会社で働く。彼は自分にぴったりの投薬療法に出会い、軽度の鬱病との穏やかな均衡を保っている。体育のスティーヴは再婚する――感じのよい、可愛らしい女性で、娘のソフトボールチームのチームメイトの母親と――いつまでもいつまでもそれは続く。あらゆる方角へ向かい、あらゆることが同時に起きる。現在という、今という大きな嵐の中で――

――夢破れたすべての愛すべき人生――

――そして、カリフォルニア州ユニヴァーサル・シティでは、クレア・シルヴァーがマイケル・ディーンに脅しをかける。デブラ・〈ディー〉・ムーアと息子をそっとしておかないなら辞めると。それから、サンドポイントへの旅からひとつだけ、企画を製作に移すことに同意する。リディア・パーカーの戯曲『フロントマン』のみを原作とした映画。薬物中毒のミュージシャンが荒野にさ迷い出て、最終的には、長く苦しめ続けてきた母親と恋人の許へ帰還を果たす感動的な物語だ。予算はわずか四百万ドルだが、投資家やハリウッドのスタジオが揃って出資を見送ったあとは、マイケル・ディーン本人が資金を出している。クレアには打ち明けていないが。映画の監督は若いセルビア人のマンガ作家兼映画作家で、この男が自ら脚本を書く。リディアの作品を大まかな下敷きにして、少なくとも自分が読んだ部分を使って書く。この映画作家はミュージシャンを若返らせ、全体的にもっと好感の持てる人物にする。それから、母親と問題を抱えている代わりに、この映画版では、ミュージシャンは父親と問題を抱えていることになる――こうして、この若い監督は、自分を認めず、疎遠になった父親への自分自身の想いを掘り下げることができるようになる。恋人も北西部の劇作家で、義理の父の介護をしている代わりに、映画版では美術教師としてデトロイトで貧しい黒人の子どもたちと一緒になって働いている。このおかげで、サウンドトラックに少しいい曲を入れられるようになり、「ミシガン州で製作された映画」のための多額の税優遇措置も利用できるようになる。最終稿では、パットのキャラクター――名前はスレイドに変更されている――は母親から金を盗んだこともなければ、恋人を何度も騙したこともない。ただ、依存症で自分を傷つけているだけ。依存症自体もコカインからアルコールへと変更されている。（彼は感情移入できて、好感の持てるようにしないといけない、とマイケルと監督の意見が一致。）こうした変更は徐々に行われる。一度にひとつ、浴槽にお湯を加えていくように。一つひとつの段階で、クレアが自分に言い聞かせるのは、彼らは物語の重要な部分に――そのエッセンスに――こだわっているということ。だから、最終的に、彼女はこの映画を誇らしく感じるようになる。初めて共同プロデューサーにクレジットされたことにも。父親はこう言ってくれる。「泣いたよ」。だが、『フロントマン』に誰よりも心を動かされたのはダリル。まだ関係を模索中のときに、クレアは彼を先行上映会に連れていく。映画の終盤（スレイドの恋人ペニーが勤め先の学校を脅すギャングと対決した後）、スレイドはペニーにロンドンからテキストメッセージを送る。「君の無事だけでも知らせてくれ」。ダリルは息を飲み、クレアの方に体を傾け、彼女に伝える。「俺が君に送ったメッセージだ」。クレアはうなずく。彼女が監督に提案したのだ。映画の結末で、スレイドは休暇でUKに来ていたレコード・プロデューサーにもう一度見出され、成功の道を歩き始める。今度は自分の思い通りに。公演の後、スレイドがギターを降ろしていると、女の声がする。「私はもう大丈夫よ」と女は言い、スレイドが振り返るとペニーがいる。彼のメッセージにとうとう応えてくれたのだ。劇場でダリルが泣き出す。というのも、この映画は恋人からの辛辣なラブレターで、彼の依存症について語っているのは明らかだから。というわけで、ダリルは依存症の治療に同意する。そして、実際に、ダリルの治療は比類ない成功を収める。毎日昼ごろに起きてインターネットポルノを閲覧したり、夜はストリップクラブにこっそり通うことがなくなると、彼は人生への活力と情熱を新たに発見する——クレアとの関係に関心を向けるようになり、もう一人の元舞台美術デザイナーとともに、ブレントウッドに開いた店にも集中するようになる。業界人向けに特注の家具を作る店だ。『フロントマン』は幾つかの映画祭で上演され、トロントでは観客賞を受賞し、好意的な批評もたくさん出る。海外の観客動員数に至っては、マイケルにかなりの利益をもたらす結果となる——「ときどき、クソをするみたいに稼ぐんだよ」とマイケルは『ニューヨーカー』の人物紹介欄の記者に答える。この映画が完璧からほど遠いことはクレアもわかっている。だが、この成功のおかげで、マイケルは、彼女がさらに二本の脚本を買い付けて、製作準備を進めることを許可してくれる。クレアは幸せで、もう美術館所蔵の芸術作品のような完璧の極みなど期待しない。むしろ、この愛おしいほど素敵な寄せ集めを、本物の人生として喜んで受け入れる。最初の盛り上がりが収まり、『フロントマン』はアカデミー賞からは無視されるが、インディペンデント・スピリット賞では三部門にノミネートされる。マイケルは授賞式に出席できない(彼はメキシコで休暇を取り、離婚のショックからの立ち直りを図りながら、物議を醸しているヒト成長ホルモン治療を受けている)。だが、クレアは喜んでプロデューサーの代表を務め、ダリルが茄子色のタキシードでお伴をする。それはクレアが中古衣料店で見つけてきたものだ。もちろん、ダリルは格好いい。残念なことに、『フロントマン』はどの賞にも手が届かない。だが、授賞式の後、クレアは達成感で気分が高揚するのを感じる(八十八年物のドン・ペリニヨン二本のせいでもある。マイケルが気前よく彼女のテーブルに用意しておいてくれたのだ)。そして、彼女はダリルとリムジンの中でセックスをして、その後で、運転手を説得し、道を外れてKFCのドライブスルーにエクストラ・クリスピーチキンのバケツを買いに行く。ダリルはそわそわとしながら、紫のズボンのポケットに入れた婚約指輪を指でいじっている——

シェイン・ウィーラーは『ドナー!』の選択売買権《オプション》

を売った金で、ロサンゼルスのシルヴァー・レイク地区に小さなアパートを借りる。マイケル・ディーンは、彼にリアリティショーの仕事をくれる。マイケルがシェインの提案を基にバイオグラフィー・チャンネルに売りつけた番組で、名前は『飢え』、過食症と拒食症の患者がたくさん登場する。だが、この番組はシェインですら辛すぎる代物で、当然、視聴者はまったくついて行けない。それから、別の番組でライターとしての仕事を得る。名を『バトル・ロワイヤル』といい、番組内では有名な戦いがCGで再現される。だから、歴史が『コール・オブ・デューティ』(24)を見ているような代物になる。全編にウィリアム・シャトナーによるテンポの速いナレーションが添えられ、その脚本をシェインとあと二人のライターが現代的な口語体で書く(「自分たちが生み出した決闘作法という縛りのせいで、スパルタ人は危うく完全にヤバイことになりかける……」)。彼は空いた時間に『ドナー！』に取り組み続けていたが、やがて競合のドナー隊の企画が先に映像化される

(24) 一兵士となり、CGで作られたリアルな戦場で戦うFPS(主観映像によるシューティングゲーム)。

——ウィリアム・エディは嘘つきの臆病者として描かれる——そして、このときになってようやく、シェインは人肉食を諦める。彼はクレアをもう一度誘ってみようとするが、彼女は恋人とかなり幸せそうだと感じる。その男と会うなり、シェインは悟る。このキザ男は俺よりもだいぶ格好いい。彼はサンドラに車の分の借金を返し、彼女が失った信用のために少し余分に添えておくが、サンドラは冷たいままだ。だが、ある晩の仕事帰り、彼はワイリーという名の製作アシスタントといい仲になる。彼女は二十二歳で、シェインを才気が溢れていると考えている。そして、とうとう、腰にACTのタトゥーを入れて、彼のハートを手に入れる——

アイダホ州サンドポイントでは、パット・ベンダーが午前四時に目を覚まし、ポット三杯のうちの一杯目のコーヒーを淹れると、夜明け前の時間を山小屋の周りの雑用をして過ごす。本当に目が覚めそうになる前に働き始めるのが好きだ。そうすることで、一日に少し弾みがつき、彼を前に進ませてくれる。

やることがある限り、気分は上々だ。だから、彼はやぶを切り拓いたり、薪を割ったり、正面テラスや裏のテラスや離れ家のペンキを剝がしたり、ヤスリで磨いたり、色を塗ったりする。あるいは、正面テラスで一連の工程に再び取り掛かる。剝がし、磨き、塗る。十年前なら、こんな果てしなく続く拷問のような労働など考えもしなかっただろうが、今では作業靴に足を滑り込ませ、コーヒーを淹れ、暗い早朝の空気に足を踏み入れるのが待ちきれない。この世界に独りきりでいる時間が、彼にとっては最高だ。あの暗い夜明け前の静寂。その後で、リディアと町へと出かけて、劇団が主宰する夏季限定の子ども製作発表会に向けて舞台セットを作る。ディーはリディアに市民劇場の資金調達のコツを授けていた。かわいい子どもをできるだけたくさん出演させて、スキーに来たお金持ちの両親や湖に来たサンダル履きの連中が、チケットを全部買ってくれるのを待つのよ。それから、その儲けを使って舞台の材料を買うの。金儲けの話は脇に置くとしても、その公演は赤の他人が見ても微笑ましいと呼べるもので、パットなどは深刻すぎる大人向けの演目よりも密かに気に入っている。彼は年に一度、大きな役を、大抵はリディアが選んでくれたものをやる。次はキースと一緒に『トゥルー・ウェスト』をやることになっている。こんなに幸せそうなリディアを見たことがない。あの頭のおかしなゾンビプロデューサーには、「人生《ライフ》を映画にする権利《ライツ》」を売る気は全くない――できるかぎり礼儀正しく――「俺たちのことは放っておけってんだよ」と伝えてある。男はそれでも責任を取って、リディアの戯曲の権利を買っていく。『フロントマン』が公開されても、パットは見に行く気にはならない。だが、人づてに、物語はすっかり変わっていて、彼の人生とはほとんど何の関係もないものになっていると聞いて、心からありがたいと思う。現時点では〝失敗〟よりも〝無名〟であることを大切にするつもりだ。オプションを売った金の一部を使って、リディアは旅行に行きたいと言っている――恐らく行くだろうが、パットは二度とノースアイダホを離れないと思うこともある。コーヒーは手に入れた。いつもの儀式もある。山小屋の周りの仕事だ。それに、リディアが誕生日に新しい衛星放送用アンテナを買ってくれたので、九百ものチャンネルが視聴できる。ネットフリックス(25)にも入った。これを使って、父親の映画を公開順に少しずつ見ている——今は一九六七年の『危険な旅路』——父親の中に自分自身の面影を見つけては、屈折したスリルを味わっている。だからといって、避けがたい衰えを期待して待っているわけではないが。リディアも父親が出ている映画を見るのが好きだ——父親と体の作りが似ていると彼をからかってくる(「この間、これに似た脚を見かけたわ。短かめってメッセージ付きだったわよ」)——愛しのリディア。彼女はありとあらゆる中途半端な切れ端を全部つなぎ合わせ、そこに生命を吹き込む。リディアや湖、コーヒー、木工作業、リチャード・バートンの映画ライブラリーでも足りない日には、あの昔の爆音や膝に乗せた女やテーブルの上の白い粉の線が堪らなく恋しく、どうしようもないくらい渇望してしまう夜には、劇場の向かいのコーヒーショップで彼に微笑みかけてくれたバリスタを思い出したり、キッチンのあの引き出しにしまったマイケル・ディーンの名刺を思い出して、電話を掛け、「どうやったらうまくいくんだ?」と訊いてみようかと思う夜には——ほんの少しだけビッグになることを想像してしまう日(つまり、毎日)には、パット・ベンダーはあの階段に意識を集中する。母親の信頼を思い出す。あの夜、母親が話してくれ、おかげで知った父親のことを(「これで何かを変えてしまってはいけない」)。あの夜、彼は母親を許し、感謝した——だから、パットは作業を続ける。ペンキを剥がし、彼はヤスリで磨き、彼は色を塗る——剥がし、磨き、塗る、剥磨塗する。まるで彼の人生がそれに依存しているかのようだ。そして、もちろん、そうなのだ。朝のまだ暗い時間に、彼はいつも再び真っさらになって起き上がる。固い決心を胸に。心から恋しく思うものがあるとすれば——

——ディー・モーレイ、彼女は水上タクシーの後方のベンチシートに脚を組んで座っている。太陽が腕を暖かく照らすなか、彼女の乗った船は、リヴィエラ・ディ・レヴァンテのリグーリア海らしい起伏

(25) オンラインのDVDレンタル、オンデマンド動画ストリーミングサービス。

に富んだ海岸線を音もなく進んでいく。クリーム色のドレスを着て、風が急に吹きつけると、手を伸ばして服とお揃いの帽子を頭に押し付ける。パスクアーレ・トゥルシは隣で、この暑さにもかかわらず、いつものスーツの上着を着ている(何しろ、このあとに食事の予約をしてある)。彼はその姿の懐かしさに胸を焦がし、うずくまりそうになる。切なくなるほど非現実的なことを考える――彼が胸の奥から何とかして呼び起こしたものは、五十年前にこの女性を初めて見た瞬間の記憶ではなく、現実のあの瞬間そのものだったのでは？　結局のところ、海も、太陽も、崖もそして二人も同じものではないか？　もし、瞬間というものが、結局のところ、その人の認識にのみ存在するものだとしたら、今のこの感情の迸りはまさにあの瞬間そのものであって、単なる残像ではない。ひょっとしたら、あらゆる瞬間は同時に生じているかもしれない。二人は常に二十二歳で、人生は常に目の前に広がっている。ディーは、パスクアーレがこうした空想に迷い込んでいることに気がつき、腕に触れて、声を掛ける。「どうしたの《コザ・チェ》？」　彼女が長年イタリア語を教えていたことで、二人のコミュニケーションはかなり滑らかになっている。だが、彼が感じている想いは、再び言葉を越えている。だから、パスクアーレは何も言わない。ただ彼女に微笑みかけると、立ち上がり、船の前方へと移動する。操縦士に入り江を指さす。操縦士は疑わしい表情を浮かべるが、それでも波間を通り抜け、岩の岬を回って、うち捨てられた入り江へと入っていく。唯一の埠頭はずいぶん前になくなり、残骸と化した基礎の一部だけが、残された骨の山のようにぽつぽつと草むらに残っている。こんな断崖の割れ目にかつて存在した、ありえない村の唯一の名残り。パスクアーレは、〈ホテル　適度な眺め〉を閉めて、フィレンツェに移り住んだ顛末を彼女に話す。一九七三年に最後の漁師が死んだことや、かつての村が捨てられ、チンクエテッレ国立公園に吸収されたこと、住んでいた家族には、その小さなしみのような土地に対して、わずかな補償金が与えられたことも。ポルトヴェーネレで夕食をとりながら、海を見下ろすパティオで、パスクアーレは他のことも話す。あの日、彼女をホテルに残して出たあとの物事の自然な流れ。その後の甘く満ち足りた生活のリズム。いや、それでは夢で見た彼女と歩む人生と何ら変わるところがない。その代わりに、パスクアーレは自分の人生だと感じられるものを生きている。彼は素敵なアメデアと結婚する。彼には過ぎた妻で、陽気で愛情深く、ずっと望んでいた親友のようだ。二人でかわいい小さなブルーノを育て、間もなくして、娘のフランチェスカとアナも生まれる。パスクアーレは義父の経営する会社で良い仕事を得る。老ブルーノが所有するアパートの建物を管理し、リフォームする仕事。最終的にはモンテルーポ一族の家督と家業を引き継ぐ。仕事や相続財産、助言を子どもはもちろん、大勢の甥や姪にも分け与えながら、一人の男がこれほど必要とされ、充実した人生を送れるとは想像もできないでいる。それは生きる素晴らしさに溢れた人生になる。人生はスピードを上げ、緩やかに自然に心地よく、丸石のように丘を転げ落ちていく。だが、どういうわけか、コントロールを失う。すべてがものすごい速度で起きる。朝、若者として目覚めて、昼、中年になり、夕食の頃には死を意識しているかもしれない。「それで、幸せだったの？」とディーに訊かれ、彼は答える。「ああ、もちろん」。ためらいはない。それから、思い出して、付け加える。「もちろん、いつもというわけじゃない。でも、多くの人よりはずっとね」。彼は妻を心から愛していた。時々、他の人生を、他の女性のこと——大抵、彼女だ——を夢想しても、自分が下した決断に疑いを持つことはない。一番の心残りは、子どもたちが家を出たあと、二人で一緒に旅行に行けなかったことだ。それから、アメデアが病気になり、行動が常軌を逸してくる——何度もかっとなり、徘徊を繰り返し、早期発症型アルツハイマー病と診断される。そのときでさえ、数年は素晴らしい時間を過ごす。だが、彼女の最後の十年間は失われ、まるで足許の砂が崩れていくように、二人の許からすっかり姿を消してしまう。

最初の頃、アメデアは単に買い物やドアの戸締りを忘れたりする。それから車を失くし、それから数字や名前や身の回りの物の使い方を忘れ始める。彼は家に帰り、彼女が受話器を持っているのを見つける——誰に掛けようとしていたのかわからない。また、後年になると、使い方さえわからなくなる。しばらくの間、彼女を閉じ込め、それから、ただ二人とも家から出るのを止める——最悪なのは、妻の瞳の中から自分の姿が失われていくのがわかることだ。ぼんやりと光る霧の中で、身許を証明する術を失って、彼は途方に暮れる(妻に認識されなくなると、もしかしたら、自分の存在まで消えてしまうのだろうか?)。最後の一年は、ほとんど耐え難いものになる。自分のことがわからない相手の世話をするのは、真っ赤に燃えさかる地獄にいるのと変わらない——責任は重い。入浴に食事に……何から何まで。認知が弱まるにつれて、体重が増え、やがて妻は彼が世話をするもののようになる……この重いものを引いて、ともに歩んできた人生の最後の上り坂を進む。やがて子どもたちに説得され、彼女を近所の介護施設に入居させることに。このとき、パスクアーレは悲しみと罪悪感で涙にくれる。だが、それは安堵と、安堵したことに対する罪悪感と、罪悪感から生まれた悲しみのせいでもある。どんな処置を講じて妻の延命を図るべきか、と看護師から訊かれたときに、パスクアーレは口も利けない。だからブルーノが、愛しのブルーノが、父親の手を握り、看護師に告げる。「私たちはもう母を逝かせる心の準備ができています」。そして、彼女は逝く。パスクアーレは毎日施設を訪れ、あのぼんやりとした顔に話し掛けていたが、ある日、彼が面会の準備をしているところに、看護師が家に電話を掛けてきて、妻が亡くなったことを告げる。この知らせに、彼は想像よりも遥かに激しく動揺する。残酷なペテンのような妻の終《つい》の不在。亡くなった後は、昔のアメデアが戻ってくると何となく考えていた。だが、代わりに、その分の穴が心に空いただけ。一年が経過した頃、パスクアーレはようやく、カルロを失った後の母親の悲しみを理解する——あまりに長い間、妻や家族に囲まれて生きてきたので、今では自分が生きている感覚さえ見出せない。父親が胸の奥で憂鬱と闘っていると気がついたのは勇敢なブルーノ。彼は老人に向かって、最愛のアメデアとの関係を抜きにして、自分が生きていると最後に実感できた瞬間を思い出すよう強く迫る。一人の人間として、個人として、最後に幸せや憧れを感じた瞬間——パスクアーレはためらいなく答える。「ディー・モーレイ」。ブルーノは訊く。「誰だい?」もちろん、息子はそんな話を聞いたことがない。そこで、パスクアーレは息子にすべてを話す。今度もまたブルーノが力説する。父さん、ハリウッドに行って、その古い写真の女の人に起きたことを調べて、お礼をしないと――

「お礼？」とデブラ・ベンダーは訊き返す。答えるに前に、パスクアーレは慎重に言葉を選ぶ。しばらくの間、じっくりと言葉を吟味して、彼女が理解してくれることを願いながら語り出す。「君と出会ったとき、僕は夢の中で生きていた。それから、君が愛した男に会ったとき、僕はその男の中に自分自身の弱さを見たんだ。皮肉だと思わないか。自分の子どもから逃げ出してしまったのに、どうやって君の愛に応えられるんだい？　だから僕は引き返すことにした。そして、それが人生で最高の選択になったんだ」

彼女は理解する。教え始めたときは、ある種の自己犠牲のつもりだった。自分自身の願望や志を学生の志のために覆すのだと。「でも、それから、実際には自己犠牲なんかじゃなくて、喜びをもたらしてくれるんだって気がつくの。それに孤独だって間違いなく癒してくれるって」。おかげで、彼女の晩年は、アイダホで劇団を運営して、とても豊かなものになった。彼女がリディアの作品を愛する理由もここにある。彼女の作品はこんな境地に到達しているからだ――本当の意味での犠牲的行為には痛みが伴わない。

夕食の後、こんな風にのんびりと三時間以上も話し続け、やがて彼女が疲れてくると、二人で歩いてホテルに戻る。二人は別々の部屋に眠る。二人ともこれが何なのかまだ確信が持てない――これはあれなのか、それともちがうのか。あるいは、そういうことが人生のこんな段階でまだ可能なのか――そして、午前中に二人はコーヒーを飲み、アルヴィスの話をする（パスクアーレ「あの人は正しかった。観光客がこの場所を駄目にしてしまった」。ディー「あの人は遠く離れたこの場所みたいな人だった。私はそこで少しの間だけ羽を休めたのよ」）。ポルトヴェーネレのテラスで、二人はハイキングに行こうと決める。だが、まず残りの計画を立てる。ディーの休暇は三週間。次は南に行く予定で、ローマ、次いでナポリとカラブリア、それから再び北上してヴェニスとコモ湖、彼女の体力が続く限り進む――そのあとで最後にフィレンツェに戻る。そこでパスクアーレは彼女に自分の大邸宅を見せ、子どもや孫、甥や姪を紹介する。ディーは最初こそ羨ましく思うが、家族が次々に扉から現れるので、喜びに圧倒される――「すごくたくさんいるのね」――パスクアーレの言うとおりなら、この全員に対して責任があるのだ。彼女は顔が赤く火照るのを受け入れる。赤ちゃんを抱き、まばたきで涙を隠して、パスクアーレが孫の耳の裏から一枚のコインを取り出すのを見る(「こいつはもう立派な大人だよ」)。恐らくもう一日、あるいは、二日かもしれない――記憶と時間はどんな関わり合いがあるのだろう?――それから、彼女は暗い眩暈《めまい》が迫ってくるのを感じるようになり、もう一日経つと弱って立ち上がれなくなり、もう一日経つと腹部に鋭い引き攣《つ》れが起き、ジラウジッドでも抑えられなくなり、それから――

二人はポルトヴェーネレで朝食を終えると、ホテルに戻り、ハイキング用の靴を履く。ディーはパスクアーレにハイキングの準備は万端だと言う。タクシーに乗って道の端まで行く。そこは、今では車と歩行者と観光客の乗る自転車で溢れかえっている。ロータリーに着くと、パスクアーレはディーを手伝ってタクシーから降ろし、運転手に金を払う。それから、二人は再び歩き出す。道はブドウ畑に沿って公園に通じ、坂を上った先には、畝《うね》の並ぶ丘陵地帯が波に浸食された断崖の後ろに聳えている。あの絵はもう色褪せて消えてしまっているだろうか。スプレーで落書きされてしまっているだろうか。掩蔽壕《トーチカ》はまだあるだろうか――これについては、そもそも存在していたのだろうか――それはわからない。だが、二人は若く、道も広々として歩きやすい。たとえ探しているものが見つからないとしても、太陽の下で外を一緒に歩き回れたなら、それで充分ではないか?

謝辞

次の方々に心から感謝申し上げます。ナターシャ・ディ・ベルナルディ、モニカ・メレゲッティ、オルガ・ガードナー・ガルヴィンは、私のぎこちないイタリア語《ブルット・イタリアーノ》を手伝ってくれました。サム・リゴン、ジム・リンチ、マリー・ウィンディシャー、アン・ウォルター、そしてダン・バターワースには、様々な段階でこの作品を読んでもらいました。アンとダンには、チンクエテッレでのハイキングでも頑張ってもらいました。ジョナサン・バーナム、マイケル・モリソン、それにハーパーコリンズ社の皆さん、何よりも、担当編集者のカル・モーガンと代理人のウォレン・フレイザー。皆さんの寛大なご支援とお働き、お導きに感謝します。

訳者あとがき

本書はジェス・ウォルターの長編小説第六作 *Beautiful Ruins* の翻訳である。二〇一二年に発表されると、書評家から高い評価を受けるとともに、多くのメディアでも取り上げられ、その年のベストセラーとなった。日本でも知られたところでは『ニューヨーク・タイムズ』『ワシントン・ポスト』『エスクワイア』から、同年のベストブックとして推薦を受けている。また、Amazon.com では、本書に対して二千件を超える数のレビューが投稿されており、平均評価も上々のようだ。誰もが楽しく読めて思わず語りたくなる、あるいは、誰かに教えたくなる作品として、多くの読者に支持されていることがうかがえる。『イン・ザ・ベッドルーム』『リトル・チルドレン』のトッド・フィールド監督・脚本で映画化の企画も進行しているという。

物語は、一九六〇年代のイタリア北西部、崖沿いの村々が美しい景観をなすリゾート地〝五つの《チンクエ》土地《テッレ》〟の近くにある小さな村から始まる。船でしか辿り着けない辺鄙な漁村に、ある日、アメリカ人の美女がやってくる。彼女の名前はディー。ローマで撮影中の大作映画『クレオパトラ』に出演中の新人女優だった。村で唯一のホテルを経営する青年パスクアーレは、彼女の到着に偶然居合わせ、一目で恋に落ちる。彼女にではなく、彼女がやってきたその瞬間に。そして、時間は約半世紀ほど進み、現代のアメリカへ。ハリウッドの大手映画スタジオに一人の老紳士が姿を現す。老人の名前はパスクアーレ。あの青年だ。彼はディーの行方を探して、旧知の映画プロデューサーの元を訪れたのだった。あの出会いの後で二人に何が起きたのか。ディーは今どこで、何をしているのか。物語はここから大きく動き出していく。

冒頭の場面から続くイタリアの物語は、映画『クレオパトラ』に関わる有名なスキャンダルを巧みに利用した映画の内幕劇であり、ディーが村を訪れた謎を巡る推理劇であり、そして、何よりも、住む世界の異なる男女が運命的な出会いを果たし、時間を共有し、心を通わせていく切ないラブストーリーである。夢を追い、現実の壁に阻まれ、それぞれに人生の大きな決断を下す二人。戦後まもないイタリアの空気、ローマやリグーリア海沿岸の美しい風景をバックに、周囲の人々を巻きこんだ人間ドラマが丁寧に描き出される。

一方、平行して語られる現代のハリウッドの物語は、映画に人生を縛られた人々が織りなす群像劇と言えるだろう。ディーの捜索を展開の軸としているが、むしろ、現代の映画製作業界と消費社会を風刺した細部を楽しむコメディに近い。ここでは、戯画的だがリアルな業界の日常描写に毒気の効いたユーモアが溢れていて、大いに笑いを誘われる。また、捜索の同行者の造形も秀逸で、それぞれ痛みや悩みや思惑を抱えた実在感のある人間として、生き生きと躍動している。ダメ人間ばかりなのに、いや、だからこそ、彼らの旅路が終わりに近づくにつれて、名残惜しい気持ちが湧いてくるから不思議だ。

二つの物語に加えて、ディーのアメリカでの消息を追った物語があり、彼女に関わる重要人物の放浪譚も登場する。さらに、途中には、登場人物が執筆した作品も複数挿入されているので、作品全体の構造はそれほど単純なものではない。章が変わるごとに、舞台も登場人物も、時には文体まで異なる物語が唐突に始まるため、戸惑いを覚える読者もいるだろう。だが、心配はいらない。そのまま読み進めて、目の前の物語を堪能していけば、やがてパズルのピースがはまるように、それぞれの物語の位置づけがパッと明らかになり、同時に、すべての物語に底流するテーマ——人生の選択、芸術の意味、様々な形の愛、時間と存在——が自然に浮かび上がってきて、確かな感動と深い余韻を残してくれる。ポストモダン的な語りの技巧と可読性の両立は、これまでもウォルター作品の特徴のひとつであったが、本書はこれまで以上に技巧的でありながら、物語を読み進める楽しみは決して損なわれていない。絶妙なバランスの上に成立していると思う。

本書を彩る物語の魅力はリサーチの綿密さと、素材を物語世界に落とし込む技の巧みさに支えられているものでもある。マイケル・ディーンの回顧録に綴られた『クレオパトラ』製作の裏側や、映画企画の売り込みに登場するドナー隊の悲劇を調べてみると、かなりの部分において史実を踏襲していることがわかる。だが、ウォルターは史実をそのまま語るのではなく、マイケル・ディーンとウィリアム・エディを中心に配置し、文体にも工夫を凝らし——回顧録の文体はブツ切れでカンマがひとつもなく、売り込みは「現在時制のパフォーマンスアート」の実践——作品全体のテーマと共鳴する虚構として作り上げている。「セレブ」を発明した逸話は現代ハリウッドの物語で描かれる社会の起源の神話であるし、ドナー隊の売り込みは「瞬間」に捕われたもう一人の男の物語でもある。物語を楽しんだあとには、こうした細かな要素にも注目して再読して欲しい。何度読んでも新しい発見があり、作品の奥深さとウォルターの巧さが伝わると思う。

ウォルターがインタビュー等で明かしているところでは、本書は完成までに十五年の歳月を要したという。それはすべての登場人物と物語がスムーズに動き出すまでに、つまり、自分がこの物語を書き上げられる作家、人間になるまでに必要な期間だったと。執筆のきっかけは一九九七年、イタリア系の妻の親族を訪ねて、イタリア各地を巡り、土地や人々、文化にすっかり魅了されたこと。なお、その際に滞在したホテルの名が、主人公パスクアーレの名前の由来となった。ユダヤ人の出エジプトを祝う「過越祭」と「置いてけぼりにされた男」という二重の意味が面白いと感じたようだ。帰国後に母親が胃癌を患い、看病を経験。その過程で、母親が若かりし頃にイタリアのあの地を訪れていたらという想像が生まれ、ディーとパスクアーレの物語の原型となった。つまり、ディーの最初のモデルは母親ということになる。だが、執筆は遅々として進まず、脇においては他の作品に取り組み、また戻ることの繰り返しだったそうだ。(とはいえ、この期間に五編の長編小説を上梓している。)そう、書けない作家アルヴィス・ベンダーはウォルター自身がモデルである。試行錯誤を続ける中で、転機となったのは、二〇〇七年に友人の招待で実現したイタリア再訪。現地でのリサーチを通じて、今の物語につながる要素を数多く思いついたという。ここでも、現地でしか書けないとイタリアに戻ったアルヴィスの姿が重なる。

もう一つの転機は、二〇〇九年に二つの言葉と出逢ったこと。まずは、タイトルとなった"Beautiful Ruins"。エピグラフに掲げられているが、かつての名優リチャード・バートンを形容した言葉である。"ruins"は「廃墟」「抜け殻」「残骸」「遺跡」といった意味で、"beautiful"にはそういったものへの哀惜の情が込められていると考えるとわかりやすい。滅びてなお美しきもの、美しく滅びしもの。ウォルターはこの言葉を見つけたときに、自分が作中において多くの人、もの、場所を"ruins"として描いていることに気づき、これこそ自分のタイトルだと思ったという。また、作品自体も様々な物語を寄せ集めた"ruins"であると語っている。そして、最終章に引かれたミラン・クンデラの「現在」という時間の概念に関する言葉。ウォルターの解釈はこうだ。我々の体験する「瞬間」の中には、クンデラの考える「現在」のように、「時間の経過や後悔の念によって朽ち果て、風化したとしても、記憶の廃墟となって、ずっと心に留まり続けるものがある」。永遠に続く一瞬。最終章ですべての出来事が現在時制で語られている理由は、こう考えればいいのではないのだろうか——あらゆる人々にとってあらゆる瞬間がかけがえのない瞬間になりうる。圧倒的なスピードと密度で語られ、人生に肯定的なメッセージを謳い上げたラストをぜひじっくりと味わって欲しいと思う。

ウォルターはワシントン州スポーケン出身で、現在も同地に在住している。大学卒業後にジャーナリストとして働きながら執筆活動を開始し、FBIの民間人銃撃事件をまとめたノンフィクションで作家デビューを果たした。小説に関しては、二〇〇一年に発表した『血の奔流』が第一作にあたり、これは第二作 *Land of the Blind* (2003) とともに、女性刑事が事件を追う犯罪小説である。長編小説の第三作

『市民ヴィンス』(二〇〇五)で、ミステリー小説界の権威あるエドガー賞を受賞。二〇〇六年には、全米同時多発テロを描いた『ザ・ゼロ』を発表し、全米図書賞の最終選考まで残った。二〇〇九年には、サブプライム問題の煽りで自己破産寸前な元新聞記者が、家族を守るべくドラッグビジネスに手を染めていくコメディ *The Financial Lives of the Poets* を発表している。本作上梓の翌年には、自身初の短編集 *We Live in Water* を発表。ジャンルを問わない活躍ぶりを示しており、ますます目が離せない注目の作家である。

本書の翻訳作業を進める過程では、本当に様々な方々の協力を得た。この場を借りて謝意を捧げたい。学習院大学の上岡伸雄教授は、本書をご紹介くださったうえに、翻訳上の相談にも快く応じていただいた。また、入稿前の原稿に対しても貴重な助言をいただいたことで、訳文にも進歩が見られたように思う。改めてお礼を申し上げたい。また、大学院時代の友人で、フリーの翻訳者の田部夏樹氏には、第一稿の段階で訳文の確認をお願いし、忌憚ない意見をいただいた。特にジョークと映画に関するコメントには大いに助けられた。英語表現の不明点は、大学の同僚である Keith McPhalen 氏に質問し、色々と教えていただいた。読書家で日本語も堪能な McPhalen 氏とのやり取りを通して、英文のニュアンスはもちろん、作品に対する理解も深まったと思う。お二人にも感謝したい。刊行にあたっては、岩波書店の渡部朝香さんにたいへんお世話になった。編集作業だけでなく、本書をよりよい形で世に送り出すべく、多方面で骨を折っていただいたことに心より感謝を申し上げたい。

二〇一五年四月三日

児玉晃二

＊本書の本文中には、今日の人権意識に照らして不適切な語も含まれますが、原文の表現・表記を尊重し、そのまま訳出しました。

ジェス・ウォルター(Jess Walter)
作家．1965年生まれ．2005年に *Citizen Vince* でアメリカ探偵作家クラブによるエドガー賞長編賞を受賞(『市民ヴィンス』ハヤカワ・ミステリ文庫)，翌年には *The Zero* が全米図書賞の最終候補作となる(『ザ・ゼロ』岩波書店)．*Over Tumbled Graves* が日本語訳されているほか(『血の奔流』ハヤカワ文庫NV)，著書に，*Land of the Blind, The Financial Lives of the Poets,* 短編小説集 *We Live in Water,* ノンフィクション作品 *Ruby Ridge* がある．芸術性，エンターテインメント性，テーマ性を兼ね備え，一つのジャンルに限定されない多彩な作風に，アメリカでは高い人気と評価を得ている．ワシントン州スポーケン在住．

児玉晃二
学習院大学外国語教育研究センター非常勤講師，明治大学，國學院大學，明星大学兼任講師．専門は現代アメリカ文学．共訳書にジェス・ウォルター『ザ・ゼロ』(岩波書店)．

美しき廃墟　ジェス・ウォルター

2015年5月19日　第1刷発行

訳　者　児玉晃二《こだまこうじ》

発行者　岡本　厚

発行所　株式会社　岩波書店
〒101-8002　東京都千代田区一ツ橋2-5-5
電話案内 03-5210-4000
http://www.iwanami.co.jp/

印刷・精興社　製本・松岳社

ISBN 978-4-00-022229-7　Printed in Japan

ザ・ゼロ
ジェス・ウォルター
上岡伸雄
児玉晃二 訳
四六判四八六頁
本体三二〇〇円

「いつ平常にもどると思う?」

かつて平常だったことがあったのだ。警察官ブライアンが目覚めると、拳銃がかたわらに、そして頭は血にまみれていた——。現代アメリカへの痛烈な風刺の毒をきかせた、9月12日のスリラー小説＝新型クライム・ノベルの傑作登場!